LES ÉGYPTIENNES

DU MÊME AUTEUR
CHEZ POCKET

L'AFFAIRE TOUTANKHAMON
CHAMPOLLION L'ÉGYPTIEN
MAÎTRE HIRAM ET LE ROI SALOMON
POUR L'AMOUR DE PHILAE
LA REINE SOLEIL
BARRAGE SUR LE NIL
LE VOYAGE INITIATIQUE
LA SAGESSE ÉGYPTIENNE
LE MOINE ET LE VÉNÉRABLE

Le juge d'Égypte

1 – LA PYRAMIDE ASSASSINÉE
2 – LA LOI DU DÉSERT
3 – LA JUSTICE DU VIZIR

Ramsès

1 – LE FILS DE LA LUMIÈRE
2 – LE TEMPLE DES MILLIONS D'ANNÉES
3 – LA BATAILLE DE KADESH
4 – LA DAME D'ABOU SIMBEL
5 – SOUS L'ACACIA D'OCCIDENT

CHRISTIAN JACQ

Docteur en études égyptologiques
Directeur de l'institut Ramsès

LES ÉGYPTIENNES

Portraits de femmes de l'Égypte pharaonique

PERRIN

ISBN 2-266-07738-4

À Françoise,
mon Égyptienne pour toujours

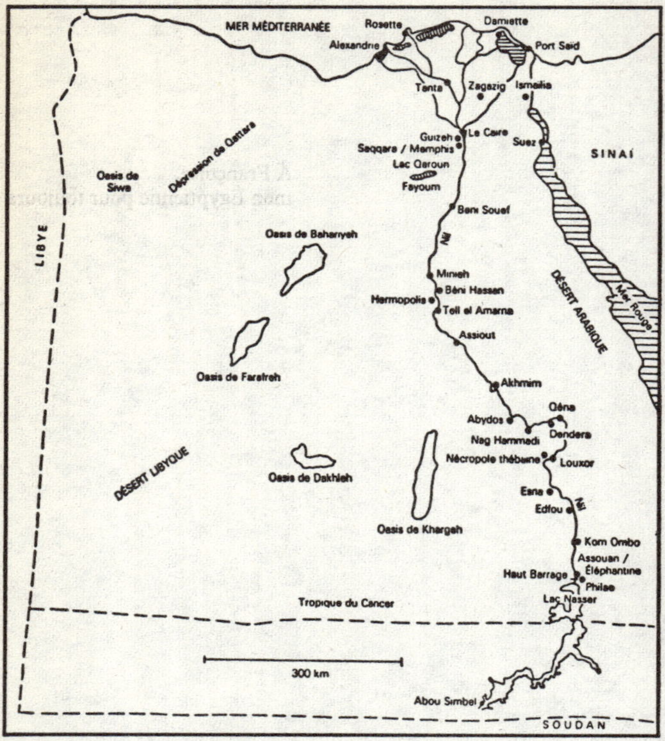
MER MÉDITERRANÉE
Rosette
Damiette
Alexandrie
Port Saïd
Tenta
Zagazig
Ismailia
Dépression de Qattara
Guizeh
Le Caire
Saqqara / Memphis
Suez
SINAÏ
Lac Qaroun
Oasis de Siwa
Fayoum
Beni Souef
Nil
Oasis de Bahariyeh
LIBYE
Minieh
Béni Hassan
DÉSERT ARABIQUE
Hermopolis
Tell el Amarna
Mer Rouge
Assiout
Oasis de Farafreh
Akhmim
Qêna
Abydos
Dendera
Nag Hammadi
Nécropole thébaine
Louxor
DÉSERT LIBYQUE
Oasis de Dakhleh
Esna
Edfou
Oasis de Khargeh
Kom Ombo
Assouan / Éléphantine
Haut Barrage
Philae
Tropique du Cancer
Lac Nasser
300 km
Abou Simbel
SOUDAN

ABRÉVIATIONS UTILISÉES DANS LES NOTES ET LA BIBLIOGRAPHIE

ASAE : Annales du Service des Antiquités de l'Égypte, Le Caire.

BES : Bulletin of the Egyptological Seminar, New York.

BIFAO : Bulletin de l'Institut Français d'Archéologie Orientale, Le Caire.

BSEG : Bulletin de la société d'Égyptologie, Genève.

BSFE : Bulletin de la Société Française d'Égyptologie, Paris.

Caire, CG = Catalogue Général
Caire, JE = Journal d'Entrée

DE = Discussions in Egyptology, Oxford.

GM = Göttinger Miszellen, Göttingen.

JARCE = Journal of the American Research Center in Egypt, New York.

JEA = The Journal of Egyptian Archaeology, London.

JNES = Journal of Near Eastern Studies, Chicago.

JSSEA = The Journal of the Society for the Study of Egyptian Antiquities, Toronto.

MDIAK : Mitteilungen des Deutschen Instituts für Ägyptische Altertumskunde in Kairo, Wiesbaden.

LdÄ = Lexikon der Ägyptologie, Wiesbaden.

RdE = Revue d'égyptologie, Paris.

SAK = Studien zur Altägyptischen Kultur, Hamburg.

INTRODUCTION

Nubie, le 17 janvier 1829.

Jean-François Champollion, qui a réussi à déchiffrer les hiéroglyphes en 1822, effectue son unique voyage en Égypte. Il veut tout voir, tout comprendre, tout admirer, et n'hésite pas à progresser loin vers le sud. Ce jour-là, alors que souffle un violent vent du nord et que le Nil s'enfle, menaçant, le père de l'égyptologie s'arrête sur le site d'Ibrim, en Nubie. Il visite des sanctuaires creusés dans le roc et médite devant la représentation de l'épouse d'un prince.

Soudain, une vérité surprenante lui apparaît. La posture de cette femme, sa dignité, *cela montre*, écrit-il, *aussi bien que mille autres faits pareils, combien la civilisation égyptienne différait essentiellement du reste de l'Orient et se rapprochait de la nôtre, car on peut apprécier le degré de civilisation des peuples d'après l'état plus ou moins supportable des femmes dans l'organisation sociale.*

Avec son intuition coutumière, Champollion ne manque pas de remarquer que la femme, dans l'Égypte des pharaons, occupait une position tout à fait extraordinaire, non seulement par rapport à la culture gréco-latine, mais même par rapport à la société du XIXe siècle.

Le pharaon Ramsès III affirme qu'il a fait en sorte que la femme égyptienne se rendît librement là où elle désirait aller, sans que quiconque l'importunât sur son chemin * ; il ne s'agissait que du rappel d'un fait de société acquis depuis l'origine de la civilisation égyptienne et non d'une innovation. Dès l'instauration de la monarchie pharao-

---

* *Papyrus Harris* I, 79, 8-9 et 13.

nique, en effet, la femme avait bénéficié d'une complète liberté de mouvement, sans être recluse dans une pièce obscure de la maison, sous l'autorité implacable d'un père ou d'un mari tout-puissant.

Les premiers Grecs qui visitèrent l'Égypte furent choqués par l'autonomie accordée aux Égyptiennes ; le géographe Diodore de Sicile, bouleversé, va jusqu'à prétendre que la femme d'Égypte a pleins pouvoirs sur son mari, ce qui a laissé croire, à tort, à l'existence d'un matriarcat sur les rives du Nil. Certes, la mère du pharaon occupe une position centrale dans le processus du pouvoir ; certes, nous connaissons de nombreuses inscriptions où le fils cite le nom de sa mère et non celui de son père ; certes, les grands personnages font souvent figurer leur mère dans leurs tombeaux, autrement dit pour l'éternité. Mais ces indices n'autorisent nullement à conclure à l'existence d'un pouvoir féminin abusif. En réalité, il n'exista, dans l'Égypte des pharaons, aucune tyrannie exercée par un sexe au détriment de l'autre.

Constatation essentielle : des Égyptiennes occupèrent les plus hautes fonctions de l'État, ce qui n'est pas le cas dans la plupart des démocraties modernes. Comme nous le verrons, le rôle politique et social des femmes fut déterminant tout au long de l'histoire d'Égypte. Grâce à un système juridique remarquable, la femme et l'homme étaient égaux en droit et en fait ; à ce statut légal qui ne fut pas remis en cause avant le règne des Ptolémées, souverains grecs, s'ajoutait une véritable autonomie, puisque l'Égyptienne n'était soumise à aucune tutelle.

Non seulement cette égalité entre homme et femme s'imposa d'emblée comme une valeur fondamentale de la société pharaonique, mais encore perdura-t-elle tant que le pays demeura indépendant. Il est indéniable que les Égyptiennes bénéficièrent de conditions de vie bien supérieures à celles que connaissent, de nos jours, des millions de femmes ; dans certains domaines, comme celui de la spiritualité, les citoyennes des pays dits développés n'ont pas obtenu les mêmes capacités institutionnelles que les Égyptiennes. Impossible, en effet, d'imaginer une femme pape, grand rabbin ou recteur d'une mosquée, alors que bon nombre d'Égyptiennes occupèrent le sommet de hiérarchies sacerdotales.

Ce qui frappe l'observateur, dès qu'il s'intéresse à l'art égyptien, c'est l'immense respect accordé à la femme. Belle, sereine, lumineuse, elle a contribué de manière la plus active à la construction quotidienne d'une civilisation qui voua un culte à la beauté, et notamment à celle de la femme. Beauté troublante pour les premiers chrétiens : redoutant la séduction des Égyptiennes, ils détruisirent maintes représentations de femmes ou les recouvrirent de plâtre afin d'échapper à leur regard. Par bonheur, de nombreuses filles du Nil ont échappé aux multiples formes de vandalisme et continuent à nous enchanter. Qui pourrait résister au charme souverain des grandes dames du temps des pyramides, à la grâce des élégantes de la Thèbes du Nouvel Empire, à leur sourire divin et à l'amour de la vie qu'elles incarnent ?

Au fil des pages, nous rencontrerons des reines, des inconnues, des femmes de pouvoir, des femmes au travail, des prêtresses, des servantes, des épouses, des mères ; aucune d'elles n'aurait pu s'appeler « madame Anatole Dupont », ce qui suppose l'anéantissement de son nom, de son prénom et un total effacement derrière son mari. L'Égyptienne affirma son nom et sa personnalité, sans pour autant entrer dans un processus de compétition avec l'homme, parce qu'il lui fut possible d'exprimer pleinement sa capacité d'être conscient et responsable.

L'Égypte pharaonique, à laquelle nous n'avons accès que depuis 1822, date du déchiffrement de la langue hiéroglyphique par Champollion, n'a pas fini de nous surprendre ; l'étude de la condition féminine fait précisément partie des domaines dans lesquels les avancées de la société égyptienne sont particulièrement étonnantes. Partir à la rencontre des Égyptiennes est une aventure fascinante, parsemée de surprises ; d'une femme Pharaon à une supérieure des médecins, d'une femme d'affaires à une « chanteuse du dieu », voilà autant de visages qui tracèrent une voie d'une richesse et d'une splendeur à ce jour inégalées.

PREMIÈRE PARTIE

FEMMES AU POUVOIR

1
LA REINE ISIS

Mère et reine

La tombe du pharaon Thoutmosis III, dans la Vallée des Rois, est d'un accès difficile ; il faut d'abord grimper un escalier métallique installé par le Service des Antiquités, puis s'engager dans un étroit boyau qui s'enfonce dans la roche. Les claustrophobes sont contraints de renoncer ; l'effort est pourtant récompensé car, au terme de la descente, l'on découvre deux salles, l'une au plafond bas dont les murs sont décorés de figures de divinités, et l'autre plus vaste, la chambre de résurrection. Sur ses parois, les textes et les scènes de l'*Amdouat*, « le livre de la chambre cachée », qui révèle les étapes de la résurrection du soleil dans les espaces nocturnes et de la transmutation de l'âme royale dans l'au-delà.

Sur l'un des piliers, une scène remarquable : une déesse, sortant d'un arbre, donne le sein à Thoutmosis III. Ainsi allaité pour l'éternité, le pharaon est perpétuellement régénéré. Le texte hiéroglyphique nous donne l'identité de cette déesse à la générosité inépuisable : Isis. Mais Isis est aussi le nom de la mère terrestre de ce roi, une mère dont le visage a été préservé par une statue retrouvée dans la fameuse cachette du temple de Karnak * : les joues pleines, paisible, élégante, la mère royale Isis porte une coiffure à longues tresses et une robe à bretelles. Assise, la main

* Statue conservée au musée du Caire : CG 42.072.

droite posée à plat sur sa cuisse, elle tient un sceptre floral de la main gauche. D'elle, nous ne savons rien, sinon que son fils la vénérait et qu'elle portait le nom de la plus célèbre déesse de l'Égypte ancienne.

La passion et la quête d'Isis

Isis la grande avait régné sur les Deux Terres, la Haute et la Basse-Égypte, bien avant la naissance des dynasties. En compagnie de son époux Osiris, elle gouvernait avec sagesse et connaissait un bonheur parfait. Vint le jour où Seth, le frère d'Osiris, convia ce dernier à un banquet. Il s'agissait d'un guet-apens, puisque Seth était décidé à assassiner le roi pour prendre sa place. Utilisant une technique originale, le meurtrier demanda à son frère de s'allonger dans un cercueil pour vérifier s'il était bien à sa taille. Imprudent, Osiris accepta. Seth et ses acolytes fixèrent le couvercle et jetèrent le sarcophage dans le Nil.

Les détails de cette tragédie sont connus par un texte de Plutarque, initié aux mystères d'Isis et d'Osiris ; les sources plus anciennes n'évoquent que la mort tragique d'Osiris dont les malheurs se poursuivirent, car son cadavre fut découpé en plusieurs morceaux. Seth fut persuadé que son frère était à jamais anéanti.

Isis, la veuve, refusa la mort.

Mais que pouvait-elle faire, sinon pleurer son mari martyrisé ? Un projet insensé naquit en son cœur : retrouver chaque morceau du cadavre, le reconstituer et, grâce à la magie sacrée dont elle connaissait toutes les formules, lui redonner vie.

Débuta la quête d'Isis, patiente et obstinée. Et elle crut réussir ! Toutes les parties du corps furent réunies, sauf une : le sexe d'Osiris, qu'avait avalé un poisson. Cette fois, Isis n'avait plus qu'à renoncer.

Mais elle persévéra : convoquant sa sœur Nephtys, dont le nom signifie « la maîtresse du temple », elle organisa une veillée funèbre *. *Je suis ta sœur bien-aimée*, dit-elle au

---

* Voir H. Junker, *Die Stundenwachen in den Osirismysterien*, Wien, 1910.

cadavre d'Osiris reconstitué, *ne t'éloigne pas de moi, je t'appelle ! N'entends-tu pas ma voix ? Je viens vers toi, aucun espace ne doit me séparer de toi !* Pendant des heures, Isis et Nephtys, au corps pur, entièrement épilées, portant des perruques bouclées, la bouche purifiée avec du natron (du carbonate de sodium), prononcèrent des incantations dans une chambre funéraire obscure et parfumée à l'encens. Isis invoqua tous les temples et toutes les villes du pays pour qu'ils s'associent à sa peine et fassent revenir de l'au-delà l'âme d'Osiris. La veuve prit le cadavre dans ses bras, son cœur battit d'amour pour lui, et elle lui murmura à l'oreille : *Toi qui aimes la lumière, ne marche pas dans les ténèbres.*

Hélas, le cadavre demeura inerte.

Alors, Isis se transforma en milan femelle, battit des ailes pour redonner le souffle de vie au défunt, et se posa à l'emplacement du sexe disparu d'Osiris qu'elle fit magiquement réapparaître. *J'ai joué le rôle d'un homme*, affirme-t-elle, *bien que je sois une femme.* Les portes de la mort s'ouvrirent devant elle, Isis perça le secret le plus essentiel, celui de la résurrection, elle agit comme aucune déesse n'avait agi auparavant. Elle, qu'on nomme « la Vénérable, jaillie de la lumière, issue de la pupille d'Atoum (le principe créateur) », parvint à faire revenir celui qui semblait parti à jamais et à être fécondée par lui.

Ainsi fut conçu leur fils Horus, né de l'impossible union de la vie et de la mort. Événement ô combien important, puisque cet Horus, enfant né du mystère suprême, était appelé à monter sur le trône de son père, désormais monarque de l'au-delà et du monde souterrain.

Seth ne s'avoua pas vaincu. Une seule solution : tuer Horus. Consciente du danger, Isis cacha son fils dans les fourrés de papyrus du Delta. La maladie, les serpents, les scorpions, l'assassin qui rôde... Les dangers ne manquèrent pas, mais Isis la magicienne réussit à préserver l'enfant Horus de tout malheur.

Seth n'admit pas son échec. Au lieu de s'incliner, il contesta la légitimité d'Horus, pourtant surnaturelle, et provoqua la réunion du tribunal des divinités afin de faire condamner l'héritier d'Osiris. Ce tribunal siégeant sur une île, Seth rusa pour qu'une décision inique fût adoptée : que le passeur interdise à toute femme de descendre dans sa barque. Isis ne pourrait donc plaider sa cause.

Comment la veuve aurait-elle renoncé, après avoir subi tant d'épreuves ? Elle convainquit le passeur en lui remettant un anneau d'or, se présenta devant le tribunal, vainquit la mauvaise foi et les arguments spécieux, et fit acclamer Horus comme pharaon légitime.

Épouse parfaite, mère exemplaire, Isis devint aussi la garante de la transmission du pouvoir royal. Son nom ne signifie-t-il pas « le trône ? » On s'aperçoit que, selon la pensée symbolique égyptienne, c'est le trône, autrement dit la grande mère et la reine Isis, qui fait naître le pharaon.

Isis, magicienne et connaissante

Isis est la femme-serpent * qui devient l'uraeus, le cobra femelle se dressant au front du roi pour détruire les ennemis de la lumière ; il faudra une désastreuse évolution et une méconnaissance du symbole premier pour que la bonne-déesse serpent devienne le reptile tentateur de *la Genèse* et fourvoie au premier couple. Isis et Osiris, au contraire, affirment le vécu d'une connaissance lumineuse grâce à l'amour et au-delà de la mort.

Sous la forme de l'étoile Sothis, Isis annonce et déclenche la crue du Nil ; en pleurant sur le corps d'Osiris, elle fait monter l'eau bienfaisante qui dépose le limon sur les berges et assure la prospérité du pays. La chevelure d'Isis ne forme-t-elle pas les touffes de papyrus émergeant du fleuve ?

Cette magie cosmique d'Isis naît de sa capacité de connaissance des mystères de l'univers et, parmi ceux-ci, du nom secret de Râ, incarnation de la lumière divine. Certes, le cœur d'Isis était plus habile que celui des bienheureux, et il n'était rien qu'elle ignorât au ciel et sur terre... sauf ce fameux nom secret de Râ que ce dernier n'avait confié à personne, pas même aux autres divinités.

---

* Voir, par exemple, M.-O. Jentel, De la « Bonne Déesse » à la « Mauvaise Femme » : Quelques avatars du motif de la femme-serpent, *Échos du monde classique. Classical Views*, Calgary 28 n° 2, 1984, p. 283-9.

Isis partit à l'assaut du bastion. Recueillant un crachat de Râ, elle le mêla à la terre et en forma un serpent. Elle cacha ce reptile magique dans un buisson placé sur le chemin du dieu ; quand il passa, le reptile le mordit. Le cœur de Râ brûla, il trembla, et ses membres devinrent froids. Bien qu'il fût hors d'atteinte de la mort, le poison lui infligea une pénible souffrance, et personne ne parvint à le guérir.

Isis intervint. Lui redonner la santé ? Oui, c'était possible... Mais à condition que Râ lui confiât son nom secret. Le soleil divin tenta de ruser et lui en donna plusieurs, sans mentionner le bon. Intuitive, Isis ne tomba pas dans le piège. Râ, épuisé, fut contraint de lui révéler son véritable nom, Isis le guérit... et garda à jamais le secret.

Les lieux d'Isis

Chaque partie du corps d'Osiris donna naissance à une province ; l'Égypte entière fut assimilée à l'époux ressuscité d'Isis qui anima la totalité du pays et se trouva donc partout chez elle.

Pourtant, lorsqu'on sillonne l'Égypte, on découvre trois lieux plus particulièrement liés à Isis, en allant du nord au sud : Behbeit el-Hagar, Dendera et Philae.

Behbeit el-Hagar, dans le Delta, est un site inconnu des touristes. Lorsqu'on y parvient, après être sorti d'un dédale de petites routes, la déception est vive. Que reste-t-il du grand temple d'Isis, sinon un amoncellement d'énormes blocs de granit ornés de scènes rituelles ? Isis fut vénérée ici, mais son temple fut démantelé. On l'utilisa comme carrière, sans nul respect pour son caractère sacré. En se promenant parmi les herbes folles, comment ne pas songer à l'époque où se dressait un sanctuaire colossal dédié à la maîtresse du ciel ?

C'est à Dendera, en Haute-Égypte, qu'est symboliquement située la naissance d'Isis. Le sanctuaire de la déesse Hathor n'est que partiellement conservé, mais demeurent le temple couvert et le mammisi (temple de la naissance d'Horus), ainsi qu'un petit sanctuaire où, selon les textes, la belle Isis est venue au monde avec une peau rose et une chevelure noire. C'est la déesse du ciel qui lui donna le jour, tandis qu'Amon, le principe caché, et Chou, l'air lumineux, lui octroyaient le souffle de vie.

À la frontière sud de l'Égypte ancienne trône Philae, l'île-temple d'Isis ; ici vécut la dernière communauté initiatique égyptienne qu'anéantirent des chrétiens fanatiques. Menacés de destruction par la mise en eau de la « haute digue », le grand barrage d'Assouan, les temples de Philae furent démontés pierre par pierre et remontés sur un îlot voisin. La « perle de l'Égypte » fut ainsi sauvée des eaux ; y séjourner, ne fût-ce que quelques heures, est une expérience inoubliable. Conformément à la volonté des Égyptiens, les rites continuent d'être célébrés grâce aux hiéroglyphes gravés dans la pierre ; la présence d'Isis est tout à fait palpable, et l'on entend les paroles prononcées lors des cérémonies par les prêtresses de la grande déesse : *Isis, créatrice de l'univers, souveraine du ciel et des étoiles, maîtresse de la vie, régente des divinités, magicienne aux excellents conseils, soleil féminin, qui scelle toute chose de son sceau ; les hommes vivent sur ton ordre, rien n'est réalisé sans ton accord* *.

L'éternité d'Isis

Victorieuse de la mort, Isis survécut à l'extinction de la civilisation égyptienne. Jouant un rôle majeur dans le monde hellénistique, jusqu'au ve siècle ap. J.-C., son culte se répandit dans tous les pays du bassin méditerranéen, et même au-delà.

Elle devint la protectrice de nombreuses confréries initiatiques, plus ou moins hostiles au christianisme, qui la considéraient comme le symbole de l'omniscience, détentrice du secret de la vie et de la mort, et capable d'assurer le salut de ses fidèles **.

Mais Isis n'exigeait pas qu'une simple dévotion ; pour la connaître, ses adeptes devaient respecter une ascèse, ne pas

---

* Voir L.V. Žabkar, *Hymns to Isis in Her Temple at Philae*, Hanover/London, 1988.

** Voir F. Junge, Isis und die ägyptischen Mysterien, in *Aspekte der spätägyptischen Religion*, Wiesbaden, 1979, pp. 93-115 se contenter de la croyance mais gravir l'échelle de la connaissance et franchir les différents degrés des mystères.

Étant le passé, le présent et l'avenir, la mère céleste à l'amour infini, Isis fut longtemps une concurrente redoutable du christianisme. Mais même le dogme triomphant ne parvint pas à anéantir l'antique déesse ; dans l'hermétisme, si présent au Moyen-Âge, elle demeura « la pupille de l'œil du monde», le regard sans lequel la vraie réalité de la vie ne saurait être perçue. Isis ne se dissimula-t-elle pas sous les habits de la Vierge Marie, ne prit-elle pas le nom de « Notre Dame », à laquelle furent dédiées tant de cathédrales et d'églises ?

Isis, modèle de la femme égyptienne

Une civilisation se modèle sur un mythe ou un ensemble de mythes. Alors que, dans le monde judéo-chrétien, Ève est pour le moins suspecte, d'où l'indéniable et dramatique déficit spirituel des femmes modernes régies par ce type de croyance, il n'en allait pas de même dans l'univers égyptien. La femme n'était la source d'aucun mal et d'aucune dénaturation de la connaissance, bien au contraire ; c'est elle, à travers la grandiose figure d'Isis, qui avait affronté les pires épreuves et découvert le secret de la résurrection.

Modèle des reines, Isis fut aussi celui des épouses, des mères et des femmes les plus humbles. À la fidélité, elle ajoutait un courage indestructible face à l'adversité, une intuition hors du commun et une capacité à percer le mystère. Sa quête ne servait-elle pas d'exemple à toutes celles qui cherchaient à vivre l'éternité ?

2

MÉRIT-NEITH, PREMIER PHARAON D'ÉGYPTE ?

La loi dit : une femme peut être Pharaon

C'est Manéthon, un prêtre de l'époque tardive, qui répartit les pharaons d'Égypte en trente dynasties ; or, il se fait l'écho d'une tradition selon laquelle une loi avait été promulguée dès la deuxième dynastie, affirmant qu'une femme avait la capacité d'exercer la fonction royale. Sans grand risque, nous pouvons faire remonter cette législation aux origines mêmes de la civilisation pharaonique.

Vers 3150 av. J.-C. naît la première dynastie, fondée par Ménès, dont le nom fait allusion à l'idée de stabilité ; peut-être le mot Ménès signifie-t-il aussi « untel », ce qui indiquerait que Ménès, le roi « untel », est le modèle et le socle sur lequel s'appuieront les souverains postérieurs.

Nous sommes mal renseignés sur les origines de la civilisation égyptienne, mais nous savons que, dès la première dynastie, la langue hiéroglyphique fut utilisée ; l'étude des rares inscriptions conservées permet de constater que les valeurs fondamentales de l'Égypte pharaonique sont déjà présentes, notamment à travers la personne symbolique du monarque qui doit unir les Deux Terres et assurer leur prospérité en célébrant les cultes.

Les pharaons de la première dynastie bénéficient de deux sépultures, l'une à Saqqara, site proche du Caire, l'autre à Abydos, en Moyenne-Égypte. Une tombe au nord et l'autre au sud, par conséquent, afin de rappeler que Pharaon devait relier ces deux pôles complémentaires. L'une des deux demeures d'éternité servait à la pérennité du corps lumineux et invisible du monarque, l'autre au repos de son corps momifié.

Et voici l'énigme : une femme, Mérit-Neith, « l'aimée de la déesse Neith », possède la tombe Y à Abydos et la tombe 3503 à Saqqara *. Or, seul un pharaon pouvait jouir d'un tel privilège. De plus, ces deux sépultures sont tout à fait comparables à celles des autres souverains de la dynastie. La tombe de Mérit-Neith en Abydos (19 m x 16 m), bâtie au fond d'un puits dont les parois furent recouvertes de briques, est même l'une des plus grandes et des mieux construites du groupe des sépultures royales de cette époque. Entre les murs de briques sont aménagées huit chapelles de forme allongée où étaient entreposés des objets rituels, des vases et des jarres. Sur le sol de la chambre funéraire, une sorte de parquet ; et un toit de bois la protégeait. Ne manquaient pas les stèles érigées à la mémoire d'un pharaon.

À Saqqara comme à Abydos, la dernière demeure de Mérit-Neith est entourée de tombes de fonctionnaires et d'artisans formant sa cour, sans oublier soixante-dix-sept servantes, si l'on peut se fier au rapport de fouilles.

Conclusion : Mérit-Neith est le troisième pharaon de la première dynastie et le premier pharaon femme.

Pourtant, une objection : sur les stèles de Mérit-Neith manque la représentation du faucon Horus, protecteur de Pharaon. Chaque monarque se nommait, en effet, « l'Horus untel. » À notre sens, la présence de la déesse Neith dans le nom de Mérit-Neith peut pallier cette absence ; essayons de comprendre pourquoi.

La première reine d'Égypte et la déesse Neith

Si l'on met à part Ménès, l'ancêtre fondateur, le premier pharaon de la première dynastie fut Ahâ, « le Guerrier ». Son épouse, la première reine d'Égypte, s'appelait Neith-hotep, « la déesse Neith est en paix ». Un pharaon guerrier, une reine pacifique : sans doute l'expression d'une volonté d'équilibre.

* Voir W.B. Emery, *Archaic Egypt*, 1967, p. 65 sq.

Surtout, nous retrouvons l'énigmatique déesse Neith, qui présida donc aux destinées de la première reine d'Égypte et de la première femme Pharaon. Les textes nous expliquent la raison de ce choix. À la fois vent et inondation, Neith est l'immense étendue d'eau qui fit ce qui est, créa les divinités et les êtres, la grande mère qui rendit les germes féconds ; tout ce qui naquit sortit d'elle. Grande ancêtre qui fut au commencement, elle vint au monde par ses propres moyens, elle, la première mère, à la fois dieu et déesse *. Androgyne, aux deux tiers homme et au tiers femme, mâle capable de jouer le rôle d'une femelle et femelle capable de jouer le rôle d'un mâle, Neith créa le monde avec sept paroles. Enfantant sa propre naissance **, elle fut qualifiée de « père des pères » et de « mère des mères ».

Sous la protection de Neith, une femme de pouvoir est donc une personnalité autonome, d'autant plus que Pharaon lui-même est défini comme *une puissance divine grâce aux orientations de laquelle on vit, le père et la mère, unique et sans égal* ***.

Pharaon est un couple royal

Père et mère : telle est la nature de Pharaon. Dans l'ordre humain, elle s'exprime par un couple, formé du roi et de la reine. Atoum, le principe créateur, affirme : « Je suis Il-Elle **** ; il s'unit d'ailleurs à sa propre expression féminine, Atoumet, symbolisée par un serpent.

La constatation est d'importance : c'est un couple qui gouverne l'Égypte, analogue au premier couple divin formé de Chou et de Tefnout, parfois symbolisé par un couple de lions. Il n'existe aucun exemple de pharaon mâle célibataire, car une grande épouse royale est indispensable pour célébrer les rites et maintenir les liens entre le ciel et

---

* *Esna* V, pp. 107 et 281.

** La déesse s'incarne dans un coléoptère, l'*Agrynus notodanta*, qui peut être lumineux, et produit sa descendance à travers une autogenèse.

*** Texte de la tombe de Rekhmirê (*Urkunden* IV, 1077 1.6-8).

**** *Textes des Sarcophages* II, 161a ; littéralement : « Je suis celui-ci (*pen*) et celle-là (*ten*). »

la terre. En revanche, comme nous le verrons, un pharaon femme n'a pas besoin de mari humain ; elle porte en elle-même le principe mâle, comme Isis portait Horus. Mais elle demeure Pharaon, « père et mère ».

Les reines participèrent de manière effective au gouvernement du pays ; loin d'être des « première dames » effacées et sans consistance, elles devaient remplir des fonctions de femmes d'État et furent choisies en fonction de leur aptitude à s'en acquitter. C'est pourquoi les textes vantent autant leur sens de l'autorité que leur beauté.

Nous sommes loin d'un quelconque féminisme ; c'est le rôle spirituel de la femme, sa participation active à la création en esprit qui est mis en valeur et en pratique. Depuis la disparition de l'institution pharaonique, l'idée fut perdue, et l'on peut parler de régression plutôt que de progrès.

Une reine au gouvernail

Les fouilles archéologiques ont ramené au jour plusieurs sépultures de femmes des premières dynasties, reines, mères de rois ou personnalités de la cour ; ces découvertes prouvent à la fois le respect accordé à la femme et sa position éminente dans les hautes sphères de l'État.

L'une de ces reines, épouse du dernier pharaon de la deuxième dynastie (vers 2700 av. J.-C.), mérite une mention particulière : Ny-hépet-Maât, « le gouvernail appartient à Maât », considérée comme l'ancêtre de la troisième dynastie. Bien que nous ignorions tout d'elle, son nom est révélateur.

Si nous évoquons parfois « le char de l'État », les Égyptiens préféraient dire « le navire de l'État », le Nil étant le fleuve nourricier et la grande voie de circulation. Qu'une reine soit envisagée comme « le gouvernail » démontre qu'elle est capable d'orienter correctement le bateau. Surtout, elle est assimilée à la déesse Maât, qui est la base même de la civilisation égyptienne *. On peut traduire le mot Maât par « Règle », à condition d'y inclure les idées d'ordre universel, d'harmonie cosmique, d'équilibre éter-

* Voir le livre fondamental de J. Assmann, *Maât, l'Égypte pharaonique et l'idée de justice sociale*, 1989.

nel de l'univers, de justesse céleste inspirant la justice humaine, de rectitude, de solidarité entre les êtres vivants, de vérité, de juste répartition des devoirs, de cohésion sociale, de sagesse. Maât porte sur la tête une plume, la rectrice, qui permet aux oiseaux de diriger leur vol ; c'est elle, aussi, qui inspire l'action quotidienne de Pharaon. Son rôle premier, en effet , est de mettre Maât à la place du désordre et de l'injustice, en luttant contre les défauts inhérents à l'être humain : l'oubli, la paresse, la surdité à l'égard d'autrui, l'entêtement aveugle et l'avidité. Pharaon doit dire et faire Maât, de sorte que l'État soit le juste reflet de l'harmonie cosmique. C'est pourquoi, comme l'a démontré Assmann, Pharaon, sujet de Maât et serviteur de son peuple, ne peut être un tyran ; chargé de protéger le faible contre le fort et de combattre les ténèbres, il est le lien qui assure la cohésion entre les humains, et le lien entre la communauté des hommes et les puissances créatrices. N'est-ce pas cette conception grandiose, mais effective, qui permit à l'institution pharaonique de durer pendant trois millénaires ?

Au regard de l'historien, la reine Ny-hépet-Maât, de même que Mérit-Neith, n'est qu'une ombre insaisissable ; mais, par leurs seuls noms, ces femmes incarnent la grandeur de l'aventure égyptienne et nous en donnent les clés. Que Maât soit une déesse, que les reines d'Égypte soient ses incarnations terrestres, n'est-ce pas confier à la femme la plus vitale des responsabilités ?

3

HÉTEP-HÉRÈS, LA MÈRE DE KHÉOPS

Une découverte inopinée

Le 2 février 1925, l'équipe de l'archéologue américain Reisner travaille sur le plateau de Guizeh, dans le grand cimetière royal situé à l'est de la phénoménale pyramide de Khéops (vers 2589-2566 av. J.-C.), souvent appelée « la grande pyramide ». Là se trouvent notamment trois petites pyramides de reines, dont les chapelles de culte, ouvertes sur la face orientale, donnent sur une allée. Ce jour-là, le photographe de l'expédition décide de prendre des clichés en s'installant à l'extrémité septentrionale de l'allée. Comme tout bon technicien, il prépare son matériel avec soin et pose son trépied de sorte qu'il soit stable. Opération mille fois répétée, acte routinier.

Cette fois, un petit ennui : l'un des pieds s'enfonce dans un creux. Le technicien se baisse et constate la présence d'une couche de plâtre. À l'évidence, une œuvre humaine, une sorte de trompe-l'œil destiné à imiter le sol rocheux.

Interpellés, les fouilleurs dégagent une tranchée rectangulaire comblée par de petits blocs de calcaire. Ils les ôtent et mettent au jour un escalier que prolonge un tunnel. Il aboutit à un puits, lui aussi bouché par des pierres. L'excitation grandit : s'agirait-il d'une tombe inviolée et à qui appartient-elle ?

Le puits dégagé à son tour, les fouilleurs accèdent à une niche contenant des jarres, le crâne et les pattes d'un taureau enveloppées dans des nattes : une offrande qui permettait au propriétaire de la tombe de ne pas souffrir de la soif et de disposer de la puissance créatrice du taureau.

Le 8 mars 1925 fut atteinte la chambre funéraire, une petite pièce taillée dans le roc. Une pièce... inviolée !

Le trésor de la reine, « mère du roi »

À 25 m sous la surface du sol, se trouvait donc une sépulture secrète à laquelle nul pillard n'avait eu accès. La présence d'un sarcophage laissa espérer la découverte d'une momie, mais ce dernier était vide. La déception passée, les fouilleurs posèrent leurs regards sur les multiples objets que contenait la tombe ; leur examen ne nécessita pas moins de 1 500 pages de notes et 1 700 photographies.

Apparut le nom de la légitime occupante des lieux : Hétep-Hérès, dont le nom signifie probablement « Pharaon est plénitude grâce à elle » *.

Une grande personnalité, puisqu'elle était l'épouse du pharaon Snéfrou et la mère du bâtisseur de la grande pyramide. Son équipement pour l'au-delà était remarquable : de la vaisselle d'or, un dais en bois et des fauteuils plaqués d'or, un lit et son chevet, des colliers, des coffres, des vases de cuivre et de pierre, des bracelets en argent incrustés de cornaline, de lapis-lazuli et de turquoise, un coffret en bois doré contenant deux rouleaux destinés au rangement de ces bijoux. Des chefs-d'œuvre comme les plats et les coupes d'or, ou l'aiguière de cuivre, démontrent le génie des artisans de l'Ancien Empire. La pièce la plus extraordinaire est sans doute la chaise à porteurs, retrouvée en pièces détachées, puis remontée et exposée au musée du Caire, avec d'autres éléments de ce trésor d'une stupéfiante perfection. À lui seul, il témoigne du raffinement de la cour de Snéfrou et de Khéops, de son goût pour la sobriété et la pureté des lignes.

Détail important, ces merveilles créées pour l'éternité, et

---

* Sur cette découverte et l'étude archéologique de la tombe, voir G.A. Reisner, *A History of the Giza Necropolis*, vol. II, completed and revised by W. Stevenson Smith : The Tomb of Hetep-heres, the Mother of Cheops, Cambridge (Massachussets), 1955 ; M. Lehner, *The Pyramid Tomb of Hetep-Heres and the Satellite Pyramid of Khufu*, Mainz, 1985.

non pour le monde passager des humains, étaient destinées aux paradis de l'au-delà où vit l'âme d'Hétep-Hérès. Grâce aux parures, sa beauté sera inaltérable ; grâce à la vaisselle précieuse, elle célébrera un perpétuel banquet.

La magnifique chaise à porteurs de la mère de Khéops est un symbole en rapport avec sa fonction. La reine d'Égypte, en effet, portait les titres surprenants de « chaise à porteurs d'Horus » et de « chaise à porteurs de Seth » ; elle s'appelait aussi « la grande qui est une chaise à porteurs ». Elle apparaissait ainsi comme le support, en mouvement, des dieux Horus et Seth, les frères ennemis qui se réunissent et s'apaisent dans la personne de Pharaon. De même qu'Isis est le trône d'où naît le roi d'Égypte, de même la reine est la chaise à porteurs qui permet au monarque de se déplacer, donc d'être en action *.

La titulature de la grande dame nous renseigne sur ses tâches rituelles : *Mère du roi de Haute et de Basse-Égypte, compagne d'Horus, supérieure des bouchers de la demeure de l'acacia, pour laquelle est accompli tout ce qu'elle formule, fille du dieu, de son corps, Hétep-Hérès.*

La demeure de l'acacia est liée au mystère de la résurrection, auquel furent associées toutes les reines ; nous reparlerons plus loin de cette institution. Mais attardons-nous un instant sur le titre de « mère du roi », qui sera utilisé jusqu'à la dernière dynastie. Nous disons bien « titre », car il est certain que l'expression ne désigne pas obligatoirement la mère charnelle d'un pharaon **. La filiation spirituelle est proclamée, mais il est impossible d'affirmer l'existence de liens familiaux plus concrets.

À l'être choisi pour être pharaon, la « mère du roi » avait le devoir de transmettre l'énergie sans cesse produite par l'univers divin ; c'est pourquoi elle est souvent présente aux côtés du monarque lors des rites majeurs et incarne la continuité dynastique. Un culte est rendu à la « mère du roi » en tant que source spirituelle de la monarchie. Le lit

* L'un des mots qui sert à désigner la chaise à porteurs, *hetes*, est aussi le nom d'un des sceptres qu'utilise la reine et qui lui permet, notamment, de consacrer un édifice en le transformant en « centre de production » d'énergie sacrée.

** « Fille du roi » est également un titre : voir M.A. Nur El Din, in *Orientalia Lovaniensia Periodica* 11, 1980, pp. 91-98. Voir aussi A.-S. Naguib, in *Studies Kakosy*, 1992, pp. 437-447.

de résurrection d'Hétep-Hérès, d'une admirable facture, ne servait pas seulement au repos éternel de la grande reine, mais aussi à sa perpétuelle union avec le principe créateur pour qu'elle donne naissance au roi.

Quand un archéologue écrit un roman policier

L'archéologie se veut rigoureuse et scientifique, mais elle est pratiquée par des hommes et par des femmes qui, c'est inévitable, interprètent les faits en fonction de leurs connaissances et de leur niveau de conscience. Au début du XXe siècle, des savants reconnus tel l'Allemand Erman considéraient la religion égyptienne comme un ramassis de stupidités ; récemment, Jan Assmann, un autre égyptologue allemand, a démontré que la pensée égyptienne, qui se préoccupe davantage de connaissance que de croyance, est une dimension spirituelle irremplaçable et irremplacée.

Reisner, tout archéologue qu'il fût, ne se contenta pas de l'étude « objective » de la tombe de la reine Hétep-Hérès. Sans aucun doute, l'absence de superstructure et la dissimulation volontaire du caveau permettaient de conclure au caractère secret de la tombe ; mais pourquoi ce secret ?

Et Reisner commença à imaginer. Épouse de Snéfrou, bâtisseur de deux grandes pyramides sur le site de Dahchour, Hétep-Hérès *aurait* été enterrée là, près de son mari. Malheureusement pour elle, des voleurs auraient pillé son tombeau, plongeant Snéfrou dans un profond désespoir. Ce dernier *aurait* donc décidé de sortir la dépouille de son épouse du tombeau de Dahchour pour la cacher à jamais dans le caveau secret de Guizeh ; mais la momie *aurait* été détruite pendant le transport, et personne n'*aurait* osé l'annoncer au roi. Et voilà pourquoi la sépulture secrète de Guizeh est vide !

Si nous avons souligné les conditionnels, c'est parce que cette tragique histoire n'a existé que dans l'imagination de Reisner. Malheureusement, elle fut parfois recopiée au titre de vérité historique...

Alors que l'étrange tombe d'Hétep-Hérès, sorte de reliquaire faisant songer à la tombe de Toutankhamon, abritait les vases dits « canopes », destinés à recevoir les viscères de la reine, nous ignorons la raison pour laquelle la momie fut déplacée, à supposer qu'elle ait été présente dans le sarcophage, sur lequel un couvercle avait été posé. Un changement de programme architectural a-t-il conduit les bâtisseurs à creuser un autre tombeau pour la reine ? Hétep-Hérès était-elle considérée comme un pharaon et disposait-elle d'une tombe pour son corps momifié et d'une autre pour son être de lumière ? De nouvelles fouilles, à Dahchour et à Guizeh, nous apporteront peut-être les réponses ; souhaitons qu'un photographe pose son pied au bon endroit...

4

L'ÉNIGMATIQUE MERESÂNKH

Une grande lignée

Les noms de Khéops, de Khéphren et de Mykérinos sont demeurés célèbres, grâce à leurs trois pyramides érigées sur le plateau de Guizeh. Prodigieuse quatrième dynastie (vers 2613-2498 av. J.-C.) qui vit naître ces géants de pierre, véritables centrales d'énergie spirituelle, rayons de lumière pétrifiés qui permettaient à l'âme royale de monter au ciel pour se joindre aux divinités et guider les humains sous la forme d'une étoile.

Les bas-reliefs des tombeaux de cette époque nous montrent une Égypte prospère, qui fonde sa richesse sur une administration rigoureuse et efficace, une agriculture diversifiée, un élevage développé et un artisanat d'une qualité exceptionnelle.

Parmi les hautes personnalités de la cour, trois femmes qui portent le même nom, Meresânkh, et semblent former une lignée. Deux traductions possibles pour ce nom remarquable ; soit « Elle aime la vie », soit « la Vivante (une déesse, probablement Hathor) l'aime » *. Quelle que soit la solution, la mise en rapport direct d'une lignée féminine avec le concept essentiel de « vie » souligne, une fois de plus, le rôle prééminent de la femme dans la civilisation de l'Égypte ancienne.

Sur la première Meresânkh, nous ne savons rien ;

* Troisième possibilité : « Le Vivant (un dieu non précisé) l'aime. »

peut-être fut-elle la mère du pharaon Snéfrou, fondateur de la quatrième dynastie et bâtisseur de deux pyramides colossales sur le site de Dahchour. La deuxième Meresânkh semble avoir été la fille de Khéops. La troisième nous réserve une superbe surprise.

Dix femmes pour une demeure d'éternité

Dans l'une des « rues de tombeaux » du plateau de Guizeh, à l'est de la pyramide de Khéops, s'ouvre la porte étroite d'une belle et grande demeure d'éternité creusée dans le roc pour Meresânkh III *. Elle fut préparée pour elle par une reine nommée Hétep-Hérès, comme la mère de Khéops, mais qu'il ne faut pas confondre avec elle ; on s'aperçoit, au passage, de la difficulté insurmontable que l'on rencontre pour établir des généalogies égyptiennes ! Cette Hétep-Hérès II était la fille de Khéops, portait donc le nom de sa mère, et vouait une grande affection à sa fille Meresânkh, troisième du nom, et sans doute épouse du roi Khéphren.

En entrant dans la tombe de cette troisième Meresânkh, un choc ! Une vision unique, un ensemble sculpté qui, à notre connaissance, n'existe que dans cette demeure d'éternité. Jaillissant de la pierre, une confrérie formée de dix femmes debout, d'âges divers, depuis l'adolescente jusqu'à la femme mûre **.

Lorsqu'on pénètre pour la première fois dans ce lieu envoûtant, on a l'impression que ces femmes sont vivantes, que leurs yeux nous contemplent, qu'elles continuent à prononcer les phrases rituelles indispensables à la bonne marche du monde. Et au fur à mesure des séjours dans cet endroit d'une rare puissance, l'impression se confirme. Intimement liées à la roche, ces statues ont bien été ani-

---

* Voir D. Dunham and W. Simpson, *The Mastaba of Queen Mersyankh III*, G 7530-7540, Giza Mastabas I, Boston, 1974.

** Deux groupes distincts : le premier formé de trois femmes (dont la supérieure, en tête), le second de sept femmes, dont quatre adultes et trois plus jeunes, de taille décroissante.

mées de manière magique et contiennent toujours le *ka*, la puissance immortelle qui en a fait des êtres de lumière.

Comme Meresânkh avait accès à « la demeure de l'acacia », on peut supposer qu'elle est représentée en compagnie des « sœurs » de la confrérie, et que la transmission s'effectue de la plus ancienne à la plus jeune, en passant par les stades intermédiaires. Est d'ailleurs révélé le geste de l'accolade entre deux femmes, dont l'une est plus âgée ; elle passe son bras gauche autour des épaules de sa disciple qui, du bras, entoure la taille de son initiatrice.

De ce groupe de dix femmes à jamais unies par les liens d'une même expérience d'éternité, se dégage un profond sentiment de communion ; en les contemplant, dans le silence de cette chapelle, on perçoit la véritable dimension des Égyptiennes.

La « mère », Hétep-Hérès, est également représentée avec sa « fille », Meresânkh, lors de divers épisodes rituels au cours desquels l'ancienne enseigne sa sagesse à la jeune ; ainsi, les deux femmes explorent les marais en barque pour y cueillir des fleurs de lotus. Non seulement se vouent-elles au culte des divinités, mais encore préservent-elles le parfum de la première aurore, lorsque la vie naquit de la lumière. Pendant cette promenade en barque, la mère révèle à la fille le secret du lotus sur lequel se déploya la création.

Meresânkh, gardienne des écrits sacrés

Parmi les personnages présents dans la tombe figurent des scribes. Or, Meresânkh porte un titre remarquable : prêtresse du dieu Thot, créateur de la langue sacrée et maître des « paroles de dieu », à savoir les hiéroglyphes. Elle est donc mise directement en rapport avec le dieu de la connaissance. Ce sera d'ailleurs le cas de plusieurs reines d'Égypte, comme Bentanta que l'on voit conduite par Thot vers l'autre monde, dans une scène de sa tombe (n° 71) de la Vallée des Reines.

Le détail est d'importance, car il prouve que Meresânkh avait accès à la science sacrée et aux archives des temples que l'on appelait « la manifestation de la lumière divine (*baou Râ*) ». C'est d'ailleurs une déesse, Séchat, qui est la souveraine de la Maison de Vie où l'on composait les rituels et où les pharaons étaient initiés aux secrets de leur fonction. Gardienne des bibliothèques et des textes fondamentaux, elle manie à la perfection le pinceau, qu'elle utilise à la fois pour écrire les paroles de vie et exercer l'art raffiné du maquillage. Vêtue d'une peau de panthère, la tête couronnée d'une étoile à sept branches (parfois à cinq ou à neuf), c'est Séchat qui rédige les Annales royales et inscrit les noms du pharaon sur les feuilles de l'arbre sacré d'Héliopolis. C'est de cette déesse détentrice des secrets de construction du temple qu'elle partage avec le roi, que dépend le secrétariat du palais *. Dans le temple de Séthi Ier, à Abydos, Séchat, « préposée aux archives des rouleaux divins », écrit le destin du pharaon et dit : *Ma main écrit sa longue durée de vie, à savoir ce qui sort de la bouche de la lumière divine (Râ) ; mon pinceau trace l'éternité, mon encre le temps, mon encrier les innombrables fêtes de régénération.*

Meresânkh, initiée aux mystères de Thot et à la connaissance des écrits rituels, fut instruite dans toute la science sacrée de l'Ancien Empire ; plus de trois millénaires après sa disparition, il nous est possible de la rencontrer, en compagnie de sa « mère » et de ses « sœurs », dans l'une des plus surprenantes tombes de Guizeh. Mystérieuse et fascinante Meresânkh, qui nous a permis de découvrir que l'univers de la connaissance était totalement ouvert à la femme d'Égypte.

* Voir G. A. Wainwright, *Seshat and the Pharaon*, *JEA* 26, 1941, pp. 30-40.

5

LA REINE KHÉNET-KAOUS, PHARAON OUBLIÉ ?

Un gigantesque sarcophage

Pendant l'hiver 1931-1932, l'égyptologue égyptien Sélim Hassan explora une partie de l'immense site de Guizeh, à 400 m environ au sud-est de la pyramide de Khéphren. Là, sur ce plateau arasé de main d'homme, un nombre impressionnant de chefs-d'œuvre : les trois pyramides, bien sûr, mais aussi de nombreuses tombes décorées. Il faut de longues journées pour parcourir ces « rues de tombeaux » qui n'ont rien de funèbre ; au contraire, cette ville d'éternité, aux pierres rassurantes, est un havre de paix et de sérénité.

Sélim Hassan dégagea un extraordinaire monument, un immense sarcophage dont la base avait 40 m de côté. Étonné, il dut se rendre à l'évidence : il s'agissait bien d'un sarcophage rectangulaire au toit bombé, reposant sur un socle carré, dont le massif intérieur était en partie constitué par la roche.

Déconcerté et ébloui, l'égyptologue songea à un monument comparable : la tombe du roi Chepseskaf (vers 2504-2500), successeur de Mykérinos et dernier roi de la quatrième dynastie. Sa demeure d'éternité, en forme de gigantesque sarcophage, fut édifiée au sud de Saqqara, loin de la zone touristique actuelle. Hélas, nous ne savons rien de ce pharaon dont le règne fut bref.

Qui était Khénet-kaous ?

À l'angle sud-est de la tombe-sarcophage de Guizeh, sur les montants en granit d'une chapelle extérieure et d'une « fausse porte » établissant la communication entre le visible et l'invisible, Sélim Hassan déchiffra le nom et les titres de la propriétaire : Khénet-kaous, « *Celle qui préside à ses puissances créatrices* », *mère du roi de Haute et de Basse-Egypte, fille du dieu, pour qui l'on accomplit toutes les bonnes choses qu'elle formule.* Et une hésitation majeure : l'inscription permet-elle de penser que cette mère d'un roi non nommé fut aussi un pharaon * ?

Depuis la découverte de son tombeau, nous n'avons glané que quelques maigres informations sur cette reine, mais l'on peut en conclure qu'elle joua un rôle de premier plan. Sans doute fille de Mykérinos, le bâtisseur de la plus petite des trois pyramides de Guizeh, elle fut élevée et instruite à l'école du palais. Sa mère était-elle la sublime Khamerer-Nebti, l'épouse de Mykérinos, dont nous connaissons l'admirable visage grâce à une statue conservée au musée de Boston ? Cette œuvre magnifique, placée dans le temple de la vallée de l'ensemble funéraire de Mykérinos, montre son épouse debout, en marche, à ses côtés, passant son bras droit autour de la taille du monarque et posant sa main gauche sur le bras gauche de son époux, dans une attitude protectrice.

Chepseskaf, dernier roi de la quatrième dynastie, et Khénet-kaous, considérée comme la « mère » des deux premiers pharaons de la cinquième dynastie, se firent donc construire le même et exceptionnel type de tombeau. Chepseskaf abandonna le symbole de la pyramide visible de loin, Khénet-kaous fit de même ; les premiers monarques de la cinquième dynastie feront de nouveau édifier des pyramides sur le site d'Abousir, proche de Saqqara.

Supposition hardie : en raison de l'existence de son tombeau-sarcophage, d'un temple funéraire, de sa position de fondatrice d'une nouvelle dynastie, du culte qui lui sera voué après sa mort, Khénet-kaous n'occupa-t-elle pas la

* Voir M. Verner, *SAK* 8, 1980, p. 243 sq.

fonction suprême au début de la cinquième dynastie, entre la disparition de Chepseskaf et la montée sur le trône d'Ouserkaf (vers 2500-2491) ? Les « puissances créatrices » sur lesquelles régnait cette femme étaient peut-être ses successeurs, qu'elle avait préparés à régner, qu'elle fût leur mère spirituelle ou charnelle, ou les deux.

Impossible, hélas, d'en savoir davantage ; mais l'on s'accorde, aujourd'hui, pour reconnaître que Khénet-kaous, grande dame de l'Ancien Empire, fut l'une de ses figures marquantes.

6

LES FEMMES DE PÉPI II

Une autre reine Pharaon ?

Le pharaon Pépi II (vers 2278-2184 av. J.-C.) est la figure centrale de la sixième dynastie : quatre-vingt-quatorze ans à la tête de l'Égypte, autrement dit le règne le plus long de l'histoire ! Certes, il n'édifia pas une pyramide aussi colossale que celle de Khéops, mais le pays demeura riche et heureux.

Quand Pépi II fut choisi pour régner, il n'avait que six ans. À l'évidence, il était incapable de gouverner. Ce rôle fut dévolu à une femme, Méryrê-Ankhénès, « l'Aimée de la Lumière divine, Que la vie lui soit accordée », veuve du pharaon Pépi Ier. Qu'elle fût simplement considérée comme régente ne change rien aux faits : elle prit en mains les affaires de l'État jusqu'au moment où Pépi II fut en mesure d'assumer sa charge.

Une statue d'albâtre, conservée au Brooklyn Museum, nous la montre assise, coiffée d'une grande perruque, tenant sur ses genoux le pharaon enfant, qu'elle magnétise de la main gauche. Pépi II est enfant par la taille, certes, mais son visage est celui d'un adulte. Dans la conception égyptienne, en effet, le maître des Deux Terres est pharaon « dès l'œuf » ; le rôle de la « mère du roi » est de le faire croître magiquement, d'« élargir son cœur » et de le rendre pleinement conscient de ses devoirs.

Pépi II vécut centenaire et eut trois épouses successives, Neit, Ipouit et Oudjebten. Chacune des trois reines fut l'incarnation de la déesse Hathor, dont le nom signifie « temple d'Horus », c'est-à-dire le pharaon lui-même ; en tant que maîtresse des étoiles, elle mettait au monde « l'Horus d'or », le chef-d'œuvre de la création, le roi capable de remplir sur terre la mission de nature cosmique qu'elle lui confiait. La reine s'appelle « celle qui voit Horus et Seth » dans le même être, Pharaon, qui parvient à concilier l'inconciliable en rétablissant la paix entre les deux frères ennemis. Elle est aussi « celle qui réunit les deux seigneurs », ces mêmes Horus et Seth qui règnent sur le nord et le sud du pays dont l'alliance est indispensable.

À cette époque, il est certain que le titre d'« Amie (*semeret*) d'Horus * » n'est plus réservé aux épouses royales, mais peut être accordé à une « fille de roi », voire à une dignitaire ; et ce ne fut pas la seule innovation qui se produisit sous le long règne de Pépi II.

Depuis longtemps, on construisait des pyramides pour les « mères de roi » et les grandes épouses royales qui partageaient ainsi la destinée stellaire du pharaon ; les princes, eux, ne bénéficiaient pas de sépultures si monumentales. Les trois épouses de Pépi II, Neit, Ipout et Oudjebten vécurent donc leur éternité dans trois pyramides proches de la pyramide du roi, les deux premières au nord-ouest, la troisième au sud-est. Chacune était pourvue d'un temple dans lequel des ritualistes célébraient un culte du *ka* de la reine défunte.

La reine Neit, dont le nom évoque celui de la déesse, fut la première grande épouse royale de Pépi II ; également « épouse de la pyramide du roi », elle fut vénérée par tous les dignitaires de la cour. Sa propre pyramide était entourée d'un mur d'enceinte percé d'une seule porte que précédaient deux petits obélisques. Dans la première salle, dite « salle des lions », étaient accomplis des rites de résurrection. Puis l'on découvrait une cour, des chambres où l'on conservait des objets rituels et des statues, et le sanctuaire

* Voir J. Malek, *JSSEA* 10, 1979-1980, pp. 229-241

proprement dit, accolé contre la paroi de la pyramide. Un étroit couloir menait au caveau qui abritait un sarcophage en granit rose, comparable à celui de Pépi II. La pyramide d'Ipout et son temple, mal conservés, comprennent des éléments semblables, avec une disposition différente. Un linteau de porte en granit précise que Pharaon avait fait édifier ce monument pour son épouse, d'ailleurs figurée sur les montants. La pyramide d'Oudjebten, qui n'aurait pas été d'origine royale, à la différence des deux premières épouses, n'était pas de moindre importance *.

Certes, ces trois monuments ne sont plus que des ruines, mais ils contiennent un trésor exceptionnel, partiellement ramené au jour, à cause de la difficulté des fouilles : des colonnes de textes hiéroglyphiques consacrés aux multiples modes de résurrection de l'âme royale et à son perpétuel voyage dans l'au-delà. Ces *Textes des Pyramides*, conçus dans la ville sainte d'Héliopolis, furent révélés, pour la première fois, à l'intérieur de la pyramide d'Ounas, dernier pharaon de la cinquième dynastie ; et les trois femmes de Pépi II furent autorisées à faire inscrire, sur les parois de leur caveau, ces formules de magie et de connaissance. Comme Pépi II, elles reposent donc à l'intérieur d'un livre de vie dont chaque hiéroglyphe est chargé de puissance.

Pour la première fois, à moins qu'une pyramide féminine à textes reste à découvrir, l'identification d'une reine à Osiris fut gravée dans la pierre ; les textes des pyramides des trois femmes de Pépi II offrent à la fois des chapitres communs à l'ensemble des monuments de même type et des passages originaux. C'est dire que ces trois grandes dames font entendre une voix unique et irremplaçable ; figures lointaines, dont l'histoire personnelle est inconnue, elles forment une trinité hiéroglyphique œuvrant à la concrétisation d'un des idéaux majeurs de l'Égypte ancienne : la victoire sur la mort.

---

* Voir G. Jéquier, *Fouilles à Saqqarah. La pyramide d'Oudjebten*, Le Caire, 1928 ; *Les pyramides des reines Neit et Apouit*, 1933.

7

NITOCRIS, LA PREMIÈRE FEMME PHARAON OFFICIELLE

Le règne de Nitocris

Mort centenaire, le roi Pépi II eut pour successeur Merenrê, dont le règne fut très bref ; il dura sans doute moins d'un an. Entre alors en scène Nitocris, la première femme officiellement considérée comme Pharaon régnant, puisque son nom figure dans l'une des listes royales composées par les Égyptiens eux-mêmes, et connue sous l'appellation de « Canon de Turin. » D'autres listes furent probablement détruites, et nous avons constaté que, bien avant Nitocris, des femmes exercèrent le pouvoir suprême. Néanmoins, dans l'état actuel de la documentation, elle est la première femme à porter, de manière formelle, le titre de « Roi de Haute et de Basse-Égypte ».

Nitocris monta sur le trône vers 2184 av. J.-C. et, selon les archives de l'époque ramesside, régna deux ans, un mois et un jour ; des chercheurs penchent pour une période plus longue, de six à douze ans *. Malheureusement, aucun document archéologique à son nom ne nous est parvenu, et nous nous trouvons donc dans une situation paradoxale : pour des reines antérieures, comme Khénet-kaous, un monument colossal, pharaonique, mais pas de titre explicite ; pour Nitocris, le titre, mais pas de monument ! Belle énigme à

* Sur le cas Nitocris, voir *LdÄ* IV, 513-514.

résoudre et, si elle n'a pas été détruite, une tombe exceptionnelle à découvrir.

Le nom de Nitocris, d'après le Grec Ératosthène, signifie « Athéna est victorieuse » ; il n'était pas loin de la vérité, puisque Nitocris, en égyptien *Neit-iqeret*, peut se traduire par « Neith (le modèle égyptien de l'Athéna grecque) est excellente ». Une fois de plus, la déesse Neith est la protectrice d'une femme de premier plan.

Belle et courageuse

L'histoire des dynasties rédigée par le prêtre égyptien Manéthon a été perdue, mais il en subsiste quelques fragments cités par des auteurs de l'antiquité. L'un d'eux, conservé dans un texte d'Eusèbe, parle en ces termes du pharaon Nitocris : *Une femme, Nitocris, régna ; elle avait plus de courage que les hommes de son époque, et elle était la plus belle de toutes les femmes, elle, blonde aux joues roses. On prétend qu'elle a construit la troisième pyramide.* Selon une tradition tardive, elle y aurait été ensevelie, et son corps aurait reposé dans un sarcophage de basalte bleu.

Cette « troisième pyramide » pourrait être celle de Mykérinos, sur le plateau de Guizeh, mais aucune trace de Nitocris n'y fut retrouvée. En revanche, certains archéologues estiment que le monument fut restauré à l'époque de la femme Pharaon ; l'attention qu'elle prêta à ce grandiose monument explique peut-être la naissance de la légende.

La beauté de Nitocris fait songer aux titres que portaient les reines de l'Ancien Empire : *grande d'amour, au beau visage, ravissante, souveraine de charme, qui satisfait la divinité grâce à sa beauté, à la voix enchanteresse quand elle chante, qui remplit le palais de l'odeur de son parfum, la souveraine de toutes les femmes, la maîtresse des Deux Terres et de la terre jusqu'à ses confins.* Il s'agit donc d'une beauté rituelle, d'un charme consubstantiel à la fonction de reine d'Égypte et, a fortiori, à celle de reine Pharaon.

Une autre légende tardive, dont on ne découvre aucune trace dans les documents égyptiens, prétend que Nitocris était l'épouse d'un roi et que son mari avait été assassiné par des traîtres. Cet acte odieux ne leur permit pas de régner ; ils demandèrent à la malheureuse Nitocris de gouverner, de manière à ce que la lignée légitime ne fût pas interrompue. La jeune femme accepta, mais prépara sa vengeance en secret. Elle fit construire une grande salle souterraine et invita les traîtres à y célébrer un banquet pour fêter leur victoire ; pendant qu'ils festoyaient, Nitocris fit ouvrir un conduit dans lequel l'eau s'engouffra. Les traîtres furent noyés, Nitocris se suicida en se précipitant dans une chambre pleine de cendres où elle étouffa. Un dramatique conte oriental, mais sans fondement historique.

La fin de l'Ancien Empire

Le glorieux temps des pyramides se termine par le règne de Nitocris, suivi d'une période confuse sur laquelle nous sommes fort mal renseignés. S'ouvre une crise grave qui, sans remettre en cause l'institution pharaonique, se traduit, semble-t-il, par des perturbations sociales et économiques. Mauvaises crues, modification brutale du climat, invasion de tribus bédouines, affaiblissement du pouvoir central, montée en puissance de chefs de province oubliant l'intérêt général ? De nombreuses explications furent avancées, sans qu'une certitude fût obtenue. On ne connaît même pas la durée exacte de ce que les égyptologues ont nommé « la première période intermédiaire », intermédiaire entre la fin de l'Ancien Empire et le début du Moyen Empire : d'une centaine d'années à cent quatre-vingt-dix ans pendant lesquels l'Égypte est affaiblie.

Le règne de Nitocris fut donc le dernier de l'Ancien Empire, l'âge d'or de l'Égypte ancienne ; pendant cinq siècles, environ, des pharaons bâtisseurs de pyramides construisirent un monde d'une puissance et d'une beauté sans égale. S'il est vrai qu'un peuple heureux n'a pas d'histoire, cette pensée s'applique à merveille à l'Ancien Empire ; rois et reines parlent de leur fonction, de leur rôle de lien entre le divin et l'humain, de la pratique des rituels conçus comme une science de la vie, mais l'on cherche en vain des détails sur leur vie privée ou leur histoire personnelle. Filiations et généalogies sont incertaines.

Les bas-reliefs des tombeaux, cependant, mettent en

scène le quotidien et les bonheurs des mois et des jours, en ce temps où l'Histoire avait été ritualisée et conçue comme une fête.

Il serait injuste de rendre Nitocris responsable de la cassure qui se produisit ; en réalité, la VIe dynastie s'est peu à peu affaiblie et, sous le long règne de Pépi II, des évolutions négatives, difficiles à percevoir en raison de la pauvreté de la documentation, ont conduit l'Égypte vers la crise.

Rhodopis et Cendrillon

La belle Nitocris n'avait pas fini de faire parler d'elle, au-delà des faits historiques. Elle fut confondue avec une certaine Rhodopis, « la dame au teint rose * » ; mais il y eut plusieurs Rhodopis, qui se mélangèrent quelque peu dans la mémoire des conteurs orientaux. Songeons à la courtisane grecque née à Naukratis, une ville du Delta ; malgré ses mœurs dissolues, les Grecs lui attribuèrent la construction de la pyramide de Mykérinos ! Est-elle identique à la très séduisante Rhodopis dont s'éprit le roi Psammétique, lequel eut une fille nommée Nitocris, qui devint grande prêtresse du dieu Amon, à Thèbes, où elle mena une existence austère ? On le voit, tout se confond et se mélange, mais il semble que les Anciens aient beaucoup admiré la blondeur des cheveux de Nitocris et de Rhodopis.

Nitocris-Rhodopis fut la vedette d'une légende que chacun connaît, au moins sous sa forme de dessin animé ; en voici la version égyptienne. Alors que la jeune femme se baignait dans le Nil, un faucon (l'oiseau d'Horus, protecteur de la royauté) s'empara d'une de ses sandales, vola jusqu'à la ville de Memphis où résidait le pharaon, et laissa tomber cette sandale sur les genoux du monarque. Imaginant le pied délicat et merveilleux que laissaient supposer

* Voir B. Van de Walle, La « Quatrième pyramide » de Gizeh et la légende de Rhodopis, in : *L'Antiquité classique*, III, 1934, pp. 303-312 ; C. Coche-Zivie, Nitocris, Rhodopis et la troisième pyramide de Giza, *BIFAO* 72, p. 115 sq.

les dimensions et la facture exquise de l'objet, il fit rechercher sa propriétaire dans tout le pays.

L'entreprise fut couronnée de succès, et les émissaires du roi conduisirent la belle jeune femme à la cour ; il en tomba immédiatement amoureux et l'épousa. À sa mort, le modèle de Cendrillon eut l'insigne privilège d'être inhumé dans une pyramide.

Le fantôme de Nitocris

Ces dernières années, le plateau de Guizeh a beaucoup souffert. La ville moderne et la pollution l'agressent, des constructions aberrantes menacent de défigurer le site, le cadre magique et la sérénité d'antan semblent appartenir au passé.

Pourtant, qui aurait la chance de se promener près de la pyramide de Mykérinos au couchant, un jour paisible, pourrait apercevoir, dans l'or des derniers rayons du soleil, une femme nue, très belle.

C'est Nitocris, ou plus exactement le fantôme de Nitocris, l'âme de la pyramide, chargée de garder le monument. La tradition prétend que, si l'on cède à ses charmes, on devient fou ; mais si l'on connaît son nom, si l'on sait lui parler de l'âge d'or, n'est-on pas simplement envoûté par la femme Pharaon aux cheveux blonds et aux joues roses ?

8

SOBEK-NÉFÉROU, FEMME PHARAON AVANT LA TOURMENTE

Bonheurs du Moyen Empire

Vers 2060 av. J.-C., l'Égypte sort d'une longue crise. Pendant deux dynasties, les XIe et XIIe, de 2133 à 1785, trois lignées de pharaons, les Montouhotep, les Amenemhat et les Sésostris * gouvernèrent un pays de nouveau prospère, dont l'œuvre architecturale, malheureusement, a presque complètement disparu. Certains monuments, démontés avec soin, furent utilisés comme fondations de leurs propres édifices par les rois du Nouvel Empire. On peut admirer, néanmoins, la « chapelle blanche » de Sésostris Ier, reconstituée par l'architecte francais Chevrier et exposée à Karnak, dans le « musée en plein air ». Élégance de la géométrie, beauté du calcaire, finesse des hiéroglyphes, perfection des scènes sculptées : tout évoque cet « âge classique » du Moyen Empire, pépinière de grandes œuvres littéraires comme le *Conte de Sinouhé*, véritable roman d'espionnage qui narre la mission d'un dignitaire égyptien à l'étranger et son retour au bercail.

Certes, on ne construit plus de pyramides géantes en pierre de taille comme celles du plateau de Guizeh, mais le symbole n'est pas abandonné, même si les pharaons de

* Montouhotep : « (Le faucon guerrier) Montou est en paix » ; Amenemhat : « (Le dieu caché) Amon se manifeste (littéralement : est en avant) » ; Sésostris : « L'homme de la (déesse) puissante. »

cette époque se contentent de pyramides plus modestes, dont certaines accordent une large part à la brique. Néanmoins, un site comme celui de Licht, au sud du Caire, témoigne d'une grandeur toujours perceptible, malgré les destructions infligées aux ensembles funéraires des Sésostris.

On a tenté, ces dernières années, de démontrer que le statut social et légal de la femme égyptienne s'était un peu dégradé au cours du Moyen Empire ; mais l'étude de la documentation prouve qu'elle demeurait libre et autonome, conformément aux principes civilisateurs énoncés dès la première dynastie.

Le Moyen Empire connut trois siècles et demi de paix qui s'achevèrent par le règne d'une femme Pharaon, Sobek-Néférou.

Sobek-Néférou : un règne, des noms, des monuments

De 1790 à 1785 av. J.-C., une femme règne en tant que Pharaon. Sa présence historique est confirmée par ses noms royaux et plusieurs monuments. Peut-être était-elle la fille d'Amenemhat III et la sœur, ou l' épouse, d'Amenemhat IV, son successeur. La durée exacte de son règne est inconnue : cinq ans pour les uns, trois ans, dix mois et vingt-quatre jours pour les autres, qui suivent le papyrus de Turin.

Aucun état de crise ne précède la venue au pouvoir de Sobek-Néférou, pharaon légitime et reconnu comme tel. Un document exceptionnel, malheureusement mutilé, la statue du Louvre E 27135, était une représentation de Sobek-Néférou, à la fois femme et roi. De cette œuvre imposante en grès rouge, seul subsiste le torse ; la tête, les bras et les jambes ont disparu. Que voyons-nous ? Les seins d'une femme en partie couverts de la longue robe traditionnelle et, sur cette robe, un tablier de pharaon ! Ce type de vêture est unique dans la statuaire pharaonique préservée. Comment savons-nous qu'il s'agit bien de Sobek-Néférou ? Grâce à son nom, écrit en hiéroglyphes sur la ceinture. Par-dessus son vêtement féminin, elle avait donc revêtu le vêtement masculin du roi, alliant ainsi les deux natures, et devenant un Horus féminin.

Son nom fut également gravé sur une architrave d'un temple de la cité d'Hérakléopolis, sur des pierres du temple funéraire d'Amenemhat III, et sur d'autres statues la représentant et provenant du Delta ; ces quelques vestiges laissent supposer l'existence d'autres œuvres, aujourd'hui détruites ou enfouies dans les sables, ou bien enfermées dans des collections particulières.

Sobek-Néférou fit-elle construire une pyramide, comme ses prédécesseurs ? C'est plus que probable, et l'on suppose qu'elle se trouvait sur le site de Mazghouna, au sud de Memphis ; les fouilles n'ont pas encore livré un élément d'identification décisif.

Conformément aux règles de la titulature en usage depuis la Ve dynastie, le pharaon Sobek-Néférou porte cinq noms :

Nom d'Horus : L'aimée de la Lumière divine (Râ).

*Nom des Deux Souveraines * : La fille du sceptre Puissance (ou : de la Puissante), la Maîtresse des Deux Terres.*

Nom d'Horus d'or : Stable d'apparitions en royauté (ou : celle dont les couronnes sont stables).

Nom du roi de Haute et de Basse-Égypte : Sobek est la puissance (ka) de la lumière divine (Râ).

Nom de fille de la Lumière divine (Râ) : Beauté parfaite (néférou) de Sobek.

Par ses noms, cette femme Pharaon définissait son programme de gouvernement et son mode d'action spirituel. Remarquons qu'elle insiste sur sa relation avec la lumière divine, sur sa puissance, sur sa stabilité et surtout sur un fait plutôt suprenant : elle incarne la « beauté parfaite » du dieu crocodile Sobek, qui est lui-même la puissance de la lumière.

Pour qui a contemplé de près un crocodile, le terme de « beauté » n'est pas le premier qui vient à l'esprit ; pourtant, les Égyptiens considéraient Sobek, l'incarnation du principe créateur symbolisé par le crocodile, comme un grand séducteur et un voleur de femmes, tout aussi capable de châtier l'adultère. Ce prince charmant-là ne faisait qu'une bouchée des gentes dames, et c'est sans doute pour

---

* C'est-à-dire le cobra et le vautour, correspondant à la Haute et à la Basse-Égypte.

conjurer le danger que Sobek-Néférou transformait en beauté l'agressivité du saurien. Elle devenait elle-même crocodile et, comme le précise sa titulature, « Sobek du Fayoum. »

Le Fayoum est un petit paradis, à une centaine de kilomètres au sud-ouest du Caire. Les pharaons du Moyen Empire s'attachèrent à la mise en valeur de cette région, notamment grâce à d'importants travaux d'irrigation qui en firent un immense jardin, doublé d'une réserve de pêche et de chasse. Le dieu de la principale ville du Fayoum, Shedet (la Crocodilopis des Grecs et l'actuelle Medinet el-Fayoum), était précisément Sobek dont l'une des fonctions majeures consistait à faire monter le soleil du fond des eaux, afin de faire jaillir la lumière sur terre et de déclencher ainsi le processus de fertilisation. Considéré comme le « grand poisson », le maître des rives et des marais, Sobek était bien la « puissance de la lumière divine », apte à extraire la vie de l'océan ténébreux de l'origine et à rendre le pays verdoyant *. Telles étaient les tâches que Sobek-Néférou, le pharaon crocodile, se fixait à elle-même.

La tourmente : une invasion venue du nord

Au nord-est du Delta, la frontière de l'Égypte est fragile. Une voie d'invasion naturelle se révélait fort tentante pour des populations nomades, les Hyksôs **, qui formaient des clans de pasteurs volontiers pillards. Depuis longtemps, ils jetaient un œil avide sur les riches terres cultivées des Égyptiens.

Pourquoi une vague d'invasion se déclencha-t-elle vers 1785 av. J.-C. ? Sans doute parce que des peuplades asiatiques se joignirent à ces clans, avec la ferme intention de s'emparer de l'Égypte. Le dispositif de sécurité des pharaons se révéla très insuffisant, l'attaque des Hyksôs fut un succès. L'armée de Sobek-Néférou ne parvint pas à

* Voir C. Dolzani, *Il Dio Sobk*, Roma, 1961, et *LdÄ* 39, 1984, 995-1032.

** En égyptien, *hekaou-khasout*, « les chefs des pays étrangers ». Voir J. van Seters, *The Hyksos*, New Haven and London, 1966. L'origine et l'identification des Hyksôs demeurent des thèmes controversés.

repousser ces envahisseurs qui s'installèrent dans le nord du pays et contrôlèrent même Memphis.

Horus femelle, Sobek-Néférou * fut un authentique pharaon, considérée comme tel par les anciennes listes royales. Elle affirma le lien des femmes de pouvoir avec le dieu crocodile Sobek, dont la première prêtresse avait été Khénémet-Néfer-Hedjet, l'épouse de Sésostris II. Trois autres grandes dames souligneront ce rapport symbolique : Ahmès-Néfertari, Hatchepsout et Tiyi **.

Alors que le pays se divisait en zone libre et zone occupée, comment se déroulèrent les derniers jours de règne de Sobek-Néférou ? Nous l'ignorons. La date précise de l'invasion des Hyksôs demeurant inconnue, il n'est même pas certain qu'elle eut à les affronter directement.

---

* Demeure une incertitude sur la lecture de son nom ; pour certains égyptologues, il s'agit de Néférou-Sobek.

** Sur ce point, voir C. Vandersleyen, *L'Égypte et la vallée du Nil*, tome 2, p. 117, note 2.

9

IÂH-HOTEP, LIBÉRATRICE DE L'ÉGYPTE

L'occupation hyksôs

Pendant plus de deux siècles, de 1785 à 1570 av. J.-C., les Hyksôs occupèrent le nord de l'Égypte. Les égyptologues baptisèrent cette époque « deuxième période intermédiaire » ; son étude se révèle ardue, en raison de la pauvreté de la documentation. Le processus dynastique ne s'interrompt pas, mais aucun monarque d'envergure ne s'impose ; les Hyksôs eux-mêmes se conforment à la titulature pharaonique, comme s'ils désiraient être admis par la population. Les « monarques » sont nombreux, les règnes brefs, un chef de clan chasse l'autre.

Certains chefs de province, cependant, gardent leur indépendance ; la Haute-Égypte demeure libre, les Hyksôs ne parviennent pas à s'en emparer. De la XIIIe dynastie à la fin de la dix-septième, le pays est coupé en deux.

Certains collaborèrent avec l'occupant, d'autres refusèrent obstinément sa présence. Il est d'ailleurs difficile d'appréhender la nature même de cette occupation. Pour les uns, les Hyksôs furent des barbares cruels et destructeurs ; pour les autres, ils se plièrent au mode de vie égyptien, avec l'espoir de s'imposer à la longue. Quoi qu'il en soit, ils ne devinrent pas populaires.

Peu avant 1570, la situation se modifia. Une femme exceptionnelle, Iâh-Hotep, ne toléra plus cette main-mise étrangère qui ruinait l'Égypte et décida de tout mettre en œuvre pour la libérer.

Fille du roi Taâ Ier et de la reine Tétishéri, qui fut peut-être la première à prôner la reconquête, Iâh-Hotep porte un nom significatif : « Le dieu-lune (*Iâh*) est en paix. » Le mot « lune », en ancien égyptien, est masculin ; et le « soleil de la nuit », rempli de magie et souvent comparé à un taureau, est un combattant redoutable. Par son nom, la reine annonce son programme politique : d'abord la guerre (*Iâh*), ensuite la paix (*hotep*), lorsque la victoire aura été obtenue.

Iâh-Hotep est une Thébaine. Thèbes, petite cité du sud de l'Égypte, fédère les résistants ; et c'est le mari de la reine, le roi Séqenenrê, « Celui qui accroît la bravoure pour la lumière divine », qui prend la tête de l'armée de libération et se lance à l'attaque des Hyksôs.

Nous ne connaissons ni le nombre de soldats engagés dans l'action, ni les épisodes du conflit ; mais il se termina par la mort de Séqenenrê. Sa momie, en effet, porte les traces de plusieurs blessures fatales.

Iâh-Hotep est veuve. Mais il lui reste deux fils, Kamosis et Ahmosis. Le nom de Kamosis, « la puissance est née », est suivi d'un guerrier tenant un bâton ; c'est dire que la reine lui insuffla la volonté de poursuivre l'œuvre de son père et de continuer la guerre. De fait, l'élan ne s'interrompit pas, mais un nouveau problème surgit. Conscient de la détermination des troupes thébaines, les Hyksôs cherchent à provoquer une révolte en Nubie ; si les Nubiens devenaient leurs alliés, Thèbes serait prise entre deux feux : les Hyksôs au nord, les Nubiens au sud.

Une seule solution : attaquer. Pendant que Kamosis fonce vers le nord, reprenant aux Hyksôs ville après ville, Iâh-Hotep se préoccupe de fortifier la frontière sud, à Éléphantine. Les Nubiens ne passeront pas, le projet d'alliance avec les Hyksôs échouera.

Kamosis remporta plusieurs victoires, mais ne parvint pas à s'emparer de la capitale fortifiée des Hyksôs, Avaris, où les derniers Asiatiques avaient trouvé refuge. Il revint à Thèbes où l'accueillit Iâh-Hotep, qui gouvernait en son absence. Pourquoi Kamosis n'a-t-il pas poursuivi le siège ?

Peut-être était-il blessé. Lorsqu'il disparut de la scène, le deuxième fils d'Iâh-Hotep n'était âgé que d'une dizaine d'années. La reine assuma donc la charge du pouvoir sur un territoire de plus en plus vaste, sans perdre de vue le but final : la libération totale de l'Égypte. Les noms de ce second fils sont éloquents : « Celui dont les transformations sont grandes, le taureau dans Thèbes, celui qui réunit les Deux Terres, la lumière divine (Râ) est le maître de la force. » En tant qu'Ahmosis, « Celui qui est né du dieu-lune * », il se plaça dans la continuité de l'action guerrière de la reine.

L'Égypte est libérée

Dès qu'il fut en âge de commander et de combattre, Ahmosis repartit pour le Nord, avec la ferme intention de s'emparer d'Avaris et d'expulser définitivement les Hyksôs hors d'Égypte. Une stèle, érigée par le roi à l'intérieur du temple de Karnak, met en relief le rôle difficile qu'eut à jouer Iâh-Hotep avant d'entrevoir la victoire. Sans doute tous les courtisans n'étaient-ils pas d'accord pour poursuivre la lutte, sans doute la reine dut-elle manifester courage et autorité pour réanimer les énergies défaillantes. D'après le texte de cette stèle, il est clair qu'Iâh-Hotep se comporta en véritable pharaon, prit elle-même les décisions et gouverna l'Égypte avec fermeté : *Adressez des louanges à la dame des rivages des contrées lointaines* **, *dont le nom est exalté dans chaque pays étranger, elle qui gouverne des multitudes, elle qui prend soin de l'Égypte avec sagesse, qui s'est préoccupée de son armée, qui a veillé sur elle, qui a fait revenir les fugitifs et rassemblé les dissidents, qui a pacifié la Haute-Égypte et soumis les rebelles* ***.

Peut-on déduire de ces lignes qu'Iâh-Hotep mit fin à

---

* On devrait transcrire ce nom Iâh-Mosis, puisqu'il s'agit du même mot *Iâh*, « dieu-lune », que dans le nom de la reine ; mais l'habitude de transcrire Ahmosis a été prise, et l'on trouvera souvent le nom de la reine écrit Ah-Hotep, Ahhotep.

** Traduction approximative ; les *haou-nebout*, dans ce contexte, semblent désigner « les îlots du nord », c'est-à-dire les zones aquatiques du Delta reconquises grâce à l'action d'Iâh-Hotep.

*** *Urkunden* IV, 21. 3-17.

une révolte militaire dans le sud et contrecarra une sorte de putsch ? Les avis divergent, mais il apparaît qu'elle fut un authentique chef d'armée, armée qui bénéficia de ses soins et de ses encouragements. Elle galvanisa les hésitants, donna une cohésion à ses troupes et y réintégra les soldats qui avaient déserté.

On imagine la joie d'Iâh-Hotep lorsqu'elle apprit la chute d'Avaris. Son mari était mort au combat, son fils aîné Kamosis avait rendu l'âme avant la victoire finale, son deuxième fils, Ahmosis venait de libérer la totalité du territoire égyptien et de réunifier les Deux Terres. Il devint le premier pharaon d'une nouvelle dynastie, la dix-huitième.

Iâh-Hotep et Ahmosis ne se contentèrent pas de la prise de la citadelle haïe ; le roi poursuivit les vaincus en fuite, loin vers le Nord, peut-être jusqu'à l'Euphrate. Et il n'oublia pas la redoutable tentative d'alliance qui avait failli compromettre le succès : après l'expulsion des Hyksôs, Ahmosis chassa de son trône un roitelet nubien convaincu de collaboration avec l'ennemi.

De la pointe du Delta jusqu'à la Nubie, seul Pharaon régnait.

Naissance d'une capitale

Jusqu'alors, la grande ville de l'Égypte des pharaons était Memphis, « la balance des Deux Terres », implantée à la jonction du Delta et de la Vallée du Nil. Capitale fondée par l'illustre Djeser, Memphis n'avait pas de rivale.

Mais qui venait de libérer l'Égypte, sinon une lignée de souveraines originaires de Thèbes ? Iâh-Hotep saisit l'opportunité et sut vanter les mérites d'Ouaset, « la cité du sceptre *ouas* (celui que tiennent les déesses) », nom sacré de Thèbes. La « ville aux cent portes », qui émerveilla Homère, est symbolisée par une femme et connut la gloire grâce à une femme. Sous l'impulsion d'Iâh-Hotep, Thèbes devint la capitale d'une Égypte libre, de nouveau maîtresse de son destin.

Une reine décorée comme un général

Femme énergique et vigoureuse, Iâh-Hotep mourut octogénaire, vénérée par la cour comme par le peuple. N'était-elle pas la libératrice, l'héroïne indomptable qui avait donné à l'armée le courage nécessaire pour chasser l'occupant ?

Son fils, Ahmosis, présida aux cérémonies funéraires ; la reine fut inhumée dans un tombeau de Dra Abou el-Naga, un secteur de la nécropole de Thèbes-ouest *. L'égyptologue français Auguste Mariette fouilla la sépulture en 1859 et eut la chance de découvrir un trésor composé de bijoux de très belle facture, par exemple un bracelet en or massif, recouvert de lapis-lazuli ; il proclamait la reconnaissance d'Ahmosis comme Pharaon. Autre merveille, un bracelet de perles enfilées sur du fil d'or et formé de bandes d'or, de lapis-lazuli, de cornaline et de turquoise. En le refermant, la reine assemblait des hiéroglyphes qui affirmaient la qualité d'Ahmosis comme « dieu accompli, aimé d'Amon », donc du dieu de Thèbes. Citons aussi un diadème représentant la déesse vautour Nekhbet, qui incarne à la fois la fonction maternelle et la capacité de donner une titulature et des noms à un pharaon : la reine n'avait-elle offert à l'Égypte deux rois, Kamosis et Ahmosis ?

Trois objets surprenants soulignaient l'action guerrière de la grande reine. Un poignard à la lame d'or, une hache au manche de cèdre recouvert d'or sur lequel on voit le roi, sphinx et griffon, vaincre ses ennemis, et trois mouches d'or, qui récompensent d'ordinaire les généraux et les soldats qui se distinguent au combat par leur vaillance.

À notre connaissance, aucune autre reine d'Égypte ne reçut cette décoration militaire, la plus haute que Pharaon accordait à un brave. Ahmosis reconnaissait ainsi que l'inspiratrice de la guerre de libération était Iâh-Hotep. La reine avait mené à bien son projet : déployer la force du dieu-lune pour la lutte victorieuse contre les Hyksôs et pour rétablir la paix. Elle méritait ces trois mouches d'or, symbole de son courage indomptable et de sa ténacité au cœur de l'épreuve.

---

* Voir M. Eaton-Krauss, The Coffins of Queen Ahhotep, Consort of Seqeni-en-Rê and mother of Ahmose, *Chronique d'Égypte* XLV/130, 1990, pp. 195-205.

10

AHMÈS-NÉFERTARI, ÉPOUSE DU DIEU

De lune en lune, de reine en reine

Tel que l'on entrevoit le caractère d'Iâh-Hotep, elle n'était pas femme à laisser le destin de l'Égypte entre des mains incompétentes. Elle pouvait avoir confiance en son fils, le pharaon Ahmosis, qui régna de 1570 à 1546 av. J.C. ; mais le choix d'une grande épouse royale n'était pas moins déterminant. Il se portera sur une personnalité tout aussi exceptionnelle qu'Iâh-Hotep, Ahmès-Néfertari, dont le nom signifie « Née du dieu-lune, la plus belle des femmes *. »

Souveraine des Deux Terres, « mère royale », Ahmès-Néfertari fut, elle aussi, une sorte de pharaon ; elle survécut à son mari, après avoir été associée à tous les actes majeurs de son règne, fut régente du royaume pendant l'enfance d'Amenhotep Ier (1551-1524), et mourut, âgée, au début du règne de Thoutmosis Ier (1524-1518), après avoir assisté à son couronnement. Avec elle, nous sommes de nouveau en présence de l'une de ces reines extraordinaires dont l'Égypte avait le secret.

Était-elle issue d'un milieu modeste, comme tendrait à le prouver une inscription dont nous reparlerons ? Rien d'impossible, car la fortune et la « noblesse » n'étaient pas, en Égypte ancienne, des critères impérieux pour choisir

* On pourrait également transcrire Iâh-Mosé, mais l'usage a consacré « Ahmès » ; la seconde partie du nom, Néfertari, sera reprise par la première grande épouse royale de Ramsès II.

une reine. Ahmès-Néfertari naquit probablement à Thèbes et y fut élevée ; le développement religieux qu'elle donna à cette région démontre l'amour qu'elle lui porta.

Comme un certain nombre de reines, elle exerça le pouvoir pendant plusieurs années, alors qu'Amenhotep Ier, le premier des pharaons incluant dans son nom celui d'Amon, était encore trop jeune pour assumer sa tâche ; Ahmès-Néfertari fut aussi l'auteur d'innovations remarquables dont les conséquences seront encore perceptibles plusieurs siècles après sa disparition, lorsque la dynastie des Divines Adoratrices régnera sur Thèbes. Mais évoquons d'abord son attachement au culte des ancêtres.

Une aïeule vénérée

Une stèle découverte dans la chapelle de la reine Tétishéri, en Abydos, nous fait assister à un dialogue entre le pharaon Ahmosis et sa grande épouse royale, Ahmès-Néfertari. Le roi éprouvait une vive admiration pour sa grand-mère Tétishéri, une Thébaine qui avait vécu sous l'occupation hyksôs et suscité le premier sentiment de révolte ; il souhaita que sa mémoire fût dignement honorée et recommanda à Ahmès-Néfertari d'y veiller.

Que fallait-il faire pour Tétishéri ? Entretenir sa chapelle à Abydos, le bassin où les ritualistes puiseraient l'eau fraîche pour les libations quotidiennes, son jardin et ses arbres, faire « reverdir » ses tables d'offrandes, c'est-à-dire les garnir chaque jour de nourritures, associer son âme aux grandes fêtes. Pour que ces tâches fussent correctement accomplies, il était nécessaire de nommer un personnel adéquat et de le doter de champs et de troupeaux.

Le couple royal voua un culte à Tétishéri et en proclama l'importance, parce qu'il la considérait comme l'ancêtre d'une nouvelle dynastie qui devait redonner à l'Égypte sa splendeur passée ; le respect des aïeux n'était-il pas le socle solide sur lequel on pouvait construire ?

L'épouse du dieu

Dans le troisième pylône du temple de Karnak, rempli de pierres anciennes, furent découverts les fragments d'une stèle que l'on parvint à reconstituer. L'effort fut fructueux, puisque le texte nous révéla une étrange histoire qui fut la grande affaire du règne d'Ahmès-Néfertari.

Nous apprenons que cette dernière portait le titre de « deuxième serviteur du dieu » dans la hiérarchie du temple de Karnak. S'en vante-t-elle ? Non, elle y renonce. Pourquoi cette décision surprenante ? Parce que le roi lui offre, en échange, les moyens matériels nécessaires pour créer une nouvelle institution religieuse et économique, celle de l'« épouse du dieu », dont la reine devint la fondatrice.

De quoi disposait-elle ? De biens mobiliers et immobiliers destinés à former le domaine de l'épouse du dieu, terres, or, argent, bronze, vêtements, blé, onguents. Le texte de la stèle procure une information surprenante : la reine devint riche alors qu'elle était pauvre. Fait symbolique ou allusion au passé de la souveraine ?

Le roi fit bâtir une demeure pour l'épouse du dieu, et un acte de propriété fut scellé en sa faveur. Dans sa fonction, Ahmès-Néfertari portait une robe fourreau tombant aux chevilles, serrée à la taille, pourvue de bretelles couvrant en partie les seins ; une vêture classique, conforme à celle des prêtresses de l'Ancien Empire. Une perruque courte, serrée par un bandeau, moulait la tête. S'y ajoutaient deux hautes plumes, complétant la coiffe traditionnelle des reines, à savoir « la dépouille de vautour », symbole de la fonction maternelle dans son aspect spirituel. Ces deux hautes plumes incarnaient le couple primordial, Chou et Tefnout *, les deux yeux du créateur, les deux déesses de la résurrection, Isis et Nephtys ; grâce à elles, le regard de l'épouse du dieu allait jusqu'au sommet du ciel et avait la capacité de connaître Maât, la Règle éternelle de l'univers.

Ahmès-Néfertari prit la tête d'un collège de prêtresses et de prêtres qui l'aideraient à remplir sa fonction majeure : entretenir, par son amour, l'énergie du dieu Amon, afin que l'amour divin nourrisse l'Égypte. Du point de vue de l'État, cet acte magique était essentiel. L'énergie des divinités, en effet, était considérée comme une réalité vitale, sans laquelle le pays ne pouvait vivre en harmonie avec l'invisible.

* Chou est la vie, Tefnout la Règle.

La mort de la grande reine, au début du règne de Thoutmosis Ier, vers 1524 av. J.-C., fut un événement considérable ; elle avait tant marqué son temps et les esprits que son souvenir ne s'effaça pas. Environ soixante-dix scarabées à son nom, des stèles amovibles sur lesquelles elle est représentée, des statuettes à son effigie, quantité d'objets rituels comme les sistres qui lui sont dédiés, la présence de la reine dans une cinquantaine de scènes peintes dans les tombes thébaines... Cette accumulation de témoignages prouve l'existence d'un véritable culte en l'honneur d'Ahmès-Néfertari. Après que sa momie eut été introduite dans un énorme sarcophage, lui-même déposé dans une tombe de Thèbes-ouest, à Dra Abou el-Neggah, une autre vie commença pour la reine, à la fois au ciel et sur terre.

Ahmès-Néfertari fut considérée comme la sainte patronne de la nécropole thébaine et bénéficia, pendant plusieurs décennies, d'une grande popularité. Pourquoi cette ferveur ? Parce qu'elle s'était préoccupée de l'entretien des tombeaux et qu'elle avait eu l'idée, concrétisée par Thoutmosis Ier, de créer une confrérie chargée de la construction et de la restauration des demeures d'éternité. Installés dans le village de Deir el-Médineh, les artisans éprouvèrent une immense reconnaissance à l'égard de la reine qu'ils élevèrent au rang de divinité protectrice.

Non loin de la tombe d'Ahmès-Néfertari avait été édifié son temple, « celui dont l'emplacement est stable (*menset*) », à la lisière des terres cultivées. Ce type d'édifice était normalement réservé à un pharaon, et l'on ne connaît que quelques exceptions. C'est dire, là encore, en quelle estime était tenue cette grande reine. Son sanctuaire apparaissait comme une région de l'autre monde, révélée et incarnée sur terre, région dans laquelle il était plaisant de se promener. Ahmès-Néfertari, voguant dans une barque de lumière, vivait dans les paradis réservés aux justes. Lors d'une fête de l'été, la barque de la reine, tirée sur un traîneau, parcourait la nécropole thébaine et recevait l'hommage des grands comme des humbles.

Ahmès-Néfertari, auteur de rituels ?

Un texte connu sous le titre de « rituel d'Amenhotep Ier » inspira le décor des temples thébains ; non seulement la reine y est présente, mais encore il n'est pas improbable qu'elle ait participé à sa conception, voire à sa rédaction.

Même hypothèse à propos d'un texte fondamental, « le rituel du culte divin journalier », dont la version la plus complète figure au temple d'Abydos. Il révèle les rites que Pharaon doit accomplir chaque jour lors de l'éveil de la divinité dans le naos du temple, sa partie la plus secrète où lui seul pouvait pénétrer.

Les rituels étaient rédigés par les adeptes des Maisons de Vie ; en tant qu'épouse du dieu, Ahmès-Néfertari y avait accès et maniait les hiéroglyphes, ces signes remplis de puissance où s'incorporaient les paroles des divinités. Tout au long de l'histoire d'Égypte, il est certain que des femmes ont collaboré à l'écriture des textes utilisés dans les liturgies ; Ahmès-Néfertari fut certainement l'un de ces auteurs sacrés.

Ahmès-Néfertari, reine noire ?

Plusieurs représentations de la grande reine étonnèrent les observateurs : sans aucun doute, elle avait la peau noire ! Ahmès-Néfertari était-elle d'origine nubienne ? La découverte de sa momie, retirée de son tombeau de Dra Abou el-Neggah et mise à l'abri dans la cachette de Deir el-Bahari, à la suite d'une vague de pillages des tombes royales sous le règne des derniers Ramessides, offrit une certitude : Ahmès-Néfertari était morte âgée et avait la peau blanche. Malheureusement, au contact de l'air et en raison de l'absence de précautions, le corps se décomposa.

Pourquoi certaines statues de la reine sont-elles en bois bitumé, donc de couleur noire ? Pourquoi, dans certaines scènes peintes, cette couleur a-t-elle été choisie ? Dans la symbolique égyptienne *, elle incarne l'idée de la régénération, du processus alchimique par lequel passe l'âme pour revivre dans l'au-delà. La vie ne surgit-elle pas de la terre noire, limoneuse, déposée par la crue sur les berges du Nil ? Le noir, couleur du dieu Anubis à tête de chacal, chargé de conduire les ressuscités sur les beaux chemins de l'au-delà, n'évoque ni la mort ni l'anéantissement, mais un milieu fertile, riche de potentialités créatrices, où s'organise une nouvelle forme d'existence.

Ahmès-Néfertari préfigure ainsi les Vierges noires, jadis nombreuses dans les cathédrales et les églises d'Occident ; figures lointaines d'Isis portant Horus, l'enfant-dieu, elles étaient aussi des descendantes d'une reine d'Égypte, devenue déesse de la résurrection.

---

* Voir, par exemple, L. Manniche in *Acta Orientalia* 40, 1979, pp. 11-19.

11

LA REINE HATCHEPSOUT

Les inconvénients d'un vedettariat

Hatchepsout est l'une des vedettes de l'histoire égyptienne. Même si son nom sonne de façon insolite à nos oreilles, son histoire a paru tellement extraordinaire que l'imaginaire romanesque (et parfois… égyptologique !) s'est emparé d'elle pour en faire une intrigante dévorée d'ambition, une dévoreuse d'hommes, une Machiavel en pagne qui persécuta le frêle Thoutmosis III avant d'être elle-même persécutée par ce pharaon revanchard ; elle aurait aussi supprimé quelques courtisans par-ci, par-là, afin de mieux asseoir sa domination sur le royaume. Bref, une kyrielle d'horreurs, dans le plus pur style d'une Catherine de Médicis. Mais l'Égypte vivait d'autres valeurs, et y projeter nos turpitudes est une erreur regrettable.

Le « dossier Hatchepsout » contient un certain nombre de documents * qui permettent de retracer quelques-uns des épisodes de son aventure, elle qui fut grande épouse royale, régente puis Pharaon. Contrairement à une idée reçue, Hatchepsout ne fut ni la première ni l'unique femme Pharaon ; elle s'inscrit dans une lignée de femmes au pouvoir, dont la stature politique ne choquait en rien les Égyptiens. Si la notoriété d'Hatchepsout a éclipsé celle des

---

* Voir notamment S. Ratié, *La Reine Hatshepsout, Sources et Problèmes*, Leyde, 1979 ; *Hatchepsout, Femme-Pharaon*, Les Dossiers d'Archéologie, n° 187, novembre 1993.

régentes et des reines-pharaons qui l'ont précédée, c'est en raison de la longueur de son règne et de la relative abondance de la documentation archéologique qui la concerne.

Tel qu'il ressort d'une étude attentive, le visage d'Hatchepsout est tout à fait conforme à l'idéal pharaonique et fort éloigné, avouons-le, d'une vision romantique ou sulfureuse.

La lignée des Thoutmosis

La grande reine Ahmès-Néfertari mourut, nous l'avons vu, au début du court règne du premier des Thoutmosis (1524-1518 av. J.-C.). On passait ainsi du dieu-lune combattant, Iâh, au dieu-lune Thot, considéré comme interprète du soleil, Râ. Thot entra dans la composition du nom des quatre Thoutmosis, « ceux qui sont nés de Thot ».

On admet que Thoutmosis Ier fut le père d'Hatchepsout ; il mena une campagne militaire en Asie, sans doute pour dissuader des trublions de s'en prendre au Delta. Ce fut d'ailleurs l'une des obsessions des souverains du Nouvel Empire : fortifier la frontière du nord-est, contrôler la Syro-Palestine, maintenir un glacis protecteur entre les marges septentrionales de l'Égypte et les envahisseurs potentiels.

Époque pacifique, néanmoins ; grâce au génie d'un maître d'œuvre exceptionnel, Inéni, Thoutmosis Ier en profita pour développer Karnak, temple encore modeste, qui allait peu à peu devenir une immense ville sainte où Amon, le principe caché, accueillerait les sanctuaires d'autres divinités. Le projet était d'envergure ; il s'agissait de donner à Thèbes, la cité victorieuse des barbares hyksôs et responsable de la réunification des Deux Terres, une dimension digne de celle de l'antique Memphis.

Lorsque Thoutmosis Ier quitta le monde des humains pour rejoindre ses frères les dieux, Hatchepsout était une jeune femme âgée de quinze ans selon les uns, de vingt selon les autres. Elle devint la grande épouse royale de Thoutmosis II, dont le règne demeure une énigme ; selon les historiens, en effet, sa durée varie de trois * à quatorze ans !

Entre en scène un jeune garçon, Thoutmosis III, continuateur de la lignée des « fils de Thot ». Sur ses origines, aucune certitude. On voudrait qu'il fût le fils de Thoutmosis II et d'une « concubine », tant notre projection de fantasmes, née de la fascination pour les harems ottomans, s'applique souvent de manière erronée à l'Égypte ancienne. À la mort de Thoutmosis II, le jeune Thoutmosis III, pharaon désigné, devait avoir entre cinq et dix ans, et n'était donc pas apte à gouverner.

Hatchepsout, régente du royaume

Que se passa-t-il pendant cette période : intrigues de palais, sordides complots, manipulations souterraines ? Rien de tout cela. Conformément à la tradition, on demanda à la grande épouse royale, en l'occurrence Hatchepsout, d'exercer une régence. *Son fils ** installé à la place du roi défunt comme Pharaon des Deux Terres régna sur le trône de celui qui l'avait engendré*, dit un texte, *tandis que sa sœur, l'épouse du dieu Hatchepsout, s'occupait des affaires du pays, les deux terres étant sous son gouvernement. Son autorité fut acceptée, la vallée lui fut soumise ****.

Le maître d'œuvre Ineni précise qu'*Hatchepsout conduisit les affaires de l'Égypte selon ses propres plans. Le pays œuvra en courbant la tête devant elle, la parfaite expression divine issue de Dieu. Elle était le câble qui sert à haler le Nord, le poteau où l'on amarre le Sud ; elle était la drosse parfaite du gouvernail, la souveraine qui donne les ordres, celle dont les plans excellents pacifient les Deux Terres quand elle parle.*

N'oublions pas les fonctions rituelles d'Hatchepsout :

---

* Pour C. Vandersleyen, la documentation ne permet pas de lui attribuer un règne de plus de trois ans.

** C'est-à-dire le fils de la puissance divine qui l'a fait devenir roi, et pas obligatoirement le fils charnel du monarque décédé.

*** *Urkunden* IV, 59, 16-60, 4.

elle est épouse du dieu, Divine Adoratrice d'Amon, « main du dieu * », et « celle qui voit Horus et Seth ».

La tombe de la reine Hatchepsout

La régente fit creuser sa demeure d'éternité dans un site original : un oued d'accès difficile et une falaise où l'on aménagea un étroit couloir dont l'entrée, une fois bouchée, serait impossible à repérer. Hatchepsout ne pouvait envisager l'acharnement des pillards modernes qui, à force de contorsions et d'escalades, finirent par découvrir sa sépulture.

Dans la tombe de la régente, un sarcophage au nom d'Hatchepsout, « souveraine de tous les pays, fille de roi, sœur du roi, épouse du dieu, grande épouse royale, maîtresse des Deux Terres ». À la déesse du ciel, Nout, la reine demandait de communier avec elle et de lui accorder une place parmi les étoiles impérissables.

Le destin de la veuve de Thoutmosis II semblait donc tout tracé : assumer la régence, puis s'effacer derrière le pharaon Thoutmosis III, dès qu'il aurait acquis les compétences nécessaires pour régner.

Le visage d'Hatchepsout

Par nature, un pharaon d'Égypte est éternellement jeune, et il est vain, en règle générale, de voir des portraits dans la statuaire sacrée et, plus encore, d'en tirer des indications psychologiques en fonction de nos propres critères. Comme il se doit, les sculpteurs créèrent l'image symbolique d'une Hatchepsout divinement belle et jeune à jamais. On tenta pourtant d'établir un portrait type de la reine ** : yeux étirés en amande, nez long, droit et étroit,

* Dans l'une des versions égyptiennes de la création, Atoum engendre le premier couple divin en se masturbant, autrement dit en façonnant l'univers avec sa propre substance, de manière à ce que l'unité habite toutes les formes de manifestation. La « main du dieu » Atoum, donnant naissance, fut considérée comme son épouse. En portant ce titre, les reines étaient associées au processus d'autogenèse, dans son aspect primordial.

** Notamment à partir de la statue conservée au Metropolitan Museum of Art de New York, Inventaire n° 29.3.2.

joues presque plates, bouche petite, lèvres fines, menton menu. Une très jolie femme, féline, au léger sourire. Bref, une Hatchepsout idéale dont la féminité n'est pas occultée par la charge du pouvoir. Ce n'est d'ailleurs pas l'Hatchepsout humaine qui est incarnée dans la pierre, mais son *ka*, l'aspect immortel de l'être qui a vaincu le vieillissement et la mort.

Quand un oracle transforme une reine en Pharaon

Le vingt-neuvième jour du deuxième mois de la saison d'hiver, en l'an 2 du règne de Thoutmosis III, survint un événement extraordinaire : l'oracle du dieu Amon, dans la grande cour du temple de Louxor, promit à Hatchepsout qu'elle régnerait dans le futur, sans donner de date précise *. Il est probable que la statue du dieu, portée en procession, s'inclina devant la reine, et qu'un prêtre prononça des paroles qui rendaient compte de la volonté du Maître divin.

Pourquoi cette décision ? Nous l'ignorons. Elle est d'autant plus surprenante qu'Hatchepsout ne commença pas à régner à cette date, mais ne fut couronnée que cinq ans plus tard, en l'an 7 de Thoutmosis III. Bien que son nom ne figure pas dans les listes de pharaons découvertes jusqu'à présent, Hatchepsout est bien connue par d'autres sources, et sa qualité de Pharaon régnant ne fait aucun doute.

La terrible Hatchepsout réduisit-elle au silence le malheureux Thoutmosis III, le jeta-t-elle au fond d'un cachot ? Certes non. D'une part, elle s'inscrivit dans les années de règne de Thoutmosis III, sans décréter un « an 1 » qui lui eût été propre, et c'est pourquoi la tradition lui attribue vingt et un ans et neuf mois de règne, alors qu'elle ne gouverna, semble-t-il, qu'une quinzaine d'années (1498-1483 av. J.-C.) ; d'autre part, Hatchepsout associe Thoutmosis III à plusieurs actes officiels, comme l'exploitation des carrières ou l'inauguration des sanctuaires. En l'an 12, en l'an 16, en l'an 20, on voit Hatchep-

* Voir J. Yoyotte, *Kêmi* XVIII, 1968, pp. 85-91.

sout et Thoutmosis III ensemble, chacun se présentant comme Pharaon. Ils forment donc un couple qui n'est pas composé d'un mari et d'une femme, mais de deux souverains ; nous verrons qu'Hatchepsout, femme pharaon, réunissait en elle les polarités féminine et masculine.

Il est clair que deux règnes, celui de Thoutmosis III et celui d'Hatchepsout, se superposèrent ; ce cas de figure se présenta à plusieurs reprises au cours de l'histoire d'Égypte. Mais cette fois, la période de règne commun fut particulièrement longue. En toute certitude, il faut renoncer à la théorie d'un conflit entre Hatchepsout et Thoutmosis III.

De l'an 2 à l'an 7, aucun fait saillant. Et puis, en l'an 7 de Thoutmosis III, ce qu'avait annoncé l'oracle d'Amon se réalisa : la reine Hatchepsout devint Pharaon.

12

HATCHEPSOUT PHARAON

La nouvelle naissance du roi Hatchepsout

Un pharaon n'est ni un opportuniste, ni un banal personnage politique ; ce ne sont pas les hommes qui le choisissent, mais les dieux qui le façonnent et ce, selon l'expression égyptienne, « dès l'œuf ». Dans l'être d'un roi d'Égypte se superposent un individu humain, périssable, sur lequel les textes sont muets, et une personne symbolique, immortelle, dont on nous parle d'abondance.

C'est pourquoi Hatchepsout, devenant Pharaon en l'an 7 du règne de Thoutmosis III, voit proclamée sa nouvelle naissance en tant que monarque, naissance relatée dans le cadre du temple ; le récit est donc destiné aux divinités, et non aux hommes, afin qu'elles reconnaissent le nouveau pharaon digne de régner.

Pour décrire cet épisode, si déroutant à nos yeux, les érudits inventèrent l'expression « théogamie », c'est-à-dire le mariage avec un dieu. Voici ce qui nous est révélé par les bas-reliefs du temple de Deir el-Bahari, le grand œuvre d'Hatchepsout.

Ahmosé, la grande épouse royale de Thoutmosis Ier, se trouve dans son palais ; lorsque le dieu Thot la voit, il se réjouit. Le maître des sciences sacrées se rend auprès d'Amon et lui annonce qu'il vient de découvrir celle qu'il cherchait. Amon, le dieu caché, est également Râ, la lumière révélée ; sous son nom d'Amon-Râ, il synthétise la puissance divine exprimant à la fois le secret de la vie et sa manifestation la plus éclatante. Après avoir consulté son conseil formé de douze divinités, Amon-Râ décide de faire naître un nouveau pharaon. Le dieu prend l'apparence physique de Thoutmosis Ier et entre dans la chambre où se repose la reine. Elle se réveille, à cause du parfum merveilleux que son royal et divin mari répand autour de lui. Les senteurs du pays du Pount, lointaine contrée où poussent les arbres à encens, se diffusent dans le palais.

Embrasé d'amour par la vision de la reine, Amon-Râ va vers elle, lui offre son cœur et son désir ; elle est heureuse de contempler sa beauté, l'amour divin parcourt tous ses membres et se répand dans son corps. Le dieu et la reine s'unissent.

Amon-Râ déclare : *Celle qui est unie à Amon, Hatchepsout, sera le nom de la fille que j'ai placée en ton corps... C'est elle qui exercera la fonction de Pharaon, rayonnante et bienfaisante, dans le pays entier.* Le dieu offre à sa fille les qualités nécessaires pour gouverner, la puissance créatrice, la capacité de voir juste, celle de conduire son peuple vers la plénitude.

Vient le moment de la naissance. Le dieu-roi est présent aux côtés de la grande épouse royale ; il lui présente la clé de vie et ordonne au potier divin, le dieu Khnoum à tête de bélier, de modeler sur son tour Hatchepsout « ensemble avec son *ka* », autrement dit d'unir dans le même être l'immortel et le mortel, l'énergie indestructible et l'individualité chargée de l'incarner. Le potier utilise la chair d'Amon-Râ, matériau abstrait et lumineux, pour façonner deux enfants, le roi humain et son *ka* ; au nouvel être sont accordées toute vie, toute puissance, toute stabilité et toute joie. Hatchepsout répandra la prospérité autour d'elle, régnera sur l'Égypte comme sur les pays étrangers, ne manquera d'aucune offrande, bénéficiera d'une pensée juste, sera élevée au-dessus de toutes les divinités et apparaîtra en tant qu'Horus sur le trône de lumière.

Assisté des divinités, des forces universelles et des génies protecteurs de la naissance, Khnoum mène son œuvre à bon terme. Aussi Thot peut-il annoncer à la reine qu'Amon-Râ est heureux et que le moment de l'accouchement est arrivé. Assisté d'Heket, déesse à tête de grenouille qui se porte garante des mutations et des transformations, Khnoum conduit la reine vers une salle spéciale où a été installé un grand lit.

Toutes les dispositions magiques ont été prises pour que la venue au monde d'Hatchepsout se déroule sans incident. Meskhenet, incarnant à la fois le « siège de naissance » et la destinée de l'enfant, prononce une incantation qui écarte du nouveau-né peines et malheurs.

Lorsque Amon-Râ voit sa fille, il s'avance vers elle, le cœur heureux ; c'est la déesse Hathor qui lui présente Hatchepsout, née de la lumière divine. Il la serre dans ses bras et l'embrasse. C'est la vache céleste qui allaite le nourrisson ; elle lui transmet l'énergie qui préservera une jeunesse inaltérable. Les divinités présentent des vœux de bonheur, telles de bonnes fées comblant la future reine des qualités nécessaires.

Qui d'autre que Hathor pourrait être la nourrice d'Hatchepsout ? Son odeur est plus suave que celle des autres divinités, elle sera une mère céleste qui fera renaître chaque jour la reine Pharaon comme un nouveau soleil. Cette dernière est purifiée par Amon et par Râ, d'innombrables fêtes de régénération lui sont promises.

Amon présente sa fille aux divinités de Haute et de Basse-Égypte, qui admirent sa beauté ; « aimez-la, leur dit-il, ayez confiance en elle. » N'est-elle pas le symbole vivant d'Amon, sa représentante sur terre, n'est-elle pas née de la chair même de Dieu ?

Le couronnement du pharaon Hatchepsout

Selon les bas-reliefs du temple de Deir el-Bahari, la naissance de la reine Pharaon fut immédiatement suivie de son couronnement. L'oracle d'Amon, formulé en l'an 2 du règne de Thoutmosis III, devint réalité en l'an 7.

Le rituel eut probablement lieu dans la plus ancienne ville sainte du pays, Héliopolis, où Hatchepsout fut reconnue comme pharaon légitime par Atoum, le créateur, qui englobe en sa personne toutes les formes de l'être. Amon cautionna ce couronnement, célébré magiquement dans tous les temples afin qu'aucune force divine ne manquât à Hatchepsout. Horus et Seth remirent la couronne au nouveau roi de Haute et de Basse-Égypte, Thot et Séchat enregistrèrent son nom dans les Annales et sur l'arbre de vie.

Munie d'une rame et d'un gouvernail, Hatchepsout accomplit la course rituelle qui marquait sa prise de possession de la totalité du territoire égyptien et, au-delà, de l'espace que délimite le circuit du soleil. Elle reçut ensuite « les symboles de la lumière divine », à savoir ses sceptres, ses couronnes et ses vêtements de fonction.

Puis Hatchepsout entama un véritable « tour d'Égypte », la conduisant dans chaque grande cité, afin d'y être reconnue par la divinité propre à chaque lieu, de communier avec elle, et de devenir ainsi le trait d'union entre les multiples expressions du sacré.

Restait à comparaître devant la cour qui, selon la coutume, approuva par acclamations la montée sur le « trône des vivants » d'un pharaon-femme.

Les noms d'Hatchepsout

On n'insistera jamais assez sur les noms donnés à un pharaon au début de son règne ; ils définissent à la fois son être et sa manière particulière d'envisager sa fonction.

Depuis la cinquième dynastie, Pharaon, nous l'avons vu, porte cinq noms.

En tant qu'Horus féminin, Hatchepsout est « celle qui est riche de puissance créatrice (*ouseret kaou*) » ; en tant que roi protégé par « les deux maîtresses » (le vautour et le cobra), « la verdoyante d'années (*ouadjet renpout*) » ; en tant qu'Horus d'or, « celle dont les apparitions sont divines (*neteret khâou*) » ; en tant que roi de Haute et de Basse-Égypte, « la Règle est la puissance de la lumière divine (*Maât-ka-Râ*) » ; en tant que Fille de la lumière divine (Râ), « Celle qui s'unit à Amon (*khenemet Imen*), la première des vénérables (*hat chepesout*) ».

Ce dernier nom, Hatchepsout, est le plus connu ; on le traduit aussi par « la plus noble des dames ». Le mot *chepeset*, « vénérable, noble », sert à former le nom d'une déesse qui incarne le destin, conçu comme un bon génie féminin, protecteur, qui repousse le mal.

La paix règne en Égypte

Certains analystes évoquent le début du règne d'Hatchepsout comme une sorte de révolution provoquée par « l'usurpatrice » et imaginent de sombres complots ayant abouti à l'éviction de Thoutmosis III. La documentation prouve que ces affabulations, romantiques à souhait, sont dépourvues de tout fondement.

Ni révolution, ni purge, ni guerre civile, ni usurpation... Seulement une femme reconnue comme Pharaon et capable, selon le vœu d'Amon, d'« exercer la bienfaisante fonction royale dans le pays entier ». Thoutmosis III demeure associé à certains rites et à certains actes officiels ; à l'ombre d'Hatchepsout, il apprend son métier de roi.

13

HATCHEPSOUT, SOLEIL FÉMININ

Hatchepsout, homme et femme

En tant que grande épouse royale, la reine Hatchepsout était mariée à Thoutmosis Ier ; en tant que Pharaon, elle devait reconstituer un couple royal. Mais Hatchepsout ne se maria pas ; aurait-elle trahi la règle majeure de l'institution pharaonique, voulant que cette dernière fût incarnée par un monarque et une grande épouse royale ?

En aucune façon. Il apparaît que tous les pharons masculins ont régné en compagnie de cette épouse rituelle, alors que les pharaons féminins sont restés « célibataires ». Ayant acquis la qualité d'homme en devenant roi, elles étaient leur propre épouse et reconstituaient en elles-mêmes le couple royal.

Hatchepsout est une « femme d'or », une « femme parfaite au visage d'or », « le soleil féminin (Râyt) * » dont les textes nous apprennent qu'elle est identifiée à Maât, la Règle universelle, brillant avec son père, le créateur. Or, Maât entre précisément dans le nom d'Hatchepsout, Maât-ka-Râ. Lorsque Râ, la lumière divine, sortit du chaos primordial, il ouvrit les yeux à l'intérieur d'un lotus ; une émanation liquide tomba sur le sol et se métamorphosa en une belle femme à laquelle fut donné le nom d'« or des dieux », Hathor la grande. Hatchepsout lui est identifiée, elle devient l'Horus féminin vénérable, le soleil féminin, la

* Sur cette femme solaire, voir *BIFAO* 90, 1990, pp. 85 et 88.

rayonnante qui éclaire l'obscurité, celle qui brille comme de l'or ; par son regard, elle est l'illuminatrice.

Deux ministres fidèles : Hapouséneb et Sénenmout

Lorsque Hatchepsout assuma le pouvoir, comment se présentait la cour ? De vieux serviteurs de Thoutmosis Ier qu'elle garda auprès d'elle, des scribes expérimentés, des riches, des humbles, des étrangers, des militaires. Quel que fût leur rang, ils occupaient des fonctions à la fois civiles et sacrées ; autrement dit, ils séjournaient au temple pendant des périodes plus ou moins longues, afin de se détacher à intervalles réguliers des préoccupations matérielles et de retourner vers leurs tâches avec davantage de lucidité et d'exigence.

Parmi eux, Hapouséneb, grand prêtre d'Amon, vizir, initié aux mystères de l'Ennéade ; les textes nous apprennent qu'il a pratiqué Maât, la Règle, sur terre.

Hapouséneb joua un rôle économique déterminant au début du règne ; c'est lui qui surveilla les différents chantiers de construction, notamment à Thèbes. Il dirigea l'équipe d'artisans qui creusa la demeure d'éternité de la reine Pharaon dans la Vallée des Rois.

Sénenmout fut un proche d'Hatchepsout, si l'on se fie au nombre de témoignages archéologiques qui portent son nom et évoquent sa carrière *. Dans beaucoup d'ouvrages, il est présenté comme l'amant d'Hatchepsout et le père de sa fille, Néférourê. Que savons-nous au juste ?

Il semble que Sénenmout, dont le nom signifie « le frère de la mère », ait été d'origine modeste ; il fut officier dans l'armée, poste qui n'impliquait pas une activité de terrain. Hatchepsout le choisit comme précepteur et « nourricier » de sa fille Néférourê ; il fut plusieurs fois statufié portant l'enfant, notamment sous la forme de « statue-cube », à savoir un bloc de pierre cubique d'où émergent les têtes du précepteur et de son élève. Au moins à vingt-quatre reprises, et peut-être davantage, les sculpteurs reçurent

* Voir P.F. Dorman, *The Monuments of Senenmut*, London/New York, 1988 ; *The Tombs of Senenmut*, San Antonio.

l'ordre de représenter Sénenmout, dont les statues furent déposées dans les temples.

Ses titres étaient nombreux : ami unique, serviteur de Maât, celui qui connaît les secrets d'Amon et du sanctuaire, gouverneur de la maison de Pharaon, celui qui connaît les mystères de la maison du matin, maître d'œuvre de tous les travaux de Pharaon, en charge des greniers, des champs, des troupeaux et des jardins d'Amon. De ce grand personnage aux multiples responsabilités, il est dit qu'il prononçait des paroles bénéfiques pour le roi, était apte à parler avec rectitude, savait être silencieux lorsque nécessaire et recueillait les secrets d'État.

Que Sénenmout fut le confident d'Hatchepsout et l'un de ses principaux ministres ne fait aucun doute. Ses privilèges notables : deux tombes, un magnifique sarcophage en quartzite, de nombreuses statues. Fait remarquable, Sénenmout est même présent à l'intérieur du temple de Deir el-Bahari ; une présence discrète, cependant, puisque son visage, sommairement dessiné, se trouvait dissimulé lorsque s'ouvrait la porte du sanctuaire. Quand elle était fermée, Sénenmout vénérait, dans le silence, l'âme de sa souveraine.

Sénenmout dirigea des chantiers à Karnak, à Louxor et à Hermonthis, mais son plus beau titre de gloire est le temple de Deir el-Bahari, le « sublime des sublimes », que nous évoquerons plus loin. Énigme non résolue : pourquoi deux tombes lui furent-elles attribuées, l'une à Sheikh Abd el-Gournah (n° 71), l'autre à Deir el-Bahari (n° 353) * ? Cette dernière comporte des cartes du ciel et des représentations astronomiques. Outre leur signification symbolique, qui implique l'accession de l'âme de Sénenmout au cercle immortel des étoiles, évoquent-elles les connaissances scientifiques du maître d'œuvre ?

Nous ignorons les circonstances de la mort de Sénenmout et sa date ; la momie n'a pas été retrouvée. L'imagination a comblé ce vide : n'aurait-il pas été victime d'une disgrâce qui l'aurait éloigné du pouvoir ? Aucun document ne nous permet de l'affirmer. Il n'existe aucune trace d'une

* P.F. Dorman pense que la tombe 71 servait de chapelle et la tombe 353 de caveau.

dissension entre Hatchepsout et Sénenmout, et sa disparition de la vie publique s'explique, plus simplement, par son décès.

Néférourê, fille unique ?

Pour un certain nombre d'historiens, Hatchepsout n'eut qu'une fille, Néférourê, « la perfection de la lumière divine » ; peut-être sa mère souhaitait-elle qu'elle accédât au rang de grande épouse royale et, plus encore, qu'elle se formât au métier de roi *, grâce à l'enseignement dispensé par Sénenmout.

Quand elle devint Pharaon, Hatchepsout transmit la charge d'« épouse divine » à sa fille, qui portait également les titres de « fille royale » et de « régente du Sud et du Nord ». Néférourê occupa des fonctions religieuses et ne semble pas avoir participé de manière active aux décisions politiques.

Après l'an 16, il n'existe plus de trace de Néférourê, ce qui laisse supposer qu'elle mourut jeune. Le personnage de la fille d'Hatchepsout demeure une ombre légère à peine inscrite dans l'Histoire.

* Voir, par exemple, les hypothèses de S. Ratié, Attributs et destinée de la princesse Néférourê, *BSEG* 4, 1980, pp. 77-82.

14
HATCHEPSOUT MAÎTRE D'ŒUVRE

Une politique de grands travaux

L'un des premiers devoirs d'un pharaon consistait à bâtir les temples, demeures des dieux ; ainsi pouvaient-ils résider sur terre et favoriser l'épanouissement spirituel et social de la communauté humaine. Hatchepsout ne dérogea pas à la règle ; tout au long de son règne, elle fit construire ou restaurer des édifices sacrés à plusieurs endroits, notamment à Thèbes, à Hermonthis, à Kom Ombo, à El-Kab, à Cusae et à Hermopolis, la cité de Thot. À Éléphantine, elle proclama : *J'ai construit ce grand temple en calcaire de Toura, ses portes en albâtre d'Hatnoub, ses montants de portes en cuivre d'Asie.*

Entre Karnak et Louxor, elle fit installer de petits reposoirs servant de stations pour la barque sacrée, lors des processions ; à l'intérieur du temple de Karnak, elle fit ériger des obélisques, épisode majeur que nous évoquerons plus loin.

Le sanctuaire d'une déesse-lionne et la lutte contre le mal

Il est un lieu peu connu auquel Hatchepsout accorda un soin particulier, le Speos Artemidos, près de Béni Hassan, en Moyenne-Égypte. Là se trouvait un petit sanctuaire rupestre, consacré à une déesse-lionne nommée Pakhet. Or, la tradition voulait que le Speos Artemidos eût été détruit par l'occupant hyksôs, barbare et profanateur.

Bousculant les années et l'Histoire, Hatchepsout affirma avoir chassé elle-même l'occupant pour libérer ce site exceptionnel, une montagne où parlaient les dieux. Elle rétablissait ainsi la paix et l'harmonie dans le pays entier, et se portait garante de la liberté retrouvée ; afin de la préserver, elle se préoccupa du bon état moral et matériel de son armée, qui devait être en mesure de lutter contre les forces des ténèbres.

Précisément, la déesse-lionne Pakhet, lorsque sa puissance dangereuse était maîtrisée et mise au service de la lumière, était capable de repousser les redoutables démons du désert de l'est et, mieux encore, de les transformer en génies protecteurs. Dans son sanctuaire, où l'énergie divine était concentrée, Hatchepsout pratiqua cette grande magie d'État qui consistait à identifier les puissances de destruction, à oser les manipuler et à les inverser pour qu'elles deviennent constructrices.

Si la lionne Pakhet n'avait pas été apaisée par les rites, des pluies violentes se seraient abattues sur la région et auraient formé des torrents, charriant boue et pierraille, et dévastant tout sur leur passage ; dans le cœur des humains, des passions négatives eussent engendré haine, violence et cupidité.

Hatchepsout restaura le temple de la lionne, rétablit les rituels, assura la « circulation des offrandes », remplit le sanctuaire d'or, d'argent, d'étoffes, de vaisselle précieuse, y fit placer des statues, et le ferma avec des portes d'acacia revêtues de bronze. La « demeure divine de la Vallée » était désormais à l'abri de toute invasion semblable à celle des Hyksôs, ces « ténébreux qui ignoraient la lumière ».

Un texte du Speos Artemidos révèle l'une des préoccupations majeures d'Hatchepsout : *Ma conscience songe à l'avenir*, avoue-t-elle ; *le cœur d'un pharaon doit penser à l'éternité. J'ai glorifié Maât, Dieu en vit.*

Deir el-Bahari, le temple de l'éternité d'Hatchepsout

Dès l'an 8 du règne, peu de temps après son couronnement, Hatchepsout commença son grand œuvre, le temple de Deir el-Bahari, sur la rive ouest de Thèbes. Elle choisit d'adosser le monument à une falaise couronnée par la

« cime », point culminant de la montagne de cette rive d'Occident et lieu de résidence de la déesse du silence. Cette pyramide naturelle, en partie taillée de main d'homme, domine la Vallée des Rois et la Vallée des Reines.

Deir el-Bahari est « le temple des millions d'années » d'Hatchepsout, l'endroit où un culte est rendu à son *ka*, associé à celui de son père Thoutmosis Ier, et aussi la résidence d'Amon, le dieu caché, et d'Hathor, la déesse de l'amour divin. Dans ce sanctuaire, l'âme d'Hatchepsout, protégée par les divinités, est perpétuellement régénérée.

Les vestiges que nous contemplons aujourd'hui ont gardé un caractère sublime qui n'échappe à aucun visiteur, bien que certaines restaurations mal venues soient à rectifier. Autrefois, le site bénéficiait de splendeurs à présent disparues ; devant le temple se déployaient des jardins plantés d'arbres et des bassins qui apportaient de la fraîcheur. C'était bien la porte d'un paradis qui s'annonçait, marquée par la présence de deux lions en pierre, incarnant « hier » et « demain ».

Sur le site se trouvait un édifice bâti, au Moyen Empire, par les Montouhotep ; Hatchepsout se reliait donc à une tradition qui avait perçu le caractère sacré du lieu. Aussi la falaise servit-elle de paroi de fond à l'ultime sanctuaire, offrant une formidable sensation de verticalité et d'ascension vers le divin.

Le texte de dédicace, prononcé par Hatchepsout elle-même, a été préservé : *J'ai construit un monument pour mon père Amon, maître du trône des Deux Terres, j'ai érigé ce vaste temple de millions d'années dont le nom est le « Sacré des sacrés », en belle et parfaite pierre blanche de Toura, en ce lieu qui lui est consacré depuis l'origine.*

Hatchepsout dirigea le grand rituel de fondation du temple ; dans une petite fosse, elle déposa les objets qui constituaient le « dépôt de fondation » : maillets, ciseaux, moules à briques, crible pour le sable, cordeau, etc. Une fois recouverts de sable, les outils des tailleurs de pierre étaient réunis à jamais dans le secret et continuaient à servir dans l'invisible. Hatchepsout planta les piquets symboliques pour délimiter l'emplacement du temple, puis tendit le cordeau, manifestant ainsi le plan conçu en son coeur-conscience.

Elle connut l'une des plus grandes joies de son règne en

parcourant l'allée bordée d'arbres qui menait au sanctuaire ; dans l'air flottaient des parfums d'encens. Sur l'eau des bassins en forme de T vogueraient de petites barques, lors de la célébration des rites qui éloignaient les puissances nocives.

Au-delà de cette oasis de verdure se révélait le trait majeur de l'architecture de Deir el-Bahari, sa disposition en terrasses rythmées par des portiques. Le regard s'orientait vers le haut, vers la terrasse supérieure où était creusé le sanctuaire.

Étaient célébrés là plusieurs cultes : celui d'Amon, le maître du temple ; celui de Râ, la lumière divine ; celui d'Anubis, le guide des justes sur les chemins de l'au-delà ; celui d'Hathor. Dans la chapelle qui lui est consacrée, on voit la déesse, sous sa forme de vache, lécher le bout des doigts d'Hatchepsout ; elle lui communique ainsi l'énergie céleste et la capacité de ressusciter. C'est également sous cette apparence qu'Hathor allaite la reine Pharaon qui, en absorbant le lait des étoiles, connaît une éternelle jeunesse.

À la terrasse supérieure, Hatchepsout est représentée en Osiris ; elle franchit les portes de la mort pour renaître et devenir un nouveau soleil, vénéré dans le sanctuaire de Râ.

Le temple de Deir el-Bahari est également le conservatoire des hauts faits du règne. Au portique inférieur, nous assistons au transport des obélisques destinés au temple de Karnak, aux rituels de la cueillette des papyrus et de la chasse au gibier dans les marais ; au portique médian se déroulent les épisodes de l'expédition au pays de Pount, ceux du mystère de la naissance divine et du couronnement. Et nous voyons aussi Hatchepsout et Thoutmosis III rendre un culte à Thoutmosis Ier, à Thoutmosis II et à la reine Ahmosis. C'est toute une lignée qui est ainsi réunie pour l'éternité.

Un temple égyptien est un être vivant et reçoit un nom. Deir el-Bahari s'appelait *djeser djeserou*, que nous avons traduit « le sacré des sacrés » ; on peut aussi comprendre « le sublime des sublimes », « le splendide des splendides ». Le terme *djeser*, qui servit à former le nom de Djeser, le grand pharaon de la troisième dynastie, a pour signification fondamentale « sacré », avec l'idée qu'un lieu sacré est à l'écart du profane et protégé du monde extérieur.

Longtemps après la mort d'Hatchepsout, Deir el-Bahari

fut reconnu comme un site où s'exprimait le sacré ; dans le sanctuaire creusé au cœur de la roche, on célébra la mémoire de deux grands sages, Amenhotep fils de Hapou, et Imhotep, premier ministre de Djeser, architecte, magicien et médecin. Les malades venaient lui demander la guérison de l'âme et du corps, certains séjournaient au temple le temps nécessaire pour recouvrer la santé. De nos jours, ne venons-nous pas y quérir l'harmonie qu'avait su créer Hatchepsout ?

15

HATCHEPSOUT ET LE PAYS DE POUNT

Politique extérieure

Le règne d'Hatchepsout fut des plus pacifiques. Peut-être intervint-elle en Nubie, au début de son règne ; il s'agissait certainement d'une opération de police, menée contre une tribu turbulente vite ramenée à la raison. La Nubie était calme, Hatchepsout régnait sur une Égypte unifiée et tranquille, de même que sur les territoires qu'avait réussi à contrôler son père Thoutmosis Ier. Nul conflit au Nord, nulle rébellion au Sud.

Pourtant, de manière symbolique, elle s'affirma comme un chef de guerre qui batailla victorieusement contre la Libye et la Syrie, les ennemis héréditaires ; représentante sur terre de la lumière divine, elle devait, comme tout Pharaon, repousser les ténèbres incarnées par les peuples qui ne vivaient pas selon Maât. C'est pourquoi, à Deir el-Bahari, la souveraine est représentée sous la forme d'un lion et d'un griffon ; elle terrasse neuf ennemis symbolisant l'ensemble des forces du mal. Nubiens, Libyens, Asiatiques et Bédouins sont magiquement soumis.

La politique extérieure d'Hatchepsout se résuma, semble-t-il, à charmer, par le verbe et par le rite, les adversaires potentiels.

Conformément à la tradition, Hatchepsout continua à envoyer au Sinaï des spécialistes chargés de recueillir des turquoises ; protégés par un détachement militaire et la police du désert, ils ne redoutaient pas les assauts des nomades.

Le dieu Amon parla à sa fille, en son cœur ; il lui ordonna d'augmenter la quantité d'onguents destinés aux chairs divines et d'aller les chercher fort loin, dans « la terre du dieu », le pays de Pount. L'exigence fut clairement formulée : *Établir Pount à l'intérieur de son temple, planter les arbres du pays du dieu de chaque côté de son sanctuaire, dans son jardin.*

Hatchepsout ne se déplacera pas physiquement, mais son esprit guidera l'expédition. Où se trouve Pount ? De longs débats égyptologico-géographiques, qui se poursuivront sans doute, il ressort que cet Eldorado se situerait dans les parages de la côte des Somalis. Mais Pount appartient surtout à la géographie symbolique de l'ancienne Égypte ; les expéditions vers cette contrée, attestées tout au long des dynasties, ont pour but d'apporter aux temples des substances odoriférantes, indispensables aux pratiques rituelles. Le voyage vers Pount est une quête des parfums et des essences subtiles.

Il revêtait une telle importance qu'Hatchepsout en fit graver les épisodes dans son temple de Deir el-Bahari. Sénenmout veilla sur l'intendance ; Thouty, supérieur de la Maison de l'or et de l'argent, donna son aval et les moyens matériels ; Néhési, porteur du sceau royal, fut chargé de commander le corps expéditionnaire comptant deux cent dix hommes. Les cinq bateaux nécessaires furent assemblés au port de Kosseir et s'élancèrent vers la côte occidentale de la mer Rouge.

Amon servit de guide afin qu'ils ne s'égarent pas ; les textes ne nous décrivent pas l'itinéraire et se contentent de nous apprendre que les marins atteignirent Pount au terme d'un heureux voyage. N'avaient-ils pas emporté un groupe statuaire représentant Amon et Hatchepsout, grâce auquel tout danger avait été écarté ?

Quand Néhési découvrit le pays de Pount, il tomba sous le charme. Le paysage était grandiose : palmiers-dattiers, palmiers doums, cocotiers, arbres à encens. Les autochtones, qui vivaient dans des huttes sur pilotis auxquelles ils accédaient par des échelles, semblaient pacifiques. Néanmoins, Néhési prit d'élémentaires précautions ; il se présenta accompagné d'une petite escorte, bien peu menaçante en vérité, puisque les soldats égyptiens apportaient cadeaux, colliers, bracelets, perles et victuailles.

L'accueil fut chaleureux ; la famille régnante de Pount et les dignitaires s'inclinèrent devant les envoyés d'Hatchepsout. Vaches, ânes et singes assistaient au spectacle. Pa-Rahou, le roi de Pount, portait un pagne ; son allure était digne. Au menton, comme la plupart de ses compatriotes, une barbe pointue. Mais que dire de son épouse, la malheureuse Ity ? Grasse, obèse, les chairs boursouflées, difforme, elle était visiblement affligée d'une pénible maladie qui ne l'avait pas empêchée d'avoir deux fils et une fille *.

Les « grands de Pount » ne cachèrent pas leur étonnement : comment les Égyptiens avaient-ils procédé pour atteindre cette contrée dont les hommes ne connaissaient pas l'emplacement ? Étaient-ils passés par les chemins du ciel, avaient-ils fait route sur l'eau ou sur terre ? Le récit n'a pas gardé trace d'explications géographiques.

Un pavillon fut dressé et l'on célébra un banquet ; au menu, viandes, légumes, fruits, vin et bière. Détail important : les habitants de Pount vénéraient Amon, et ce dernier venait rendre visite à Hathor, la souveraine de ce pays merveilleux. C'est à la déesse qu'étaient destinées les offrandes apportées par les marins égyptiens. C'était donc une rencontre entre deux grandes divinités qui se produisait sur cette terre lointaine.

Les réjouissances terminées, il fallut songer au retour. Les hommes de Néhési chargèrent de la myrrhe, de l'ivoire, des bois précieux, de l'antimoine, des peaux de panthère, des sacs de gommes aromatiques, des sacs d'or, des boomerangs et des arbres à encens dont les racines avaient été soigneusement enveloppées dans des nattes humides. Montèrent aussi à bord des singes et des chiens qui, n'en doutons pas, trouvèrent de bons maîtres en Égypte.

Au cœur du village de Pount fut dressée la statue représentant Hatchepsout et Amon ; ainsi le grand dieu de

* Peut-être cette obésité était-elle considérée comme un signe de richesse et d'abondance.

Thèbes serait-il à jamais présent auprès d'Hathor, souveraine de la contrée des arbres à encens.

Pendant le chargement, un porteur s'adressa à un camarade et protesta : « Tu me donnes à porter beaucoup trop lourd ! » L'altercation ne dura pas, et le voyage de retour se déroula de manière aussi agréable que l'aller.

Dès l'arrivée à Thèbes, ce fut la fête ; un grand concours de population se rassembla sur les quais, on chanta et on dansa. Néhési fut décoré de quatre colliers d'or, pour bons et loyaux services.

Mais l'essentiel, c'était les arbres à encens et les richesses de Pount. En présence du dieu Thot et de la déesse Séchat, qui enregistrèrent par écrit la liste des produits, Hatchepsout en personne mesura l'oliban frais avec un boisseau d'or fin. Prenant un peu de baume, elle le passa sur sa peau ; la merveilleuse senteur se répandit sur le corps de la reine Pharaon, sa peau dorée ressembla à de l'or pur, elle resplendit comme une étoile. Or, électrum, argent, lapis-lazuli et malachite furent pesés et offerts à Amon.

De ses propres mains, Hatchepsout planta les arbres à encens dont le parfum emplirait les salles du temple de Deir el-Bahari. Ce qu'Amon avait ordonné avait été accompli ; désormais, le fabuleux pays de Pount se trouverait ici, dans le sanctuaire des millions d'années d'Hatchepsout.

16

DE LA FÊTE À L'AU-DELÀ : LE DESTIN D'HATCHEPSOUT

Les fêtes d'Hatchepsout

La naissance de l'an nouveau était l'occasion d'une grande fête ; ce jour-là, des cadeaux étaient offerts au Pharaon. Dans la tombe thébaine n° 73 est représentée Hatchepsout, assise sous un dais ; elle reçoit de splendides colliers, une chaise à porteurs, des tables, des chars, des vases, un flabellum, un naos, un lit et des statues qui l'immortalisent en compagnie de divinités. En honorant ainsi Pharaon, les dignitaires contribuaient magiquement à la prospérité de l'Égypte.

Lors de la « belle fête de la Vallée », le dieu Amon quittait son temple de Karnak pour se rendre sur la rive ouest, où il résidait dans les temples de millions d'années. Il faisait une longue halte à Deir el-Bahari où Hatchepsout le recevait. Elle lui offrait de superbes bouquets montés, incarnant à la fois la beauté de la création et la luxuriance d'une vie victorieuse de la mort. Au crépuscule, Hatchepsout allumait quatre torches ; porteuse de lumière, elle illuminait les ténèbres suivie d'une procession. Des bassins de lait étaient éclairés par ces torches, symbolisant les étais de la voûte céleste ; quelques initiés assistaient à la navigation rituelle de la barque divine sur un lac lumineux. À l'aube, les torches étaient éteintes dans le lait des bassins.

À l'occasion de cette fête, les vivants communiaient avec les morts ; dans la chapelle des tombes, on faisait des offrandes aux ancêtres et l'on organisait des banquets auxquels participaient les âmes des défunts. Chaque année, pendant son règne, Hatchepsout présida ces réjouissances au cours desquelles se mêlaient gaieté et gravité.

La « chapelle rouge » d'Hatchepsout, formée de blocs de quartzite rouge aujourd'hui exposés dans « le musée en plein air » du temple de Karnak, était décorée de scènes commémorant certains événements du règne ; parmi eux, la fête de la déesse Opet, la déesse de la fécondité spirituelle. À ce moment privilégié, le *ka* de Pharaon était régénéré ; ce dernier pouvait faire circuler l'énergie divine dans le corps de l'Égypte. La « chapelle rouge » s'appelait, en réalité, la « place du cœur d'Amon », avec lequel communiait le cœur d'Hatchepsout.

Les obélisques d'Hatchepsout

Les textes soulignent les liens étroits qu'Hatchepsout entretenait avec son père Amon ; à plusieurs reprises, il lui parla directement et lui dicta sa conduite. Cette parole divine s'adressait directement au centre vital de l'être, le cœur-conscience, représenté en écriture hiéroglyphique par un vase. Ayant perçu la volonté de son père céleste, Hatchepsout la concrétisa en faisant ériger pour lui plusieurs obélisques *. Elle agissait comme avait agi son père terrestre, Thoutmosis Ier.

Réaliser un tel projet n'était pas une mince affaire ; il fallait, en effet, tailler un gigantesque monolithe de plus de 300 tonnes dans les carrières de granit d'Assouan, puis le transporter jusqu'à Karnak et le mettre debout. Sept mois de travail furent nécessaires pour ériger deux obélisques.

Sénenmout supervisa le chantier et veilla sur les opérations de transport qui exigèrent la construction de deux énormes bateaux d'une longueur de 90 m. Chaque chaland était tiré par trois groupes de dix barques ; à l'avant du cortège, un spécialiste sondait le Nil avec une perche afin d'éviter les bancs de sable. De la confortable cabine du

* Deux obélisques au début du règne, deux pendant les années 15-16 ; deux ont complètement disparu, un seul se trouve encore en place à Karnak, la pointe du quatrième gît à l'angle nord-ouest du lac sacré.

navire amiral, Sénenmout observait la manœuvre. Grâce à l'habileté des marins égyptiens, elle fut une parfaite réussite.

Comme l'indiquent les reliefs peints du temple de Deir el-Bahari, « il y eut une fête dans le ciel » lors de l'arrivée des obélisques à Thèbes ; « l'Égypte fut en joie à la vue de ce monument ». Dès l'accostage, des rites d'offrande, accompagnés d'une liesse populaire : un trompettiste souffla dans son instrument, suivi d'une escouade d'archers formée de jeunes recrues du Sud et du Nord. Pour ne pas être en reste, des matelots jouèrent du tambourin. Et ce fut un joyeux cortège, quelque peu indiscipliné, qui se dirigea vers le temple d'Amon.

À l'intérieur du sanctuaire, bruit et agitation étaient interdits ; marins et soldats cédèrent la place au maître d'œuvre, aux ritualistes et aux techniciens chargés de mettre en place les obélisques. Hatchepsout accueillit les deux aiguilles de pierre et constata la perfection de leurs formes.

Par leur présence, les obélisques dissipaient les forces négatives, protégeaient le temple en le maintenant à l'écart des ondes négatives et attiraient vers lui la lumière créatrice. Ils étaient également des rappels de la pierre primordiale qui, à l'aube des temps, avait servi de socle à la création.

Sur l'ordre de la souveraine, Thouty, ministre des Finances, avait sorti du Trésor douze boisseaux d'électrum, mélange d'or et d'argent, dont fut couverte la pointe des obélisques. Rayons de soleil pétrifiés, les grandes aiguilles de pierre percèrent le ciel et illuminèrent les Deux Terres, semblables à des montagnes d'or que contempleraient les générations à venir.

Dans le granit rose de l'obélisque, Hatchepsout fit graver ces admirables paroles * :

J'ai accompli cette œuvre avec un cœur aimant pour mon père Amon ; initiée à son secret de l'origine, instruite grâce à sa puissance bénéfique, je n'ai pas oublié ce qu'il avait ordonné. Ma Majesté connaît sa divinité. J'ai agi sur son

* Hatchepsout s'exprime tantôt au masculin, tantôt au féminin, montrant qu'elle est homme-femme et incarne à elle seule le couple royal.

ordre, c'est lui qui me guida, je n'ai pas fait le plan de l'œuvre hors de son action, c'est lui qui m'a orientée. Je ne me suis pas assoupie, car je me préoccupais de son temple ; je ne me suis pas écartée de ce qu'il avait commandé. Mon cœur était intuition (sic) devant son père, je suis entrée dans l'intimité des plans de son cœur. Je n'ai pas tourné le dos à la cité du maître de la totalité, mais j'ai tourné mon visage vers lui. Je sais que Karnak est la lumière sur terre, le tertre vénérable de l'origine, l'œil sacré du maître de la totalité, son lieu favori qui porte sa perfection.

Les obscurités d'une fin de règne

En l'an 20 du règne d'Hatchepsout, une stèle fut dressée dans le temple d'Hathor, au Sinaï. Thoutmosis III avait lui-même conduit l'expédition chargée de rapporter des turquoises en Égypte ; il fut représenté en compagnie d'Hatchepsout qui, si l'on interprète bien l'inscription, était vivante.

En l'an 21, aucune attestation connue du nom d'Hatchepsout. En l'an 22 de son propre règne, qui ne s'est donc pas interrompu sous le gouvernement de la reine Pharaon, Thoutmosis III règne seul. Sans nul doute, Hatchepsout s'était éteinte, mais aucun document ne nous parle de son décès. En Égypte ancienne, le fait n'est pas inhabituel. Il est rare que les textes évoquent la naissance et le décès d'un pharaon, et encore le font-ils de manière symbolique.

Nul trouble n'accompagna la disparition d'Hatchepsout ; après une longue attente et une préparation exceptionnelle à l'exercice du pouvoir, Thoutmosis III se révélera comme l'un des plus grands monarques de l'histoire égyptienne.

Les tombes d'Hatchepsout

La tombe de la reine Hatchepsout avait été creusée dans la falaise dominant la Vallée de l'Ouest, entre la Vallée des Rois et la Vallée des Reines ; dans cette Vallée de l'Ouest seront inhumés les pharaons Amenhotep III et Ay, le successeur de Toutankhamon.

Située à 67 m au-dessus du sol et à 40 m du sommet de la falaise, cette première tombe d'Hatchepsout offrait un aspect spectaculaire ; mais que dire de la seconde, celle du pharaon Hatchepsout, qui porte le n° 20 dans la liste des demeures d'éternité de la Vallée des Rois * ! Proche de la tombe de son père Thoutmosis Ier, celle d'Hatchepsout atteint une profondeur de 97 m et suit un parcours semi-circulaire sur une longueur approximative de 124 m ! Doit-on y voir l'amorce d'une spirale, symbole d'une vie nouvelle ? Cet extraordinaire chemin de l'au-delà, le plus long de la Vallée des Rois, aboutit à un caveau qui abrita deux sarcophages. Le premier, qu'Hatchepsout avait prévu pour elle-même, accueillit la momie de son père Thoutmosis Ier, lequel quitta sa dernière demeure pour reposer dans celle de sa fille. Le second sarcophage, celui du pharaon Hatchepsout, était en grès rouge. Conservée au musée du Caire, son couvercle est en forme de cartouche contenant le nom royal ; à l'intérieur, Nout, déesse du ciel, s'unit à la reine pour la faire renaître parmi les étoiles. La technique d'exécution est remarquable : chaque côté est parfaitement lisse, égal et parallèle au côté opposé, à un millimètre près ! L'un des textes gravés dans le grès précise que le visage d'Hatchepsout a reçu la lumière et que ses yeux ont été ouverts pour l'éternité.

La mémoire d'Hatchepsout a-t-elle été persécutée ?

Dans quantité d'ouvrages, dont certains réputés sérieux, on lit que Thoutmosis III, revanchard et fanatique, fit marteler le nom et les représentations d'Hatchepsout pour effacer de l'Histoire la mémoire de cette souveraine qui l'avait trop longtemps écarté du pouvoir. Bref, un sombre règlement de comptes politicien... Mais sans aucun rapport avec la réalité égyptienne ! Thoutmosis III ne dirigeait pas un parti d'opposition contre le parti majoritaire d'Hatchepsout et n'avait aucun coup bas à lui porter. Rappelons qu'il fut associé à plusieurs actes officiels, qu'Hatchepsout

---

* Selon des études récentes, Hatchepsout serait la « créatrice » de la Vallée des Rois, et son tombeau serait le premier creusé sur le site.

ne « l'élimina » pas, et qu'on le voit officier comme Pharaon à Deir el-Bahari, le sanctuaire majeur d'Hatchepsout.

Quand Thoutmosis III régna seul, il ne pratiqua aucune purge ; les hauts fonctionnaires qui avaient servi Hatchepsout restèrent en place. À dire vrai, il n'existe aucune preuve de la « haine » qu'aurait éprouvée Thoutmosis III à l'encontre d'Hatchepsout. Les martelages ? On les constate, certes. Mais les représentations et les noms de la reine Pharaon furent martelés en des lieux obscurs ou peu accessibles, et laissés intacts à des endroits visibles et faciles d'accès ! Thoutmosis III ne s'attaqua pas aux images les plus remarquables d'Hatchepsout ; sous le portique de Deir el-Bahari consacré au voyage de Pount, par exemple, le *ka* de la reine Pharaon est intact. Par sa seule présence, il rend Hatchepsout immortelle. De plus, si Thoutmosis III a bien occulté le nom et l'image d'Hatchepsout, de manière très partielle, ce ne fut pas avant l'an 42, soit plus de vingt ans après la disparition de la souveraine.

L'intention de Thoutmosis III fut, nous semble-t-il, de relier son règne à celui des deux premiers Thoutmosis pour former une lignée de « fils de Thot ». Et n'oublions pas que sa grande épouse royale se nommait Mérytrê-Hatchepsout, comme si la mémoire de la reine Pharaon se perpétuait au sein même du couple royal.

En fait, c'est à Ramsès II qu'il convient d'attribuer la plupart des martelages. En « renouvelant » le temple de Deir el-Bahari, selon l'expression égyptienne, les restaurateurs de Ramsès le grand effacèrent certaines représentations d'Hatchepsout, mais prirent soin de laisser les hiéroglyphes visibles et le contour des figures apparent !

On peut aujourd'hui l'affirmer : la « vengeance » de Thoutmosis III n'a existé que dans l'imagination de quelques égyptologues. Martelages, occultation, effacements relatifs correspondent à des stratégies magiques qu'il n'est pas encore possible d'expliquer de manière pleinement satisfaisante.

Une réincarnation inattendue

Le roi Salomon admirait l'Égypte. Il l'admirait tellement qu'il s'inspira de la monarchie pharaonique pour gouverner l'État d'Israël *. Dans les « proverbes » et les textes de sagesse qu'il écrivit, dans le *Cantique des cantiques* qui lui est attribué, on discerne l'influence de la culture égyptienne. La tradition n'affirme-t-elle pas que le séduisant Salomon avait épousé une fille de Pharaon ?

Une seule femme se montra aussi brillante que Salomon et soumit son intelligence à rude épreuve : la célèbre reine de Saba, venue d'un pays lointain et merveilleux. Elle le séduisit, fut enceinte de ses œuvres, quitta Israël et mit au monde un fils, fondateur d'une dynastie dont les Éthiopiens s'estimaient les descendants.

Hatchepsout ne fut-elle pas le modèle de la reine de Saba ** ? Beauté, intelligence, sagesse, charme, pouvoirs magiques... N'étaient-ce pas les qualités de la reine-pharaon, qui lui donnèrent la capacité de régner sur l'Égypte ? L'envoûtante reine de Saba fut peut-être le dernier rêve d'Hatchepsout.

---

* Voir C. Jacq, *Maître Hiram et le Roi Salomon*.

** Voir E. Danielus, in *Kronos*, Glassboro, N. I. 1, n° 3, 1976, pp. 3-18 et n° 4, pp. 9-24.

17

TIYI, REINE LUMINEUSE

Une provinciale sur le trône d'Égypte

Thoutmosis III régna cinquante-quatre ans, de 1504 à 1450 av. J.-C. ; lui succédèrent le deuxième des Amenhotep (1453-1419), le quatrième et dernier représentant de la lignée des Thoutmosis (1419-1386) et Amenhotep III qui, pendant trente-sept ans, de 1386 à 1349, gouverna une Égypte riche, heureuse et lumineuse. Aux côtés du monarque, un sage, Amenhotep fils de Hapou, dont le renom sera tel que Pharaon fera construire pour lui un temple où était vénéré son *ka* ; jusqu'aux derniers jours de la civilisation égyptienne, la mémoire d'Amenhotep fils de Hapou sera vénérée dans le sanctuaire de Deir el-Bahari, où il siège à côté d'Imhotep.

Parmi les nombreux chefs-d'œuvre de l'époque d'Amenhotep III, le temple de Louxor est sans doute le plus représentatif : finesse des bas-reliefs, pureté des colonnes, synthèse miraculeuse de la puissance et de la grâce. La lumière du règne rayonne dans chaque pierre.

Pharaon, faut-il le répéter, s'incarne dans un couple royal ; or, Amenhotep III sut choisir une épouse exceptionnelle, Tiyi.

La jeune femme n'appartenait pas à la famille royale. Elle naquit probablement à Akhmim (la Panopolis des Grecs), en Moyenne-Égypte ; la cité était placée sous la protection du dieu Min, garant de la fécondité et de la régénération perpétuelle de la nature. Son père, Youya, était prêtre de Min, lieutenant de la charrerie et intendant des écuries ; il s'occupait avec grand soin des chevaux, réservés au corps d'élite de l'armée égyptienne. Youya apprit-il au roi à monter à cheval ? D'après sa momie, admirablement conservée, le père de la future reine était un homme de grande taille, d'une force physique évidente, et devait ressembler à l'acteur américain Charlton Heston, l'inoubliable Ben-Hur. Son épouse, Touya, était supérieure du harem de Min ; elle dirigeait donc une institution à la fois religieuse et économique *. Portant le très ancien titre d'« ornement royal », elle avait certainement accès à la cour, et participait à des fêtes et à des rituels où apparaissaient Pharaon et son successeur.

À quelle occasion le futur Amenhotep III rencontra-t-il la jeune Tiyi ? Nous l'ignorons. Qu'il épousât une femme n'appartenant pas au cercle des plus hautes personnalités de la cour ne posa nul problème. À l'occasion du mariage, furent fabriqués des scarabées en faïence, d'une longueur de dix centimètres environ, et sur lesquels était écrit le texte suivant : *Pharaon et la grande épouse royale Tiyi, puisse-t-elle vivre ! Son père se nomme Youya, sa mère Touya. Tiyi est l'épouse d'un puissant souverain dont la frontière sud va jusqu'à Karoy* (au Soudan) *et la frontière nord jusqu'au Naharina* (en Asie).

Ces petits objets furent expédiés dans toutes les provinces d'Égypte, et même à l'étranger, pour annoncer le règne du nouveau couple royal. Comme la poste égyptienne fonctionnait bien, la nouvelle ne tarda pas à se répandre.

Tiyi éprouvait une grande affection pour ses parents, dont elle avait tenu à mentionner les noms. Ils passèrent le reste de leurs jours auprès de la reine qui n'oublia pas son frère, Ânen ; il occupa de hautes fonctions dans les clergés d'Amon et de Râ-Atoum, et devint l'un des proches de Pharaon.

Deux portraits de Tiyi

Il est toujours délicat d'utiliser le terme de « portrait » lorsqu'on évoque l'art égyptien, car les sculpteurs, « ceux

* Sur le harem, voir le chapitre 49.

qui donnent la vie », se préoccupaient de représenter le *ka* d'un être, son énergie impérissable, et non son individualité physique. Dans quelques cas, cependant, lorsqu'il s'agit d'études préliminaires, d'ébauches ou d'œuvres dépourvues de caractère officiel, il est possible d'entrevoir les traits réels de tel ou tel grand personnage.

Dans le cas de la reine Tiyi, deux têtes minuscules ont peut-être valeur de portrait. La plus célèbre fut découverte dans un sanctuaire de Sérabit el-Khadim, au Sinaï ; haute de 7 cm et large de 5, elle fut taillée dans la stéatite, une pierre schisteuse verte *. Disons-le tout net : ce n'est pas le visage d'une femme commode. Les yeux sont étroits, les pommettes saillantes, les lèvres sévères, le menton est petit et pointu. La volonté est affirmée, le caractère hautain et dominateur.

Le second « portrait » fut découvert sur le site de Medinet Gourob, dans le Fayoum ; il s'agit d'une petite tête en bois d'if, de 11 cm, conservée au musée de Berlin **. Même intensité, même détermination, même force intérieure. D'évidence, une femme de pouvoir.

Tiyi gouverne : la Maison de la reine

Dans la demeure d'éternité de Khérouef (tombe thébaine n° 192), dont les reliefs comptent au nombre des plus purs chefs-d'œuvre de l'art égyptien, la reine Tiyi joue le rôle de la déesse d'or, Hathor, et participe à la régénération rituelle du roi. Elle lui offre sa protection magique et lui assure des millions d'années de règne, tandis que des prêtresses célèbrent ces réjouissances par des danses et des chants. En compagnie de son fils Amenhotep IV, qui n'était pas encore devenu Akhénaton, la reine fait des offrandes aux divinités, notamment à Atoum, le créateur. Le futur pharaon vénère d'ailleurs Râ, le dieu d'Héliopolis,

---

* Musée du Caire, Journal d'Entrée 38257.

** Voir D. Wildung, *BSFE* 125, 1992, pp. 15-28. La radiographie a prouvé que, sous la coiffe, une sorte de bonnet de perles bleues, se dissimulaient un uraeus et des boucles d'oreille. À l'origine, la reine portait une couronne à deux plumes, encadrant un soleil, et à cornes de vache, faisant d'elle l'incarnation d'Hathor.

et ses propres parents, Amenhotep III et Tiyi, non plus en tant qu'individus, mais en tant que couple royal immortel.

Pendant le rituel de régénération du pharaon, Tiyi agit comme grande prêtresse initiée aux mystères d'Hathor ; elle porte le collier de résurrection, est coiffée d'une couronne d'uraeus que surmontent deux plumes et un disque solaire. Tiyi est présente lors du point culminant du rituel, le redressement du pilier « Stabilité (*djed*) », qui symbolise la résurrection d'Osiris.

La reine Tiyi fut associée à tous les événements marquants du règne et « présida à la Haute et à la Basse-Égypte. » Nombre d'actes officiels portent une mention explicite : « sous la Majesté du roi Amenhotep III et de la grande épouse royale Tiyi ». Et un texte de la tombe de Khérouef donne cette précision essentielle : « *Elle est semblable à Maât* (la Règle universelle) *suivant Râ* (la lumière divine), *et se trouve ainsi dans la suite de Ta Majesté* (le pharaon). » En incarnant Maât sur terre, la reine est à la fois l'harmonie indestructible du cosmos et le socle intangible sur lequel se construit la société égyptienne.

Dans le lointain Soudan, le couple royal fit édifier deux temples, l'un à Soleb pour la régénération permanente du *ka* royal, l'autre à Sedeinga, où la magie de la reine perpétue l'être de Pharaon. Indissociables, les deux sanctuaires forment l'image du couple royal, préfigurant le dispositif symbolique d'Abou Simbel, pour Ramsès II et Néfertari.

On a beaucoup glosé sur le caractère lascif d'Amenhotep III, ses innombrables femmes, sa paresse de despote oriental, en projetant sur l'Égypte fantasmes et turqueries sans nul rapport avec la réalité égyptienne. Prenons un exemple précis : en l'an 10 du règne, Amenhotep III épouse Giloukhipa, fille du roi du Mitanni, pays d'Asie avec lequel l'Égypte avait été en conflit. Ce « mariage » diplomatique avait pour but de sceller la paix et d'éviter tout conflit. On fabriqua des scarabées portant la titulature d'Amenhotep III et de Tiyi, qui proclamaient ainsi la nécessité de cet acte politique. Tiyi n'eut pas à lutter contre une maîtresse étrangère, car Giloukhipa, à l'instar des autres « épouses diplomatiques » du Nouvel Empire, prit un nom égyptien et vécut à la cour.

Le plus souvent, Tiyi séjournait dans la merveilleuse cité de Thèbes, la cité victorieuse symbolisée par une femme tenant arc, flèches et massue blanche. Thèbes aux jardins verdoyants, aux innombrables bassins et plans d'eau, aux grandes villas entourées d'arbres, aux temples magnifiques où résidaient les divinités. Thèbes, la reine des villes et la matrice du monde. Thèbes où l'on rivalisait d'élégance lors des banquets et où l'on vivait des jours heureux.

Tiyi disposait d'une administration efficace, la « Maison de la reine », intégrée à la « Maison de Pharaon ». Ce que nous appelons aujourd'hui « palais » se présentait comme un ensemble à la fois sacré et profane, où cohabitent des prêtres et des fonctionnaires. Dans la « Maison de la reine », des ateliers peuplés d'artisans, boulangers, brasseurs, menuisiers, orfèvres ; des entrepôts, un trésor, des services médicaux, des laboratoires. La souveraine réunissait ses majordomes et ses chefs d'équipe, veillait à la saine gestion de ses biens et se comportait en véritable chef d'entreprise.

Le lac de Tiyi

L'an 11 du règne, le premier jour du troisième mois de la première saison, c'est-à-dire vers fin septembre, le roi ordonna de faire creuser un lac en l'honneur de la grande épouse royale Tiyi. L'emplacement choisi fut Djaroukha, au nord de la cité d'Akhmim, d'où étaient originaires les parents de la reine.

Les dimensions du lac étaient assez impressionnantes : 3 700 coudées de long sur 700 de large, soit près de 2 km sur 365 m. C'est toujours grâce à une « émission de scarabées », le média favori du moment, que nous sommes informés. Les ingénieurs égyptiens et leur personnel furent si habiles que la fête de l'ouverture du lac eut lieu... quinze jours plus tard, ce qui paraît impossible .

À cette occasion, la barque royale, sans doute recouverte d'or, vogua sur le lac et brilla de mille feux. Cette barque portait un nom significatif : « Aton rayonne ». Aton, le nom égyptien du disque solaire. Aton, le dieu que le pharaon Akh-en-Aton allait inclure dans son nom quelques années plus tard, et pour lequel il allait bâtir une nouvelle capitale.

S'agissait-il vraiment d'un lac de plaisance destiné à distraire la reine ? En aucune façon. Comme l'a démontré Jean Yoyotte, le roi voulait créer un bassin d'irrigation pour améliorer les cultures. En fermant les canaux qui traversaient les digues, les techniciens avaient créé un « lac » artificiel, dont la masse d'eau suffirait à bien détremper le sol et à faciliter sa fertilisation. La véritable ouverture de ce bassin consista à percer des canaux pour permettre à l'eau de s'écouler. Auparavant, la navigation rituelle de la barque « Aton rayonne » avait sacralisé le bassin et rendu la terre féconde. La reine, cette fois encore, avait rempli sa fonction divine.

La reine veuve

Au terme de plusieurs années de bonheur, une terrible épreuve frappa Tiyi : la mort d'Amenhotep III. Sur un scarabée commémoratif, elle fit graver cette émouvante inscription : *La grande épouse royale, Tiyi, a façonné ce document, qui est sien, pour son frère bien-aimé, le pharaon.* Ce frère bien-aimé, avec lequel elle avait régné avec sagesse, était parti vers le Bel Occident, la laissant seule à la tête de l'État.

Deux enfants étaient aptes à régner. Une fille, Satamon, la « fille d'Amon », et un garcon, appelé à devenir le quatrième de la lignée des Amenhotep. Mais ils étaient jeunes, l'un et l'autre, et inexpérimentés.

Tiyi dut surmonter l'épreuve et régner. Dans une lettre, le roi du Mitanni, Toushratta, écrivit à la reine : « Tu connais toutes les paroles que j'ai échangées avec ton mari, le pharaon. Toi seule les connais. » Tiyi, en effet, était la seule à connaître tous les secrets d'État et à savoir manœuvrer le navire de l'Égypte. Cette science, elle la transmit à ses enfants ; le jeune Amenhotep IV et son épouse, Néfertiti, furent ses disciples attentifs.

La fille de la reine, Satamon, s'effaça. Certes, elle disposa d'un vaste domaine et bénéficia d'une position prééminente à la cour ; mais elle disparut des documents officiels, soit en raison d'un décès prématuré, soit parce qu'elle renonça au poids du pouvoir.

Un nouveau couple royal, formé d'Amenhotep IV et de Néfertiti, occupa donc le devant de la scène, non sans une sorte de coup d'éclat. Après un début de règne « traditionnel », Amenhotep IV changea de nom, c'est-à-dire de programme spirituel et politique, et devint Akhénaton, « Celui qui est utile à Aton », avec un jeu de sens inclus dans le mot *akh* qui signifie à la fois « être utile » et « être lumineux ». Comme Aton était une forme divine sans point d'attache particulier sur le territoire égyptien, Akhénaton créa pour lui une ville, Akhétaton, « la contrée de lumière d'Aton », sur le site de Tell el-Amarna, en Moyenne-Égypte. La cour déménagea, Thèbes fut réduite au rang de ville secondaire. Non seulement il n'y eut aucune guerre civile, mais encore Akhénaton fixa-t-il lui-même les limites de son expérience dans l'espace et dans le temps. Dans l'espace, des bornes, sous la forme de stèles, délimitèrent le territoire du dieu Aton ; dans le temps, la suprématie d'Aton prendrait fin avec la mort du roi.

Quel fut le rôle exact de Tiyi dans ce que l'on nomme, à tort, cette « révolution ? » La considérer comme son inspiratrice est sans doute excessif, mais elle ne s'y opposa pas. Comment elle, veuve de Pharaon, aurait-elle pu contester la volonté du roi ? Elle demeura, semble-t-il, proche de son fils, et servit de trait d'union entre Thèbes et la capitale du dieu Aton, où elle habitait dans un palais que son fils avait fait construire pour elle. Thèbes n'était pas devenue une ville morte, et Tiyi dut effectuer un assez grand nombre de voyages pour maintenir les liens entre les cités d'Amon et d'Aton.

Lorsque Tiyi séjourna dans la nouvelle capitale, des banquets furent organisés en son honneur. Néfertiti l'accueillit avec chaleur, Akhénaton l'emmena au temple d'Aton. Dans la grande cour, baignée des rayons vivifiants du soleil, le roi tient sa mère par la main ; dignes et sereins, ils se recueillent. Au-delà de la tendresse et du respect mutuel, c'est la preuve qu'Akhénaton se situe dans une continuité dynastique, cautionnée par la reine mère, et ne modifie en rien l'institution pharaonique.

Très au fait de la politique internationale, Tiyi alerta-t-elle Akhénaton quand le prestige de l'Égypte commença à se ternir ? Fort préoccupé par la mise en œuvre de sa mystique solaire, le roi négligea des rapports inquiétants venant de l'étranger. Lorsque sa mère mourut, en l'an 8 de son règne, le vide qu'elle laissa ne fut pas comblé.

Tiyi dans la Vallée des Rois ?

Où fut inhumée Tiyi ? De fortes présomptions nous orientent vers la tombe n° 55 de la Vallée des Rois, une modeste sépulture dépourvue de décor sculpté, comme c'est la règle pour les personnes qui n'étaient pas des pharaons, mais eurent néanmoins l'insigne privilège de reposer dans ce site exceptionnel.

Cette tombe contenait des objets au nom d'Amenhotep III et de Tiyi. D'après l'un des fouilleurs, il y avait là un traîneau pour la momie, un cercueil, des amulettes, des fioles à parfum et plusieurs pièces rares... malheureusement détruites lorsqu'on les sortit du caveau ! Notes non publiées et rapports de fouille peu fiables nous condamnent à rester dans l'ignorance. La tombe n° 55 fut-elle d'abord prévue pour abriter la momie de Tiyi, puis servit-elle de cache pour Akhénaton avant d'être désaffectée à l'époque ramesside ? Hypothèses plausibles, mais hypothèses seulement.

Le souvenir de la grande reine fut durable ; des fondations funéraires, à Thèbes et en Moyenne-Égypte, célébrèrent sa mémoire, et on lui rendit un culte. Grande épouse royale d'un monarque sage et bienfaisant, reine de transition entre l'époque lumineuse d'Amenhotep III et l'expérience religieuse d'Akhénaton, Tiyi avait marqué son temps d'une empreinte indélébile.

18

NÉFERTITI, L'ÉPOUSE DU SOLEIL

Un visage sublime

Qui n'a pas eu l'occasion de contempler, au détour d'un livre ou d'une revue, le merveilleux visage de Néfertiti *, et qui n'a pas été émerveillé par tant de grâce, de beauté et de majesté ? Les mots manquent pour décrire cette femme dont la noblesse est resplendissante et dont le sourire est animé par une lumière intérieure qui a traversé les millénaires et nous touche au cœur. *Claire de visage*, dit à son propos le texte d'une stèle-frontière de la cité d'Aton, *joyeusement ornée de la double plume, souveraine du bonheur, dotée de toutes les vertus, à la voix de qui on se réjouit, dame de grâce, grande d'amour, dont les sentiments réjouissent le seigneur des deux pays.*

Deux portraits ont été préservés. Le premier, conservé au musée du Caire, fut découvert par l'Anglais Pendlebury lors de la campagne de fouilles 1932-1933, sur le site d'el-Amarna ; cette tête sculptée, aux yeux non incrustés, devait être placée sur une statue. L'intensité spirituelle de l'œuvre est admirable ; c'est bien une fidèle de la lumière qui contemple la divinité, au-delà du monde apparent. Aucune inscription ne permet d'identifier formellement Néfertiti, bien que les historiens de l'art s'accordent pour reconnaître l'épouse d'Akhénaton.

---

* Sur Néfertiti et son rôle historique, voir C. Jacq, *Néfertiti et Akhénaton, le couple solaire*, 1990.

Le célèbre buste conservé au musée de Berlin est une petite sculpture haute de 50 cm. Elle fut trouvée, à Amarna, le 6 décembre 1912, par une équipe allemande que dirigeait Ludwig Borchardt. Le lieu de la découverte est remarquable : l'atelier du sculpteur Thoutmosis. Ce chef-d'œuvre fascinant n'est, en réalité, qu'un modèle inachevé, abandonné là lorsque l'artisan repartit pour Thèbes. La couronne très particulière, que porte Néfertiti sur les bas-reliefs amarniens, permet de l'identifier avec certitude. La finesse du cou, la pureté du visage, la douceur de l'expression alliée à la sérénité, témoignent du génie d'un maître sculpteur et de la beauté de la reine.

Les origines de Néfertiti

Le nom de Néfertiti signifie « la belle est venue ». Quelques égyptologues supposèrent que la reine était d'origine étrangère, mais il n'en est rien. Son nom est typiquement égyptien et se réfère, nous le verrons, à sa fonction divine.

Néfertiti, fille d'Amenhotep III et de Tiyi ? Rien ne confirme cette autre hypothèse. Aucun texte ne donnant le nom des parents de la grande épouse royale d'Akhénaton, le plus sage est de convenir qu'elle était une dame de la cour, peut-être la fille d'un grand dignitaire comme Ay, qui deviendra pharaon après le décès de Toutankhamon. Et rien n'interdit de penser qu'Akhénaton décida d'épouser une très belle jeune femme, sans fortune.

Une seule certitude : la nourrice de Néfertiti s'appelait Tiyi, nom comparable à celui de la grande épouse royale d'Amenhotep III. Cette Tiyi épousa Ay.

La déesse Néfertiti

Le mot « Néfertiti » se lit, de manière technique, *Néféret-ity*, « la belle est venue ». Cette « belle » est la déesse lointaine qui, après avoir quitté le soleil créateur, est partie pour le désert de Nubie. Sans elle, les Deux Terres sont condamnées à la stérilité et à la désolation. Grâce à l'intervention des divinités, notamment Thot et Chou, la déesse lointaine reviendra en Égypte, et la nature et tous les êtres vivants connaîtront de nouveau le bonheur.

Néfertiti est l'incarnation de cette déesse qui vient ou, plus exactement, qui revient pour prodiguer son amour au pharaon, afin qu'il rayonne comme un soleil. À la fois Hathor, amour céleste, et Maât, Règle éternelle, elle recrée la lumière et protège le roi chargé de la faire rayonner sur terre *. Tel fut d'ailleurs le rôle majeur de toutes les reines d'Égypte.

Puisque le culte du moment était centré sur Aton, Néfertiti se nommait aussi « Parfaite est la perfection d'Aton », et c'était pour elle que le disque solaire se levait. Quand il se couchait, il redoublait d'amour pour elle. Dans le grand temple d'Aton étaient dressées des statues de la déesse Néfertiti auxquelles on adressait des prières, afin qu'elle continuât à faire verdoyer les Deux Terres.

Voulant affirmer la puissance de la lumière d'Aton, Akhénaton occulta les mystères osiriens. Il fallait bien, cependant, que les rites de résurrection fussent accomplis et, notamment, que les quatre déesses placées aux angles du sarcophage royal (dont Isis et Nephtys) récitassent les litanies magiques. Ce fut Néfertiti qui les remplaça.

La scène d'adoration de la tombe d'Ipy rassemble, selon le rituel amarnien, le roi, la reine et leur fille vénérant un soleil divin dont les rayons se terminent par des mains qui transmettent la vie. Détail surprenant : Néfertiti élève vers Aton un plateau sur lequel se trouvent les noms du dieu, inscrits dans un cartouche, et une petite statuette représentant une reine assise, adressant une prière à ces noms divins, une reine qui n'est autre que... Néfertiti elle-même ! Il est clair que c'est une Néfertiti divinisée qui est ainsi représentée. Elle est le soleil féminin qui donne la vie.

Néfertiti, reine Pharaon ?

Dans certaines inscriptions, le nom du roi n'est pas suivi de son prénom, mais de celui de la reine, comme si, à eux

* Voir C. Traunecker, *BSFE* 107, 1986, p. 17-44.

deux, ils ne formaient qu'un seul nom, une seule entité royale dont les deux éléments étaient indissociables.

Aucune activité sacrée ne pouvait être accomplie sans la présence de Néfertiti. Le couple royal était formé de deux personnalités d'égale importance devant le dieu Aton ; le roi et la reine lui adressent les mêmes prières, lui consacrent les mêmes offrandes, font monter vers lui la même fumée d'encens. Ces scènes d'adoration, très répétitives, sont particulièrement nombreuses. Elles ornaient les parois des temples et des tombes, constituant le « programme » symbolique du règne.

D'ordinaire, Pharaon apparaissait seul sur son char. Dans sa nouvelle capitale d'Amarna, au su et au vu de tous, Akhénaton embrasse tendrement sa belle épouse, sous les rayons du soleil. Il y a une autre occupante sur le char : l'une des filles du couple solaire qui, pendant que ses parents s'embrassent, n'a d'yeux que pour les chevaux dont la tête est ornée de grandes plumes multicolores.

Lors de l'investiture du vizir Ramosé, alors que le couple royal habitait encore Thèbes, Néfertiti participa à la cérémonie et se montra à la « fenêtre des apparitions » pour féliciter le grand dignitaire. Dans la cité d'Aton, trônant aux côtés du monarque, Néfertiti reçut les ambassadeurs d'Asie et de Nubie, venus présenter leurs tributs au pharaon.

Peut-on admettre que Néfertiti fut davantage qu'une reine et régna seule ? La couronne particulière qu'elle porte, assez proche de la couronne rouge de Basse-Égypte, semble plaider en ce sens. Grande prêtresse du culte d'Aton, Néfertiti disposait d'un espace sacré spécifique, « l'ombre de Râ ». Il est probable que le roi dirigeait le culte du matin, et la reine celui du soir. Néfertiti avait la capacité de diriger seule des rituels et de présenter seule des offrandes à Aton.

Privilège remarquable, la reine pouvait se déplacer sur son propre char équipé, comme celui du roi, d'un arc et de flèches. Un bloc conservé au Museum of Fine Arts de Boston enregistre un détail encore plus surprenant : à bord d'une barque royale, Néfertiti, couronnée, empoigne un adversaire par les cheveux et le frappe de sa massue. Elle symbolise ainsi la victoire de l'ordre sur le chaos. D'ordinaire, seul le pharaon régnant accomplit ce geste rituel, que l'on retrouve sur un bloc de Karnak.

Pour quelques égyptologues, ce faisceau d'indices autorise à conclure que Néfertiti, comme Hatchepsout, fut une reine Pharaon. L'hypothèse deviendrait certitude, si l'on parvenait à prouver que la reine survécut à Akhénaton, et qu'elle changea de nom pour régner seule sous le nom de Sémenkhkarê ; mais la documentation est trop rare et trop confuse pour formuler, à l'heure actuelle, une conclusion définitive.

Quand Néfertiti décorait une femme

Le couple royal tint à récompenser ses fidèles ; les personnages concernés se présentaient devant le palais royal, à la fenêtre duquel apparaissaient, couronnés, Néfertiti et Akhénaton. Or, Néfertiti pouvait célébrer seule cette festivité et, qui plus est, en faveur d'une femme. Cette dernière, Meretrê, n'était d'ailleurs pas accompagnée de son mari. Pour la circonstance, la dame Meretrê, « l'aimée de la Lumière divine », s'est faite belle : grande et longue perruque surmontée d'un cône de parfum, maquillage soigné, longue robe transparente qui laisse deviner ses formes charmantes. Elle est assistée de plusieurs servantes et de serviteurs portant vases, fleurs, instruments de musique. Le lieu où se déroule la scène est enchanteur, car le palais de la reine se trouve au cœur d'un jardin planté d'arbres et de vignes. L'une des servantes, pendant que ses compagnes se prosternent devant Néfertiti, profite de l'écran qu'elles forment pour boire une coupe de vin. Des enfants, admonestés par un gardien tenant un bâton, ont réussi à se mêler à cette cérémonie qui, pour protocolaire qu'elle fût, n'a rien de glacial. Après avoir reçu un collier d'or, Meretrê est reconduite chez elle par un proche qui lui tient la main, tandis que ses amies la suivent. Chez elle aura lieu un joyeux banquet pour fêter cette distinction.

Les filles de Néfertiti et d'Akhénaton

Le point culminant du culte d'Aton était la célébration de la lumière par la famille royale. Dans l'immense cour du grand temple d'Aton, le roi et la reine consacraient des offrandes alimentaires sur un vaste autel auquel on accédait par une rampe. Akhénaton et Néfertiti se tenaient côte à côte, sur une sorte d'estrade ; autour d'eux, leurs filles, de hauts dignitaires, des ritualistes, des dames de la cour. Toutes les personnes présentes étaient recueillies, accueillant en leur cœur l'illumination solaire.

De manière tout à fait inhabituelle dans l'art égyptien, sont représentées des scènes qui nous permettent d'entrer dans l'intimité de la famille royale. Nous voyons Néfertiti donner le sein à l'une de ses filles, se laisser caresser le menton par l'une d'elles, tenir ses enfants sur ses genoux, elle-même assise sur ceux d'Akhénaton. Nous assistons aussi au repas pris par la famille royale, qui ne s'encombre guère de vêtements.

Akhénaton et Néfertiti veulent démontrer de manière éclatante qu'ils forment une famille heureuse, épanouie, rayonnante, grâce à l'énergie que leur procure chaque jour le dieu Aton. Ils proposent un modèle idéal, fondé sur cette vénération de la lumière ; c'est d'ailleurs pourquoi les fillettes sont associées à des actes cultuels.

Le couple eut six filles : trois avant l'an 6 du règne, la quatrième entre l'an 6 et l'an 9, les deux dernières entre l'an 6 et l'an 9. Il est bien précisé que chacune est la fille de la grande épouse royale, Néfertiti.

C'est peu après l'an 12 du règne qu'une première épreuve, fort cruelle, devait frapper le couple royal : la mort de Meket-Aton, leur deuxième fille. Pour cette famille qui faisait de sa cohésion l'exemple même des bienfaits d'Aton, la déchirure fut profonde. Il fallut célébrer les rites funéraires et procéder à la mise au tombeau dans la sépulture familiale ; une scène montre Akhénaton et Néfertiti en pleurs devant le lit funéraire.

La mort de Meket-Aton lézarda de manière irrémédiable le bel édifice que le couple solaire avait construit ; Néfertiti fut profondément affectée par cette disparition. Mourut-elle peu de temps après ?

En interprétant de manière vériste les représentations des fillettes, certains égyptologues estimèrent que leur crâne allongé était la traduction esthétique d'une maladie. « Esthétique » est le mot clé : dans certaines scènes, *tous* les personnages sont représentés avec cette même déformation. Des sculptures retrouvées à Amarna nous offrent, en revanche, des visages « classiques ». Il est donc vain de songer à une quelconque pathologie.

Six filles… et pas de fils ? Quelques érudits aimeraient faire de Toutankhamon, dont les parents sont inconnus, le fils d'Akhénaton et de Néfertiti. Nul indice décisif n'est venu corroborer cette hypothèse.

La disparition de Néfertiti

Sur la mort de Néfertiti furent écrits de véritables romans, parfois sous le couvert d'une égyptologie « sérieuse ». On parla d'une brouille entre Akhénaton et Néfertiti, de l'isolement de cette dernière dans un palais de la cité du soleil, de sa prise du pouvoir à la tête d'un parti d'opposition, etc.

Nous ignorons la date de la mort de Néfertiti et ses circonstances. Tout au plus peut-on admettre qu'elle décéda avant Akhénaton.

L'une des filles du couple solaire, Méritaton, épousa symboliquement son père, mais ce fait suffit-il à prouver que Néfertiti était décédée ? De son vivant, en effet, Méritaton, « l'aimée d'Aton », était déjà considérée comme le troisième terme de la trinité sacrée formée du père, de la mère et de l'enfant. Méritaton est présente dans nombre de cérémonies ; marchant derrière sa mère, elle manie un sistre pour écarter les influences nocives. Occupant une demeure personnelle dans la cité du soleil, Méritaton semblait promise aux plus hautes fonctions et reçut le titre de « grande épouse royale ». Mais elle disparut assez vite de la scène publique, sans que l'on sache si elle était morte assez jeune, ou si elle avait décidé de se retirer de la vie politique.

Nouvelle énigme : le nom de Néfertiti se retrouve, en partie, dans celui de Semenkhkarê, l'éphémère monarque qu'Akhénaton associe au trône peu avant sa mort. Est-ce Néfertiti devenue pharaon sous un autre nom, est-ce Akhénaton symboliquement dédoublé, est-ce un dignitaire de la cité du soleil choisi comme successeur ?

Où fut inhumée Néfertiti ? Probablement dans le grand tombeau prévu pour la famille royale et situé assez loin de la capitale, dans un endroit désertique. Les fouilleurs le trouvèrent pillé et dévasté.

La momie de Néfertiti est-elle celle qui gisait dans la tombe n° 55 de la Vallée des Rois ? Les noms ont été détruits, le visage fut martelé. S'agit-il d'Akhénaton, de Semenkhkarê, de la reine Tiyi ou de Néfertiti ? Autant de questions encore sans réponse.

Néfertiti, l'épouse du soleil, continue à fasciner ; en admirant ses portraits, comment ne pas songer à sa voix mélodieuse qui chantait la toute-puissance de la lumière * ?

* Akhénaton semble avoir eu une épouse « secondaire », nommée Kiya, pour laquelle le roi avait fait construire des chapelles dans le domaine sacré d'Aton. Son nom ne fut pas inscrit dans un cartouche, et elle ne porta pas de couronnes. Après l'an 12, l'histoire du règne d'Akhénaton plonge dans l'obscurité. Peut-être le roi choisit-il, pour lui succéder, une femme pharaon dont le nom était Ankh-Khéperou-Râ Néfernéferou-Aton, et qui aurait régné pendant plus de deux ans. Ce pharaon (s'il s'agit bien d'une femme !) ne pouvait être Méritaton, la fille d'Akhénaton.

19

LA GRANDE ÉPOUSE ROYALE DE TOUTANKHAMON

Un jeune couple sans soucis ?

Dans le palais nord de la cité du soleil vivait un jeune couple, formé d'une des filles de Néfertiti, Ankhes-en-pa-Aton, « Elle vit pour Aton », et du prince Tout-ankh-Aton, « Symbole vivant d'Aton ». Ils profitaient du luxe de la cour et ne songeaient guère au pouvoir. Akhénaton et Néfertiti régnaient ; pourquoi se soucier de l'avenir ?

Les événements se précipitèrent. À la mort d'Akhénaton, la jeune Ankhes-en-pa-Aton devint garante de la légitimité du trône, et son mari , encore adolescent, fut appelé à devenir Pharaon. Brusquement, s'acheva le temps de l'insouciance et des plaisirs. L'expérience « atonienne » étant terminée, il fallut quitter la cité du soleil et retourner à Thèbes. En peu de temps, la capitale d'Akhénaton fut abandonnée et devint une ville morte.

Signe essentiel de cette mutation : le changement de nom du couple royal. Tout-ankh-*Aton* devint Tout-ankh-*Amon*, Ankhes-en-pa-*Aton* devint Ankhes-en-*Amon*. Autrement dit, le règne d'Aton était achevé ; le roi et la reine vénéraient de nouveau Amon, le maître de Thèbes. Dès la première année de règne, l'évolution était programmée : une stèle conservée à Berlin montre Tout-ankh-*Aton* adorant *Amon*.

Ce qu'Akhénaton avait fait magiquement en changeant son nom de règne, Toutankhamon le défait de même ; loin d'être un « petit roi », il inaugura une nouvelle période de l'histoire égyptienne.

Le retour à Thèbes s'effectua paisiblement. Ni guerre civile, ni massacre des partisans d'Aton, ni destruction de la cité du soleil qui sera rasée beaucoup plus tard (sous le règne de Ramsès II). Ce fut simplement le passage d'un règne à un autre, le retour à Amon après un détour par Aton, dans un pays qui ne connut ni dogmatisme, ni vérité révélée et imposée par la force.

Toutankhamon et sa grande épouse royale n'eurent pas le temps d'être jeunes ; il leur fallut régner et assumer les devoirs de leur charge.

Une grande magicienne

Nul incident dramatique ne troubla les neufs années de règne de Toutankhamon (1334-1325 av. J.-C.). On sait que sa demeure d'éternité, la seule tombe royale inviolée de la Vallée des Rois, fut découverte en 1922 par Howard Carter, au terme d'une longue quête financée par lord Carnarvon. De cette tombe, soigneusement dissimulée, furent extraits une quantité incroyable de chefs-d'œuvre ; parmi eux, une petite chapelle dorée dont les scènes révèlent le rôle joué par la grande épouse royale *.

Ankhesenamon était d'une grande beauté. Coiffée d'une perruque délicate et compliquée, le serpent uraeus au front, les yeux fardés, le visage soigneusement maquillé, elle porte des boucles d'oreille, un collier large à plusieurs rangs et une longue robe blanche tombant jusqu'aux sandales. La grande épouse royale était la séduction même.

Pourtant, les scènes où elle figure ne sont pas de simples démonstrations de charme ; les textes hiéroglyphiques, en effet, la désignent comme « la grande magicienne » qui, par ses actes rituels, communique au roi l'énergie nécessaire pour régner. Sur les parois de ce naos d'or, elle renouvelle pour l'éternité les rites du couronnement que le couple royal célébrera pendant des millions d'années.

---

* Voir K. Bosse-Griffiths, The Great Enchantress in the Little Golden Shrine of Tutankhamun, *JEA* 59, 1973, pp. 100-108.

La grande épouse royale joue du sistre pour Toutankhamon, lui offre des bouquets montés, remplit sa coupe de vin, lui passe un collier de résurrection autour du cou, enduit sa peau d'un onguent de régénération, l'assiste lorsqu'il chasse et pêche des créatures de l'au-delà qui prennent la forme d'oiseaux et de poissons. Comme on le constate, la reine est très active ; mais une scène la montre assise sur un coussin, aux pieds du roi, le coude gauche sur les genoux de son époux, et se retournant vers lui pour recevoir, dans la main droite, le liquide sortant d'une fiole qu'incline vers elle le monarque.

Ils sont Chou et Tefnout, le couple primordial, qui transmet la vie et la lumière. Chaque geste de la reine est l'expression d'une magie d'État, à l'œuvre dès les premières dynasties.

Une reine coupable de haute trahison ?

Toutankhamon mourut jeune, sans doute avant l'âge de vingt-cinq ans. Sa veuve fut désemparée. Assumerait-elle seule la totalité du pouvoir en devenant reine Pharaon, ou épouserait-elle un nouveau monarque ?

La reine accomplit alors un acte inouï qui pourrait être considéré comme une trahison. Au lieu de choisir comme Pharaon l'un des nobles de la cour, elle écrivit une surprenante lettre au puissant roi hittite Souppilioulioumma, dont le rêve était de conquérir les Deux Terres et de s'emparer de leurs richesses. Ce document fut conservé dans les archives hittites. En voici le passage principal : « Mon mari est mort, écrit la reine. Je n'ai pas de fils. On dit que toi, tu as plusieurs fils. Si tu m'envoyais l'un d'eux, il deviendrait mon mari. Jamais je ne choisirai l'un de mes serviteurs pour en faire mon mari. »

Le souverain hittite douta de l'authenticité de la missive. Songeant à un piège, il envoya un émissaire à Thèbes pour faire l'analyse de la situation. Ankhesenamon, s'impatientant, écrivit une seconde lettre et protesta de sa bonne foi : « Si j'avais eu un fils, me serais-je adressée, pour mon propre déshonneur et celui de mon pays, à un royaume étranger ? »

Le souverain hittite se prit à rêver. Conquérir les Deux

Terres par un simple mariage ! Il se décida à tenter l'aventure et fit partir pour l'Égypte l'un de ses fils, le futur pharaon *.

À la cour, les démarches de la jeune reine n'étaient pas passées inaperçues. Deux hommes veillaient : le général Horemheb, chef des armées, et le vieux sage Ay, qui avait déjà traversé trois règnes et dirigeait l'administration, à la manière d'une éminence grise. Tant que cette ténébreuse affaire en demeura au stade des échanges épistolaires, ils n'agirent pas. Mais lorsque l'escorte du prince hittite se mit en chemin, ils prirent une décision.

Le prince hittite ne franchit pas la frontière ; sans doute fut-il supprimé. L'avertissement était clair et brutal. Aucun Hittite ne monterait jamais sur le trône d'Égypte.

Ankhesenamon épousa Ay qui, après avoir servi plusieurs pharaons, devint Pharaon lui-même avec l'appui d'Horemheb. C'était Ay, d'ailleurs, qui avait dirigé les funérailles de Toutankhamon. Son union avec la jeune veuve fut purement théologique.

Que devint l'épouse de Toutankhamon, remariée à Ay ? Nous l'ignorons. Pour nous, elle demeure la grande magicienne du roi au masque d'or, la reine éternellement jeune qui lui donne à jamais la vie.

* Dans mon roman *La Reine Soleil*, j'ai proposé une explication à l'insolite comportement de la veuve de Toutankhamon qui aurait tenté, par une sorte de provocation raisonnée, de provoquer un sursaut des autorités égyptiennes contre les menées hittites.

20

LA DOUCE REINE MOUTNEDJÉMET

La sœur de Néfertiti

La dame Moutnedjémet, sœur de la reine Néfertiti, vécut des jours heureux et paisibles dans la cité du soleil. Elle y épousa le général Horemheb, qui n'avait rien d'un soudard épais et d'un guerrier avide d'en découdre avec l'ennemi. Scribe royal, fin lettré, spécialiste du droit, Horemheb était l'un des responsables de la sécurité extérieure de l'Égypte.

Horemheb se fit construire une magnifique demeure d'éternité à Saqqara, dont les bas-reliefs vantent son activité militaire et sa capacité à maintenir l'ordre. Akhénaton et Néfertiti firent confiance au scribe général, qui sut s'en montrer digne. La carrière d'Horemheb semblait toute tracée, son épouse Moutnedjémet serait une grande dame de la cour et jouirait d'une existence luxueuse.

La mort d'Akhénaton mit fin à l'expérience « atonienne » et bouleversa les situations acquises. La cour revint à Thèbes, Toutankhamon devint Pharaon, Horemheb demeura l'un des hommes forts du régime, et la sœur de Néfertiti une personnalité en vue. Pourtant, à la mort de Toutankhamon, ce ne fut pas le général qui monta sur le trône, mais un vieux fonctionnaire, Ay, dont le règne sera bref (1325-1321 av. J.-C).

Vint alors l'heure d'Horemheb, dont le nom signifie « Horus est en fête » ; pendant vingt-huit ans, il présidera aux destinées du pays et sera l'auteur d'une importante réforme juridique. En supprimant des droits abusifs, il rétablit la justice et fut un pharaon de grande envergure. Quel rôle joua Moutnedjémet ?

Moutnedjémet, régente du royaume ?

À la mort du roi Ay, Moutnedjémet remplit-elle la fonction de régente du royaume * ? Si cette hypothèse est exacte, elle aurait régné seule, avant la désignation d'Horemheb comme Pharaon. Quoi qu'il en soit, elle porta les titres de « grande princesse héréditaire (*repâtet ouret*) » et de « souveraine de Haute et de Basse-Égypte », et participa aux rites de couronnement de son mari.

Détail insolite : sur un document de l'époque de Toutankhamon, baptisé « stèle de la restauration » parce qu'il marqua le retour du gouvernement à Thèbes, le nom de Moutnedjémet remplace celui de l'épouse de Toutankhamon ! S'agissait-il d'un acte magique, destiné à effacer la mémoire d'une reine qui avait voulu épouser un prince hittite ?

Dans le groupe statuaire du couronnement, conservé au musée de Turin, Moutnedjémet apparaît de même taille que son époux. Si puissante que fût sa personnalité, Horemheb ne pouvait régner sans une grande épouse royale qui justifiait symboliquement sa fonction **.

Mout, la grande mère

Moutnedjémet signifie « Mout la douce, la plaisante, l'agréable (*nedjemet*) ». Le hiéroglyphe qui sert à écrire ces notions est une gousse de caroubier qui, pour les palais des anciens Égyptiens, était d'une suave douceur. En portant le nom de Mout, dans son aspect positif et bénéfique, la reine incarnait la grande mère, l'Ancienne qui régit les Deux Terres ***.

---

* Voir R. Hari, *Horemheb et la reine Moutnedjemet*, Genève, 1964.

** Un groupe statuaire de Turin montre un sphinx femelle adorant le nom de la reine Moutnedjémet placé dans un cartouche ; faut-il en déduire qu'elle a régné ? Voir E. Strouhal et G. Callender, *The Bulletin of the Australian Center for Egyptology* 3, 1992, pp. 67-75.

*** Sur Mout, voir H. Te Velde, *JEOL* 26, 1979-80, pp. 3-9.

Le mot *Mout* signifie « mère » ; épouse d'Amon, Mout est, par excellence, la mère du pharaon et occupe une place essentielle lors de sa véritable naissance, c'est-à-dire lors du couronnement. La déesse peut d'ailleurs porter la double couronne pour faire naître la lumière dont le roi est le représentant sur terre.

Comme le note le *papyrus Insinger*, datant du Ier siècle ap. J.-C., *l'œuvre de Mout et d'Hathor est ce qui est à l'œuvre parmi les femmes*. Symbole de la féminité créatrice, Mout fut la protectrice des naissances heureuses.

Il ne faudrait pas oublier l'autre visage de la déesse, dont le nom s'écrit avec un vautour. Certes, les Égyptiens considéraient que la femelle vautour était une mère exemplaire ; mais elle remplissait aussi une fonction de charognard et, véritable alchimiste, se nourrissait de chairs mortes qui lui permettaient pourtant de vivre. Ce n'est pas un hasard si le mot *Mout* est synonyme d'un autre terme signifiant « la mort ». La grande mère, en effet, peut apparaître sous forme d'une lionne terrifiante ou d'un cobra dressé au front de Pharaon pour exterminer ses ennemis. Une flamme danse sur le visage de Mout lorsqu'il est nécessaire de dissiper les ténèbres, donc de les faire mourir.

À Karnak, Mout était la souveraine d'un vaste espace sacré comprenant le lac d'Ichérou où venait boire la lionne dangereuse, Sekhmet, qu'il fallait pacifier par les rites pour transformer sa fureur en énergie positive. Là se situait la matrice du monde, grâce à laquelle Mout faisait apparaître les formes de vie en harmonie avec Maât, la Règle universelle. Le but du « rituel de Mout » était précisément de sauvegarder l'ordre de Maât que l'humanité, par ignorance, paresse et violence, tente sans cesse de détruire.

La responsabilité de la reine Moutnedjémet fut donc considérable ; en incarnant l'aspect doux et maternel de Mout, elle eut pour mission de donner au monde un nouvel Horus, un nouveau pharaon qui mettrait l'Égypte en fête, Horemheb.

Mort d'une mère

Couronné pharaon, Horemheb se fit creuser une demeure d'éternité dans la Vallée des Rois. Sa magnifique tombe de Memphis servit peut-être de sépulture à sa grande épouse royale qui aurait connu une fin précoce ; à côté de sa momie, celle d'une femme âgée d'une quarantaine d'années, les restes d'un embryon mal formé. Était-il le témoin tragique de la fausse couche qui aurait causé le décès de la reine, vers l'an 13 du règne d'Horemheb ?

L'anecdote est touchante, mais sujette à caution. L'âge de la momie — et même son identification ! — sont discutables. À supposer qu'il s'agisse bien de Moutnedjémet, il est probable que la présence de l'embryon ait une valeur symbolique et fasse référence à sa fonction de déesse Mout sur terre, de grande mère donnant éternellement naissance, en ce monde et dans l'autre.

On considère parfois, non sans raison, qu'Horemheb fut le véritable fondateur de la XIXe dynastie où s'illustreront des pharaons exceptionnels, Séthi Ier et Ramsès II ; Moutnedjémet, accomplissant le devoir impliqué par son nom, n'en fut-elle pas la source ?

21

LA REINE TOUY, ÉPOUSE DE SÉTHI Ier ET MÈRE DE RAMSÈS II

Épouse et mère, au faîte de la puissance

À la mort d'Horemheb, ce fut un vieux vizir, arraché à sa paisible retraite, qu'un conseil de sages choisit pour gouverner l'Égypte. Il prit un nom qui deviendra célèbre : Ramsès. Le premier monarque d'une longue lignée qui comprendra onze Ramsès ne régna que deux ans (1293-1291 av. J.-C.). Lui succéda un pharaon d'une extraordinaire envergure, Séthi Ier.

Ses treize années de règne furent un véritable âge d'or. Il contint la menace hittite, obligeant les redoutables guerriers des hauts plateaux d'Anatolie à camper sur leurs positions, et imposa le calme dans le turbulent protectorat de Syro-Palestine. Quant à son œuvre architecturale, elle laisse pantois d'admiration : le grand temple d'Osiris à Abydos, dont les bas-reliefs sont dans un merveilleux état de conservation, la plus grande tombe de la Vallée des Rois où sont inscrits les « livres » majeurs concernant la résurrection de l'âme royale, le « temple des millions d'années » de Gournah sur la rive occidentale de Thèbes, une grande partie de la gigantesque salle hypostyle de Karnak sont ses créations les plus remarquables.

Séthi Ier, il est vrai, était animé de l'énergie du dieu Seth, comparable à celle de l'éclair et de l'orage. Sa momie, bien conservée, impose le respect ; autorité et gravité sont les caractéristiques majeures d'un visage dont la mort et les siècles n'ont pas altéré la grandeur.

Pour vivre aux côtés d'un tel pharaon, il fallait une grande épouse royale dotée d'une forte personnalité ; ce fut le cas de Touy, également appelée Mout-Touy pour souligner, comme chez Moutnedjémet, son rôle de « grande mère ». Moutnedjémet avait façonné un nouvel Horus, son mari Horemheb ; Touy donna naissance au « fils de la lumière », Ramsès II, qui régna soixante-sept ans *.

Gardienne de l'esprit de la monarchie pharaonique, Touy vécut le dernier apogée de la puissance égyptienne. Après la mort de Ramsès II débutera une longue décadence que les pharaons, malgré quelques brillants sursauts, ne pourront que ralentir.

Touy survécut au moins vingt-deux ans à son mari et, pendant les vingt premières années de règne de son fils Ramsès II, exerça une influence considérable à la cour. Une statue, conservée au musée du Vatican, la représente sous l'aspect d'une femme colossale et altière, de près de trois mètres de haut. La statuaire immense n'était pas réservée aux hommes, et l'on connaît plusieurs exemples de géantes de pierre, comme Néfertari à Abou Simbel ou Mérit-Amon, fille de Ramsès II, dont fut récemment retrouvée, à Akhmim, une effigie de huit mètres et d'une quarantaine de tonnes.

Ramsès II éprouvait une véritable vénération pour sa mère. De nombreuses statues, de nombreux bas-reliefs lui sont dédiés et célèbrent sa mémoire. Elle est souvent associée au pharaon, à son épouse et à ses enfants. À Thèbes, sur le côté nord de son « temple des millions d'années », le Ramesseum, Ramsès II fit construire pour Touy un petit sanctuaire en grès dont les piliers étaient couronnés de chapiteaux représentant le visage de la déesse Hathor ; l'édifice magnifiait la reine mère et sa fonction théologique.

Dans ce temple féminin, auquel était associée Néfertari, la grande épouse royale de Ramsès II, était gravée une série de scènes particulièrement importantes aux yeux du roi. On y voyait, assise sur un lit, la mère royale Touy et le dieu Amon-Râ, qui s'était épris de cette femme très belle, à

* Sur Touy, voir L. Habachi, *RdE* 21, 1969, pp. 27-47.

la taille fine, au visage élégant. *Combien réjouissante est ma rosée*, dit le dieu, *mon parfum est celui de la terre du dieu, mon odeur est celle du pays de Pount. De mon fils, je ferai un pharaon.* Nous reconnaissons ici le thème de la naissance divine de Pharaon, déjà utilisé pour d'autres souverains, comme Hatchepsout ou Thoutmosis III.

Vénérée dans tout le pays, Touy fut le symbole accompli de la reine mère, à la fois discrète et agissante, maintenant la tradition de femmes d'État attachée à la grandeur de l'Égypte. Une statue conservée au musée du Caire *, haute d'1,50 m, mérite d'être citée. Elle fut découverte sur le site de Tanis, dans le Delta, et provient probablement du splendide palais de la ville de Pi-Ramsès, également dans le Delta, l'une des très belles réalisations architecturales du règne de Ramsès II. Ce n'est pas une œuvre « originale », mais une statue du Moyen Empire que les sculpteurs de Ramsès le grand « réemployèrent » et remodelèrent ; si le volume du corps, la chevelure et d'autres détails furent modifiés, le visage de la reine lointaine de la douzième dynastie est demeuré inchangé, bien que l'inscription apposée sur la statue indique Touy.

Il ne s'agit pas, comme on l'écrit souvent sans percevoir la symbolique égyptienne, d'une « usurpation », mais d'une incorporation symbolique du passé qui revit et redevient présent. Touy est à la fois elle-même et toutes les reines qui la précédèrent. Elle personnifie ainsi la continuité de la fonction de grande épouse royale à travers le temps et les dynasties.

Une reine pour la paix

L'un des temps forts du long règne de Ramsès II fut la guerre contre les Hittites. Ce peuple guerrier d'Anatolie voulait s'emparer des protectorats égyptiens, détruire la ligne de défense édifiée par les pharaons du Nouvel Empire et conquérir les Deux Terres aux richesses si tentantes. Le conflit était inévitable, et son point culminant fut la bataille de Kadesh, en l'an 5 du règne. Le jeune roi

* Journal d'Entrée 37484.

faillit y perdre la vie mais, grâce à l'intervention surnaturelle de son père Amon qui répondit à son appel au milieu de la mêlée et n'abandonna pas son fils, Ramsès repoussa les Hittites et les forces du mal.

Une victoire ? Plutôt une sorte de « match nul ». Les armées égyptienne et hittite, aussi puissantes l'une que l'autre, campèrent sur leurs positions, pendant que les services d'espionnage respectifs se livraient à diverses manœuvres de déstabilisation.

Pour invraisemblable qu'elle apparût, une seule solution s'imposait : la recherche de la paix. Dans cette perspective, l'influence de Touy fut probablement décisive. En l'an 21 du règne de son fils, elle eut la joie d'assister à la proclamation du traité de non-belligérance et d'assistance mutuelle entre Égyptiens et Hittites, sous le regard des divinités des deux pays. La force de la parole donnée était telle que ce traité ne serait jamais rompu. Plus de trente ans de conflits plus ou moins ouverts s'éteignaient, et s'ouvrait une ère de paix pour le Proche-Orient.

De sa main, Touy écrivit une lettre de félicitations à la reine hittite, qui, de son côté, avait milité pour obtenir la fin des hostilités. On procéda, bien entendu, à un échange de cadeaux.

Une demeure d'éternité dans la Vallée des Reines

Il est probable que Touy décéda peu de temps après avoir savouré le bonheur de cette paix, si difficile à obtenir. Âgée de plus de soixante ans, elle fut inhumée dans une tombe de la Vallée des Reines (n° 80), qui devait être superbement décorée et contenir un abondant et luxueux mobilier funéraire. Malheureusement, cette demeure d'éternité fut pillée et dévastée. Un des couvercles des vases canopes, contenant les viscères de la reine, fut miraculeusement préservé ; il représente le visage de Touy, coiffée d'une lourde perruque. Son fin sourire enchante l'âme. Une extraordinaire jeunesse émane de cette modeste sculpture qui, perçant les ombres de la mort, préserve le souvenir d'une grande reine du Nouvel Empire.

22

LA VALLÉE DES REINES

Une nécropole oubliée

Si la Vallée des Rois jouit d'une célébrité méritée, la Vallée des Reines attire beaucoup moins de visiteurs. Située à 1,500 km au sud-ouest de la Vallée des Rois, dans le vallon le plus méridional de la montagne de Thèbes-ouest, cette « vallée » est également une zone désertique à laquelle les Arabes donnèrent le nom de Biban el-Harîm, « les portes des femmes »*.

Champollion visita quelques tombes, mais c'est seulement en 1903 que l'Italien Ernesto Schiaparelli dirigea une première fouille d'ensemble et enregistra l'existence de 79 tombes. Un ensemble impressionnant, mais malheureusement très ruiné. Les pillages avaient commencé dès la fin de l'époque ramesside, lorsque des bandes de voleurs s'étaient introduits dans certaines tombes ; pendant la vingt et unième dynastie et jusqu'à l'époque saïte, les sépultures des reines furent réutilisées et, à l'époque romaine, on y entassa de nombreuses momies, souvent mal préparées.

Lorsque les chrétiens s'installèrent dans les caveaux, ils détruisirent des figures de reines et de princesses, considérées comme de redoutables tentatrices, ou les recouvrirent d'un enduit pour ne plus les voir. Quant aux occupants

* Sur la Vallée des Reines, voir C. Leblanc, *Ta Set Neferou. Une nécropole de Thèbes-ouest et son histoire*, I, Le Caire, 1989 ; *La Vallée des Reines*, Dossiers de l'Archéologie, Dijon, 1992.

arabes, ils brûlèrent les momies, le mobilier funéraire et le décor des murs, ce qui explique que certaines parois sont noircies.

Depuis quelques années, les fouilles ont repris et tentent de ressusciter ce qui peut l'être. Un immense chef-d'œuvre a survécu : la tombe de Néfertari, la grande épouse royale de Ramsès II, récemment restaurée.

Sat-Rê inaugure la Vallée des Reines

Pendant la dix-huitième dynastie, des princes, des princesses et leurs éducateurs furent inhumés sur le site qui n'était pas encore la Vallée des Reines ; traditionnellement, on enterrait là, dans de simples puits funéraires, des personnages de la cour.

Avec le début de l'ère ramesside, une innovation fondamentale : la reine Sat-Rê, « la fille de la lumière divine », grande épouse royale de Ramsès Ier, mère de Séthi Ier et grand-mère de Ramsès II, décide de faire creuser sa demeure d'éternité en ce lieu qui reçut le nom de « place de la régénération spirituelle * ».

La tombe de Sat-Rê est petite, mais ses parois sont couvertes d'un décor symbolique qui en fait l'équivalent d'une demeure d'éternité de la Vallée des Rois. Les figures des génies et des divinités sont tracées d'un trait élégant, la peinture n'est qu'ébauchée, mais le ton est donné : la reine rencontre des créatures de l'au-delà dont elle doit connaître les noms pour les maîtriser. Suit un véritable chemin initiatique qui la conduit à une perpétuelle résurrection. Grâce aux textes du *Livre de sortir dans la lumière*, qui forment son viatique, elle vaincra la mort.

---

* En égyptien, *ta set neferou*. Autres traductions : « place de la perfection », « place de la beauté », « place des enfants royaux ». Elles ne sont pas exclusives les unes des autres.

Dans cette Vallée furent creusées les sépultures des reines de la XIXe et de la XXe dynastie ; l'endroit, malheureusement, était affligé d'un défaut : une roche friable, un calcaire peu propice à l'art du relief. Les artisans parvinrent néanmoins à contourner la difficulté en recouvrant les murs d'un enduit d'argile, mais le décor demeura fragile.

Malgré les irrémédiables destructions infligées à la plupart des tombes, certaines, comme celle de la reine Titi, contiennent encore de fort belles scènes ; nous la voyons rencontrer Hathor, la divine protectrice de la Vallée, qui lui offre l'eau de la régénération. C'est en 1984 que fut terminé le déblaiement de la tombe d'Henout-Taouy, « fille » de Néfertari, qu'avait visitée Champollion ; la princesse y vénère la divinité du silence, celle de l'amour et de l'océan primordial d'où provient l'énergie de la création. Dans la chapelle de la princesse Nebet-Taouy, la « souveraine des Deux Terres », un relief mérite l'attention. Il montre la jeune femme, coiffée d'une couronne comportant un soleil entre deux grandes plumes, étendant le bras au-dessus d'un autel chargé d'offrandes. Dans sa main, le sceptre qui lui permet de consacrer ces offrandes, de les purifier et de rendre réelle leur essence immatérielle qui s'élèvera vers les dieux et satisfera les maîtres de la terre du silence, c'est-à-dire de la nécropole. Cet acte rituel est, d'ordinaire, accompli par Pharaon.

Sous le règne de Ramsès III, on revint à la tradition de la XVIIIe dynastie ; cinq princes, dont un prêtre de Ptah, reçurent l'éternelle hospitalité de la Vallée. Réunis au nord du site, leurs tombeaux offrent encore des couleurs très vives, dans un magnifique état de conservation. Ne cherchons aucune information historique dans le superbe décor peint : les princes, adolescents à jamais, franchissent les portes de l'au-delà gardées par de dangereux démons, écoutent la voix des divinités et pénètrent dans les paradis.

La Vallée des Reines n'a pas livré tous ses secrets. L'étude de la documentation prouve que plusieurs tombes, dont on sait qu'elles furent creusées sur ce site, restent à découvrir : par exemple, celles d'Iset-Nofret, épouse de Ramsès II, ou bien six sépultures aménagées sur l'ordre de

Ramsès VI. Et l'on peut supposer que les momies de certaines reines gisent encore dans une cachette où elles furent mises à l'abri, après les pillages de la fin de l'ère ramesside.

Les trésors de la Vallée des Reines... Oui, il est encore possible d'y rêver.

23

NÉFERTARI, LA GRANDE ÉPOUSE ROYALE DE RAMSÈS II

Le grand amour de Ramsès

À travers les inscriptions officielles, il est difficile, voire impossible, de discerner les sentiments qu'un pharaon éprouva pour sa grande épouse. Même dans le cas d'Akhénaton et de Néfertiti, qui semblent nous offrir des scènes d'intimité familiale, la part de la symbolique demeure considérable.

En ce qui concerne Ramsès II et Néfertari, ni familiarité, ni confidence romantique, mais un couple royal dans toute sa gloire et sa majesté. Pourtant, comme nous le verrons, Ramsès honora Néfertari d'une manière assez exceptionnelle. Bien qu'il ait vécu beaucoup plus longtemps qu'elle, bien que d'autres épouses royales aient succédé à Néfertari, c'est elle qui demeura la reine liée au règne de Ramsès.

Les parents de Néfertari sont inconnus ; elle était peut-être d'origine relativement modeste. Son nom signifie « la plus belle », « la plus accomplie », et il est souvent suivi de l'épithète « aimée de Mout ». Deux références importantes : l'une à une grande ancêtre, la reine Ahmès-Néfertari ; l'autre à la déesse Mout, épouse d'Amon, maître de Thèbes.

Néfertari épousa Ramsès avant qu'il ne succédât à son père, Séthi Ier ; elle porta des titres qui soulignèrent le rôle essentiel de la grande épouse royale : « souveraine du double pays », « celle qui préside à la Haute et à la Basse-

Égypte », « la maîtresse de toutes les terres », « celle qui satisfait les dieux ». Les textes précisent qu'elle avait un beau visage et une douce voix *.

Sa présence, lors d'une fête à Louxor, est évoquée en ces termes : *La princesse, riche de louanges, souveraine de grâce, douce d'amour, maîtresse des Deux Terres, la parfaite, celle dont les mains tiennent les sistres, celle qui met en joie son père Amon, celle qu'on aime le plus, celle qui porte la couronne, la chanteuse au beau visage, celle dont la parole donne la plénitude. Tout ce qu'elle demande est accompli, toute réalité s'accomplit en fonction de son désir de connaissance, toutes ses paroles font naître la joie sur les visages, entendre sa voix permet de vivre.*

Porteuse d'amour et de création, la parole de la reine procure le bonheur aux dieux et aux humains. Sa formulation rend doux le cœur d'Horus, à savoir le roi, et lui apporte la paix.

Si l'on interprète les inscriptions à la lettre, Néfertari aurait donné quatre fils et deux filles à Ramsès ; mais la notion de « fils » et de « fille », nous l'avons vu, correspond très souvent à un titre. Sous son long règne, Ramsès adopta un nombre considérable de « fils royaux » et de « filles royales », qui firent croire à certains égyptologues, qu'il avait été un géniteur forcené.

Le rôle politique de Néfertari

Dès l'an 1 du règne, la grande épouse royale fut associée à des actes majeurs ; après avoir participé aux rites du couronnement, Néfertari fut présente aux côtés de Ramsès, à Abydos, lors de la cérémonie au cours de laquelle le roi nomma Nébounénef grand prêtre d'Amon, s'assurant ainsi de la fidélité du riche et puissant clergé thébain. Néfertari joua un rôle actif dans les grands rituels d'État, indispensables pour perpétuer la prospérité des Deux Terres, comme la fête de Min ; on y voit, notamment, la reine tourner sept fois autour du roi en récitant des formules magiques.

* Voir H. Schmidt / J. Willeitner, *Nefertari*, Mainz, 1994.

À l'instar d'un certain nombre de reines, Néfertari exerça une influence forte en politique étrangère. Au cours de longues négociations, nécessaires pour obtenir la paix avec les Hittites, elle correspondit avec son homologue, la reine du Hatti. Elles échangèrent bijoux et étoffes, et il est probable qu'une amitié naquit entre les deux souveraines. « Avec moi, ta sœur, écrit-elle, tout va bien ; avec mon pays, tout va bien ; avec moi, ma sœur, tout va bien. » L'Égyptienne et la Hittite souhaitèrent que les divinités confortent paix et fraternité entre leurs deux peuples, et ce vœu fut couronné de succès.

En raison de l'origine de sa dynastie, Ramsès II éprouvait un goût prononcé pour les sites du Delta, devenu une zone stratégique dans le cadre des rapports avec l'Asie. Le roi créa dans le Delta une nouvelle capitale, Pi-Ramsès, « la cité de Ramsès », ville de turquoise où il fit édifier temples et palais. Là furent vénérées des divinités égyptiennes, notamment Amon, mais aussi des divinités asiatiques. Cette cohabitation manifestait, de façon éclatante, la volonté de paix à laquelle Néfertari ne devait pas être étrangère. Une lettre rédigée par un scribe vante la beauté fabuleuse de cette capitale où Néfertari présida de nombreuses cérémonies . C'est Râ lui-même, affirme l'écrivain, qui a créé ce site. Autour de la ville, les champs sont d'une éblouissante richesse. Chaque jour, la capitale est pourvue en aliments excellents. Les canaux sont remplis de poissons, les étangs couverts d'oiseaux. Dans les greniers, d'abondantes réserves d'orge et d'épeautre. Des fleurs merveilleuses rendent les jardins riants. Rien ne manque sur les tables : figues, raisin, pommes, grenades, olives, oignons, poireaux, vin rouge à la saveur inégalable.

Le palais où vécut le couple royal était somptueux. Au centre, une salle à colonnes colorées, une salle d'audience, une salle du trône. La décoration offrait une large place à des scènes champêtres, à la faune et à la flore. Un grand confort régnait dans les appartements privés des souverains, notamment pourvus d'une salle de bains. Le soir, il était agréable de sortir sur la terrasse et d'assister au coucher du soleil, en goûtant la fraîche brise du nord. Autour du palais, jardins et pièces d'eau offraient calme et douceur. Acacias, palmiers, sycomores, grenadiers charmaient le regard.

Les deux temples d'Abou Simbel, ou la sublimation du couple royal

C'est en 1813 que le Suisse Burckhardt redécouvrit Abou Simbel, un site extraordinaire au cœur de la Nubie. Là, en aval de la deuxième cataracte du Nil, deux temples avaient été creusés dans la falaise, au bord du fleuve, environ à 1 300 km au sud de Pi-Ramsès, la capitale de Ramsès II. La déesse Hathor régnait sur ce lieu magique, dont le choix n'était pas dû au hasard ; sous la protection de la souveraine de l'amour céleste, le pharaon avait décidé de magnifier le couple royal en l'incarnant, de manière monumentale, dans deux temples proches l'un de l'autre.

Ils furent inaugurés par Ramsès et Néfertari pendant l'hiver de l'an 24 du règne ; qui a eu l'occasion de voir Abou Simbel avant le déplacement des temples, rendu obligatoire par la désastreuse création du lac Nasser et la destruction de la Nubie, a connu l'émotion intense vécue par le couple royal. Le soleil teintait d'or le grès nubien ; les colosses assis de Ramsès, au fin sourire, contemplaient l'éternité ; les colosses, debout et en marche, du roi et de la reine, cheminaient à jamais sur des chemins de lumière.

Ramsès et Néfertari pénétrèrent dans le grand temple, consacré à la régénération perpétuelle du *ka* de Pharaon, progressèrent dans l'allée bordée de piliers représentant le roi en Osiris, franchirent les portes qui donnaient accès aux salles secrètes, et allèrent jusqu'au fond du sanctuaire où trônaient quatre divinités, Râ, Amon, Ptah et le *ka* de Ramsès.

Néfertari est présente dans ce temple, où elle agit en tant que grande magicienne, insufflant au roi l'énergie nécessaire pour vaincre les ténèbres ; mais elle est honorée de manière monumentale par le temple voisin. Selon les inscriptions hiéroglyphiques, Ramsès II l'a fait bâtir, *comme œuvre d'éternité, pour la grande épouse royale Néfertari, l'aimée de Mout, pour toujours et à jamais, Néfertari pour le rayonnement de laquelle rayonne le soleil.*

Ce « petit temple » est une merveille. La taille de la reine est égale à celle du roi ; on la voit jouer du sistre pour Hathor, offrir des lotus et des papyrus à Mout et à Hathor, encenser les déesses, faire offrande à Isis, mère du dieu, dame du ciel et souveraine des divinités, rendre hommage à Ta-Ouret, « la grande », déesse-hippopotame qui rend le monde fécond et donne naissance aux forces de création. De même qu'Hatchepsout, dans son sanctuaire de Deir el-Bahari, rencontrait Hathor sous la forme de la vache céleste, de même Néfertari, au fond de sa grotte sacrée creusée dans une lointaine montagne de Nubie, est représentée explorant un fourré de papyrus, pour découvrir cette vache, symbole du cosmos.

Scène extraordinaire : le couronnement de Néfertari. D'une suprême élégance, la reine, au corps fin et allongé, tient dans la main droite la « clé de vie » et, dans la gauche, un sceptre floral. Sa couronne se compose d'un soleil entre deux cornes et de deux hautes plumes, qui font d'elle l'incarnation de toutes les déesses créatrices. À son front, l'uraeus, cobra femelle qui brûle les ennemis et dissipe les forces négatives. De part et d'autre de Néfertari, deux déesses, Isis et Hathor ; après avoir mis en place la couronne, elles la magnétisent.

Ramsès est l'époux de l'Égypte, dont Néfertari est la mère ; dans le naos de son temple, elle s'identifie à Hathor et à Isis, crée la crue et donne ainsi la vie au pays entier.

La demeure d'éternité de Néfertari

Lorsque Ramsès II célébra sa première fête-*sed*, dont le but était de régénérer la puissance royale, considérée comme épuisée après trente ans de règne, Néfertari ne figura pas parmi les personnalités présentes à cette importante cérémonie, qui durait plusieurs jours et voyait toutes les divinités de Haute et de Basse-Égypte se rassembler pour offrir au monarque un nouveau dynamisme.

La conclusion s'impose : Néfertari avait regagné l'au-delà, mais aucun document ne précise la date de sa mort. Une hypothèse romanesque voudrait que la reine eût rendu l'âme à Abou Simbel, devant le temple qui l'immortalisait. Épuisée, elle aurait confié à sa fille aînée le soin d'inaugurer les sanctuaires avec Ramsès.

Un autre monument chante à jamais la gloire de Néfertari : sa demeure d'éternité, dans la Vallée des Reines *. Découverte en 1904 par Schiaparelli, elle est un très grand chef-d'œuvre de l'art égyptien et fut récemment restaurée grâce à des fonds privés, provenant de la Fondation Getty de Los Angeles. Peintres et dessinateurs de l'ancienne Égypte ont porté leur art à sa perfection, en décrivant le cheminement initiatique de la grande épouse royale dans l'autre monde.

Des énigmes demeurent. Pourquoi la tombe de Néfertari est-elle la seule de la Vallée des Reines à avoir échappé aux destructions et aux dégradations ? Le mobilier funéraire fut-il volé ou simplement déménagé ? Il n'est pas impossible que les Égyptiens eux-mêmes aient soigneusement refermé la tombe après le transfert de la momie de Néfertari dans une cachette qui n'aurait pas encore été retrouvée.

Cette demeure d'éternité est vaste et comprend plusieurs pièces qui mènent jusqu'à la « salle de l'or », où le corps de lumière de la reine avait été animé par les rites, pour servir de support aux éléments spirituels de l'être, comme le *ba*, l'âme-oiseau. C'est ici, dans cette « place de Maât », que le cœur de la reine connut la joie de la résurrection et qu'elle se joignit à la grande Ennéade, la confrérie des neuf divinités qui créent et organisent sans cesse l'univers.

Néfertari joue au *sénet*, l'ancêtre des dames et des échecs. Son adversaire n'est autre que l'invisible ; cette partie-là, la reine doit la remporter. Elle fait offrande à Ptah des étoffes qu'elle a elle-même tissées, et prononce les paroles justes pour obtenir de Thot la palette de scribe et le matériel d'écriture. *Je suis scribe*, peut-elle affirmer, *je fais Maât, j'apporte Maât*. Ces scènes illustrent de véritables épreuves initiatiques qui prouvent la capacité de connaissance de la reine. Aussi peut-elle rencontrer les divinités, se laisser guider par Hathor, affronter les gardiens de portes avec succès et voir apparaître l'oiseau *benou*, le phénix égyptien.

Fait essentiel, Néfertari est initiée à la fois aux mystères d'Osiris, maître du monde souterrain et du royaume des

* Voir G. Thausing et H. Goedicke, *Nofretari. A Documentation of the Tomb and its Decoration*, Graz, 1971 ; *In the Tomb of Nefertari.* Conservation of the Wall Paintings, Santa Monica, The J. Paul Getty Trust, 1992.

morts, et à ceux de Râ, lumière divine et maître du ciel. Tenant la reine par la main, Isis, l'épouse d'Osiris, lui offre la vie éternelle et lui permet de prendre place sur le trône du dieu mort et ressuscité. Purifiée, Néfertari participe aussi aux mutations du soleil, est guidée sur le chemin des deux horizons, apparaît comme son père Râ, et devient une étoile impérissable.

La demeure d'éternité de Néfertari est un véritable livre de sagesse, retraçant les étapes d'une initiation féminine. Bien au-delà de son existence terrestre, la grande épouse royale de Ramsès II nous lègue ainsi un témoignage inestimable.

24

L'ÉPOUSE HITTITE DE RAMSÈS II

Un mariage pour la paix

Le traité de paix avec les Hittites avait, certes, mis fin à une longue période de conflits armés, mais il fallait normaliser les relations et les rendre plus chaleureuses. On échangea lettres et cadeaux, les familles royales s'enquérirent de leurs santés respectives ; et il fallut bien en venir à l'accord majeur pratiqué au cours du Nouvel Empire, c'est-à-dire un mariage entre une princesse étrangère et Pharaon *.

Thoutmosis III avait « épousé » trois étrangères, sans doute des filles de chefs syriens, afin de calmer les ardeurs de cette région belliqueuse. Pour entériner un important traité de paix avec le royaume du Mitanni, Thoutmosis IV avait célébré un mariage diplomatique avec la fille du roi de cet état d'Asie. En l'an 10 du règne d'Amenhotep III, la fille du roi du Naharina s'était rendue en Égypte, accompagnée d'une escorte importante, afin d'unir sa destinée à celle du pharaon, qui organisa d'autres « mariages » avec des étrangères, et annonça ces heureux événements par des émissions de scarabées.

Dès qu'elles arrivèrent en Égypte, ces femmes reçurent un nom égyptien ; aussi perdons-nous leur trace. Sans doute devinrent-elles des dames de la cour et y

* Voir A. R. Schulman, Diplomatic Marriage in the Egyptian New Kingdom, *JNES* 38, 1979, pp. 177-193.

passèrent-elles d'heureuses années, si elles ne souffraient pas trop du mal du pays. Il faut noter que cette diplomatie des mariages ne s'effectua que dans un seul sens, de l'étranger vers l'Égypte ; au roi de Babylone, qui avait « marié » sa fille à Amenhotep III et demandait au pharaon de lui envoyer une princesse égyptienne, ce dernier répondit d'une manière catégorique : *Jamais, depuis le temps des anciens, une fille de Pharaon n'a été donnée à quiconque.*

S'inspirant de ces exemples fameux, Ramsès II conforta la paix au Proche-Orient en « épousant », semble-t-il, une Babylonienne, une Syrienne et deux Hittites. Si l'événement tendait à se banaliser, Ramsès le grand donna pourtant beaucoup de relief à son mariage de l'an 34, sans doute en raison de la personnalité de la femme qui allait quitter le rude climat du plateau d'Anatolie pour venir vivre en Égypte : la fille d'Hattousil, « le grand chef » hittite, le principal adversaire du pharaon.

Le traité de paix de l'an 21 avait été correctement respecté des deux côtés, mais les deux monarques convinrent qu'il fallait le concrétiser de manière définitive et éclatante.

Du côté égyptien, on décrivit une situation qui ne se présentait guère à l'avantage des Hittites. La puissance de Ramsès n'avait-elle pas frappé de terreur tous les chefs des pays étrangers, et surtout celui du Hatti, dont le pays était désolé et ruiné, puisque le redoutable dieu Seth avait lancé ses foudres contre lui ? Comment apaiser sa colère, sinon en offrant sa fille aînée au pharaon ? Elle partirait donc pour l'Égypte avec de nombreux présents, de l'or, des chevaux et des dizaines de milliers de bovins, de chèvres et de moutons !

Qui aurait pu s'opposer à Ramsès, mur de pierre protégeant son pays, sage prononçant des paroles justes, courageux, vigilant, donnant la lumière à son peuple, le comblant de nourritures ? Son corps était en or, son ossature en argent, le pharaon était père et mère pour le pays entier, et connaissait tous les secrets du ciel et de la terre.

Le grand chef hittite n'avait donc qu'à s'incliner devant le pharaon d'Égypte : *Je suis venu vers toi pour adorer ta perfection*, déclare-t-il, *car tu lies les pays étrangers, toi, le fils de Seth ! Je me suis dépouillé de tous mes biens, ma fille est devant toi pour te les présenter. Tout ce que tu ordonnes est parfait. Je te suis soumis, comme mon pays entier.*

Même si la réalité fut moins avantageuse pour Pharaon, il n'en reste pas moins que le roi hittite, au terme d'une assez longue négociation, accepta bel et bien d'envoyer sa fille à Ramsès, en gage de paix.

Le voyage ne s'annonçait pas facile ; c'était l'hiver, il fallait franchir des zones montagneuses, passer par des défilés, et emprunter des pistes cahotiques, avant d'arriver à la frontière. De plus le cortège hittite se heurta au mauvais temps, qui perturba sa progression. C'est Ramsès qui, grâce à une offrande à Seth, rétablit des conditions climatiques normales *.

Pharaon envoya un corps d'armée à la rencontre de sa future épouse. Lorsque les Égyptiens et les Hittites établirent leur jonction, ils tombèrent dans les bras les uns des autres, burent et mangèrent ensemble, s'unirent comme des frères évitant toute querelle. Les habitants des contrées traversées par ce convoi inédit n'en crurent pas leurs yeux : contempler des soldats hittites et égyptiens mêlés et joyeux, quel miracle ! Un dignitaire s'écria : *Comme cela est grand, ce que nous constatons aujourd'hui ! Le Hatti appartient à Pharaon, comme l'Égypte. Le ciel lui-même est placé sous son sceau.*

Après avoir traversé Canaan et longé la côte du Sinaï, la princesse hittite parvint enfin à Pi-Ramsès, la magnifique capitale de Ramsès II. Pharaon en personne l'accueillit, jugea qu'elle avait un beau visage, et l'aima. Il lui donna le nom de Mat-Hor-neferou-Râ, « Celle qui voit Horus et la beauté de Râ », et lui accorda un honneur extraordinaire : devenir grande épouse royale. Ainsi, la paix entre l'Égypte et le Hatti était scellée de manière éclatante.

Cette formidable nouvelle fut proclamée par des textes hiéroglyphiques, dont certains sont parvenus jusqu'à nous : ceux d'Amara-Ouest et d'Aksha en Nubie, celui d'Éléphantine, celui de Karnak (sur la face sud du môle est du

* Sur la nature de ce temps perturbé, les interprétations diffèrent. On a souvent écrit que Ramsès avait fait cesser pluie et neige ; mais il fut noté que sécheresse et chaleur étaient, en réalité, des conditions climatiques anormales pour un hiver anatolien. Il est probable que, pour rétablir l'harmonie, Ramsès a fait pleuvoir.

IXe pylône) et, surtout, la fameuse « stèle du mariage », encastrée dans le mur extérieur sud du grand temple d'Abou Simbel. On y voit Seth et Ptah inspirer Ramsès, tandis que le vénèrent le roi hittite et sa fille.

La princesse de Bakhtan

La stèle C 284 du Louvre, découverte à Karnak, est un curieux document *. Rédigé pendant la XXIe ou la XXIIe dynastie, c'est un lointain écho du mariage de la princesse hittite et de Ramsès II ; sont évoqués les dix-sept mois de voyage d'une belle princesse, venue d'un très lointain pays, Bakhtan, pour découvrir l'Égypte. Le Hatti était beaucoup plus proche, mais le conteur oriental a surenchéri.

Un grave souci hante la belle princesse : sa sœur, Bentresh, est malade. Les médecins de Bakhtan ne parviennent pas à la soigner. La science et la magie des Égyptiens devraient y parvenir. Un médecin thébain, envoyé en consultation, formule un diagnostic inquiétant : Bentresh est possédée par un démon. Seul un dieu pourrait la guérir.

Qu'à cela ne tienne : l'Égypte envoie à Bakhtan la statue d'un dieu guérisseur, Khonsou, qui fixe le destin et chasse les esprits errants. Elle accomplit sa fonction, Bentresh recouvre la santé. Mais le prince de Bakhtan a un comportement incorrect : il refuse de rendre aux Égyptiens la précieuse statue !

C'est un rêve qui le fera revenir sur cette décision condamnable. Le dieu lui apparaît et ordonne de renvoyer la statue en Égypte. Redoutant sa colère, le prince s'exécute. Quant à la princesse de Bakhtan, image poétique de la fille d'un roi hittite, elle se laissera envoûter par la magie de la terre des pharaons.

* Voir M. Broze, *La Princesse de Bakhtan. Essai d'analyse stylistique*, Bruxelles, 1989.

25

TAOUSERT, LA DERNIÈRE REINE PHARAON

Époque troublée et dossier complexe

Vers 1212, Mérenptah, déjà âgé, succéda à Ramsès II. Il régna une dizaine d'années et réussit à repousser de sérieuses tentatives d'invasion. Après sa mort, son successeur osa prendre, pour la seconde et la dernière fois dans l'histoire d'Égypte, le nom de Séthi. Autrement dit, Séthi II se définit comme l'incarnation du dieu qui détient la plus grande puissance, celle de l'orage, de l'éclair, du ciel en furie, et qui est également capable, à l'avant de la barque solaire, d'affronter le dragon décidé à empêcher sa progression. Mal maîtrisée, la redoutable puissance de Seth engendre désordre et confusion. Et il semble bien, à la lueur d'une documentation maigre et difficile à interpréter, que Séthi II ait connu de grandes difficultés pour assumer sa tâche de Pharaon.

Avait-il régné en compagnie d'un grand dignitaire, Amenmosé ? Ce dernier tenta-t-il de prendre le pouvoir à la mort de Séthi II, en 1196, alors que le successeur désigné fut le jeune Siptah ? Nul ne peut décrire les faits avec précision *. Et ce n'est pas la tombe de Séthi II, dans la Vallée des Rois, qui peut combler ce vide, puisqu'elle est dépourvue, comme les autres demeures d'éternité, de toute référence historique.

---

* Voir, par exemple, H. Altenmüller, *JEA* 68, 1982, pp. 107-115 ; du même auteur, in : *After Tutankhamun*, Londres/New York, 1992, pp. 141-164.

Sans doute se présenta-t-il un cas de figure classique : Siptah étant trop inexpérimenté pour régner, le pouvoir fut confié à une régente, Taousert, probablement la grande épouse royale de Séthi II, mais sans doute pas la mère du nouveau pharaon. « Riche en faveurs, douce souveraine, très aimée, souveraine du Double Pays », elle, qui n'était pas de sang royal, gouverna donc l'Égypte comme d'autres femmes l'avaient fait avant elle.

Le « parcours » de Siptah est tout à fait obscur ; pourquoi changea-t-il son nom en Mérenptah-Siptah, affirmant ainsi sa fidélité au dieu Ptah et reprenant le nom du roi Mérenptah, successeur de Ramsès II ? D'après l'examen de sa momie, le malheureux Siptah avait la jambe gauche atrophiée. Il était certainement affligé d'une mauvaise santé et, après un court règne, plus théorique que réel, décéda.

De régente, Taousert devint alors Pharaon, suivant le même processus qu'Hatchepsout ; son règne, qui fut le dernier de la XIXe dynastie, dura huit ans (1196-1188) *.

Peu de monuments, peu de textes : l'historien est réduit à la portion congrue. Faut-il pour autant conclure à l'existence d'intrigues de palais et à des querelles intestines, en projetant nos mœurs politiques sur le passé pharaonique ? Du silence de la documentation, il ne convient pas de déduire automatiquement d'affreuses machinations. Quoi qu'il en soit, l'institution pharaonique ne fut pas remise en cause, et Taousert fut reconnue comme Pharaon.

Le chancelier Bay, ami ou ennemi ?

Un personnage nommé Bay **, que certains soupçonnent d'avoir exercé une influence marquée à la cour de Siptah, prétendit avoir fortement contribué à maintenir le pouvoir royal. Mais fut-il l'allié ou l'ennemi de la régente, puis du pharaon Taousert ? Les opinions divergent.

Scribe royal, échanson, chef du Trésor, il fut certainement considéré comme un excellent conseiller, puisqu'il

* Certains érudits considèrent qu'il se superpose à celui de Siptah.
** Sur ce personnage, voir H. Altenmüller, *SAK* 19, 1992, pp. 15-36.

bénéficia d'un privilège rarement accordé : être inhumé dans la Vallée des Rois. Sa tombe porte le n° 13 et, comme toutes les autres sépultures non royales, n'est pas décorée. Loin d'avoir été un intrigant et un manipulateur, Bay fut plutôt traité comme un fidèle serviteur de Pharaon.

Il est peut-être l'auteur d'une prière au dieu Amon, dans laquelle il exprime le désir de revoir Thèbes, la ville chère à son cœur, et les belles Thébaines auxquelles il vouait une tendre affection ; loin d'elles, il se sentait triste et nostalgique.

Le pharaon Taousert

Taousert reçut plusieurs noms, comme les pharaons qui la précédèrent ; elle était *l'aimée de Maât, celle qui possède la beauté en tant que roi, comme Atoum, la fondatrice de l'Égypte, celle qui fait se courber les pays étrangers, la souveraine de la terre aimée, l'aimée d'Amon, la puissante, l'aimée de Mout, l'élue de Mout.*

« Programme » très complet, qui fait référence à Atoum, le principe créateur, à Amon, le maître de Thèbes, à Mout, la grande mère, et avant tout à Maât, la Règle universelle. Le nouveau pharaon affirme sa pleine et entière souveraineté : elle fonde l'Égypte, elle la dirige. Sa puissance est proclamée : les pays étrangers se courbent devant elle, et son nom le plus courant, Taousert, signifie précisément « la puissante », avec l'idée implicite que la reine Pharaon est riche de vaillance et de force. La notion de « beauté » (*ân*) est-elle une allusion au physique de Taousert ou, plus probablement, à sa capacité de mettre en œuvre « de belle façon » la règle de Maât ?

Sous la forme Taôser, le nom de la dernière reine Pharaon n'est pas inconnu des amateurs de littérature romantique, puisqu'il est celui de l'héroïne du *Roman de la momie*, de Théophile Gautier ; inutile de préciser que l'auteur, qui emprunta ce nom à Champollion, est demeuré fort loin des réalités de l'Égypte ancienne.

Sur le règne de Taousert, nous ne savons rien. Avec le pharaon Setnakht, elle partage une grande tombe de la Vallée des Rois (n° 14), qui comporte de sublimes représentations de déesses. Une infime partie de ses trésors fut préservée, parce qu'elle avait été dissimulée dans une cachette de la Vallée ; on y retrouva des boucles d'oreille en or, un collier d'or et une couronne formée d'un épais cercle d'or, perforé de seize trous servant à fixer des fleurs d'or jaune et rouge, en alternance. D'un diamètre de 17 cm et d'un poids de 104 g *, ce magnifique diadème était-il la « couronne de justification » que la reine Pharaon, reconnue « juste de voix » par le tribunal de l'autre monde, porterait dans l'éternité ?

Le nom de Taousert est présent sur des monuments du Delta, du Sinaï et de Nubie ; au sud du Ramesseum, avait débuté la construction de son « temple des millions d'années ** ». Maigres indices, certes, mais qui permettent de penser que le règne de Taousert fut un moment de paix et de relative prospérité.

* Caire, CG 52644.

** Pour chaque temple, existaient un ou plusieurs « dépôts de fondation », enfouis dans le sol et comprenant des objets miniatures, garantissant la croissance et la prospérité de l'édifice. Dans le dépôt de fondation du temple de Taousert, se trouvaient des blocs de grès et des briquettes de faïence bleue à son nom, des amulettes florales et en forme de cuisse de taureau (symbole de puissance), de tête de taureau, de poissons, des outils en cuivre, etc. À Bubastis, dans le Delta, fut découvert un trésor, composé de vases d'or et d'argent, au nom de Taousert.

26

ARSINOÉ II, REINE DIVINISÉE

En 342 av. J.-C., les Perses envahirent l'Égypte une seconde fois, mettant définitivement fin à l'indépendance politique des Deux Terres. Il faudra attendre 332 et la conquête d'Alexandre le Grand pour voir les Perses quitter l'Égypte que gouverneront des souverains grecs, les Ptolémées. Ils résident à Alexandrie, façonnée par l'esprit grec et ouverte au monde méditerranéen. La spiritualité pharaonique survit, surtout dans le Sud.

Pour se faire admettre comme pharaons, les Ptolémées se font couronner selon les anciens rites ; une reine, Arsinoé II, épouse de Ptolémée II Philadelphe (285-246), connut une destinée remarquable.

Ptolémée II avait accédé au pouvoir à l'âge de vingt-cinq ans. Élevé à Alexandrie par des femmes qui le choyaient, le jeune roi avait, semble-t-il, beaucoup de charme, mais se préoccupait davantage de son bien-être que de celui du pays. Dans les documents officiels, cependant, il clamait haut et fort que toutes bonnes choses surabondaient, que ses greniers atteignaient le ciel, que ses soldats étaient plus nombreux que le sable du rivage, que tous les sanctuaires étaient en fête, qu'il faisait offrande aux dieux. Il reprenait ainsi les vieux textes de l'époque où la richesse de l'Égypte était bien réelle.

Trouvant Alexandrie froide et ennuyeuse, Ptolémée II tenta de donner un certain éclat à son règne ; peut-être était-il impressionné par le caractère grandiose de l'architecture égyptienne et la splendeur du passé des Deux Terres.

En 278, arrive en Égypte sa sœur Arsinoé II, âgée de trente-sept ans. Aussi belle que volontaire, c'est une femme redoutable. Beaucoup pensaient qu'elle avait commandité des assassinats, fomenté des complots et tenté d'obtenir le pouvoir de la manière la moins recommandable. Son voyage était, en fait, une fuite pour échapper à ses ennemis.

L'Égypte lui plut. Arsinoé conçut aussitôt un plan pour prendre en mains les affaires de l'État : il lui fallait épouser son frère Ptolémée II, qui l'admirait autant qu'il la craignait. Obstacle mineur : le roi était déjà marié, et son épouse s'appelait, elle aussi, Arsinoé. Arsinoé II réussit à discréditer sa rivale et à la faire exiler dans la cité de Coptos où, coupée de tout lien avec la cour royale, elle mourut de solitude et de tristesse. La voie était libre, Arsinoé devint reine d'Égypte.

Elle fit inscrire son nom dans des cartouches, comme un pharaon, et intervint en toutes circonstances, à la manière d'une co-régente. D'un caractère faible, fasciné par cette femme à la personnalité puissante, Ptolémée II accepta tout d'elle. Pourtant, un délicat problème se posait : ce mariage n'était autre qu'un inceste. Arsinoé II trouva une parade mythologique : Zeus lui-même n'avait-il pas épousé sa sœur Héra ? La cour approuva et se tut. Deux dignitaires continuèrent à protester : le premier fut exilé, le second assassiné.

Le mariage demeura peut-être symbolique ; certains pensent, en effet, que l'union ne fut jamais consommée. Arsinoé II finit par gouverner seule, abandonnant son frère à ses maîtresses et à son existence luxueuse et paresseuse. Pendant huit ans, elle se comporta comme un véritable pharaon ; c'est pourquoi de nombreuses cités portèrent son nom. Une région entière, le Fayoum, devint « le nome d'Arsinoé ».

Il était plus agréable de voir Arsinoé, disait-on, que de contempler le soleil et la lune. Son corps était magnifique et merveilleusement parfumé. Chacun la craignait, mais on lui adressait des louanges pour ses bienfaits *.

* Arsinoé n'est pas le seul exemple de femme divinisée. À l'époque tardive, la dame Oudjarénès fut considérée comme une sainte et priée comme une divinité dans le septième nome de Haute-Égypte (Voir *Revue d'égyptologie* 46, 55 sq.). Les femmes, comme les hommes, pouvaient atteindre l'état de « sainteté », et la notion de « sainteté féminine » provient sans nul doute d'Égypte.

Arsinoé II organisa d'impressionnantes processions au cours desquelles le roi et et la reine, assis sur des trônes d'or, traversèrent Alexandrie, accompagnés de nombreux prêtres qui portaient les livres de Thot et les statues des divinités égyptiennes. Derrière le char royal venaient des astrologues, des devins, des scribes.

La reine était aussi une femme d'État. Allant contre la volonté de son frère, elle imposa un programme économique moins dispendieux que celui imaginé par Ptolémée. De plus, Arsinoé voulut faire d'Alexandrie la capitale économique de l'Orient, en faisant transiter par elle un maximum de richesses. Elle songea même à élargir la zone d'influence de l'Égypte et à doter le pays d'une armée bien équipée. On creusa des puits sur la route qui permettait d'acheminer des marchandises de la mer Rouge vers le Nil, on envisagea une conquête de l'Éthiopie, on chercha à se procurer des éléphants indispensables pour les futurs combats.

Sous l'influence d'Arsinoé, l'insouciant Ptolémée changea de mentalité. Et si, après tout, la reine avait raison ? Et s'il était possible de redonner à l'Égypte un statut de grande puissance ? Il faudrait creuser cette voie de communication que l'on appellera, beaucoup plus tard, le canal de Suez, tenter de conquérir l'Arabie, la Syrie, l'Asie Mineure, la Grèce, la Macédoine.

Devenant chef de guerre, Ptolémée passa aux actes. La côte sud-ouest de l'Asie Mineure fut soumise à son autorité. Mais les campagnes militaires coûtaient cher, d'autant plus que la cour d'Alexandrie, peuplée de parasites et minée par une administration tentaculaire et inefficace, menait grand train. Arsinoé tenta de la réformer et de freiner les dépenses, tout en développant la production agricole, notamment dans la belle province du Fayoum. Le pays ne manquait pas de richesses : mines d'or, champs de blé, vignes, pêcheries, fabriques de tissus, de parfums, manufactures de papyrus... Une économie assainie autoriserait tous les espoirs.

Mais la santé d'Arsinoé déclina et, après quelques mois de souffrance, elle mourut en 270 av. J.-C. La douleur de son frère fut immense, car ce couple étrange avait fini par œuvrer en harmonie. Cette femme, réputée intransigeante et ambitieuse, avait réussi à donner au roi un idéal et le sens de ses responsabilités. Aussi lui fit-il connaître un extraordinaire destin posthume en la déifiant.

L'année même de sa mort, Arsinoé entra dans le collège des divinités de la ville de Mendès, dans le Delta. Qualifiée de « déesse au nombre des dieux vivant sur terre », elle fut vénérée dans les principaux temples du pays, notamment à Saïs, à Memphis, dans le Fayoum, et même à Karnak. Un temple spécial fut érigé à sa mémoire à Alexandrie ; un autre fut bâti près de la cité de Canope, à la pointe du cap Zéphyrion. Arsinoé régnait là en tant que déesse qui exauçait les vœux des marins, accordait un bon voyage aux navires et apaisait la mer furieuse. Les poètes composèrent des œuvres à sa gloire, l'État fit émettre des monnaies qui célébraient l'accession d'Arsinoé au monde divin, les sculpteurs créèrent de nombreuses statues de la nouvelle déesse.

Morte le premier mois de l'été, Arsinoé avait bénéficié de la magie des anciens rites égyptiens ; on avait pratiqué sur elle « l'ouverture de la bouche », avant d'instaurer sa fête à Mendès. Puis, dans les lieux saints, avaient été dressées les statues d'Arsinoé divinisée, dont certaines d'or et de pierreries. La Maison de Vie avait été chargée de composer des hymnes à Arsinoé, qui seraient quotidiennement chantés par des prêtresses, lesquelles mangeraient un pain spécial consacré à la reine. À Philae, elle s'identifia à la grande Isis.

Les historiens ne sont pas indulgents envers Arsinoé II ; mais n'avait-elle profondément changé, au contact de la terre d'Égypte, au point de vouloir faire revivre la grandeur du royaume des pharaons * ?

---

* Voir S. Sauneron, Un document égyptien relatif à la divinisation de la reine Arsinoé II, *BIFA*O LX, 1960, pp. 83-109.

27

CLÉOPÂTRE, OU LE DERNIER RÊVE DE PHARAON

L'Égypte du crépuscule

Les sages d'Égypte eurent conscience de leur mort programmée, qui s'étala sur plusieurs siècles. Certes, l'institution pharaonique avait triomphé de quantité d'envahisseurs, mais le monde avait fini par basculer dans un système politique et économique qui ne tenait plus aucun compte de Maât et des valeurs anciennes. Et plus jamais les Deux Terres ne connaîtraient la liberté et l'indépendance.

Alors, puisque c'était encore possible, il fallait écrire et transmettre. Dans le sud, loin d'Alexandrie la Grecque, les communautés d'initiés gravèrent des milliers d'hiéroglyphes sur les parois des temples de Kom Ombo, de Dendara, d'Edfou et de Philae, autant de livres immenses révélant mystères et rituels.

Fallait-il renoncer définitivement à la grandeur passée ? Une femme refusa de se soumettre à l'Histoire. Née en 69 av. J.-C., Cléopâtre, septième princesse à porter ce nom qui signifie « la gloire de son père », poursuivit le rêve impossible d'un empire ressuscité dont le cœur serait la vieille terre des pharaons.

Est-ce un hasard si l'Égypte, favorable aux femmes tout au long des dynasties pharaoniques, fut magnifiée une dernière fois par une reine qui tenta de jouer le rôle d'un pharaon * ?

Qui était Cléopâtre ?

Popularisée par le cinéma et la bande dessinée, Cléopâtre est célèbre pour sa beauté... qui n'est sans doute qu'une légende. Si l'on peut se fier à quelques vagues portraits d'époque, elle ne possédait probablement pas un physique très remarquable, mais était une intellectuelle qui parlait plusieurs langues. Cultivée, ambitieuse, elle ne manquait pas de charme et jouait d'une voix envoûtante ; n'était-ce pas un délice de l'entendre, sa langue ne ressemblait-elle pas à une lyre à plusieurs cordes ?

Autour d'elle, un monde décadent et une seule grande puissance : Rome. Il lui faut procéder par étapes et commencer par conquérir Alexandrie, cette cité plus grecque qu'égyptienne, qui garde le souvenir d'Alexandre le Grand, vainqueur des Perses et libérateur de l'Égypte. La dynastie des Ptolémées est agonisante, les hommes de la famille n'ont ni intelligence, ni vigueur, ni projet politique. Ils se complaisent dans les petits plaisirs d'une cour alexandrine qui se contente de son médiocre pouvoir.

Cléopâtre, à qui Rome reproche d'utiliser des procédés magiques pour charmer les hommes, rêve d'autres horizons. Elle rêve d'une Égypte puissante et indépendante, comme aux temps anciens.

Mais Cléopâtre n'est guère populaire, on se méfie d'elle. Lorsque son père meurt, en 51 av. J.-C. , le trône est partagé entre elle et son frère Ptolémée XIII, qui devient son époux théorique. La jeune femme ne supporte pas cette situation ; s'employant à briser les intrigues qui se nouent contre elle, elle aspire à régner seule. Mais son frère triomphe et, en 48, Cléopâtre est mise à l'écart. D'aucuns croient que sa carrière politique est terminée.

* Voir E. Flamarion, *Cléopâtre. Vie et mort d'un pharaon*, Paris, Gallimard, 1993.

César séduit par l'Égypte et par Cléopâtre

Tout romain, militaire et rationaliste qu'il fût, César le conquérant ne résista pas aux charmes conjugués d'Alexandrie et d'une jeune femme de vingt ans, vive, érudite et passionnée. Certes, elle a été chassée du pouvoir, et le peuple ne l'aime guère. Mais César tranche en sa faveur. Les rivaux de Cléopâtre sont éliminés de manière brutale ; enfin, elle prend seule le pouvoir. Seule... N'est-ce pas une illusion ? Elle ne peut se passer de l'appui de César, appui qui ne lui fera pas défaut, puisqu'elle devient la mère de son fils, Césarion.

En 46, Cléopâtre se rend à Rome et s'installe dans « les jardins de César », aujourd'hui le palais Farnèse. Elle espère beaucoup de ce séjour, décidée à se faire admettre par les Romains comme une grande reine, digne de respect. Aussi s'entoure-t-elle de philosophes, de poètes, d'artistes, et crée-t-elle une cour brillante et réputée. Mais elle a sous-estimé la méfiance de l'intelligentsia romaine vis-à-vis d'une Orientale. Sa brouille avec l'hypocrite Cicéron la dessert. Bientôt, les bruits les plus pernicieux courent sur le compte de l'Égyptienne, qui commet la maladresse de faire placer une statue d'or à son image dans le temple de Vénus.

Le Sénat redoute que César ne « s'orientalise » chaque jour davantage et finisse par donner une place trop importante à l'étrangère. Le 15 mars 44, César est assassiné. Cléopâtre doit quitter Rome et revenir en Égypte.

Bien des illusions se dissipent. Par chance, Ptolémée XIV est mort — assassiné par Cléopâtre, prétendent les mauvaises langues — et le nouveau corégent de la reine, Ptolémée XV, n'est âgé que de trois ans. Elle continue donc à gouverner, mais quelle attitude adopter à l'égard du triumvirat composé de Lépide, d'Octave et de Marc-Antoine, désigné comme nouveau maître de l'Orient ?

Cléopâtre, nouvelle Isis

Âgée de vingt-sept ans, Cléopâtre sait pouvoir compter sur sa culture et sur son charme ; ces armes ne risquent-elles pas d'être insuffisantes ? Reine d'Égypte, elle n'est pas une femme ordinaire, mais l'incarnation d'une déesse. Dans cette idée, elle puise la force nécessaire pour poursuivre son rêve.

Pourtant, la partie ne s'annonce pas facile, dans la mesure où le rugueux Marc-Antoine n'est pas particulièrement bien disposé à son égard. Vainqueur de la bataille de Philippes, il est mécontent de l'attitude de l'Égyptienne, qui ne l'a pas soutenu comme il le souhaitait. Il la somme de venir s'expliquer à Tarse.

C'est une déesse qui vient vers lui. Elle remonte le fleuve Cydnos, raconte Plutarque, *dans un navire dont la poupe était d'or, les voiles de pourpre, les avirons d'argent. Le mouvement des rames était cadencé au son des flûtes, marié à celui des lyres et des chalumeaux. Elle-même, parée telle qu'on peint Aphrodite, était étendue sous un pavillon brodé d'or, et des enfants, semblables aux amours des tableaux, l'entouraient en l'éventant. Ses femmes, toutes parfaitement belles, costumées en Néréides et en Grâces, étaient les unes au gouvernail, les autres aux cordages. L'odeur des parfums qu'on brûlait sur le navire embaumait les deux rives du fleuve où la foule s'était amassée.*

Cléopâtre apparaît comme la vivante incarnation d'Isis, la mère universelle, l'épouse parfaite, la figure divine dans laquelle venaient se fondre toutes les déesses du monde antique. Ne se fait-elle pas appeler « la nouvelle Isis » ? Elle tente de persuader Antoine qu'il deviendra un nouvel Osiris, et qu'ensemble, ils formeront un couple extraordinaire, capable de recréer un âge d'or.

Cléopâtre, Isis-Hathor ; Antoine, Osiris-Dionysos * ! Elle, terre d'Égypte fécondée par le Nil ; lui, puissance animatrice et victorieuse. Un couple royal, à l'égyptienne, est prêt à monter sur le trône des Deux Terres et à ressusciter la splendeur passée. Cléopâtre songe à se parer des titres traditionnels, tombés en désuétude : « princesse héréditaire, souveraine du Nord et du Sud, régente de la terre, Horus féminin ».

Antoine se laisse envoûter. Il oublie la vie militaire, la morale romaine, Rome elle-même. Il est séduit par le luxe

* Voir F. Le Corsu, *BSFE* 82, 1978, pp. 22-32.

de la cour de Cléopâtre, par les fastes que déploie autour de lui la femme qu'il aime. Dans les processions rituelles qui animent les rues de la cité, Antoine, couronné de lierre, prend place sur un char et joue le rôle d'un dieu.

Cléopâtre travaille. Elle réforme le système monétaire, assainit le commerce, brise des monopoles, fait resurgir l'Égypte sur la scène internationale. Antoine lui procure ce qui lui manquait pour progresser : la puissance militaire. Mais un adversaire redoutable se dresse sur sa route : le romain Octave.

Antoine et Octave négocient et se partagent le monde. L'Occident pour Octave, l'Orient pour Antoine. Afin de sceller ce pacte, Antoine doit, en 40, épouser Octavie, la demi-sœur d'Octave. Cette dernière réussit à soustraire, quelque temps, son mari à l'influence de Cléopâtre. Mais comment résister longtemps au charme magique d'une déesse ?

En 36, Cléopâtre triomphe : Antoine accepte de l'épouser. Peu importent les protestations qui s'élèvent à Rome. Cléopâtre et son époux sont à la tête d'un empire hellénistique dont l'Égypte est le cœur.

Le rêve brisé

À partir de cette date, les nuages noirs s'accumulent. Une désastreuse campagne militaire contre les Parthes affaiblit l'armée d'Antoine, tandis que le prestige d'Octave ne cesse de croître.

Octavie adresse un ultimatum à Antoine, qui est légalement son mari : qu'il quitte Cléopâtre, abandonne son existence dissolue. Antoine refuse, Octave le fait désigner comme ennemi de Rome.

À plus ou moins long terme, la guerre est inévitable.

Cléopâtre fait proclamer l'existence d'un empire d'Orient, lors d'une grandiose cérémonie au cours de laquelle Antoine et la reine d'Égypte, installés sur des trônes d'or, prennent une stature pharaonique.

Tout va se jouer dans le conflit qui opposera l'armée d'Orient aux légions d'Octave. Cléopâtre visite les casernes et les chantiers, surveille la construction de nouveaux bateaux de guerre. Une farouche volonté de vaincre l'anime.

C'est à Cléopâtre, et non à Antoine, qu'Octave déclare la guerre.

Actium, 31 av. J.-C.

La flotte égyptienne est vaincue, Antoine se suicide à Alexandrie. À trente-neuf ans, sans grand espoir, Cléopâtre tente de séduire le glacial Octave. À la différence de César et d'Antoine, le futur empereur Auguste ne succombe ni à la magie de l'Égypte, ni à celle de la reine.

Selon la légende, Cléopâtre se donna la mort en se laissant mordre par un serpent. Voyons-y un symbole : le reptile, évocation de l'uraeus au front des pharaons, fit passer leur descendante dans un autre monde, où son rêve se poursuivrait *.

Inhumée dans le tombeau qu'elle avait fait construire, près du temple d'Isis, Cléopâtre fut la dernière représentante d'une longue lignée de femmes d'État qui avaient régné sur le pays aimé des dieux.

---

* Sur l'uraeus — et non la vipère — qui aurait tué Cléopâtre, voir J. A. Josephson, A Variant Type of the Uraeus in the Late Period, *JARCE* 29, 1992, pp. 123-130.

DEUXIÈME PARTIE

AMOUREUSES, ÉPOUSES ET MÈRES

28

UNE AMOUREUSE EN CE JARDIN

L'amour est une valeur trop importante pour être abandonné aux humains. C'est pourquoi Hathor, la souveraine de toutes les formes de joie, depuis celle des étoiles jusqu'au plaisir physique, veille sur cette attirance mystérieuse qui réunit deux amants. La déesse du ciel, qui répand sur terre la puissance irrésistible de l'amour, emplit brusquement le cœur. Hathor, à la fois mère et fille du soleil, jour et nuit, clarté et obscurité, feu ardent et douceur paisible, possède tous les visages de la femme amoureuse *.

L'amoureux se compare à une oie sauvage ; il souhaite être pris dans le piège de sa bien-aimée dont la bouche est un bouton de fleur, dont les seins sont des pommes d'amour. Elle connaît à la perfection l'art de lancer le lasso ; de ses cheveux, elle fait des rêts avec lesquels elle l'emprisonne. De sa bague, elle le marque comme d'un sceau.

La belle impose à son amant des épreuves pour savoir s'il l'aime vraiment. Elle lui ferme sa porte ; au point du jour, il doit lui adresser des prières et lui faire des offrandes pour qu'elle consente à lui ouvrir. Arriver là n'a pas été si facile, car la bien-aimée habite sur l'autre rive ; l'amoureux a dû traverser le Nil à la nage, alors qu'un crocodile, couché sur un banc de sable, le guettait. N'écoutant que sa

---

* Au Nouvel Empire furent composés des « chants d'amour » dont nous extrayons le cheminement de la femme amoureuse. Sur ces textes, voir S. Schott, *Les chants d'amour de l'Égypte ancienne*, Paris, 1956 ; P. Vernus, *Chants d'amour de l'Égypte antique*, Paris, 1992.

passion, il a plongé et échappé au monstre. Son cœur rempli de courage, il a même eu le sentiment de marcher sur les eaux. Son désir ne le rend-t-il pas invulnérable ? Au fond de lui, il est certain que la bien-aimée a prononcé les formules magiques, « les charmes d'eau », qui suppriment tout danger.

Une fois parvenu près de la demeure de la belle, il faut encore échapper à la surveillance de la mère et utiliser un messager qui transmettra une lettre à la jeune femme. L'amoureux y exprime ses rêves : devenir le portier de celle qu'il aime, son blanchisseur qui lavera ses vêtements, et même sa servante nubienne qui la coiffera ! Il souhaite aussi se transformer en l'anneau qu'elle porte au doigt, afin d'être en contact avec sa peau. Si l'on empêchait les amants de se voir, ils prendraient la forme de chevaux ou de gazelles, capables de franchir n'importe quel obstacle.

Le désir provoque l'éveil des sens. La femme amoureuse a le génie du maquillage, sait choisir onguents et parfums. Elle s'est longuement préparée à sa première rencontre ; elle vient vers son amant, les cheveux odorants et les bras remplis de branches de perséa, ressemblant ainsi à Hathor, à la merveilleuse déesse qui emplit les Deux Terres des senteurs les plus suaves. L'amoureux souhaite capturer le parfum de sa bien-aimée, cette émanation subtile d'elle-même qui ravit l'âme.

Si ce dernier est effarouché, la belle sait comment le retenir : *Vas-tu partir*, s'inquiète-t-elle, *parce que tu veux manger ? N'écoutes-tu donc que l'appel de ton ventre ? Vas-tu partir, parce que tu souhaites te couvrir ? J'ai ce qu'il faut pour toi : des draps sur mon lit... Vas-tu partir, parce que tu as soif ? Prends donc mon sein, ce qu'il contient déborde pour toi, l'amour que j'éprouve pénètre mon corps comme le vin se mélange à l'eau.*

Quand mon cœur est en harmonie avec ton cœur, ajoute la belle, *nous ne sommes pas loin du bonheur.*

La femme est, elle aussi, prisonnière du désir.

Aujourd'hui, dit-elle à son amant, *je n'ai pas posé de piège. C'est ton amour qui me rend captive, je ne peux plus m'en délivrer.* Son cœur bat plus vite, il tressaute, elle ne sait plus comment s'habiller, ne met plus de fard sur ses yeux, ne se parfume plus, perd tout bon sens. Bref, c'est la maladie d'amour. Le pire est de ne plus voir l'amant. Les membres s'appesantissent, les médecins ne connaissent aucun remède efficace. *Mon salut*, affirme l'amoureux, lui aussi atteint, *c'est de la revoir ; qu'elle ouvre les yeux sur moi, et je suis guéri. Qu'elle parle, et je retrouve toute ma vigueur.*

La jeune femme, vêtue d'une tunique de lin fin transparente, inondée d'huiles parfumées, laisse deviner la perfection de son corps. Elle entre doucement dans l'eau, puis se déshabille et nage, nue, s'amusant à attraper un poisson rouge qui lui glisse entre les doigts. « Viens, recommande-t-elle à son bien-aimé, et regarde-moi ! » Elle l'enlace avec des fleurs de lotus et de papyrus. Qu'il est doux, ensuite, de se promener en barque sur un étang, en maniant paresseusement l'aviron, en dérangeant quelques canards et en dégustant des fruits mûrs.

Après s'être confessé leur désir mutuel, les amoureux n'ont plus qu'une seule envie : être seuls, dans les marais où l'on chasse les oiseaux ou, mieux encore, dans un jardin désert. Ils se cachent dans les fourrés de papyrus ou sous les ombrages d'un sycomore que la jeune femme a planté, jadis, en l'honneur de la déesse Hathor, à laquelle elle avait demandé de lui faire connaître l'amour.

La femme aimée est gratifiée, par son amant, de mille et un petits noms : « gazelle », « petit chat », « hirondelle », « colombe », toujours en usage dans nos sociétés, alors que « mon hippopotame », « ma hyène », « ma guenon » ou « ma grenouille » sont plus rarement utilisés.

S'embrasser, c'est être ivre sans avoir bu. Est-il plus doux bonheur que l'amour partagé, en ce jardin où parlent le sycomore, le tamaris, le grenadier et le figuier ? Le cœur élargi, l'amoureux comblé peut murmurer le chant d'amour que les belles d'Égypte ont entendu avec ravissement : *Tu es l'unique, la bien-aimée, la sans-pareille, la plus belle du monde, semblable à l'étoile brillante de l'an nouveau, au seuil d'une belle année, celle dont brille la grâce, dont la peau rayonne, au regard clair, aux lèvres douces, au long cou, à la chevelure de lapis-lazuli, aux doigts semblables aux calices de lotus, aux hanches minces, à la démarche noble.*

29

PLAISIRS D'AMOUR ET AMOURS DANGEREUSES

Un érotisme à l'égyptienne ?

L'art égyptien est empreint de beauté, de noblesse et de dignité ; aucun laisser-aller dans les attitudes des couples, aucune vulgarité. Le parfum donc, le plus subtil et le plus impalpable, était le signal amoureux majeur. L'Égypte préfère l'évocation au fait brut, la sensualité suggérée à l'érotisme affiché.

Embrasser se dit *sen*, à savoir le même mot que « respirer une odeur », « fraterniser ». La femme qui dénoue ses cheveux parfumés n'invite-t-elle pas son amant à l'embrasser et à partager sa couche, elle aussi parfumée ? Un bien modeste témoignage, un dessin tracé par un artisan de la communauté de Deir el-Médineh, nous montre une amoureuse souriante, nue sur son lit, la main gauche sous la tête, un bandeau floral dans les cheveux ; attend-elle l'homme qu'elle aime ou savoure-t-elle les moments de plaisir qu'elle vient d'éprouver ? Et l'amante ne se plaît-elle pas à jouer de la harpe pour envoûter son amant et l'amener vers elle, à la manière d'une magicienne ?

Plaisir évoqué, parfum des sens, raffinement de l'élan amoureux, poésie des mots, élégance des gestes... Les Égyptiennes connurent de merveilleux plaisirs d'amour.

Pourtant, aucune pruderie. Les organes génitaux masculins et féminins * sont présents dans les hiéroglyphes, la nudité n'était pas proscrite, le dieu Min est représenté en érection pour évoquer le dynamisme créateur à l'œuvre dans le cosmos et dans la nature. D'après une « clé des songes », si un homme rêve qu'il fait l'amour avec sa femme, c'est un bon présage : quelque chose de bon lui sera transmis.

Les postures érotiques sont parfois illustrées de manière réaliste sur de petits fragments de calcaire, les ostraca, qui servaient de brouillon aux dessinateurs ; on connaît aussi des terres cuites plus ou moins tardives qui prouvent, s'il en était besoin, que les Égyptiennes ont bien goûté aux joies de la sexualité **. Sexualité joyeuse, libre, qui fait dire à un vieux moraliste, avec un léger sourire : « Grande dame le jour, femme la nuit. »

Et l'on ne peut passer sous silence le fameux papyrus provenant de Deir el-Médineh, et conservé au musée de Turin ***, papyrus si sulfureux, d'après les augustes cercles d'érudits, que seuls des yeux très avertis peuvent le contempler. À quel « enfer » donne accès ce document ? Il s'agit, à l'évidence, d'une satire : l'humoriste raconte une histoire dont le sens nous échappe, à cause du caractère elliptique du texte qui accompagne les dessins. Nous assistons à des épisodes mettant en scène des animaux, qui imitent des attitudes humaines et raillent la vanité des bipèdes, puis nous entrons dans une sorte de maison close où des hommes, plutôt grossiers, mal rasés et mal coiffés, font l'amour avec de jeunes femmes qui, pour tout vêtement, ne portent que ceinture, colliers et bracelets. Elles sont maquillées, l'une d'elles se met du rouge à lèvres en regardant dans un miroir. Lits, coussins, jarres de vin et de bière, instruments de musique composent le décor d'une soirée très animée, au cours de laquelle les postures amoureuses demeurent néanmoins tout à fait classiques.

Nous sommes probablement à l'intérieur d'une « maison de bière », où officient des jeunes femmes que l'on qualifie

---

* Ces organes bénéficiaient d'un traitement attentif lors de la momification. Pendant l'Ancien Empire, bandages et bandelettes soulignaient les caractéristiques sexuelles de la femme, seins et organes génitaux, lesquels recevaient un bourrage fait de linges ou étaient enduits d'une pâte résineuse.

** Voir P. H. Schulze, *Frauen im Alten Ägypten*, pp. 69 et 70.

*** Voir J. A. Omlin, *Der Papyrus 55001 und seine satirisch-erotische Zeichnungen und Inschriften*, Turin, 1973.

de « filles de joie ». La plupart devaient être plus proches des geishas japonaises que des prostituées modernes ; portant souvent un tatouage sur la cuisse, elles devaient savoir danser, jouer de la musique et distraire le cœur de l'homme. Nombre d'entre elles étaient des étrangères, notamment des Babyloniennes.

Amours dangereuses : la mise en garde des sages

En toutes choses, l'Égypte condamne l'excès. Aux étudiants qui oublient le travail pour s'adonner aux plaisirs de la boisson et du sexe, les scribes adressent de sévères avertissements. Ils leur reprochent d'aller de taverne en taverne, de se laisser prendre par l'odeur de la bière, de souiller leur âme. Le gouvernail de leur barque est tordu. Ils ressemblent à un sanctuaire privé de son dieu, à une demeure sans nourriture. Ils se commettent en public, installés dans une « maison de bière », entourés de jeunes filles prêtes à satisfaire tous leurs désirs. Une guirlande de fleurs autour du cou, inondés de parfums, ils finissent par tomber sur le sol, salis par leurs vomissures. L'excès de plaisir n'est plus du plaisir.

Le sage Ptah-hotep met en garde contre les dangers de la séduction : *Si tu désires faire durer l'amitié dans une demeure où tu as tes entrées, comme frère ou comme ami, ou en tout lieu où tu as tes entrées, garde-toi de t'approcher des femmes (à les toucher). On n'est jamais trop lucide ! Des milliers d'hommes se sont laissé prendre au piège de la séduction. Pour un court instant de plaisir, semblable à un rêve, que de malheur ! Et celui qui échoue, en continuant à courtiser les femmes, échoue en tout* *.

Et le sage Ani d'ajouter que l'homme prudent doit se tenir éloigné de la femme qui n'est pas connue dans sa ville ; n'est-elle pas semblable à une eau très profonde, aux remous imprévisibles et dangereux ? Autre péril, pour Ptah-hotep : la femme-enfant, dont le désir sexuel ne sera jamais « rafraîchi » et qu'aucun homme ne pourra satisfaire.

---

* Voir C. Jacq, *L'Enseignement du sage Ptah-hotep*, Maxime 18.

« Concubines » du mort ?

Dans certaines tombes privées, dont la plupart datent du Moyen Empire, furent découvertes de curieuses figurines de femmes nues en faïence bleue, le corps parsemé de petits points évoquant des tatouages. Elles portent des bijoux et une ceinture, et arborent un large bassin ; d'autres sont en ivoire ou en bois.

Ne s'agissait-il pas de femmes de mauvaise vie ? L'imagination des savants se troubla, jusqu'à croire à une inquiétante pornographie funéraire. Ces dames, souvent privées de jambes, ne garantissaient-elles pas au défunt un inépuisable plaisir sexuel ?

Théorie alléchante pour certains, mais inexacte, puisque ces « concubines du mort », bien mal nommées, furent également déposées dans des tombes de femmes et de fillettes. Une inscription nous offre la clé majeure : « Puisse la renaissance être accordée à cette femme. » Autrement dit, ces figurines sont des incarnations de la Grande Mère qui, au-delà de la mort, accorde une vie nouvelle aux justifiés et les fait renaître en son sein. Leur rôle consiste à régénérer le défunt ou la défunte, à leur faire vivre une grossesse en esprit pour les faire renaître dans l'autre monde. Ni concubinage, ni érotisme, mais magie symbolique, indispensable lors du grand passage.

30

LE TEMPS DU MARIAGE

Le mariage ? Si femme veut

L'amoureuse songe au mariage. Un acte obligatoire ? Pas en Égypte ancienne. Aucune loi ne contraignait une femme à vivre avec un homme. La femme célibataire possédait une autonomie juridique, des biens propres qu'elle gérait elle-même, et personne ne la jugeait irresponsable. Cette indépendance choqua beaucoup les Grecs, qui la jugèrent presque immorale.

Le mariage, néanmoins, tentait la plupart des amoureuses qui n'étaient pas soumises à un âge légal pour réaliser leur rêve. À quinze ans, voire plus tôt, une Égyptienne pouvait être femme et mariée ; selon les sages, il est bon d'être jeune pour mettre au monde des enfants.

Dès que l'amoureuse a décidé de se marier, personne ne peut l'en empêcher. Il faudra bien discuter avec les parents, mais le père n'a pas le droit d'imposer un prétendant à sa fille. En cas de conflit, c'est l'avis de la jeune femme qui prévaut. Dans la plupart des cas, la bonne entente familiale fut la règle, d'autant qu'il était recommandé au père d'estimer son futur gendre en fonction de ses qualités propres et non de son éventuelle aisance matérielle.

Mariage à l'essai

Contrairement à beaucoup de sociétés anciennes et modernes qui attachent une importance considérable à la virginité de la mariée, l'Égypte pharaonique n'en fit pas une affaire d'honneur et un sujet de préoccupation. Rien n'interdit à la jeune fille d'avoir des relations sexuelles avant le mariage. Comme l'une des bases de ce dernier est la fidélité, amourettes et liaisons passagères sont à vivre avant un engagement que l'on voulait définitif, et pour une vie entière. Des documents tardifs, cependant, mentionnent un « cadeau de la vierge », c'est-à-dire des biens matériels offerts par le mari à sa femme, en échange du don de sa virginité.

Plus surprenant encore, et d'un libéralisme que notre époque n'a pas égalé, les contrats de mariage temporaires, donc à l'essai, pour une période déterminée. En certaines circonstances, on jugeait préférable d'éprouver les sentiments.

Le fils d'un gardien d'oies, par exemple, avait pris femme pour neuf mois. Il lui avait donné des biens déposés au temple. Si c'était elle qui rompait le contrat, il les conserverait. S'il lui demandait de quitter sa demeure, en revanche, ils reviendraient à la femme. Trois textes provenant de la région thébaine parlent d'une première phase du mariage d'une durée de sept ans, au terme de laquelle les liens unissant le couple devaient être définitivement précisés, tant pour établir les droits de l'épouse que ceux des éventuels enfants.

Le mariage : habiter ensemble

Construis-toi une maison, recommande le sage Ani dans sa vingt-sixième maxime destinée au futur mari, *tu verras que cela éloigne les dissensions et le désordre. Ne pense pas que tu puisses habiter dans la demeure de tes parents.*

Pour l'Égypte pharaonique, tel est l'aspect fondamental du mariage : qu'un homme et une femme vivent ensemble sous le même toit, dans une maison qui est la leur. Selon les textes, se marier, c'est « fonder une maison » (*gereg per*), « vivre ensemble » (*hemsi irem*), « entrer dans la demeure » (*âq r per*). Le mariage n'est pas un acte juridique, mais social, qui consiste dans une cohabitation décidée par un homme et une femme, en toute liberté.

Ni rituel religieux, ni contrainte administrative, mais

volonté d'un couple de vivre son propre destin dans un lieu qu'il marquera de son empreinte particulière : tel fut le mariage à l'égyptienne. Dès l'instant où un homme et une femme habitaient ensemble, au vu et au su de tous, ils étaient mariés et devaient assumer les devoirs inhérents à leur choix.

Un autre mot, *meni*, est parfois utilisé pour désigner le mariage ; c'est un terme de marine que l'on traduit par « amarrer », avec l'idée que le bateau est parvenu à bon port, après un long voyage. Ce terme signifie aussi « mourir », l'existence étant appréhendée comme une traversée qui peut s'achever soit par un naufrage, soit par un heureux accostage, à savoir la résurrection.

Le mariage, en effet, est une mort à une existence insouciante ; en prenant un mari, l'Égyptienne s'amarrait au port de la vie conjugale, lieu de stabilité.

Une cérémonie de mariage ?

N'étant pas considéré comme un acte sacré, mais purement humain, le mariage ne faisait l'objet d'aucun rituel. Existait-il même une fête de famille ? Nous n'en sommes pas certains. Le *roman de Setna*, texte tardif, évoque bien un festin organisé par Pharaon pour le mariage de sa fille, mais il ne subsiste aucun document des époques anciennes relatant de semblables festivités.

On suppose que la mariée arrivait au domicile de son époux avec les objets en guise de dot et qu'elle apportait des fleurs ; sans doute avait-elle tressé une guirlande et recevait-elle un vêtement spécial, une sorte de voile.

Peut-être les époux mangeaient-ils du sel pour sceller leur union, peut-être unissaient-ils leurs mains sur une tablette où figurait un scarabée, symbole des transformations bénéfiques.

L'essentiel, répétons-le, était de vivre ensemble dans la même maison. Ainsi le mariage était-il officialisé en tant qu'acte privé, dont n'avaient à s'occuper ni l'État, ni la religion.

« Tu es mon mari » ; « tu es ma femme ». Ces quelques paroles scellent le mariage. Néanmoins, certaines dispositions juridiques pouvaient être prises, avec un souci majeur : assurer la subsistance de la femme en cas de malheur, veuvage ou divorce *. Il est demandé au mari, en effet, de prendre des engagements formels pour garantir le bien-être matériel de son épouse si, à l'initiative de l'un ou de l'autre, le mariage échoue et se termine par une séparation. Si le mari quitte sa femme, il lui donnera des biens, dûment répertoriés par contrat, et un tiers de tout ce qui aura été acquis à partir du jour où fut établi le contrat. Les objets apportés par la femme, ou la valeur correspondante, lui seront restitués.

Les motifs de séparation, tels que nous les connaissons d'après la documentation, sont les mêmes que de nos jours : mésentente profonde, adultère, désir de vivre avec un autre partenaire, conflits d'intérêt, infertilité. Les sages recommandent à l'homme de ne pas se séparer de sa femme sous prétexte qu'elle ne peut pas mettre un enfant au monde. Le texte d'un ostracon, conservé à Prague, illustre une banale situation de divorce où les petits problèmes quotidiens deviennent source d'affrontement. Une femme écrit à sa sœur : *Je me querelle avec mon mari. Il disait qu'il allait me répudier. Il se dispute avec ma mère à propos de la quantité de pain qui nous est nécessaire. Il me disait : ta mère ne fait rien de bon, tes frères et tes sœurs ne prennent pas soin de toi. Il se querelle avec moi chaque jour.*

L'homme sait qu'il ne peut divorcer à la légère, car il est passible de lourdes pénalités, par exemple perdre les biens acquis en commun. L'Égyptienne était ainsi protégée d'une séparation abusive et injuste. Un papyrus évoque le cas d'une femme qui avait perdu un œil, et que son mari voulait répudier après vingt ans de vie commune pour se mettre en ménage, sans doute avec une femme jeune et belle. « Je divorce d'avec toi, lui annonce-t-il, parce que tu es aveugle d'un œil. » Son épouse est outrée : « Est-ce cela,

* Voir, par exemple, S. Allam, Quelques aspects du mariage dans l'Égypte ancienne, *JEA* 67, 1981, pp. 116-135. Les contrats étudiés datent de la XXIe dynastie, mais s'inspirent de modèles antérieurs.

la découverte que tu as faite, pendant ces vingt ans que j'ai passés dans ta maison ? » Elle manifesta une juste colère contre ce triste sire, ne redoutant rien pour son avenir matériel. Elle savait qu'une telle clause de séparation serait jugée inacceptable et, qu'en cas de divorce, ce dernier coûterait fort cher au mari indigne.

Toute contestation était réglée par un tribunal devant lequel les époux comparaissaient et s'expliquaient. Le mari disposait d'un certain temps pour réunir le capital dont bénéficierait la divorcée. Lorsque c'était la femme qui quittait le domicile conjugal, elle devait une compensation légère à son mari, et conservait la totalité de ses biens privés. Dans le cas où la demeure de famille en faisait partie, le mari se trouvait dans l'obligation de la quitter et de trouver un nouveau domicile.

L'épouse pouvait établir elle-même le contrat de mariage. Le *papyrus Salt 3078* traite du cas d'une femme qui promet à son mari, si elle le chasse de la maison parce qu'elle aime un autre homme, de lui restituer les biens qu'il lui avait offerts lors de leur mariage. « *Si je m'éloigne de toi*, ajoute-t-elle, *je ne pourrai te faire aucun procès contre nos acquisitions communes.* »

Liberté de mariage, liberté de divorce : telle était l'extraordinaire indépendance dont jouissait l'Égyptienne, qui n'avait de compte à rendre ni à un État, ni à une Église.

Le mariage de la dame Tais

En 219 av. J.-C., sous le règne de Ptolémée IV, la dame Tais fit établir un contrat de mariage. Les rois qui gouvernent l'Égypte de cette époque sont des Grecs ; l'âge d'or n'est plus qu'un lointain souvenir, mais les Égyptiennes tentent de préserver leur autonomie.

Sur le contrat, la date, les noms du mari et de l'épouse, ceux des parents, l'indication de leur origine et de leur profession, le nom du scribe qui rédige l'acte, les noms des témoins dont le nombre, pour ce genre de circonstances, variait de trois à trente-six.

Le mari, originaire du Grand Sud, s'appelait Horemheb, comme l'illustre pharaon de la XVIIIe dynastie.

Comme cadeau de mariage, il offrit à sa femme deux pièces d'argent, qui lui étaient définitivement acquises.

Horemheb prit un engagement clair : s'il venait à haïr son épouse, s'il désirait vivre avec une autre, il serait contraint de divorcer, de lui donner deux pièces d'argent supplémentaires et un tiers de leurs biens communs. Bien entendu, il restituerait à Tais la totalité des biens qu'elle avait apportés lors du mariage, ou leur contrepartie monétaire.

Malgré l'époque tardive, malgré le règne de rois grecs, malgré l'introduction du système monétaire refusé par les pharaons, malgré l'emprise croissante de la gent masculine sur la société, la dame Tais avait réussi à faire respecter l'ancienne loi.

La mariée garde son nom

Si une Égyptienne du temps des pharaons revenait parmi nous, bien des aspects de notre société la surprendraient, en raison de sa rigidité juridique, mais l'un d'entre eux lui apparaîtrait insupportable et aberrant : se faire appeler, par exemple, « madame Luc Durand ».

En sacrifiant à cette convention, nous éliminons le prénom et le nom de l'épouse, ce qui revient, du point de vue égyptien, à nier l'existence de cette même épouse. En se mariant, l'Égyptienne ne prenait pas le nom de son mari, gardait le sien, et rappelait volontiers sa filiation par rapport à sa mère.

Dans un monde où l'esprit communautaire et la hiérarchie jouaient un rôle majeur, il est frappant de constater à quel point la personnalité de chaque être fut affirmée. Le nom faisait partie des éléments vitaux qui permettaient de franchir l'épreuve de la mort. Et ce n'était certes pas le mariage, affaire humaine, qui devait l'effacer !

Polygamie ou... polyandrie ?

Parmi les nombreuses idées reçues qui pèsent encore sur l'Égypte pharaonique, la polygamie occupe une place prééminente. Ne voit-on pas des groupes statuaires où le mari est représenté en compagnie de deux femmes, qu'il qualifie l'une et l'autre d'« épouse » ? De là à conclure que l'Égyptien pouvait avoir plusieurs épouses, il n'y avait qu'un pas. Mais c'était un faux pas. L'examen attentif du dossier « polygamie * » prouve que ces épouses n'étaient pas simultanées, mais successives. Veuf, l'homme s'était remarié et avait tenu à associer, dans l'au-delà, les femmes qu'il avait aimées. À ce jour, il n'existe pas d'exemple avéré de polygamie.

Y aurait-il eu, en revanche, des cas de... polyandrie ? Deux dames du Moyen Empire, Menkhet et Kha, furent longtemps soupçonnées d'avoir eu deux maris en même temps. Mais l'égyptologie les a innocentées. En réalité, il ne s'agissait que d'époux successifs ; les deux dames, après une période de veuvage, étaient sorties de leur solitude.

Mariage entre frère et sœur ?

Autre idée reçue, qui est due à un auteur grec, Diodore de Sicile : « Il est dit, écrit-il, que les Égyptiens, contrairement à la coutume, ont établi une loi qui permettait aux hommes d'épouser leur sœur, parce qu'Isis avait réussi dans ce domaine ; elle avait épousé Osiris, son frère, et quand il mourut, elle ne voulut jamais accepter un autre homme. »

Dans ces lignes, une série de confusions. La plus nette est le mélange du mythe et du quotidien ; l'auteur, de plus, semble ignorer que la femme appelle son mari « mon frère », et le mari sa femme « ma sœur ». Un couple est donc formé d'un frère et d'une sœur, ce qui rend presque impossible la tâche des généalogistes.

À l'époque ptolémaïque, la cour grecque d'Alexandrie célébra peut-être des mariages réels entre frère et sœur, pour perpétuer la pureté dynastique. À l'époque romaine, ce type d'union fut pratiquée dans les villages, non sans une bonne raison : préserver le patrimoine foncier. Aux époques antérieures, il n'existe aucun exemple de mariage

---

* Voir, par exemple, W. K. Simpson, *JEA* 60, 1974, pp. 100-105.

entre un frère et une sœur de sang dans la population égyptienne.

Qu'en était-il à la cour égyptienne ? Pharaon est aussi, en tant qu'époux, un « frère », et la grande épouse royale, « une sœur ». La plupart des mariages que l'on croyait consanguins apparaissent, aujourd'hui, comme des unions avec une demi-sœur. De plus, le mariage de Pharaon avec sa sœur charnelle, de même qu'avec sa fille, ont régulièrement une valeur symbolique et rituelle, sans pour autant être consommés physiquement, telles les noces de Ramsès II avec ses filles. Une fois encore, il faut se méfier de nos projections sur l'Égypte pharaonique.

31

L'AMOUR DE L'ÉPOUSE

Si tu es un homme de qualité, écrit le sage Ptah-hotep dans sa vingt et unième maxime, *fonde ta demeure, aime ton épouse avec ardeur, remplis son ventre *, habille son dos ; l'huile est un remède pour son corps. Rends-la heureuse, le temps de ton existence. Elle est une terre fertile, utile pour son maître.*

Vis-à-vis d'une épouse, la violence est exclue et serait tout à fait condamnable ; prédomine le respect, sans lequel l'amour ne saurait être durable. Il est une autre qualité qui consolide un couple : la joie de vivre. Et Ptah-hotep considère que le vrai bonheur consiste à se marier avec une femme gaie : *Si tu épouses une femme, qu'elle soit joyeuse de cœur... Une femme au cœur joyeux apporte l'équilibre* (maxime 37).

Le respect de l'épouse passe par la fidélité. Ne repose-t-elle pas sur la parole donnée, cette valeur centrale de la civilisation égyptienne ? Ne rien cacher à son épouse, ne lui causer aucune peine, ne pas l'offenser, ne pas la délaisser, telle est l'attitude juste d'un bon mari. De nombreux textes évoquent l'épouse comme « la compagne vénérée par son mari », « la sœur bien-aimée chère à son cœur », « elle qui est riche de vie et apporte le bonheur ».

Comment ne pas causer de discorde dans un couple ? Que le mari reconnaisse les compétences de son épouse, la

* Au sens de : *nourris-la.*

valeur de son travail, et ne l'importune pas : « C'est bon et heureux quand elle prend ta main », affirment les sages.

Un moraliste de l'époque tardive, qui porte le nom d'Ankhseshonqy, assène de rudes conseils au candidat au mariage : qu'il n'épouse pas une divorcée, qu'il ne couche pas avec une femme mariée, qu'il n'abandonne pas une femme stérile, qu'il ne distribue pas ses richesses aveuglément, et qu'il soit bien conscient d'une vérité inaltérable : *Si une femme vit en paix avec son mari, c'est la volonté de Dieu.*

Dans les groupes sculptés représentant un couple, la femme est l'égale de son mari ; entre eux règne une profonde complicité. D'un bras qui passe dans le dos de l'époux, l'épouse l'enlace avec tendresse et discrétion ; sa main posée sur l'épaule de l'homme qu'elle aime n'est pas seulement un signe d'affection, mais aussi un geste de protection. Dans ces sculptures, l'homme est immuable, immobile, alors que les gestes presque secrets de la femme traduisent une activité magique nécessaire à la survie du couple.

On voit souvent l'homme et la femme, assis de part et d'autre d'une table d'offrande, et se regardant. Ensemble, ils participent à l'éternel banquet dont la table est perpétuellement servie.

Dans la tombe d'Amen-nakht, à Deir el-Médineh, le défunt et sa femme, agenouillés sous un palmier doum, boivent de l'eau dans un bassin. Au cœur du jardin fleuri de l'autre monde, ils goûtent cette divine fraîcheur qui ne leur manquera jamais plus. C'est l'une des nombreuses évocations où la femme, aux côtés de son époux, vit une joie inaltérable au travers d'un geste simple, d'une attitude quotidienne. Jouer à un jeu de société avec l'épouse, se promener avec elle dans la campagne, converser sous une pergola qui protège des ardeurs du soleil, contempler à ses côtés moissons et arbres fruitiers, voguer sur un lac de plaisance, l'écouter chanter ou jouer de la musique sont des plaisirs qui, vécus sur cette terre, le seront aussi dans les paradis célestes, si l'amour a su créer des liens que le temps ne saurait briser.

L'un des textes égyptiens les plus sublimes sur le bonheur impérissable d'un couple heureux est l'œuvre d'une femme, une prêtresse de la déesse Mout, qui fit graver ces lignes admirables sur la statue de son mari : *Nous désirons reposer ensemble, et Dieu ne nous séparera pas. Aussi vrai que tu vis, je ne t'abandonnerai pas. Nous serons assis, chaque jour, sereins, sans qu'aucun mal ne puisse nous atteindre. Ensemble, nous sommes allés au pays de l'éternité. Nos noms ne seront pas oubliés. Qu'il est merveilleux, le moment où l'on voit la lumière du soleil, éternellement.*

32

LE SURPRENANT MARIAGE DE LA DAME SÉNET-ITÈS ET AUTRES UNIONS INSOLITES

Un mariage inattendu

Elle s'appelait Sénet-itès, « la sœur de son père », et vivait à l'Ancien Empire, probablement pendant la IVe dynastie, celle des bâtisseurs des trois pyramides du plateau de Guizeh. La dame Sénet-itès était belle, élégante et racée ; prêtresse des déesses Hathor et Neit, elle portait volontiers une perruque noire et une robe moulante à manches longues.

Combien de prétendants l'avaient-ils demandée en mariage ? Elle était un « beau parti » et pouvait espérer une vie longue et heureuse auprès d'un mari fortuné.

Le prince charmant ne manqua pas de se présenter et de conquérir le cœur de la dame. Il se nommait Séneb et occupait de hautes fonctions : chef de la garde-robe royale, et prêtre attaché au culte de l'âme de deux pharaons, Khéops et Djedefrê.

Tout était pour le mieux dans le meilleur des mondes, et les parents de Sénet-itès auraient dû se réjouir. Un détail, cependant, pouvait les inquiéter, sinon les choquer : Séneb était un nain !

Ce handicap ne troubla nullement la belle Sénet-itès ; le couple connut le bonheur, eut de beaux enfants et mena une existence paisible.

Fut préservée une représentation célèbre de la famille, un groupe statuaire qui immortalise la prêtresse et son mari, assis en scribe, les jambes croisées, les mains croisées à la hauteur du plexus. Le torse est musclé et imposant ; le visage, grave et recueilli, regarde au loin. Son épouse sourit, épanouie et sereine ; de son bras droit, elle l'enlace tendrement. À l'endroit où auraient dû être sculptées les jambes du père, s'il avait été debout comme Sénet-itès, deux enfants, un garçon et une fille, nus et dodus, l'index posé sur la bouche pour montrer qu'ils sont silencieux et obéissants. Les cheveux tressés, tombant sur un côté de la tête, forment la « mèche de l'enfance », probablement coupée à la puberté.

La sculpture, en calcaire peint *, était protégée par un petit naos, et fut découverte dans la tombe familiale, à Guizeh. Chef de tous les nains du palais, Séneb était un homme riche ; de nombreux scribes travaillaient pour lui, il possédait des bateaux, des ânes, des chèvres, des moutons et de nombreuses têtes de bétail. Il se déplaçait en chaise à porteurs, et aimait flâner en barque, dans les marais du Delta, en compagnie de sa femme et de ses enfants.

Les nains étaient bien intégrés dans la société égyptienne, exerçaient divers métiers et pouvaient, nous le constatons, occuper un rang élevé dans la hiérarchie.

Comme elle est touchante, cette statuette en bois très réaliste **, représentant une naine, nue, tenant son bébé contre son sein gauche ! L'anatomie est vigoureuse : menton carré, joues épaisses, fesses rebondies, vulve bien marquée, jambes anormalement courtes. Cette naine était probablement une nourrice qui avait toute la confiance de sa patronne.

Le mariage de la fille de la sœur du barbier

En l'an 27 du règne de Thoutmosis III, la paisible existence du barbier du roi, Sa-Bastet, le « fils de Bastet », connut un bouleversement inattendu ***. Obtenir un poste de cette importance n'avait pas été facile ; mais Sa-

* Musée du Caire, JE 51280.

** Découverte à Abydos, elle date de la fin de la XIIe dynastie (musée de l'université de Liverpool, E. 7081).

*** *Urkunden* IV, 1369, 4-16.

Bastet s'était comporté en soldat courageux, et avait été remarqué par le pharaon lors des expéditions militaires en Syro-Palestine, menées pour pacifier la région et prévenir toute tentative d'invasion. Sa-Bastet n'avait tué personne, mais avait fait un prisonnier ; autorisé à le ramener en Égypte, il l'employait comme serviteur. Comme le déclare le barbier lui-même, « je l'ai capturé de ma propre main, alors que j'accompagnais Pharaon, et il ne fut ni frappé ni emprisonné ».

Le prisonnier de guerre reçut un nom égyptien, Améniou, et donna toute satisfaction ; il était tellement séduisant que Ta-kaménet, la fille de la sœur du barbier, en tomba amoureuse ! Elle se montra même fermement décidée à épouser cet homme, qui présentait le double inconvénient d'être un étranger sans fortune et un serviteur sans grand avenir. Bref, la mésalliance et un coup dur pour l'honorabilité du barbier Sa-Bastet !

Il prit conseil, sollicita l'avis de personnages influents, tenta de raisonner Ta-kaménet, mais elle se montra inflexible. Elle épouserait le serviteur Améniou, et personne d'autre. Nul ne pouvait ébranler la volonté d'une Égyptienne, pas même un barbier royal. Il ne lui restait qu'une solution pour rendre ce mariage acceptable : faire de son serviteur un homme aisé. Aussi lui donna-t-il une bonne partie de ses biens. Cette donation fut officialisée devant témoins et dûment enregistrée par un scribe, afin que nul ne la contestât. De la sorte, l'ex-serviteur traita d'égal à égal avec le barbier, qui souhaita même lui transmettre sa charge.

La dame Ta-kaménet avait gagné. Et le barbier affirma, non sans fierté : « J'ai donné pour femme Ta-Kaménet à Améniou, et il quitte maintenant ma maison, sans être privé de quoi que ce soit. »

Le soldat et l'étrangère

Le *papyrus Lansing* a préservé une jolie anecdote, révélatrice de la considération dont jouissaient les femmes, même étrangères, dans l'Égypte ancienne. La scène se passe au début du Nouvel Empire, peu après la chute d'Avaris, la capitale de l'occupant hyksôs. L'armée de libération est enfin victorieuse ; les braves ont droit à une part de butin, et sont également autorisés à engager comme serviteurs des prisonniers de guerre, qui travailleront un temps à leur service avant d'être libérés.

Le héros dont parle le papyrus ramenait chez lui trois femmes et un homme. À force de marcher, l'une d'elles s'évanouit. N'avait-elle pas collaboré avec l'ennemi, n'était-elle pas trop faible pour travailler, ne méritait-elle pas de mourir sur le bord du chemin ?

Tel ne fut pas l'avis du soldat. Il posa son équipement, souleva la malheureuse et la prit sur ses épaules, afin de la ramener chez lui.

L'aventure finit-elle par un mariage ? Nous l'ignorons, mais nous savons que rien ne s'opposait à l'union d'un Égyptien avec une étrangère ou d'une Égyptienne avec un étranger. Beaucoup d'étrangères reçurent d'ailleurs une éducation raffinée en Égypte, y apprirent un métier, et y occupèrent des postes importants.

33

LA TOILETTE DE KAOUIT

L'art de la coiffure

Grâce aux représentations gravées sur le sarcophage de la princesse Kaouit, datant du début du Moyen Empire *, nous assistons à un moment privilégié de la vie d'une Égyptienne : la fin de sa toilette, et plus précisément le moment délicat de la coiffure.

Épouse du pharaon Montouhotep-Nebhépet-Rê, la princesse Kaouit n'a pas un visage très avenant. Sérieux, voire austères, ses traits sont plutôt ingrats. Prêtresse d'Hathor, elle avait fait creuser sa tombe sous le temple du pharaon, à Deir el-Bahari, et c'est dans cette sépulture que fut retrouvé le magnifique sarcophage de calcaire immortalisant une scène d'une grande dignité.

Assise sur un siège à haut dossier, vêtue d'une longue robe moulante laissant les seins nus, le cou orné d'un collier de perles, Kaouit tient délicatement, entre le pouce et l'index, une coupe de lait que lui a présentée son intendant, en prononçant ces mots essentiels : « Pour ton *ka*, maîtresse. »

Une autre scène nous fait d'ailleurs assister à la traite de la vache qui a donné ce lait ; de son œil coule une larme. À sa patte droite est attaché son petit veau. L'événement n'est pas aussi profane qu'il y paraît ; Kaouit, rappelons-le, était prêtresse d'Hathor, laquelle s'incarnait dans la vache ;

* Musée du Caire, JE 47397.

et le lait qu'elle offrait était un liquide céleste destiné au *ka*, l'énergie immortelle de l'être.

Derrière Kaouit se trouve une servante qui, avec beaucoup de minutie, noue les boucles de la perruque courte choisie par sa maîtresse. Ornement indispensable et fort prisé, la perruque, qui évolua au cours des dynasties, fut portée par les femmes et les hommes. Pour une femme, une belle perruque était un facteur de séduction et d'élégance tout à fait décisif.

Ces perruques étaient confectionnées tantôt avec des fibres végétales, tantôt avec des cheveux humains, rarement avec des poils d'animaux. À toutes époques, on apprécia les mèches nombreuses, les tresses multiples, enduites de parfums et de produits capillaires. Une perruque réussie déclenchait l'admiration des poètes qui vantaient la beauté de la femme et le charme de son visage. Plus on avance dans l'Histoire, plus les perruques deviennent compliquées, aboutissant à de véritables échafaudages qui exigeaient des coiffeurs une dextérité remarquable et des élégantes un parfait port de tête. À la simplicité de l'Ancien Empire s'oppose la luxuriance du Nouvel Empire ; une parure de cheveux, découverte dans la tombe d'une princesse vivant à la cour de Thoutmosis III, ne comptait pas moins de neuf cents rosettes d'or qui couvraient l'ensemble de la perruque *.

Il est probable que la chevelure était mise en relation avec la sexualité ; une belle coiffure, en raison du pouvoir de séduction qu'elle procurait, rendait la femme désirable. Dénouer la chevelure, avoir les cheveux en désordre était assimilé à un « signal » érotique **.

Les « cônes parfumés » demeurent une énigme. On voit ces étranges dispositifs sur la tête des nobles thébains du Nouvel Empire et de leurs épouses, lorsqu'ils participent à un banquet, lequel est à la fois la fête célébrée sur terre et une festivité d'outre-tombe, en compagnie d'êtres de lumière. On suppose que la chaleur faisait fondre lentement le cône, dégageant de suaves senteurs au fur et à mesure que la soirée avançait.

---

* New York, Metropolitan Museum of Art, Inventaire n° 26.8.117.

** Sur le lien symbolique de la perruque avec la maternité et la fécondité, voir, par exemple, C. Karlshausen, in *Amosiadès. Mélanges Vandersleyen*, 1992, pp. 153-173.

Les belles Égyptiennes veillaient avec un soin tout particulier à l'entretien de leurs cheveux qu'elles redoutaient de voir grisonner ou, pis encore, tomber. L'huile de ricin était le produit de base pour éviter ces désagréments. On broyait les graines de ricin pour en obtenir une huile dont on s'oignait la tête. La recette 468 du *papyrus médical Ebers*, due à Shesh, reine de l'Ancien Empire et mère du pharaon Téti, était destinée à lutter efficacement contre la calvitie. Son ancienneté était un gage de succès, quoique les ingrédients employés apparaissent insolites : des « pattes de levrette » (sans doute un nom de plante), des noyaux de datte et un sabot d'âne, à faire cuire à feu vif avec de l'huile, dans un pot. Avec le produit obtenu, il fallait s'oindre énergiquement la tête. Pour faire redevenir noirs des cheveux gris, on utilisait le sang d'un bœuf noir cuit dans l'huile *.

L'art de la parure

Autre scène du sarcophage de Kaouit : portant une perruque ronde à fines boucles, un châle sur l'épaule, elle tient une fleur de lotus dans la main gauche, et recueille un peu d'onguent de l'index de la main droite dans un pot que lui tend sa servante, laquelle l'évente avec un éventail en forme d'aile d'oiseau.

Au-delà de la simple et indispensable hygiène, les belles possédaient un nombre impressionnant de produits de beauté qu'elles utilisaient selon les règles d'une alchimie subtile. Elles les conservaient dans de précieux coffrets dont bien peu, hélas, furent préservés. Les quelques exemplaires qui ont survécu sont fabriqués avec les plus beaux bois, bénéficient d'incrustations de métal ou d'ivoire, et s'ornent d'un décor délicat. À l'intérieur, des petits casiers pour accueillir parfums, cosmétiques, fards, onguents, bâtonnets et cuillers servant à appliquer sur la peau les produits, pinces à épiler, un ou plusieurs miroirs, peignes, épingles.

---

* Il existait une affreuse recette pour détruire les cheveux d'une rivale (dont les ingrédients ne sont pas identifiés), mais elle était accompagnée du remède pour guérir la malheureuse.

Au premier rang de ces objets luxueux figurent les vases à onguents, prenant parfois des formes inattendues, tel ce vase du Nouvel Empire en serpentine * qui comporte un corps de guenon évidé par le dessus et utilisé pour ranger les bâtonnets de maquillage. Ce n'est pas simple fantaisie décorative, mais souci d'offrir, à la femme préoccupée de sa beauté, un animal familier chargé de protéger magiquement la demeure. Associé à un signe hiéroglyphique signifiant « beauté, perfection », et à un œil double qui écartait les forces négatives, ce singe apaisé et aimable devenait un bon génie dont l'élégante s'assurait les services.

Les plus célèbres objets de toilette égyptiens sont les cuillers à fard qui choquèrent quelques égyptologues puritains ; longues d'une trentaine de centimètres, en bois ou en ivoire, elles ont souvent la forme d'une jeune nageuse nue, étendue sur le ventre, la tête levée, le cou bien droit, les fines jambes jointes et allongées. Les bras tendus devant elles, les nageuses tiennent parfois une coupelle qui contenait du fard ou de l'encens, ou bien un canard dont le corps évidé formait le cuilleron. Il existe plusieurs variantes : jeune fille debout sur une barque voguant parmi lotus et papyrus, fillette portant des fleurs, musicienne jouant du luth au bord de l'eau.

Dans ces merveilleux et gracieux personnages féminins, c'est la déesse Hathor qui s'incarne.

Certains de ces petits chefs-d'œuvre n'étaient pas destinés à l'usage domestique ; on les déposait dans les tombes pour qu'ils accompagnent les ressuscitées dans l'autre monde en leur garantissant une éternelle jeunesse. Même symbolique dans le port de la perruque qui, parfois, marque l'une des étapes de la préparation rituelle de la prêtresse, lors de son initiation aux mystères d'Hathor.

Parfums de femmes et soins du corps

Le parfum, tel que nous le définissons aujourd'hui — de l'huile éthérique dans une solution alcoolique — ne semble pas avoir existé en Égypte ancienne. Les parfumeurs fabriquaient leurs produits à partir de plantes aromatiques

* Caire CG 18576 = JE 26046.

macérant dans des huiles grasses. Ils pratiquaient aussi l'extraction d'essences de fleurs, disposant d'une gamme fort variée que certains textes, comme ceux du laboratoire d'Edfou, en Haute-Égypte, recensent partiellement. Nous connaissons, certes, le nom d'un grand nombre de produits de beauté, mais nous sommes encore incapables d'en donner une traduction précise et de les identifier. La préparation de ces parfums, dont une grande partie était réservée aux usages liturgiques, pouvait demander plusieurs mois et était confiée à des spécialistes.

La reine Pharaon Hatchepsout ne manqua pas d'envoyer une expédition vers le merveilleux pays de Pount, afin d'obtenir de l'encens frais, destiné tant au culte d'Amon qu'à la fabrication de produits de beauté. N'oublions pas que les divinités signalaient leur présence aux humains par un parfum si suave que ces derniers tombaient en extase. Le parfum est d'ailleurs associé au souffle de vie, à la douce brise du nord qui revivifie l'organisme lorsque le soleil se couche, au terme d'une chaude journée.

Fards et cosmétiques, disposés sur des tablettes creusées d'alvéoles, étaient utilisés par toute la population. Les plus courants étaient un fard noir, à base d'antimoine, et un fard vert, à base de malachite. Ils permettaient aux élégantes de prolonger la ligne des sourcils et d'accentuer le charme de leur regard. Ces produits étaient jugés si indispensables que, lors d'une grève d'ouvriers sous le règne de Ramsès III, ces derniers réclamèrent leur dû d'onguents en même temps que la nourriture.

Il faut aussi souligner l'usage médical de ces produits ; l'Égypte, à certaines périodes de l'année, connaît l'agression des vents de sable et, à d'autres, celles de multiples insectes. Fards et cosmétiques servaient à les éloigner, à protéger la peau et les yeux. Les Égyptiennes faisaient aussi appel aux onguents pour rester minces, prévenir l'affaissement des seins, raffermir les chairs, éviter de désagréables boutons. Pour purifier la peau et lui permettre de demeurer jeune et fraîche, on broyait de la cire, de l'huile fraîche de moringa, de la gomme de térébinthe et de l'herbe de Chypre, de manière à obtenir une sorte d'emplâtre végétal.

Fragile héritage de tant d'heures passées à se rendre belle, de petits pots à fard, en albâtre ou en bois, ont des formes délicates et inattendues : vache couchée dans une barque, antilopes, oies, canards, singes, jeunes nageuses. Dans le cas du canard ou de l'oie, le corps de l'animal était évidé pour servir de contenant, les ailes amovibles jouant le rôle de couvercle.

34

SAT-HATHOR, LA BELLE EN CE MIROIR

Un miroir de vie

La princesse Sat-Hathor-Iounet, la « fille d'Hathor de Dendéra * », vivait à Illahoun, à l'entrée de la province du Fayoum, dans un palais du Moyen Empire. Elle possédait un magnifique miroir ** dans lequel elle se contemplait chaque matin, pour éprouver sa beauté. L'objet était considéré comme très précieux ; sa poignée était une tige de papyrus surmontée d'une tête de la déesse Hathor, avec des oreilles de vache ; et cette colonne végétale supportait la voûte céleste. Le miroir proprement dit avait la forme d'un disque poli et argenté. Argent, or, quartz, cristal de roche, lapis-lazuli étaient utilisés dans la fabrication des miroirs, que maniaient les initiés lors de la célébration des rites secrets des temples.

Le nom du miroir est *ânkh*, synonyme du mot qui signifie « la vie » ; se regarder dans un miroir n'est pas seulement, pour une Égyptienne, un acte esthétique, mais correspond au désir de s'identifier à Hathor, de participer à la vie du ciel et à celle du soleil, évoqué par le disque de métal poli.

---

* Dendéra, localité de Haute-Égypte, était l'un des principaux lieux de culte de la déesse Hathor ; on peut encore y contempler le dernier état de son temple, édifié sous les Ptolémées, et dont les parois sont couvertes de textes remarquables.

** Musée du Caire, CG 52663 = JE 44920.

Être belle

L'idéal de beauté est indissociable du rayonnement de l'être. Le regard d'une belle Égyptienne est clair, sa démarche noble, ses doigts sont semblables aux calices des lotus. « La belle », « Comme son visage est beau », « la lumineuse » sont des noms de femmes merveilleuses ; et comment ne pas songer à cette fille de roi et prêtresse d'Hathor, Moutirdis, douce d'amour, à la chevelure plus sombre que la nuit, les raisins et les fruits du figuier, et aux dents étincelantes ?

L'Égyptienne a le culte de la beauté dont le canon est assez précisément défini dès les époques anciennes : il faut être mince, avoir des membres fins, des hanches marquées mais sans épaisseur, des seins ronds et plutôt petits. Aucune tyrannie, néanmoins ; les statues et les statuettes montrent souvent des femmes aux sympathiques rondeurs, aux joues rebondies, parfois même à la musculature affirmée. Mais les déesses, elles, sont éternellement jeunes et sveltes. N'est-ce point l'orfèvre céleste qui a créé la beauté féminine et tracé l'arc des sourcils ? N'est-ce pas lui qui a inspiré la main du peintre qui, dans les tombes thébaines, a tracé d'admirables portraits de femmes ? Grandes dames au bras de leurs dignes époux, invitées à un banquet, promeneuses en barque, jeunes servantes, musiciennes, toutes ont en commun un profil aérien, des yeux magiques, des attitudes gracieuses sans mièvrerie, une tendresse sereine où réside le secret d'un amour au-delà de la passion. Le sourire des Égyptiennes, empreint de noblesse chez les dames de haut rang et d'un rien d'espiéglerie chez leurs servantes, est la parfaite expression d'une féminité heureuse et accomplie, si rayonnante que l'on est aussitôt séduit.

La convention adoptée par les peintres veut que la femme ait la peau jaune pâle et l'homme rouge brun ; sans doute faut-il voir là une symbolique en rapport avec la lumière douce, « hathorique », pour la femme, et l'énergie rouge, « séthienne », pour l'homme.

Le roi de la mode égyptienne est le lin blanc, fin, plus ou moins transparent, qui moule le corps féminin, avec une touche de mystère. La robe fourreau en lin, descendant jusqu'aux chevilles, pourvue de bretelles qui passent sur les seins ou laissent la poitrine nue, est le vêtement des belles dames de l'Ancien Empire, et il traversera les siècles. Il donne aux Égyptiennes une inimitable noblesse, une fierté d'allure qui n'exclut ni charme ni douceur. C'est également la robe des déesses.

Pour travailler, la femme ne s'encombre pas : les seins nus, un pagne court, parfois roulé en arrière, ou bien une robe toute simple.

Le Nouvel Empire, en dépit de son goût pour les tenues plus excentriques, conservera la robe classique des origines. Mais les belles de Thèbes, de Memphis ou de Pi-Ramsès adopteront le plissé et recouvriront le haut des bras de manches courtes. Sous la robe, elles revêtiront une chemise très fine. Le plus souvent, ces vêtements sont transparents, afin de souligner la délicatesse du corps. Tuniques et robes sont si minces qu'elles mettent en valeur le modelé des seins et des hanches, la finesse de la taille, la grâce des jambes.

Les sous-vêtements ? Quelques pagnes triangulaires, rien de plus. En revanche, toute une série de vêtements contre le froid, notamment châles et manteaux, car l'hiver égyptien peut être relativement rigoureux, notamment en Basse-Égypte. Au printemps et en automne, les nuits sont fraîches ; et qui a vécu dans le désert sait que, même en Nubie, la température se révèle parfois glaciale.

Les chaussures ? On marchait volontiers pieds nus, mais il existait plusieurs types de sandales, depuis la simple semelle en papyrus jusqu'à la chaussure en cuir teinté et décoré.

Faut-il rappeler l'importance des nœuds, dans ce type de vêture ? Nouer un pagne, une ceinture, fixer des bretelles, exigeait une certaine dextérité. Or, le mot nœud, *tches*, est identique au terme signifiant « parole magique », c'est-à-dire une parole qui « noue » entre elles des énergies.

La parure ? Des bracelets, aux poignets et aux chevilles ; des colliers, faisant souvent allusion à la diffusion des rayons du soleil ; des diadèmes et des bandeaux ornés de motifs floraux ; des bagues, des boucles d'oreille et des pendentifs. Or, argent, turquoise, améthyste, cornaline et autres pierres semi-précieuses servaient à fabriquer ces petites merveilles qui ajoutaient encore à la séduction féminine. Les grandes dames disposaient de véritables trésors, dont bien peu ont survécu ; celui de la princesse Khnoumit, « Celle du dieu Khnoum (ou : celle qui s'unit) », fille d'Amenemhat III, pharaon du Moyen Empire, fut retrouvé, intact, dans sa tombe de Dahchour. Les symboles ornant ses bracelets sont très significatifs : ils lui promettent « naissance » (dans l'au-delà), « joie » et « toute protection et vie ». C'est dire que ces bijoux n'étaient pas décoratifs, mais avaient une valeur magique, et servaient de paroles de puissance sur les chemins de l'au-delà.

Ainsi en est-il de la beauté inaltérable des Égyptiennes, toujours reliée à Hathor, souveraine de l'autre monde ; quand une belle jeune femme, dans une posture d'une élégance suprême, respire une fleur de lotus, ne perçoit-elle pas le parfum de la résurrection ? Lotus elle-même, elle renaît à chaque instant, devient le premier matin du monde et le premier rayon de lumière.

35

LE TEMPS DE LA GROSSESSE

Contraception à l'égyptienne

Les règles s'appelaient « les purifications » ; grâce à elles, les femmes se délivrent d'éléments nocifs. Pendant cette période, une femme est dispensée de travailler et n'entre pas dans les salles secrètes du temple. Il appartient à des blanchisseurs de laver les linges souillés.

Pour la femme qui ne souhaite pas avoir d'enfant, ou qui ne veut plus être enceinte, il existe des contraceptifs. Les textes médicaux en signalent plusieurs, dont les ingrédients sont malheureusement difficiles à identifier. Évoquons un mélange de miel et de natron, dont la femme enduisait les lèvres et le vagin, des fumigations, des boissons à base de céleri et de bière douce, et surtout l'ordonnance n° 783 du *papyrus Ebers* qui, pour permettre à une femme de ne pas être enceinte pendant un, deux ou trois ans, lui recommande de placer dans son vagin un tampon imprégné d'une substance formée d'extrait d'acacia, de coloquinte, de dattes et de miel. Or, la gomme d'acacia fermentée produit de l'acide lactique qui tue les spermatozoïdes.

Mais le jour vient où la jeune femme désire mettre au monde un enfant ; oubliés les contraceptifs, débute l'aventure de la naissance.

À Dendéra, lieu saint de la déesse Hathor, était organisée, le troisième mois de la saison de l'inondation, une fête de l'« ouverture des seins des femmes », au cours de laquelle les nouvelles épousées étaient rassemblées afin de célébrer un rite leur garantissant une maternité prochaine. À Médinet Habou, sur la rive occidentale de Thèbes, là où dormaient les dieux de l'origine, enterrés sous la butte primordiale, les femmes venaient se baigner dans un lac sacré avec l'espoir de devenir fécondes. Quoi de plus attristant que la stérilité ? Lorsque les scribes évoquent une période dramatique, ils écrivent : « Les femmes sont stériles, elles ne sont plus enceintes, la joie s'est éteinte. »

Par bonheur, le dieu potier Khnoum continue à créer les êtres sur son tour ; pour qu'une femme soit enceinte, il est nécessaire que ce tour du potier divin soit établi dans le ventre de la future mère. À elle de prononcer la bonne formule :

Dieu du tour qui crée l'œuf sur son tour, puisses-tu fixer son activité créatrice à l'intérieur des organes féminins et pourvoir cette matrice de ton image. *

Dès que la grossesse est avérée, il convient de « nouer un bandeau sur une femme enceinte » et de poser sur elle une étoffe en forme de signe *mes*, trois peaux d'animal liées, dont la signification est « naître ».

Être enceinte, pour une Égyptienne, c'est « accomplir un travail ». Le sang nourricier qui circule dans le ventre de la mère fait croître l'embryon ; curieusement, les textes indiquent que la durée de la grossesse est tantôt de neuf mois, tantôt de dix. Cette période n'est pas dépourvue de dangers ; des forces négatives, contrariant le processus de naissance, doivent être conjurées par des formules magiques et le port d'amulettes. L'utérus est placé sous la protection d'une déesse spécifique, Tjénenet. À ces précautions s'ajoutent des soins médicaux constants ; pour oindre le corps de la femme enceinte d'huiles bienfaisantes, on poussait le raffinement jusqu'à utiliser un flacon en forme de femme posant les mains sur son ventre rebondi.

* *Esna* V, p. 235.

À ces petits vases était fixé un tampon qui interdisait aux puissances destructrices l'accès au ventre de la femme enceinte.

Quel sera le sexe de l'enfant ?

Certaines Égyptiennes étaient soucieuses de connaître le sexe de leur enfant. La recette utilisée fut léguée aux Grecs et passa en Europe par l'intermédiaire de Byzance. Elle a été longtemps utilisée dans les campagnes d'Europe qui, sans le savoir, vivaient à l'heure de l'Égypte pharaonique. La voici :

Tu placeras de l'orge (mot masculin en égyptien ancien et synonyme de « père ») *et du blé dans deux sacs de toile que la femme arrosera de son urine chaque jour, pareillement des dattes et du sable dans les deux sacs. Si l'orge et le blé germent tous deux, elle enfantera. Si l'orge germe le premier, ce sera un garçon ; si c'est le blé qui germe le premier, ce sera une fille. S'ils ne germent ni l'un ni l'autre, elle n'enfantera pas* *.

D'après Gustave Lefebvre, ce diagnostic peut être rapproché des théories modernes sur le rôle des hormones : « On a constaté, écrit-il, que la folliculine extraite de l'urine des femmes gravides peut, ajoutée à l'eau d'arrosage de certaines plantes, hâter l'apparition de la fleur. On connaît, d'autre part, les expériences de Dorn et Sugarman : l'injection de 10 cm^3 d'urine d'une femme enceinte dans la veine d'un lapin mâle de 2 mois 1/2 (âge de la migration testiculaire) produit des effets différents selon que la femme doit accoucher d'une fille ou d'un garçon. »

Que la curiosité de la future mère fût ou non satisfaite, approchait l'événement capital : l'accouchement.

---

* Papyrus de Berlin n° 199, traduction G. Lefebvre, in *La médecine égyptienne de l'époque pharaonique*, Paris, 1956. Voir aussi T. Bardinet, *Les papyrus médicaux de l'Égypte pharaonique*, Paris, 1995.

36

L'ACCOUCHEMENT DE LA DAME RED-DJEDET

Naissance solaire

L'un des plus célèbres accouchements de l'histoire égyptienne est celui de la dame Red-djedet, « Celle qui fonde ce qui doit durer ». Selon un conte du *papyrus Westcar*, elle fut une mère tout à fait exceptionnelle, puisqu'elle donna naissance à trois pharaons de la Ve dynastie. Red-djedet était l'épouse de Râ-ouser, « Râ est puissant », et le dieu Râ avait pris l'apparence de son époux pour concevoir avec elle une dynastie solaire. C'est à partir de cette V^{e} dynastie, en effet, que tous les pharaons porteront le nom de « fils de Râ (la lumière divine) ».

Accoucher, en ancien égyptien, se dit « être délivrée », « sortir hors du corps », « venir sur terre ». Pour faciliter cet événement capital, on prenait soin de nouer les cheveux de la parturiente, de l'enduire d'huile afin de distendre les chairs et de lui injecter dans le vagin des liquides à base de plantes médicinales.

Malgré ces précautions, l'accouchement de Red-djedet se présentait mal ; aussi Râ fit-il appel à plusieurs divinités, chargées de faciliter la naissance. Isis, Nephtys, Heqet (la déesse grenouille des métamorphoses) et Meskhenet (le siège de naissance) se transformèrent en belles jeunes femmes, et le dieu Khnoum se chargea de leurs bagages.

L'affaire était d'importance, puisque Red-djedet portait en son sein des triplés, appelés à exercer la bienfaisante fonction de pharaon, à bâtir des temples et à approvisionner les autels des dieux. Quand les divinités entrèrent dans la demeure de la future mère, elles trouvèrent d'abord le mari, très inquiet, en proie à une vive agitation. « Nobles dames, déclara-t-il, ma femme souffre ! Son accouchement s'annonce difficile. » Les déesses jouèrent de la musique et demandèrent à voir la parturiente. « Nous savons faire un accouchement », déclarèrent-elles, rassurantes.

Le pavillon de naissance

De préférence, l'accouchement doit avoir lieu dans un endroit particulier, le pavillon de naissance, qui rappelait le fourré de papyrus dans lequel Isis avait mis Horus au monde, à l'abri des forces maléfiques.

Une représentation de Deir el-Médineh nous donne une idée assez précise de ce pavillon ; c'est une construction légère, dont les colonnes de bois ont la forme de tiges de papyrus, lesquelles symbolisent le Marais primordial. Le long de ces colonnes et sur les parois, des plantes grimpantes. Autres décorations : Bès, le joyeux nain musicien, et Thouéris, la femme hippopotame. L'un et l'autre favorisent les accouchements heureux. De plus, Thouéris a pour mission d'ôter « les eaux de la naissance ».

Dans ce pavillon, un lit, des coussins, des étoffes, des tabourets, un miroir, des objets de toilette, des ivoires magiques, et le siège de naissance ou bien les quatre briques qui en font fonction.

Les cheveux défaits, la parturiente est nue ; elle doit être délivrée de tout nœud qui entraverait l'accouchement.

Les sages-femmes et la naissance

De même que n'importe quelle autre Égyptienne, Red-djedet fut assistée par des sages-femmes. Elles l'aidèrent à s'accroupir soit sur ses talons, soit sur une natte, soit sur deux ou quatre briques *. Dans certains cas est utilisé un siège d'accouchement, dont un exemplaire, provenant

* Les quatre briques sont l'incarnation de quatre déesses : la grande (Nout, le ciel), l'aînée (Tefnout, la polarité féminine du premier couple), la belle (Isis) et l'excellente (Nephtys).

de la région thébaine, a été conservé au musée du Caire. Haut d'environ 0,30 m, l'objet est en bois, peint en blanc. C'est la déesse Meskhenet qui incarne ce siège et contribue à fixer le destin du nouveau-né.

Les sages-femmes sont à la fois « les douces » et « celles aux pouces fermes » ; elles facilitent le travail, la délivrance et recueillent le nouveau-né « sur leurs mains ». On les considère comme les incarnations de la déesse-vautour Nekhbet, liée à la maternité, et protectrice de Pharaon ; l'enfant doit être fermement saisi par la sage-femme, à l'image des serres du vautour qui agrippe sa proie pour ne plus la lâcher. Soutenant la parturiente en lui tenant le dos et les bras, l'une des sages-femmes prononce des formules incantatoires. Sa collègue tranchera le cordon ombilical, lavera le nouveau-né, le présentera à la mère, puis le déposera sur un lit confortable.

Dans certains cas, on fait avaler au nouveau-né un morceau de son placenta, broyé dans du lait, le jour même de sa naissance. S'il le vomit, il mourra ; s'il l'absorbe, il vivra.

Si des difficultés se présentent, les sages-femmes posent des cataplasmes ou des compresses sur le bas-ventre de la parturiente. Lorsque l'expulsion de l'enfant par des voies naturelles était impossible, on avait recours à la chirurgie qui, dans ce domaine, paraît avoir été remarquable. Le cas le plus redouté : l'accouchement avant terme. Pour qu'il se déroule au mieux, était récitée une incantation sur quarante perles rondes, sept pierres précieuses (des smaragdites ?), sept morceaux d'or et sept fils de lin tissés par les deux sœurs, Isis et Nephtys. Une amulette à sept nœuds était placée autour du cou de l'enfant.

Les sages-femmes attendaient avec impatience le premier cri du nouveau-né. S'il disait *ny*, il vivrait ; mais s'il disait *emby*, il mourrait. Autre mauvais signe : une voix plaintive. Lorsque le cri était bien net, la joie pouvait éclater.

Pour Red-djedet, l'accouchement se déroula dans de bonnes conditions. Après avoir transformé sa chambre en pavillon de naissance, les déesses fermèrent la porte et se répartirent les tâches. Isis se plaça face à la parturiente, Nephtys derrière elle. Heket accéléra le processus de la naissance. Isis prononça le nom de chacun des enfants à naître. Le premier, Ouserkaf, « Son *ka* est puissant », lui glissa sur les mains ; il était long d'une coudée, soit 0,52 m, avait les os durs, les membres incrustés d'or, des cheveux en lapis-lazuli. Les divines sages-femmes coupèrent son cordon ombilical et le lavèrent. « Il sera Pharaon, prédit Meskhenet, et régnera sur le pays entier. » Khnoum rendit le garçon vigoureux et plein de santé. Les deux autres garçons vinrent heureusement au monde de la même façon et furent déposés sur une étoffe de lin.

Ravi, le mari offrit aux belles dames un sac d'orge que Khnoum fut obligé de porter ; mais les déesses avaient des cadeaux à faire. Elles façonnèrent des couronnes de Pharaon, les cachèrent dans le sac, et déclenchèrent pluie et vent ; aussi le mari fut-il contraint de déposer le bagage dans une pièce bien close.

Red-djedet se reposa pendant quatorze jours. Quand elle eut besoin de nourriture pour sa maisonnée, elle fit ouvrir le sac d'orge et découvrit les couronnes. Son mari et elle comprirent qu'ils avaient donné naissance à de futurs pharaons.

Les mammisis

Chaque nouveau-né est un Horus ressuscité. En lui s'affirme une volonté d'harmonie, que sa manière d'être trahira ou non. En tant qu'enfant divin, Horus naît dans un temple particulier, le mammisi *, dont plusieurs exemples ont été conservés, notamment à Dendéra et à Edfou. Les scènes de ces sanctuaires, datant de l'époque ptolémaïque, nous font assister aux préparatifs rituels de la naissance divine, à la suite de l'union de la reine avec un dieu qui a pris la forme de Pharaon.

Les parois de ces temples, où résonnaient chants joyeux et musiques d'allégresse, étaient parfois revêtues de minces feuilles d'or collées sur un enduit de stuc. Le soleil rendait les scènes efficaces en les illuminant.

Un grand lit attend la parturiente, qualifiée de « mère du soleil divin ». En dessous, des vaches d'origine céleste

* Le mot mammisi, créé par Champollion, dérive de l'égyptien ancien *per-meset* qui signifie « lieu de la naissance ».

garantissent fécondité et allaitement. Six femmes assistent la future mère qui, après avoir accouché, présentera son nouveau-né au dieu Amon. Vingt-neuf déesses Hathor jouent du tambourin, tandis que sept puissances masculines (les *kaou*) et sept puissances féminines (les *hemouset*) assurent la formation spirituelle et physique de l'enfant. Le dieu Ptah le sculpte, le dieu Khnoum le façonne sur son tour de potier, la déesse Séchat inscrit ses années d'existence sur l'arbre de vie.

C'est un véritable drame rituel, le mystère de la naissance divine, qui s'accomplit ainsi éternellement. L'enfant-dieu est appelé à devenir Pharaon et à réunir les Deux Terres. Le rite est déjà présent sur les murs du temple de Louxor, où l'on peut voir l'accouchement de Moutemouia, la mère d'Amenhotep III, rite qui remonte peut-être aux plus anciennes dynasties.

37

LA NOURRICE

Donner un nom

Aussitôt après la naissance, un personnage important entre en scène : la nourrice. Certes, dans un grand nombre de cas, la mère allaitait elle-même son enfant *, mais la nourrice l'assistait pour résoudre les mille et un petits problèmes qui se posaient.

Premier acte majeur : nommer l'enfant. Ce dernier recevait deux noms : l'un utilisé quotidiennement, l'autre qui définissait son être authentique et secret. Celui-ci était défini comme « le nom donné par sa mère » et n'était révélé à l'enfant, semble-t-il, que s'il s'en montrait digne **.

Les noms des Égyptiennes et des Égyptiens étaient extrêmement variés, et d'abondants répertoires furent établis par des spécialistes en la matière. La mère peut appeler son enfant « le Syrien », « le Nubien », même s'il n'est pas originaire de ces régions, mais parce qu'elle estime que son existence sera en rapport avec elles ; elle choisit aussi « la belle », « l'oiseleur »... Bref, le fait d'attribuer un nom implique un don de voyance, pratiquée soit par la mère, soit par une autre femme que l'on consulte. Chaque nom a un sens précis qui oriente l'existence de celui qui le porte.

---

* Pour des représentations de l'allaitement, voir F. Maruéjol, *ASAE* 69, 1983, pp. 311-319.

** Cet acte est ainsi évoqué dans le *papyrus Louvre 3148 : O untel, quand ta mère t'a enfanté dans ce monde, elle a annoncé le beau nom te concernant.*

De l'importance de la nourrice

Plusieurs nourrices occupèrent un rang majeur à la cour d'Égypte. Songeons, par exemple, à l'illustre Tiyi, épouse du dignitaire Ay, futur pharaon ; elle donna le sein à Néfertiti et l'éduqua. *Grande nourrice*, est-il dit de celle qui allaite un futur roi, *celle qui a élevé le dieu, celle au doux sein, vigoureuse lors de l'allaitement, celle dont la peau a été touchée par Horus*. Disposant d'un serviteur, la nourrice royale a également la possibilité de se faire creuser une belle tombe.

Le sage Pahéri a fait figurer ses trois nourrices sur les murs de sa demeure d'éternité. Satrê, nourrice de la reine Pharaon Hatchepsout, eut le grand privilège de voir sa statue placée à l'intérieur de l'enceinte du temple de Deir el-Bahari. Méryt, épouse d'un trésorier en chef (tombe thébaine n° 63), fut nourrice de la fille de Pharaon et louée pour ses services par le roi lui-même. Amenhotep II, roi qualifié de « sportif » en raison de ses exploits au tir à l'arc et à l'aviron, éprouvait une vive affection pour sa nourrice, la mère du haut dignitaire Kénamon. Dans la tombe thébaine (n° 93) de ce dernier, le roi s'est fait représenter sur les genoux de sa nourrice, installée sur une sorte de trône, à l'intérieur d'un pavillon à colonnes dont le toit est orné de grenades et de fleurs de lotus. Couché au pied de la nourrice, un chien. Deux jeunes filles apportent à boire, une troisième joue du luth.

Datant de Basse Époque, des contrats précisent que la nourrice, en échange d'honoraires, s'engageait à allaiter le nourrisson ou à s'occuper de lui pendant une période bien déterminée. Elle exerçait aussi une fonction médicale, soignant notamment l'incontinence d'urine de l'enfant en lui faisant absorber des pilules composées de parcelles de pierre bouillie ou un liquide à base de roseau.

Le pire, pour une nourrice, étant de manquer de lait, elle disposait d'un remède efficace pour pallier cet inconvénient : s'oindre le dos avec un onguent à base d'épine dorsale d'un poisson , le *lates niloticus*, cuite dans l'huile.

Comme il fallait allaiter un enfant au moins trois ans, selon les prescriptions médicales, les nourrices ne manquaient pas de travail. Elles étaient mieux payées que certains thérapeutes ; ainsi, en échange de ses services, l'une d'elles reçut trois colliers de jaspe, une paire de sandales, un panier, un bloc de bois, de l'ivoire et un demi-litre de graisse ; sa collègue, deux paires de sandales, un vase de cuivre, une natte, des paniers et un litre d'huile.

Considéré comme « le liquide qui guérit », le lait était examiné avec attention ; il devait avoir l'odeur des plantes aromatiques ou de la farine de caroube. S'il sentait le poisson, il n'était pas assimilable. La longue durée de l'allaitement explique pourquoi l'on n'a pas décelé de rachitisme dans les squelettes d'enfants égyptiens. Ce précieux lait pouvait être recueilli dans des récipients en argile, en forme de femmes pressant leurs seins et tenant un nourrisson sur les genoux.

Soigner les seins des nourrices était une tâche essentielle, de manière à éviter démangeaisons, saignements ou suppurations. Les médecins utilisaient des produits à base de roseau, de fibres végétales, de pistils et d'étamines de jonc.

Une nourrice en exil

Bien loin de l'Égypte, à Adana, en Syrie, fut découverte une émouvante statuette en diorite, conservée au Metropolitan Museum of Art. Elle représente Sat-Néférou, une femme au visage grave et souriant, les yeux levés vers le ciel. Elle est assise sur ses talons, sa main gauche est posée sur son sein droit.

Sat-Néférou était une nourrice fameuse, mais sa réputation fit son malheur, car elle fut appelée à exercer ses talents dans un pays étranger, chez un ambassadeur ou un dignitaire en poste en Syrie. Comme tout Égyptien ou toute Égyptienne obligés de séjourner loin des Deux Terres, elle souffrit beaucoup de l'exil et regretta les jours heureux passés sur les rives du Nil. Avant de quitter son pays, elle fit sculpter cette statuette pour qu'elle fût déposée dans sa demeure d'éternité. Une demeure où elle était certaine d'être inhumée, même si elle mourait à l'étranger.

Du lait pour Pharaon

Un document singulier, une stèle de la XVIIIe dynastie, mérite d'être cité *. On y voit une femme très digne, portant perruque, assise sur une chaise à dossier bas. Elle donne le sein à un enfant, probablement un garçon, installé sur ses genoux. Devant elle, l'une de ses filles verse de l'eau dans un vase, accomplissant un rite de purification. Derrière elle, une seconde fille lui apporte une fleur de lotus, symbole de résurrection. Un garçon assis respire une autre fleur de lotus. Les trois enfants célèbrent la mémoire de leur mère décédée, et cette scène d'allaitement a ceci d'exceptionnel qu'elle se déroule dans l'autre monde où la femme, vivant à jamais, continue à remplir sa fonction nourricière.

Le lait donne la vie, la puissance et une longue existence. Si Horus a réussi à reconquérir la royauté, c'est parce qu'il a été allaité par Isis. Dès l'époque des *Textes des Pyramides*, le plus ancien corpus sacré, l'allaitement fait partie des rites de couronnement de Pharaon qui, grâce à lui, redevient un être jeune, vigoureux, dont la croissance est assurée par le lait céleste.

Il s'agit, en fait, d'un véritable processus de résurrection. Le roi allaité par les déesses est de nouveau enfant, de nouveau vivant, mais aussi reconnu comme apte à exercer la fonction royale. Comme l'écrit Jean Leclant, *dans l'allaitement, il s'agit bien davantage que de l'absorption d'un breuvage d'éternité ; c'est plus que le geste d'une protection magique ou qu'un simple rite d'adoption... Il s'agit d'une espèce d'initiation. En parvenant à sa nouvelle dignité, Pharaon entre dans le monde des dieux* **.

---

* Musée du Caire, CG 34125.

** Voir J. Leclant, Le rôle du lait et de l'allaitement d'après les Textes des Pyramides, *Journal of Near Eastern Studies*, vol. X, n° 2, 1951, p. 123 sq. Il existe une triple naissance de Pharaon : naissance au jour (celle de tout individu), naissance à la vie éternelle (après l'épreuve du jugement), naissance à la vie en royauté (le couronnement). L'allaitement de couronnement, « pour qu'il y ait un roi », fut encore pratiqué à Rome. Il est à noter que l'expression « la nourrice des hommes » désigne le pharaon lui-même (Kitchen, *Ramesside Inscriptions* II, 336, 7-8.)

38

QUE LES DIVINITÉS SAUVENT MON ENFANT

La naissance : un moment dangereux

La mère qui venait de mettre au monde un enfant se reposait une quinzaine de jours. Notons, au passage, que la naissance d'une fille était aussi bien accueillie que celle d'un garçon ; jamais, au cours de l'histoire pharaonique, on ne tua ni n'abandonna les filles comme en Grèce et à Rome.

Au bonheur d'une naissance, succède immédiatement l'inquiétude. Prendre forme sur cette terre, pour un nouvel être, c'est sortir de l'indifférencié, se particulariser, franchir un passage difficile et s'exposer à de multiples dangers. En naissant au monde des hommes, l'enfant est fragile.

Dès qu'un nom lui est attribué, il devient un vivant à part entière, mais aussi une proie tentante pour la mort, cette voleuse qui vient dans les ténèbres et tente d'emporter avec elle le nourrisson.

Débute alors un combat acharné entre la mère et la mort *.

* Voir J. Loose, Laborious « Rites de passage » : Birth Crisis in this World and in the Beyond, *Sesto Congresso Internazionale di Egittologia, Atti II*, Turin, 1993, pp. 285-9.

La mère dispose d'un précieux recueil de formules, expérimentées avec succès par des générations de femmes ; elles lui permettent de se protéger elle-même contre les mauvais esprits, les revenants, les formes errantes et obscures, et de mettre son enfant à l'abri de ces forces négatives *. Elles cherchent à embrasser l'enfant, et ce baiser sera mortel. Ces sinistres fantômes sont facilement identifiables : ils ont le visage dans le dos et regardent en arrière. À la mère d'être constamment vigilante pour qu'ils ne s'approchent pas du berceau.

La mère proclame que chaque partie du corps de son enfant est celle d'une divinité ; en conséquence, aucun démon ne le touchera. Elle fait appel à la protection du ciel et de la terre, de la nuit et du jour, d'Hathor, de Râ, de la pierre fondamentale, des sept dieux qui mirent la terre en ordre alors qu'elle était déserte. Elle demande aux divinités de protéger le nom de l'enfant, le lieu où il se trouve, le lait qu'il boit, le sein contre lequel il s'appuie, le vêtement qu'il met. Les formules sont à répéter matin et soir sur une boulette d'or, des grains d'améthyste et un sceau. *Que la mort qui vient dans l'ombre disparaisse,* exige la mère, *que son visage soit détourné, qu'elle oublie pourquoi elle est venue ; elle n'embrassera pas l'enfant, elle ne le prendra pas !*

Chaque Égyptienne était une Isis pour son nourrisson ; aussi devait-elle le caresser souvent et le magnétiser, comme la grande déesse l'avait fait pour Horus. La main maternelle émettait une énergie positive, indispensable à la bonne santé de l'enfant.

À la disposition de la mère, toute une série d'amulettes et de talismans ** : plaques d'ivoire, plaquettes et figurines de faïence sur lesquelles figuraient de bons génies, capables de repousser les forces du mal, tels Bès, Thouéris ou Ahâ, « le combattant ». Dans la tombe de Bébi, à El-Kab, et dans celle de Djehouti-hotep, à el-Bersheh, on voit des nourrices brandir des bâtons en forme de serpent pour dis-

---

* Voir A. Erman, *Zaubersprüche für Mutter und Kind, aus dem Papyrus 3027 des Berliner Museums*, Berlin, 1901.

** Voir, par exemple, J. Bulté, *Talismans égyptiens d'heureuse maternité*, Paris, 1991.

siper les ténèbres destructrices. Chats, antilopes, singes, femmes nues disciples de la déesse Bastet protègent l'enfant, pour lequel il est excellent de jouer de la musique. Au cou de l'enfant, comme à celui de la mère, une amulette complète le dispositif de fortifications magiques contre la mort.

Le décès prématuré d'une fillette

L'issue du combat ne fut pas toujours favorable à la mère et à l'enfant ; la mort était considérée comme faisant partie intégrante du processus cosmique et, malgré la souffrance, apparaissait comme une étape de la vie, laquelle allait bien au-delà de la naissance et de la mort physiques.

À l'époque tardive, sont formulées des expressions de révolte contre le trépas. Ainsi, le texte d'une stèle donne la parole à une fillette morte très jeune, et qui considère son sort comme une injustice * : *Je vénère ton ka, maître des dieux, bien que je ne sois qu'une enfant ; le malheur m'a frappée, alors que je n'étais encore qu'une enfant ! C'est un être qui n'a commis aucune faute qui rapporte ces faits. Moi, une fillette, je gis dans un endroit désertique, j'ai soif alors qu'il y a de l'eau près de moi. J'ai été trop tôt arrachée à l'enfance... Je suis trop jeune pour être seule, moi qui étais joyeuse de voir beaucoup de gens et qui aimais être gaie ! O roi des dieux, maître de l'éternité, vers qui tous viennent, donne-moi du pain, du lait, de l'encens, de l'eau qui vient de ton autel, car je suis une fillette qui n'a pas commis de faute !*

* Voir M. Lichtheim, *Ancient Egyptian Literature* III, pp. 58-59.

39

LA DAME TA-IMHOTEP ET L'AMOUR DE LA FAMILLE

Le drame d'une grande dame

Avant la Basse Époque, les documents égyptiens n'accordent que peu d'intérêt aux dates de naissance et de décès. Sous les Ptolémées, en raison de l'influence grecque, la situation évolue, et l'anecdotique prend le pas sur le sacré. C'est pourquoi l'on dispose de témoignages à propos de certaines personnalités, comme la dame Ta-Imhotep, « Celle vouée à Imhotep », née le 17 décembre 73 av. J.-C. Son histoire nous est contée par une stèle * datant du règne de Cléopâtre ; on y voit Ta-Imhotep vénérer Osiris, le maître de l'au-delà, et d'autres divinités.

À l'âge de quatorze ans, Ta-Imhotep épousa Pa-chérien-Ptah, « le jeune fils de Ptah », qui deviendra le grand prêtre de ce même dieu Ptah, à Memphis. Ta-Imhotep était une femme charmante, au caractère excellent, à la voix convaincante, aimée de tous ; on la consultait volontiers pour obtenir ses conseils judicieux. Bref, le portrait classique de toute grande dame d'Égypte, bien connu par la littérature antérieure. Fille d'un grand prêtre et d'une prêtresse musicienne, elle manifestait, malgré son jeune âge, une réelle maturité. Le mari de Ta-Imhotep fut un grand personnage de l'État ; « scribe du dieu dans la mai-

* Stèle British Museum 147 ; voir M. Lichtheim, *Ancient Egyptian Literature* III, pp. 59-65.

son des livres », il possédait la qualité d'« yeux et d'oreilles du roi », autrement dit de confident de Pharaon.

Ta-Imhotep donna trois filles à son mari, mais souffrit de n'avoir pas de fils. Comment obtenir satisfaction, sinon en s'adressant à son protecteur, Imhotep ? Imhotep, le maître d'œuvre qui avait bâti la pyramide à degrés pour le pharaon Djéser, le magicien, le médecin, le modèle des bâtisseurs, des scribes et des savants.

Imhotep ne resta pas insensible à la détresse de sa protégée. Il apparut en songe au mari de Ta-Imhotep, son grand prêtre, et lui demanda de réaliser une belle œuvre, et de la déposer dans son temple. Sans doute s'agissait-il de la réfection d'une ancienne chapelle ; le grand prêtre s'acquitta de sa tâche.

Le 15 juillet 46, à la huitième heure du jour, Ta-Imhotep mit au monde un garçon. Malheureusement, elle mourut jeune, le 15 février 42, à l'âge de trente et un ans. Son mari accomplit pour elle tous les rites nécessaires et lui fit construire une magnifique demeure d'éternité.

Les protestations d'une défunte

Sur sa stèle funéraire, Ta-Imhotep demande aux divinités du pain, de la bière, de la viande de bœuf, de la volaille, de l'encens, des onguents, des vêtements, et toute bonne chose provenant de l'autel des dieux. Mais, dans le texte même de la stèle, elle se plaint amèrement de son sort.

L'Occident, dans lequel elle se trouve à jamais, est une terre de sommeil et de ténèbres ; les défunts sont privés de la vue et finissent par perdre la mémoire. Grands et petits sont dans la main de la mort ; insensible aux plaintes, elle frappe où et quand elle veut, et peut s'emparer du jeune enfant qui marche à côté d'un grand vieillard.

Ta-Imhotep a soif de l'eau de la vie, mais elle ne peut plus la boire. Que son mari la lui donne encore ! Pendant les années qu'il passera sur terre, qu'il profite des plaisirs de l'existence. Et que tous ceux qui viennent vers sa tombe lui fassent une offrande d'eau et d'encens.

Loin de l'homme qu'elle aime, loin de ses enfants, qu'espérer ?

La réunion de la maisonnée dans l'autre monde

Le mari de Ta-Imhotep décéda un an après la disparition de son épouse. Ni l'un ni l'autre, en réalité, ne pouvaient perdre espoir, car ils savaient que les familles composées d'êtres justes au regard de Maât, continuaient à vivre dans l'au-delà. Il existait, en effet, une très ancienne formule *, qui permettait de réunir la maisonnée pour l'éternité : *Rassembler la maisonnée, père, mère, amis, compagnons, enfants, femmes, compagnes, travailleurs, serviteurs... Ce fut véritablement efficace des millions de fois.*

Ce sont Atoum, Râ, Geb et Nout, à savoir le créateur, la lumière divine, la terre et le ciel, qui garantissent ce bonheur ; s'il n'en était pas ainsi, pains et viandes ne seraient plus déposés sur les autels, et les barques ne seraient plus fabriquées. S'il en est ainsi, les offrandes seront apportées, et la barque de Râ sera convoyée par des équipages formés d'étoiles indestructibles et infatigables.

Et voici que Ta-Imhotep, comme les autres justes, aura le cœur joyeux et connaîtra l'éternelle jubilation, car sa maisonnée sera reconstituée dans l'au-delà.

Modernité de la famille égyptienne

La structure de la famille égyptienne, au temps des pharaons, nous paraît simple et évidente : un père et une mère ayant les mêmes devoirs et les mêmes droits, et leurs enfants. Tel est le noyau central, qui s'accompagne d'un profond respect pour les grands-parents.

Cette structure, pourtant, n'est pas aussi répandue qu'il y paraît ; songeons que les familles africaines et musulmanes, par exemple, fonctionnent de manière différente. De plus, la famille égyptienne ancienne n'est pas très nombreuse ; dans le village de Deir el-Médineh, la plus grande comprenait quatre enfants, et la moyenne était de deux enfants. Il y avait des couples sans enfants et plusieurs célibataires. N'oublions pas que les sages recommandaient de

* *Textes des Sarcophages*, chapitre 146.

n'adresser aucun reproche aux femmes qui ne voulaient ou ne pouvaient enfanter.

Les liens unissant un couple étaient d'une grande force ; tout en portant une grande affection à leur progéniture, les Égyptiens, nous le verrons, prônaient une éducation assez stricte. Chaque membre de la famille avait une responsabilité individuelle, et ne pouvait s'abriter derrière son clan pour se soustraire à une sanction. Mais les membres d'une famille tentaient de préserver leur richesse collective au fil des générations. Une famille remarquable qui favorisait l'épanouissement de chacun et la cohérence du noyau familial.

40
LE BANQUET DE LA DAME ITHOUY

Parmi les bonheurs qu'offrait l'existence en Égypte ancienne, il en est un qu'une femme de qualité n'aurait voulu manquer sous aucun prétexte : la participation à un banquet. Dans certains cas, comme celui de la dame Ithouy, il s'agissait même de l'organiser et de préparer les festivités, afin que ses hôtes gardent un excellent souvenir de la soirée qu'ils allaient passer dans sa demeure, fleurie et parfumée à souhait.

Le mari de la dame Ithouy * se nomme Horemheb ; il est scribe royal et scribe des recrues. Il s'occupe donc de choisir, parmi les volontaires, ceux qu'il juge aptes à faire partie de l'armée de métier.

Aux cuisines, règne une bruyante animation ; on prépare viandes, poissons, pains et gâteaux. Les serviteurs versent vin et bière dans des jarres qui seront apportées à la table du banquet, sur laquelle est disposée une vaisselle précieuse composée de coupes d'or, d'argent et d'albâtre, ainsi que de diverses poteries. La dame Ithouy doit être partout, vérifier que rien ne manque, qu'aucun détail n'a été négligé.

Lorsque se présentent les invités, parmi lesquels de très jolies femmes richement vêtues et parées, les hôtes les accueillent avec de chaleureuses paroles de bienvenue. La dame Ithouy leur souhaite vie et santé, appelant sur eux la

* Le sens de ce nom est difficile à préciser : « la souveraine » ou « celle qui ravit ».

protection des divinités. Grâce à elles, chacun sera bien portant et profitera des moments heureux de la fête.

Les échanges de politesse achevés, on pénétrait dans la maison. Les belles dames, aux fines et légères robes transparentes, avançaient d'une démarche gracieuse. Plusieurs heures avaient été nécessaires pour choisir un maquillage approprié, dresser une coiffure aux nattes compliquées, se parfumer et se vêtir avec le dernier raffinement.

Dans la salle du banquet, une hiérarchie : le couple qui invite préside, assis sur des sièges en bois. Les hôtes disposent de chaises, de tabourets et de coussins.

Il n'est pas d'usage que les couples se mélangent. Mari et femme restent ensemble lors d'un banquet et manifestent discrètement leur tendresse, l'épouse passant un bras autour des épaules de l'époux.

Les invités installés, commence la circulation des servantes, pour la plupart des jeunes filles, pendant que des musiciennes répandent des harmonies délicates sur lesquelles des danseuses esquissent d'agréables figures. Les servantes offrent aux dames des fleurs de lotus qu'elles respirent avec délectation ; elles ornent leur cou de guirlandes et placent sur leur tête, comme sur celle des hommes, des cônes de graisse parfumée qui, en fondant, répandent des odeurs suaves. Les convives sont également parfumés, oints et massés.

Les menus des banquets étaient copieux : entrées, viandes, poissons, entremets, légumes, desserts. On se montrait exigeant sur la qualité des produits et leur préparation, et l'on sélectionnait avec soin d'excellents vins, provenant surtout du Delta et des oasis. Les belles invitées goûtaient volontiers aux plaisirs de la table, tout en écoutant les vers des poétesses qui célébraient la générosité des dieux, la perfection de leur œuvre, et les remerciaient d'avoir révélé l'amour aux humains en le plaçant dans leur cœur.

Certaines danseuses étaient des professionnelles et se faisaient payer un bon prix pour animer les banquets, d'autres étaient des jeunes filles qui voulaient prouver leur talent et faire admirer leurs charmes. La peinture d'une demeure de Deir el-Médineh représente une jeune femme, uniquement vêtue d'un voile transparent ; elle joue du hautbois en esquissant, sur la pointe des pieds, un très gracieux pas de danse. L'artiste porte un collier et des bracelets aux poignets et aux chevilles.

Un harpiste, les yeux fermés, ou une harpiste, les gardant ouverts, entonnait un chant rituel pour enjoindre les invités d'accomplir un jour heureux, de prendre pleinement conscience des moments de bonheur qu'ils vivaient. Chacun savait que l'existence terrestre n'est qu'un passage. Que l'humanité respecte son principal devoir, qui consiste à percevoir les lois éternelles de la création, et les événements terrestres se dérouleront dans l'harmonie, tel ce banquet où la beauté des femmes est l'une des plus admirables expressions de la joie céleste. Que le mari prenne soin de sa sœur bien-aimée en lui donnant les meilleurs parfums et les fleurs les plus magnifiques. Que chacun jouisse de cette allégresse partagée en se préparant à rejoindre, demain ou plus tard, la terre du silence.

Et voici une attraction spectaculaire : une danseuse, symbolisant le Sud, pose délicatement le pied sur la nuque de sa collègue, symbolisant le Nord ; ensuite, elles se lancent dans de véritables figures acrobatiques. Des musiciennes frappent dans leurs mains pour rythmer la représentation. Une scène admirable, dans la tombe de Nakht l'astronome, à Thèbes : une jeune femme d'une grande beauté, dont le seul vêtement est une ceinture de perles lui entourant la taille, joue du luth en dansant ; une harpiste et une flûtiste l'accompagnent.

Le répertoire des scènes de banquet évite de nous montrer les invités en train de manger. En revanche, nous les voyons boire. Les servantes versent du vin et de la bière dans des coupes qu'elles offrent aux femmes comme aux hommes. Ces boissons sont destinées à réjouir le *ka*, la puissance énergétique de l'être. Ainsi parle la dame Ithouy, en s'adressant à son mari : *Pour ton ka ! Passe un jour heureux dans ta belle demeure d'éternité, ton visage tourné vers Amon-Rê, ton seigneur ; puisse-t-il t'aimer.*

Le banquet, ne l'oublions pas, est symbole de l'existence d'outre-tombe. Il n'existe pas de meilleure évocation du bonheur éternel que ce repas de fête pris en commun, au cours duquel chaque convive découvre une gamme infinie de plaisirs subtils, du fruité d'un vin aux charmes de la conversation. Le banquet est un moment privilégié, toutes les formes de vie s'y entrecroisent. La dame Ithouy peut être fière d'avoir réjoui le cœur de ses invités.

41

NÉFÉROU, MAÎTRESSE DE MAISON

Une tâche essentielle

C'est au Moyen Empire que fut attribué à la femme le titre de « maîtresse de maison » (*nebet per*), recouvrant l'ensemble des fonctions qu'elle accomplissait, depuis l'origine de la civilisation égyptienne.

La dame Néférou lui donna ses lettres de noblesse, puisqu'elle n'était autre qu'une reine, épouse d'un Montouhotep. *La maîtresse de maison*, affirme un texte, *possède un caractère charmant ; elle est celle à qui l'univers entier dit : Sois la bienvenue, la bienvenue* * *!*

En se mariant, la femme ne perd aucune parcelle de son autonomie légale et juridique, mais acquiert une lourde responsabilité, celle de diriger effectivement une maisonnée de plus ou moins grande taille. Le sage Ani recommande aux hommes de ne pas l'importuner, chez elle, en lui demandant où se trouve tel ou tel objet, alors qu'il est rangé à la bonne place. *Admire son labeur*, exige le sage, *et tais-toi.* Au lieu de ronchonner et de critiquer, mieux vaut l'aider selon ses désirs ; n'est-elle pas heureuse lorsque la main de son mari est dans la sienne ? Et de conclure : *Il y a des femmes dont le naturel consiste à tout faire pour la louange entière du grand dieu... Une femme qui gouverne bien sa maison est une richesse irremplaçable.*

---

* Voir *ASAE* VIII, 1907, p. 272.

La taille de la maisonnée

Le mot égyptien *per*, que nous traduisons par « maison », signifie aussi « le domaine » ; la « maîtresse de maison » règne, en réalité sur une maisonnée qui ne se restreint pas à son noyau familial proprement dit, mais peut comprendre domestiques, animaux, terres cultivables, voire activités artisanales.

La taille de la demeure et le nombre de ses pièces dépendent de la situation de fortune du couple qui en est propriétaire. Peu de traces de villes égyptiennes ont été retrouvées ; nous ne connaissons, de manière imparfaite, que les vestiges de Kahoun, cité du Moyen Empire, de Deir el-Médineh, site thébain du Nouvel Empire, et de Tell el-Amarna, la capitale d'Akhénaton, en Moyenne-Égypte. Les deux premières ne sont d'ailleurs pas des agglomérations ordinaires, mais des cités d'artisans, encloses dans une enceinte et dont la population « spécialisée », comme celle des « villes de pyramides », vivait selon ses propres lois. Les plus petites maisons d'artisan comptent trois pièces, les plus grandes une dizaine. Les demeures des maîtres d'œuvre, des maîtres de domaine ou des dignitaires de la cour se présentent comme de vastes villas avec jardins, bassins de plaisance, et plus de soixante-dix pièces. À Deir el-Médineh, les maisons moyennes ont quatre pièces principales et une arrière-cour qui sert de cuisine.

À toutes époques, les constructions étaient de brique crue. La plupart du temps, un seul étage, et toujours une terrasse orientée au nord. De petites ouvertures dans le toit, soigneusement calculées, laissaient passer la lumière et non la chaleur ; elles permettaient aussi une circulation d'air qui assurait une ventilation naturelle. Dans une pièce d'accueil, placée sous la protection du dieu Bès, était érigé un petit autel destiné à célébrer la mémoire des ancêtres. Des salles d'eau jouxtaient les chambres.

Dans le cas d'une grande villa s'ajoutaient des silos, des ateliers, des boulangeries, des celliers, des étables. Élément notable de l'ameublement : le lit, dont le sommier était fixé sur un cadre de bois. S'y adjoignaient des coffres de bois, des armoires, des tabourets, des jarres à vin et à huile, et les ustensiles nécessaires à la cuisine, parmi lesquels il faut surtout noter des fourneaux fixes ou mobiles, des réchauds et des marmites.

C'est sur un vaste domaine que régnait la maîtresse de maison Néférou, dont le nom signifie « beauté », « accomplissement », puisqu'il s'agissait de la cour royale ! À elle de diriger le personnel, de sorte qu'aucune fausse note ne perturbât le quotidien.

À Deir el-Médineh, les épouses des artisans prenaient en charge le train de maison, mais elles bénéficiaient de l'aide précieuse de servantes, mises à leur disposition par l'État. Ces employées s'occupaient notamment de moudre le grain.

L'hygiène

Néférou, comme n'importe quelle autre maîtresse de maison, attachait le plus grand prix à l'hygiène. La maison n'était pas seulement parfumée, mais aussi désinfectée à intervalles réguliers, afin d'éliminer insectes et vermine ; la fumigation était la principale technique utilisée.

Toilette matinale indispensable, usage répandu de substances saponacées et de grattoirs pour la peau, existence de salles d'eau, obligation de se laver les mains et les pieds avant d'entrer dans une maison, purification de la bouche avec du natron, port de vêtements propres lavés par des blanchisseurs qui les frottaient sur une pierre large avec du natron avant de les laisser sécher au soleil, voilà quelques aspects de l'hygiène égyptienne, pratiquée dans toutes les couches de la société. C'est la raison majeure pour laquelle aucune épidémie d'envergure ne décima l'Égypte des pharaons.

Une anecdote illustre bien l'exigence de propreté de cette civilisation. À la fin du *Conte de Sinouhé*, le héros, Sinouhé, peut enfin rentrer chez lui, après un long séjour à l'étranger où il avait œuvré en tant qu'agent de renseignements. Lorsqu'il fut reçu à la cour, la reine s'écria : « Lui, impossible ! C'est un vrai bédouin ! » Comment le faire redevenir Égyptien ? Par l'hygiène, en le lavant. Passage prolongé par une salle d'eau, rasage, intervention d'un coiffeur, épilation, utilisation d'encens et d'onguents, port de vêtements de lin propres. Quand la personne de Sinouhé ne fut plus altérée par une once de saleté, il reparut devant la reine et, cette fois, elle le reconnut.

Nourrir la maisonnée

Une femme excellente, d'un noble caractère, écrit le moraliste Ankhsheshonqy, *est semblable à la nourriture en une période de famine.* Il souligne ainsi le rôle que jouait la maîtresse de maison, en achetant la nourriture et en la préparant.

Sans nul doute, Néférou veilla sur l'approvisionnement du palais ; des maîtresses de maison d'un rang plus modeste se rendaient sur les marchés ou acquéraient les produits proposés par des marchands ambulants et des caravaniers.

Chez elle, la femme s'acquitte d'une tâche primordiale : préparer l'aliment de base, le pain-bière. Songeons à une célèbre statue, conservée au musée du Caire *, qui représente une robuste maîtresse de maison en pleine action. Portant une perruque noire et un collier, torse nu, pieds nus, vêtue d'une simple jupe blanche, elle plonge les mains dans un énorme pot et pétrit de la pâte à pain, mouillée dans un tamis posé sur une jarre. De ce travail, proviendront à la fois du pain à cuire et la substance de base de la bière, l'orge fermentée dans l'eau et aspergée de liqueur de dattes.

Il est peu probable que la grande dame Néférou ait pétri la pâte, mais elle connaissait cette technique, enseignée de mère en fille. Tamiser, moudre, pétrir, piler sont des tâches traditionnellement réservées aux femmes ; en revanche, la cuisson est plutôt un travail d'homme. À l'homme, aussi, d'effectuer la majorité des travaux agricoles, surtout les plus pénibles, de faire le vin, de saler et de sécher la viande, de préparer les poissons et, bien souvent, de faire la cuisine. Comme on le voit, la maîtresse de maison n'était pas abandonnée à elle-même.

Hasard des fouilles, c'est dans une tombe de femme de

* Musée du Caire, JE 66624 (fin Ve dynastie).

la deuxième dynastie que l'archéologue anglais Emery a découvert un repas momifié : au menu figuraient une sorte de porridge à base d'orge, une caille rôtie, deux rognons rôtis, du ragoût de pigeon, du poisson cuit, des côtes de bœuf, des miches de pain, des petits gâteaux ronds, de la compote de figues et des baies.

Maîtresse de maison pour l'éternité

De Néférou, comme de toute bonne maîtresse de maison, on attendait qu'elle fût active, compétente et généreuse, capable de venir au secours de quelqu'un dans la détresse, de donner du pain à un affamé ou de vêtir celui qui allait nu. C'est pourquoi toute la ville l'aimait et chantait ses louanges.

Un bas-relief de la XVIIIe dynastie, découvert à Saqqara près de la pyramide de Téti, situe la maîtresse de maison dans une autre perspective. Elle porte une perruque noire, un cône parfumé sur la tête, est vêtue d'une robe blanche moulante attachée sous les seins, par-dessus laquelle est disposé un voile de lin transparent. Elle fait un acte d'adoration à Hathor, souveraine de l'Occident, qui l'accueille dans l'autre monde. À sa fidèle servante, qui sut être une parfaite maîtresse de maison, la déesse offre une autre demeure, le temple du ciel, où les tâches domestiques seront accomplies par magie et où elle sera éternellement jeune, célébrée par son mari comme *sa sœur, son aimée, digne de confiance, aux dispositions aimables, juste de voix* *.

* Texte de la tombe thébaine de Nébamon (n° 90), pour son épouse Teye.

42

LA DAME MOUT ÉDUQUE SA FILLETTE

Les jeux de l'enfance

La dame Mout, dont le nom signifie « la mère », a mis au monde une fille. La magie et les soins des sages-femmes ont été efficaces, l'allaitement fut profitable. La mère et l'enfant se portent bien. En tant que maîtresse de maison, Mout doit vaquer à de multiples occupations, notamment aller au marché ; si elle ne peut confier le bébé à un proche, elle le porte devant elle, en bandoulière, de manière à avoir les mains libres, ou sur le bras, ou bien encore sur la hanche. Les Nubiennes portent volontiers leurs nourrissons dans un panier et dans le dos ; si l'Égyptienne adopte cette solution, elle retient l'enfant par une bandoulière en lin.

Dès que la fillette sait marcher, elle peut aller jouer avec d'autres enfants, nus comme elle, sauf quand la température est trop fraîche ; à son cou, une amulette protectrice, souvent une perle bleu turquoise suspendue à un fil, qui écarte le mauvais œil. La fillette ira volontiers nue jusqu'à ses règles et, plus tard, ne s'encombrera pas de vêtements pour nager ou pour danser.

Très tôt, elle apprend à nager dans le fleuve ou dans les canaux ; il y a aussi des bassins de plaisance, pour les plus aisés. Et tant de jeux sont à sa disposition : poupées de chiffon, jouets en bois articulés ou non, jeux de société, sans compter la fréquentation permanente des animaux domestiques, chiens, chats et singes, jamais à court d'espiégleries.

Les scènes conservées dans les tombeaux de Béni Hassan, en Moyenne-Égypte, nous révèlent des distractions auxquelles se livraient fillettes et jeunes filles. Hors de la présence des garçons, ces demoiselles jonglent avec des balles pour prouver leur adresse. Les plus douées adoptent une posture complexe, à califourchon sur leurs camarades, le dos baissé. Deux couples de cavalières échangent ainsi leur balle.

La gymnastique était également à l'honneur. Les mêmes scènes montrent des femmes se contorsionnant d'avant en arrière dans un exercice d'assouplissement, d'autres font des bonds, jambes pliées et bras tendus, d'autres encore pratiquent une sorte de judo. Une jeune fille, bien droite, fait basculer son adversaire par-dessus son épaule, dans une prise impeccable.

Ces exemples, très vivants, indiquent que les filles d'Égypte, loin d'être confinées dans leurs demeures, avaient la possibilité de pratiquer des sports et des jeux. Nul besoin d'obtenir l'autorisation de la gent masculine pour se réunir entre amies. La « libération du corps » était un fait acquis en Égypte ancienne.

Le respect dû à la mère

Chez les Égyptiens de l'antiquité, pas de culte de l'enfant-roi. La dame Mout exige la politesse et le respect. La fillette, comme n'importe quel bambin, est un « bâton tordu » qu'il convient de redresser et qui se signale par deux défauts majeurs : la surdité aux recommandations et l'ingratitude. Le rôle de la mère consiste à ouvrir les oreilles de l'enfant, « les vivantes » par lesquelles passe l'enseignement, et à lui faire entendre les paroles des sages adressées à l'enfant : *Rends au double le pain que ta mère t'a donné, porte-la comme elle t'a porté. Tu fus une charge pour elle, tu lui as causé de la fatigue, mais elle ne t'a pas négligé. Ses soucis ne cessèrent pas, quand tu naquis après des mois de grossesse. Elle t'a donné le sein pendant trois ans. Elle n'était pas dégoûtée par tes excréments, se préoccupant de s'occuper toujours mieux de toi. Elle t'emmena à l'école. Tu apprenais à écrire et, chaque jour, elle était auprès de toi, te préparant le pain et la bière. Souviens-toi que c'est ta mère qui t'a donné* *naissance et qu'elle t'a élevé avec grand soin. Prends garde à ce qu'elle ne puisse te blâmer et élever les mains vers Dieu pour se plaindre de toi* *.

Plusieurs grands personnages se firent représenter aux côtés de leur mère, fiers de proclamer qu'ils étaient « fils d'une telle », et de nombreux pharaons rendirent hommage à leur génitrice, considérée comme incarnation de la Grande Mère.

L'éducation d'une fille

Écouter de la musique, apprendre à chanter, à jouer d'un instrument, à filer et à tisser : la dame Mout veille à ce que sa fille excelle dans ces spécialités, reliées aux déesses Hathor et Neith. Elles permettront à l'élève douée de travailler pour un temple.

L'écriture et la lecture ? Elles sont accessibles aux filles comme aux garçons, à l'école du village. Pour aller plus loin, il faut se rendre en ville, ou être admise dans une école de temple. Le cœur de toute éducation, poussée ou non, est la connaissance et le respect de Maât, la Règle éternelle. Pour l'appliquer dans le quotidien, la fillette devra aimer la vérité et détester le mensonge, éviter les excès et les passions destructrices, ne pas se considérer comme le centre du monde, pratiquer la solidarité, savoir écouter, goûter les vertus du silence et parler à bon escient, respecter la parole donnée, ne pas réagir à la moindre impulsion venue de l'extérieur, reconnaître la présence du sacré et du mystère en toutes choses, et tenter d'agir en rectitude.

Lorsque le cœur de l'être est ouvert, quand il parvient à dire et à faire Maât, cette pratique est préférable à tous les savoirs. Tel était le chemin tracé à la fille comme au garçon.

---

* *Sagesse d'Ani*, maxime 38.

43

NANÉFER, ÉPOUSE ADORÉE

Ne pose pas de réclamation contre qui est sans enfants, recommande le sage Ptah-hotep, dans sa neuvième maxime ; *ne critique pas le fait de ne pas en avoir, et n'émets pas de vantardise sur le fait d'en avoir ; il y a maint père dans l'affliction, de même que mainte mère qui a enfanté, alors qu'une autre, sans enfant, est plus sereine qu'elle.* Ne pas avoir d'enfant, en Égypte ancienne, n'est ni une tare ni une malédiction ; selon le même Ptah-hotep, cette absence de descendance charnelle peut même faciliter l'accès à une vie spirituelle à l'intérieur du temple.

Pour un couple frappé de stérilité et désireux d'éduquer un enfant, il était possible d'en adopter un. Nous ne connaissons pas les modalités détaillées de la procédure, mais elle impliquait un investissement matériel. Un contrat d'adoption, provenant de Thèbes et datant de 536 av. J.-C., est rédigé sous la forme d'un acte de vente. Le père adoptif « achète » son fils, qui déclare : *Je suis satisfait du prix que tu as payé pour que je devienne ton fils. Je suis ton fils, avec les enfants qui seraient mis au monde pour moi, et tous les biens que je possède ou que je posséderai. Personne d'autre n'a de droit sur moi, ni père, ni mère, ni maître, ni maîtresse.*

Dans le domaine de l'adoption existe un cas extraordinaire, celui de la dame Nanéfer, « la belle » *. Les événe-

---

* Voir A. H. Gardiner, A Dynasty XX deed of Adoption, *JEA* 26, 1960, p. 23 sq. ; E. Cruz-Uribe, A new look at the Adoption Papyrus, *JEA* 74, 1988, pp. 220-3 ; C . J. Eyre, The Adoption Papyrus in Social Context, *JEA* 78, 1992, pp. 207-221.

ments se déroulèrent pendant la XXe dynastie, sous le règne de Ramsès XI. La dame Nanéfer était une chanteuse du dieu Seth et exerçait ses talents rituels dans la cité de Sépermérou, l'actuelle Bahnasa ; son mari, Nebnéfer, était chef d'écurie. Un couple paisible, jouissant d'une petite aisance, dans une ville tranquille de province.

Nebnéfer, pourtant, est angoissé. Il craint d'être malade et se soucie de l'avenir de son épouse. Ils n'ont pas eu d'enfant et il redoute, qu'après son décès, des membres de sa famille ne contestent, d'une manière ou d'une autre, l'héritage de Nanéfer.

Nebnéfer prit une surprenante précaution : il adopta son épouse qui devint ainsi... sa fille unique ! « Il a fait de moi son enfant », explique-t-elle.

Il fallut un document écrit, rédigé par un scribe, devant témoins. Ils furent nombreux : quatre chefs d'écurie, deux soldats, plusieurs femmes, dont une autre chanteuse de Seth. Désormais, et de façon explicite, Nanéfer sera l'unique légataire de tous les biens de son mari, et personne ne pourra lui contester sa propriété.

Sage décision, puisque la dame Nanéfer survécut longtemps à son mari. Dix-huit ans après son décès, elle eut un noble comportement. Toujours à la tête des biens transmis par son époux défunt, elle estima juste d'en faire profiter ses proches, qui s'étaient bien conduits avec elle pendant son veuvage.

Nanéfer, en effet, ne s'était pas remariée et n'avait pas eu d'enfant. Son frère cadet, Padiou, lui avait témoigné égards et affection, de même que sa servante, mère de trois enfants, un garçon et deux filles. Or, Padiou, lui aussi chef d'écurie, était tombé amoureux de l'aînée. La dame Nanéfer facilita leur mariage en adoptant son frère cadet et en lui léguant sa fortune, qu'il aurait à partager avec les trois enfants de la servante. Elle les avait nourris et s'était occupée de leur éducation mais, en retour, ils l'avaient bien traitée.

Bel exemple de générosité et de reconnaissance qui vaut à la dame Nanéfer, femme et fille de son mari, de demeurer dans nos mémoires.

44

TROIS CAS MALHEUREUX

Une épouse rejetée

La dame Ioutenheb était l'épouse d'un important propriétaire terrien, Hékanakht, et vivait au Moyen Empire, sous le règne de Montouhotep Ier. Plus exactement, elle était la seconde épouse de ce personnage autoritaire, souvent en voyage d'affaires.

Loin de chez lui, il écrivait des lettres et donnait des instructions pour que l'ordre régnât sous son toit. Malheureusement, la dame Ioutenheb n'était pas appréciée par la maisonnée, à savoir la mère et les enfants d'Hékanakht, et surtout par une servante qui s'ingéniait à faire mille et une misères à l'épouse du maître.

Fort mécontent, Hékanakht, très respectueux envers sa mère, se montra rude avec ses enfants et demanda à son intendant de renvoyer la servante, ce qui n'était pas si facile. Elle avait de l'ancienneté et exigeait des indemnités.

En fin de compte, si le climat devenait invivable pour la maîtresse de maison, qui n'avait pas su remplacer l'épouse défunte dans le cœur des enfants, une seule solution : que l'intendant prenne les mesures nécessaires pour qu'elle rejoigne Hékanakht là où il se trouvait. Rejetée par la famille, la malheureuse Ioutenheb trouva-t-elle le bonheur auprès de son mari ?

L'épouse adultère

La plupart des mariages, reposant sur un libre engagement des partenaires, furent solides et durables. Mais toutes les Égyptiennes n'étaient pas fidèles. Le *Conte des deux frères* met en scène une belle jeune femme qui, mariée au frère aîné, chercha à séduire le cadet dont elle voyait croître chaque jour la vigueur. Désirant le connaître charnellement, elle lui proposa de venir s'étendre à ses côtés et de passer une heure agréable.

Injustement accusée, une femme avait recours à une procédure particulière : elle prononçait un serment en présence de son mari et devant témoins, jurait qu'elle n'avait pas eu de rapports sexuels hors du mariage et qu'elle n'avait connu charnellement aucun autre homme que son époux. Ce serment lavait l'accusée de tout soupçon. Dans une société comme la nôtre, où la parole donnée n'a guère de valeur, une telle démarche fait sourire ; en Égypte ancienne, en revanche, prêter serment et donner sa parole sont des actes d'une extrême gravité qui engagent l'être entier. Prêter un faux serment revenait à se détruire soi-même, car une telle faute entraînait une condamnation définitive prononcée par le tribunal de l'autre monde. La menteuse était donc privée de la vie éternelle. L'épouse affirmant sa fidélité ne pouvait le faire à la légère ; quand au mari, s'il était reconnu coupable d'avoir injustement accusé sa femme, il lui devait une compensation matérielle.

D'après les contes, l'adultère pouvait être puni de mort. Le frère aîné du *Conte des deux frères* finit par avoir quelques doutes sur la fidélité de son épouse. Réussissant à obtenir les confidences de son cadet, il apprit la triste vérité. Sa vengeance fut implacable : rentrant chez lui, il tua sa femme et jeta son cadavre aux chiens. Dans le récit intitulé *Vérité et Mensonge*, c'est un fils qui constate que sa mère trompe son père. Furieux, il l'avertit qu'il convoquera un conseil de famille pour la juger. Dans un autre conte, datant de l'Ancien Empire, Oubaoné, ritualiste et magicien, se rendit à la cour de son roi, Nebka. Sa femme profita de cette absence pour batifoler avec un bourgeois à l'intérieur même du magnifique domaine où elle coulait des jours paisibles avec Oubaoné. Ils prirent du plaisir dans un pavillon, au bord d'un plan d'eau. Les deux amants négligèrent la présence d'un jardinier qui, indigné par ce comportement, prévint son maître. Oubaoné garda son calme mais fabriqua un crocodile de cire long de treize centimètres. Au soir d'une chaude journée, le bourgeois eut envie de se baigner. Dès qu'il entra dans l'eau, le jardinier y glissa le crocodile de cire qui se transforma en un monstre, long de quatre mètres. Oubaoné convia le pharaon à se rendre chez lui pour y voir le prodige. « Ramène le bourgeois », ordonna le magicien au crocodile ; Oubaoné se baissa, prit le saurien dans sa main et montra au souverain... une figurine de cire. « Pourquoi cette démonstration ? » demanda le roi. « Pour témoigner de mon malheur », répondit le magicien, qui fit le récit de son infortune conjugale. Pharaon délivra sa sentence en s'adressant au saurien : « Emporte ce qui t'appartient. » Le crocodile, redevenant un monstre, emporta le bourgeois au fond de la pièce d'eau. Quant à la femme adultère, elle fut brûlée et ses cendres furent dispersées dans le Nil.

La mort fut-elle réellement appliquée comme châtiment de l'adultère, hors de ces textes « exemplaires » ? Rien ne le prouve. En revanche, il mettait fin au mariage. Si un homme appartenant à une confrérie professionnelle était reconnu coupable d'adultère, il en était exclu et payait une amende. La femme coupable quittait la maison. Qu'il s'agisse d'une femme ou d'un homme, l'adultère, considéré comme une faute grave, entraînait une perte financière prévue par le contrat de mariage *.

Que la veuve soit protégée

Quand la mort séparait les époux, elle s'accompagnait souvent de désespoir. Et quel pire destin pour une femme, dans la plupart des sociétés, que de devenir veuve ? En Égypte ancienne, la veuve n'avait rien à craindre pour sa situation matérielle. Elle héritait des biens familiaux et les gérait ; en gardant pour elle-même au moins un tiers, elle

* Voir *JEA* 70, 1984, pp. 92-105. Un papyrus de Deir el-Médineh menace l'homme adultère de mutilations et d'exil.

partageait le reste entre ses enfants, sans nulle distinction entre fille et garçon. Même en cas de remariage, elle continuait à s'occuper des avoirs acquis pendant sa précédente union.

Dans le cas où la famille n'avait que de modestes ressources, la veuve pouvait redouter la misère ; elle faisait appel aux autorités administratives, tenues de donner du pain à l'affamé, de l'eau à qui avait soif, de vêtir qui était nu, et de protéger la veuve *. Tout notable, en effet, devait être « le père de l'orphelin, le mari de la veuve, le frère de la femme répudiée », autrement dit faire bon usage de sa fortune pour atténuer les malheurs des défavorisés. Les sages insistent : la veuve doit être protégée. Ne revit-elle pas les souffrances d'Isis après la mort d'Osiris ?

Dotée des mêmes droits qu'une femme mariée, la veuve était libre de son choix : se remarier ou non. Et c'est un titre de gloire de l'Égypte pharaonique d'avoir manifesté une solidarité active vis-à-vis de femmes qui subissaient une si rude épreuve.

---

* Voir D. Franke, *LdÄ* VI, 1279-1289.

45

ANKHIRI, MORTE REDOUTABLE

Un mari persécuté

Il vivait à la fin du Nouvel Empire et avait tout pour être heureux. Formateur des officiers de la cavalerie, à Memphis, estimé de la cour royale, il avait épousé une femme de qualité, Ankhiri, dont chacun admirait la beauté. Un excellent mariage et une brillante carrière, bien qu'elle exigeât de fréquents déplacements ; pendant son absence, le dignitaire prenait les précautions nécessaires pour que son épouse ne manquât de rien.

Quand, à l'occasion d'une promotion, il fut contraint de quitter sa demeure pendant plusieurs mois pour résider dans une lointaine caserne, il envoya à sa femme des onguents, des vêtements et de la nourriture. De retour à Memphis, le mari retrouva une épouse à la santé chancelante. Il fit aussitôt appel à un « chef des médecins ». En ces heures d'angoisse lui parvint un ordre de Pharaon : il lui fallait partir immédiatement pour le Sud.

La santé d'Ankhiri se dégrada, elle mourut. La tragique nouvelle parvint à son mari sur la route qu'il empruntait pour gagner son nouveau poste. Il fut si désespéré qu'il refusa toute nourriture. Quand il revint à Memphis, il se rendit sur la tombe d'Ankhiri et pleura d'abondance.

Trois années s'écoulèrent. Le veuf demeura inconsolable, rongé par la tristesse. Il s'interrogea sur l'origine de sa détresse, et comprit que la défunte le martyrisait depuis l'au-delà, en exerçant à son encontre une injuste vengeance. C'est pourquoi il lui écrivit une lettre dont le texte nous est parvenu, une extraordinaire missive adressée par un homme d'ici-bas à une femme de l'au-delà *.

À l'esprit Ankhiri : qu'as-tu fait de nocif contre moi pour que je me trouve dans l'état pénible où je suis ? Qu'ai-je accompli de répréhensible contre toi pour justifier le fait que tu as porté la main contre moi, sans que j'eusse commis de méchanceté à ton égard ? Depuis que je fus ton mari jusqu'au jour de ton trépas, que t'ai-je fait ? Que t'aurais-je caché pour que tu agisses ainsi ? Certes, à présent, je me plains de toi et je plaide contre toi, avec mes propres paroles, devant l'Ennéade qui réside dans l'Occident. Grâce à cette lettre qui contient la matière de notre différent, un jugement pourra être prononcé.

Qu'aurais-je donc fait contre toi ? Je t'ai prise pour épouse alors que j'étais jeune et j'ai vécu avec toi. J'ai rempli diverses fonctions en demeurant à tes côtés. « Notre vie se fera ensemble », t'ai-je promis. En toutes occasions, j'agissais selon ton désir. Or, à présent, tu ne me laisses pas en repos. Il faut que nous soyons jugés, toi et moi, pour que l'on distingue le vrai du faux. Quand j'instruisais les officiers de l'infanterie de Pharaon ainsi que ses hommes d'attelage, je les faisais venir, ils se prosternaient devant toi et t'offraient les cadeaux qu'ils avaient apportés. Je ne t'ai rien caché, ta vie durant. Je ne t'ai laissé manquer de rien, je ne t'ai fait souffrir d'aucune façon, tout en exerçant ma fonction ; tu ne peux m'accuser d'avoir eu le comportement d'un rustre indélicat, ni d'être entré dans une autre demeure (pour y courtiser une femme). Tu ne peux me reprocher aucun aspect de mon comportement.

Lorsque je fus déplacé à un nouveau poste et qu'il me fut impossible de sortir de mon cantonnement selon mon habitude, je fis pourtant en sorte qu'il ne te manque ni nourriture ni vêtement, et que tu ne fus pas mal traitée. Tu ne reconnais pas le bien que je t'ai fait ! Je t'écris pour te faire prendre conscience de l'injustice que tu commets.

Quand tu tombas malade, je fis appel à un chef des médecins qui prit soin de toi et agit selon toutes tes directives. Lorsque je fus obligé de suivre Pharaon, en allant vers le Sud,

* Voir M. Guilmot, Lettre à une épouse défunte, *Zeitschrift für ägyptische Sprache* 99, 1973, pp. 94-103. La lettre était attachée à une statuette de femme en bois, recouverte de plâtre et peinte. Sur les lettres aux défunts, voir A. H. Gardiner et K. Sethe, *Egyptian Letters to the Dead*, Londres, 1928.

et que la nouvelle de ta mort me parvint, je passai huit mois complets sans m'alimenter normalement. Revenu à Memphis, j'ai sollicité un congé auprès de Pharaon, et je me suis rendu à l'endroit où tu reposes, et je t'ai beaucoup pleurée. J'ai remis des étoffes du Sud pour ta momification, j'ai fait faire de nombreux vêtements (funéraires). Je n'ai rien négligé pour ton bonheur.

Or voilà trois ans que je passe dans la tristesse sans m'être remarié, alors qu'un homme dans ma situation n'est pas condamné à se comporter ainsi. J'ai agi de la sorte par amour pour toi. Mais tu ne distingues pas le bien du mal. On devra donc juger entre toi et moi. Vois, je n'ai pas connu d'autre femme.

Le veuf était persuadé que l'esprit maléfique de son épouse défunte « avait mis la main sur lui » et, sans aucune raison, le persécutait. Sans nul doute, le tribunal de l'autre monde rendit son verdict.

Une épouse royale dans l'au-delà

Pinedjem II, pharaon de la XXIe dynastie, eut le malheur de voir mourir son épouse Neschons. Lors des funérailles, il prit la précaution de placer auprès d'elle un papyrus dont le texte lui offrait certaines garanties.

Amon-Rê, en effet, promettait de guider le cœur de Neschons et de ne pas permettre qu'elle abrégeât l'existence de son mari, ni qu'elle introduisît quelque chose de néfaste dans l'esprit d'un homme. Le dieu inspira la défunte : elle souhaiterait du bien à son époux, aussi longtemps qu'il vivrait. Elle lui accorderait santé, force et puissance.

Bien qu'il exerçât la plus haute des fonctions, celle de Pharaon, Pinedjem II éprouvait donc crainte et respect pour les pouvoirs surnaturels de son épouse défunte. Vivre dans l'au-delà ne signifiait ni disparaître ni être anéanti, du moins lorsqu'on avait été reconnu juste par le tribunal d'Osiris. La reine Neschons, ayant eu accès à l'éternité, continuait à être l'épouse de Pharaon et à influencer son destin.

Si les vivantes se révélaient parfois dangereuses à cause de leurs charmes, les mortes l'étaient quelquefois bien davantage. Un ostracon de Deir el-Médihen évoque une défunte qui s'adresse aux divinités et leur donne des ordres ; elle exige que sa fille la suive comme un berger suit son troupeau. Sinon, elle mettra le feu à la cité de Bousiris !

Une femme écrit à l'au-delà

Si les hommes correspondent avec leurs épouses défuntes, les femmes entrent également en contact avec leurs maris décédés. Ainsi, un texte inscrit sur une poterie rouge * nous apprend qu'une femme écrivit à son époux décédé, parce que leur fils avait de graves ennuis. Pourtant, elle se comportait en veuve honnête et n'avait pas dilapidé les biens familiaux. Puisque les offrandes funéraires pour l'âme du défunt étaient correctement assurées, assisterait-il aux malheurs des siens sans réagir ?

Dialogue permanent des vivants et des morts : pour l'Égypte pharaonique, une réalité quotidienne.

---

* Gardiner et Sethe, *op. cit.*, p. 5.

TROISIÈME PARTIE

FEMMES AU TRAVAIL

46

LA DAME NÉBET, VIZIR ET AUTRES FEMMES DE LA HAUTE FONCTION PUBLIQUE

Le champ professionnel de l'Égyptienne

Beaucoup d'Égyptiennes avaient une profession très absorbante que nous avons évoquée : maîtresse de maison. Mais nombre d'entre elles eurent un métier, hors de la vie familiale, et occupèrent d'importantes fonctions, à commencer par les grandes épouses royales qui étaient à la tête de l'État, aux côtés de Pharaon.

Le bras droit du couple royal était le vizir, sorte de premier ministre aux tâches multiples. Emprunté aux institutions de l'empire ottoman, le terme « vizir » fut bien mal choisi. Le titre véritable est *tchaty*, « celui du rideau », autrement dit celui qui connaît les secrets de Pharaon, parce qu'il a été admis au-delà du voile, et sait garder le silence en « tirant le rideau ». Chargé de mettre en œuvre la volonté du souverain, tel Thot-lune secrétaire de Ré-soleil, le vizir prêtait serment de remplir sans faillir la totalité de ses écrasants devoirs et se devait d'observer une totale intégrité, sous peine d'être démis de ses fonctions, lesquelles, précise le texte d'investiture, pouvaient être « amères comme du fiel ».

Or, une inscription de l'Ancien Empire * nous réserve

* Stèle d'Abydos, musée du Caire, CG 1578.

une jolie surprise. Le document garde mémoire des titres d'une dame Nébet, « la souveraine, la maîtresse », qui fut princesse héréditaire (*repât*), directrice en chef (*haty-hatet*), fille de Geb, fille de Thot, compagnon féminin du roi de Haute et de Basse-Égypte, fille d'Horus, et... juge et vizir ! Le cas est rare, puisque l'on ne connaît qu'une autre femme vizir, à la XXVIe dynastie, période qui s'inspire délibérement de l'âge d'or de l'Ancien Empire. Pourtant, le fait n'est pas considéré comme exceptionnel, et l'inscription ne le met pas particulièrement en valeur.

Qui était la dame Nébet ? Épouse de Khoui, elle n'appartenait pas à la famille royale, mais fut peut-être la belle-mère du pharaon Pépi Ier (VIe dynastie) qui lui accordait sa confiance ; la famille de la dame Nébet, originaire d'Abydos, était proche du souverain. Fille d'Horus, elle avait un regard clairvoyant ; fille de Thot, la connaissance de la langue sacrée ; fille de Geb, la puissance : qualités indispensables pour être vizir.

« Hautes » fonctionnaires

Au hasard de la documentation épargnée par le temps et les destructions, nous découvrons qu'une femme pouvait être directrice d'une province, d'une ville, d'un domaine administratif *, ce qui impliquait un travail considérable, à la tête d'un personnel nombreux. Une femme pouvait également occuper les postes d'inspectrice du Trésor, de supérieure des étoffes et de la maison du tissage, des chanteurs et des danseurs, de la chambre des perruques, etc. Bref, à l'exception de l'armée, lui étaient ouverts la quasi-totalité des secteurs d'activité qui caractérisaient la civilisation pharaonique.

Cette réalité allant d'elle-même aux yeux des Égyptiens, nul scribe n'a jugé bon de la souligner. Combien de grandes dames, immortelles grâce à la sculpture et à la peinture, exercèrent-elles une influence sociale déterminante, sans qu'il fût besoin de le clamer ?

---

* Par exemple la province de Neith, la ville de Rekhty, le domaine de Serket.

Songeons à Méryt-Téti, « l'aimée du pharaon Téti », représentée en chaise à porteurs dans la vaste tombe de Mérérouka, datant de l'Ancien Empire ; de nombreuses servantes l'accompagnent, chargées d'éventails, de coffres et de vases, quelques-unes des richesses que la responsable d'un secteur économique avait à gérer. Songeons aussi à la dame Sennouy, que nous connaissons par l'une des rares statues individuelles de femme préservées ; façonnée dans le granit noir, elle fut découverte dans sa tombe de Kerma, au Soudan, et est exposée au Museum of Fine Arts, à Boston. Assise, les mains posées sur les genoux, elle est l'image même de la sérénité et de la dignité. Pour avoir été ainsi immortalisée, sans mari ni enfant, quelle haute fonction occupait-elle ?

47

LA SCRIBE IDOUT ET SES COLLÈGUES

La dame Idout, scribe et maître de domaine

Le souvenir de cette grande dame, dont le nom signifie « la jeune femme », a été préservé par sa tombe de Saqqara *, dont les bas-reliefs et les inscriptions fourmillent d'informations remarquables.

Le titre d'Idout, « fille du roi, de son corps, (fille) qu'il aime », ne signifie pas qu'elle fut la fille charnelle d'un pharaon ; « vénérée auprès d'Osiris, d'Anubis, du grand dieu et du roi », Idout fut, sans aucun doute, appréciée pour d'exceptionnelles qualités de gestionnaire, puisqu'elle reçut la charge de « maître de domaine », normalement octroyée à des hommes.

Elle nous apparaît vêtue d'une robe blanche moulante et transparente, tombant jusqu'aux chevilles, retenue aux épaules par des bretelles. Son cou est orné d'un large collier multicolore. La coiffure est assez étonnante : il s'agit d'un bonnet qui laisse passer une tresse de cheveux pendant dans le cou. À l'extrémité, un disque, caractéristique des danseuses et des musiciennes. Est-ce un miroir, utilisé dans certaines danses rituelles, au cours desquelles les femmes tentent de capter la lumière solaire ?

Sur les parois de sa tombe, Idout est représentée de grande taille, dominant quatre registres où se développent

* Voir la publication de B. Macramallah, *Le Mastaba d'Idout, fouilles à Saqqarah*, le Caire, 1935.

activités agricoles et artisanales, jeux, scènes de chasse et de pêche. De nombreux fonctionnaires sont prêts à exécuter ses ordres.

Fait rare pour une femme, elle se déplace en barque pour assister aux travaux qui s'effectuent dans les marais ; Idout est bien le maître du domaine, elle inspecte avec attention, tout en respirant une fleur de lotus. Elle est accompagnée d'un serviteur ; sur la rive, des assistants qui portent, notamment, des linges et des outres. Parmi eux, des scribes.

Détail essentiel : dans la barque d'Idout, son matériel de scribe, comprenant palette, calames, encres, papyrus. Idout sait lire et écrire, et maîtrise parfaitement les hiéroglyphes.

Le transport de la statue d'Idout avait fait l'objet d'une grandiose cérémonie. Les artisans chargés de la haler vers la demeure d'éternité avaient lentement progressé vers le sud de la pyramide à degrés de Djeser, tout près de l'entrée du gigantesque ensemble architectural de ce pharaon. On avait versé de l'eau sur le passage du traîneau pour faciliter sa glisse. Puis la statue d'Idout, devant laquelle avait été brûlé de l'encens, avait bénéficié des rites de résurrection. Des offrandes lui avaient été accordées par le roi et par Anubis, afin qu'elle circule à son gré sur les beaux chemins de l'Occident, en paix. Le superviseur des scribes, le maître des scribes, l'archiviste assistaient aux funérailles de celle qu'ils avaient fidèlement servie.

À présent, dans les paradis de l'autre monde, la dame Idout, accompagnée de sa nourrice, respire l'ineffable parfum des fleurs immortelles. Elle contemple les beaux travaux des champs, baignés d'une éternelle lumière solaire, les produits des récoltes, les villages heureux du Nord et du Sud, les paysans qui apportent les riches produits de la terre, goûte la joie des fêtes. Et l'éternité de la dame Idout sera une suite de jours heureux.

Femmes lettrées

La patronne et la protectrice de la Maison de Vie, demeure de la connaissance et des écrits, n'est autre qu'une déesse, Séchat ; et il existe un hiéroglyphe qui montre une femme maniant deux pinceaux pour écrire *. Les femmes de la cour savaient lire et écrire, à commencer par les reines ; dans le tombeau de Néfertari, par exemple, nous voyons la grande épouse royale recevoir la palette de Thot et le godet à eau pour diluer l'encre. En tant que scribe, la reine peut « dire Maât », donc transcrire en hiéroglyphes la parole divine.

Pour entrer dans l'administration, la pratique de l'écriture était indispensable. Tout au long de l'histoire d'Égypte, il exista des femmes scribes, connues parfois par de modestes documents, tel un scarabée du musée de Berlin qui garde le souvenir de la scribe Idouy, qui vécut au Moyen Empire. À cette période, une femme scribe dirigeait le secrétariat de la reine, et une autre appartenait à la communauté sacrée des « épouses divines ». Dans les tombes thébaines du Nouvel Empire, la qualité de femme lettrée est signalée par la présence d'une palette placée sous la chaise de la dame scribe **. Champollion fut le premier à publier le papyrus de la dame Tentamon, qui la montre en adoration devant le dieu Thot, sous la forme d'un cynocéphale, détenteur du matériel du scribe, qui sera nécessaire à l'initiée pour triompher des épreuves de l'au-delà.

La plupart des textes égyptiens n'étant pas signés, il est difficile, voire impossible, d'identifier leurs auteurs ; il est néanmoins certain que des femmes écrivirent plusieurs textes majeurs, comme la dame Nesi-Tanebet-Isherou, donc une disciple de la déesse Mout de Karnak, et la fille du grand prêtre Pinnedjem II, désignée comme « celle qui travaillait sur les rouleaux de papyrus d'Amon-Râ » ***. Cette dernière composa des rituels et rédigea des « Livres des morts ».

S'il est admis que les femmes de la haute société étaient lettrées, qu'en était-il des autres ? Nombre d'érudits ont affirmé, un peu vite, que le peuple était illettré, comme si l'éducation n'était apparue qu'à l'époque moderne. Les

---

* Dans un texte du temple de Louxor ; voir *JEA* 61, p. 132.

** Voir B.M. Bryan, Evidence for Female Literacy from Theban Tombs of the New Kingdom, *BES* 6, 1984, pp. 17-32 ; Non-Royal Women's Titles in the 18th Egyptian Dynasty, *Newsletter ARCE* 134, 1986, pp. 13-16. Voir notamment les tombes thébaines n°s 69, 84, 147, 148, 162.

*** Voir KMT 5/4, 1994, p. 20.

faits démentent ce jugement hâtif. Parmi les plus patents, la correspondance des femmes du village de Deir el-Médineh *. Ces dames, épouses de tailleurs de pierre, de dessinateurs, de peintres et de tâcherons, écrivaient à des hommes, recevaient des lettres d'eux, et s'écrivaient entre elles. Les thèmes des lettres ? Des problèmes de la vie courante : les mille et un petits problèmes familiaux, des transactions, des confidences. Une femme tente de persuader son correspondant d'accepter un bout de terrain en échange de l'âne qu'elle lui a emprunté et qu'elle doit lui restituer ; une autre se plaint d'un ami qui l'a négligée, alors qu'elle était souffrante ; une troisième proteste, parce que son correspondant ne prend pas au sérieux les écarts de conduite de son épouse. Et puis il y a une liste de vêtements à laver, et tant d'autres détails qu'il faut mettre par écrit. De modestes femmes scribes, certes, mais dont les témoignages prouvent que lecture et écriture étaient beaucoup plus répandues qu'on ne le supposait.

---

* Voir J.J. Janssen, Literacy and Letters at Deir el-Medina, in *Village Voices*, Leiden, 1992, pp. 81-94 ; D. Sweeney, Women's Correspondance from Deir el-Medineh, *Sesto Congresso Internazionale di Egittologia, Atti II*, Turin, 1993, pp. 523-529.

48

LA DAME PÉSESHET, MÉDECIN-CHEF

La médecine égyptienne bénéficia, dans le monde antique, d'un grand renom ; des thérapeutes de diverses nationalités venaient volontiers en Égypte parfaire leurs connaissances.

Non seulement les femmes avaient accès aux professions médicales, mais encore une dame Péseshet, à l'Ancien Empire, fut-elle nommée supérieure des médecins, se trouvant ainsi à la tête du service de santé de l'État *. Le titre est précisé dans sa demeure d'éternité de Guizeh ; son fils, Akhethotep, fut « supérieur des prêtres du *ka* de la mère du roi ».

Les femmes pouvaient devenir accoucheuses, bandagistes, masseuses, médecins, chirurgiens ** ; elles commençaient leur carrière, comme les hommes, par des postes de spécialistes. Seuls les meilleurs médecins accédaient au rang de généralistes, lesquels avaient une vue d'ensemble. Le parcours était donc contraire à celui que nous connaissons aujourd'hui en Occident.

La patronne des thérapeutes des deux sexes était la déesse-lionne Sekhmet, « Celle qui exerce la maîtrise » ; elle apportait à la fois les maladies et les moyens de les guérir. Le profane n'était pas séparé du sacré : un médecin,

---

* Voir H. G. Fischer, *Egyptian Studies* I, p. 71 sq. ; E.B. Harer et Z. el Dawakhly, *Obstetrics and Gynecology* 74, 1989, 960-1. Péseshet signifie « celle qui partage, divise, arbitre », peut-être « celle qui diagnostique ».

** Voir D. Cole, *DE* 9, 1987, pp. 25-29.

homme ou femme, vivait une initiation à la magie de Sekhmet et à la science de Thot.

Le secret du médecin était la connaissance de « la marche du cœur », conçu à la fois comme le muscle cardiaque et le centre énergétique d'où partaient les « vaisseaux », voies de circulation allant à tout membre et véhiculant, sous diverses formes, la vie qui irriguait l'organisme. La dame Péseshet savait prendre le pouls, examiner l'état du blanc de l'œil et de la pupille, la couleur et la texture de la peau, apprécier la qualité de la circulation de l'énergie dans les vaisseaux, bref poser un diagnostic et conclure par une des trois phrases suivantes : « Une maladie que je connais et que je traiterai » ; « une maladie que je connais et que je tenterai de traiter » ; « une maladie que je ne connais pas et que je ne pourrai pas traiter ».

À la disposition de Péseshet, de nombreux traités médicaux, qui fourmillaient d'observations classées avec rigueur, de diagnostics et de prescriptions. Les remèdes étaient tirés des trois règnes, animal, végétal et minéral ; la médecine secrète des plantes fournissait au thérapeute de nombreuses substances très actives, à manipuler avec précaution, qu'elles fussent extraites de l'acacia, du sycomore, du dattier, du genévrier, du perséa, de plantes et d'herbes comestibles, des céréales, etc. Les foies du bœuf et de l'âne, les biles, les graisses, le lait, les poissons, les serpents, pour prendre quelques exemples dans le règne animal, étaient utiles aux préparateurs de remèdes. En chirurgie, on faisait un large usage du miel, aux remarquables vertus cicatrisantes et antiseptiques, que des chercheurs américains viennent de redécouvrir récemment. Et l'on se servait aussi du cuivre, de l'albâtre, du granit, du silex, du natron, de la terre de Nubie, de l'arsenic, et de bien d'autres éléments minéraux qui entraient dans la composition de certains remèdes.

La dame Péseshet avait appris à préparer des potions, des onguents et des cataplasmes ; elle avait souvent recours à des fumigations médicinales et prescrivait des régimes alimentaires, correspondant à tel ou tel trouble. Par exemple, pour lutter contre les suites des maladies respiratoires, elle préconisait une suralimentation en corps gras.

Avec l'avènement du scientisme, on s'est beaucoup moqué de l'utilisation, par les Anciens, de substances répugnantes comme l'urine ou la fiente de certains animaux, telle la chauve-souris ; pourtant, lorsque le médecin Péseshet se servait de ce matériau naturel pour le transformer en remède et guérir, par exemple, un trachome, elle faisait agir la vitamine A et un antibiotique. Autrement dit, le traitement actuel.

Parmi les spécialités de Péseshet, figurait en bonne place la gynécologie *, très développée en Égypte ancienne ; il existait plusieurs traités consacrés aux « remèdes qu'il convient de préparer pour les femmes », selon l'expression du *papyrus Ebers*. L'accent mis sur la santé de la femme est tout à fait remarquable et montre, s'il en était encore besoin, la place essentielle qu'elle occupait dans la société pharaonique. À la femme qui ne voulait pas enfanter, Péseshet donnait un tampon à placer dans le vagin et imprégné d'une substance composée de coloquinte, de dattes et d'épines d'acacia broyées dans du miel. Elle savait pratiquer l'avortement, lutter contre les règles anormales, trop abondantes ou insuffisantes, favoriser la fertilité. Des injections vaginales guérissaient les métrites. Pour un cas compliqué, le médecin demandait à la patiente de s'accroupir sur une brique chauffée à blanc sur laquelle avait été répandu un médicament ; par la fumigation ainsi produite, au cours de plusieurs séances, le mal était vaincu.

Sécrétions vaginales et utérines retenaient l'attention de Péseshet qui, en les examinant, recherchait la trace d'une maladie grave. Elle savait établir un lien entre une affection de l'utérus et des symptômes éloignés. Ainsi, lorsqu'une femme éprouvait des douleurs persistantes aux jambes et aux pieds après avoir marché, elle l'attribuait à des sécrétions anormales de l'utérus et prescrivait des bains de boue. Lorsqu'une patiente souffrait de l'estomac et que les remèdes habituels ne la soulageaient pas, Péseshet examinait vagin et utérus. Si elle y découvrait un caillot, elle donnait à boire un émétique, à base d'huile, de bière douce et de plantes, pendant quatre jours, pour supprimer les nausées, et massait le bas-ventre de la patiente avec une pommade.

Remarquable est le diagnostic du cancer de l'utérus, et

* Voir D. Cole, Obstetrics for the Women of Ancient Egypt, *DE* 5, 1986, pp. 27-33.

non moins remarquable est le traitement proposé qui, comme le remarque Gustave Lefebvre, annonce la thérapeutique homéopathique : *Instructions à suivre quand une femme éprouve des douleurs de l'utérus pendant la marche. Tu diras à ce sujet : « Quelle odeur fleures-tu ? » Si elle te répond : « Je fleure la chair brûlée », alors tu diagnostiqueras : « C'est une tumeur de l'utérus. » Et voici ce que tu prescriras : fumige-la avec toute sorte de chair brûlée, précisément ce qu'elle fleure* *.

Le terrible mal était également combattu avec une préparation à base de dattes fraîches, d'une lauracée, d'extraits de coquillages marins ; l'ensemble de ces produits était pilé dans l'eau et exposé à la rosée. Puis le remède était injecté dans le vagin.

Aux remèdes matériels, la dame Péseshet ajoutait la pratique de la « magie », c'est-à-dire la capacité de détourner l'effet de la fatalité. Nous aurions tort de nous moquer de cet aspect de son art, qui lui permettait de percevoir l'invisible et d'aller au-delà du quantifiable et de l'observable.

L'utérus appartenait à la sphère du sacré. Il était lié à une déesse, Tjénenet, comparée à un rayon de lumière. Utérus cosmique, elle favorisait à la fois les naissances matérielles et les naissances en esprit. Aussi jouait-elle un rôle lors du couronnement de Pharaon **.

Telle fut l'une des plus belles conquêtes de la médecine pharaonique, dont la dame Péseshet faisait son miel dans son activité quotidienne : avoir perçu que la matière n'est pas dissociable de l'esprit, et que le corps humain est soumis à des forces multiples, les unes mesurables, les autres plus subtiles.

---

* *Papyrus de Kahoun*, n° 2.

** Voir M. T. Derchain-Urtel, *Synkretismus im ägyptischer Ikonographie. Die Göttin Tjenenet*, Wiesbaden, 1979.

49

LES DAMES DU HAREM

La vérité sur les harems égyptiens

Harem... Voilà un mot porteur de fantasmes, peuplé de sultans libidineux, de jeunes femmes lascives éduquées pour satisfaire les désirs du mâle. L'égyptologie a eu la malencontreuse idée de choisir le terme « harem » pour désigner une institution majeure de l'État pharaonique, à la fois rituelle, éducative et économique, sans aucun rapport avec les prisons pour femmes du monde musulman *.

La confusion vient de la signification du terme égyptien *kheneret*, « lieu clos, endroit fermé », que certains érudits ont aussitôt traduit par « harem », puisque s'y trouvaient des communautés féminines. Mais celles-ci n'étaient pas formées de recluses et célébraient des rites pour la divinité protectrice du harem, par exemple Amon, Min, Hathor, Isis ou Bastet. Le caractère fermé du « harem » égyptien, puisqu'il faut continuer à l'appeler ainsi par habitude dite « scientifique », est lié à son aspect secret. De plus, le terme *khener* signifie aussi « faire de la musique, tenir le rythme », et nous verrons que l'enseignement musical était, en effet, l'une des fonctions des harems d'Égypte.

Disciples de la déesse Hathor, les prêtresses qui y vivaient assuraient rituellement la survie de l'âme et l'irrigation de la terre par l'énergie céleste. C'est une « Véné-

* Voir B. Bryan, *BES* 4, 1982, pp. 35-54 ; D. Nord, in *Studies in Ancient Egypt, the Aegean and the Sudan*, Boston, 1981, pp. 137-145.

rable (*shepeset*) » qui est à la tête du harem, et la supérieure de tous les harems n'est autre que la reine. En tant qu'« épouse du dieu » et souveraine de toutes les prêtresses du royaume, elle dirigeait l'ensemble de ces institutions, se préoccupait des programmes éducatifs, nommait les enseignants, veillait à la bonne santé économique des établissements et au juste déroulement des rites. Dans chaque harem, une chargée de mission représentait la reine, soit comme directrice déléguée, soit comme assistante d'un directeur, souvent un chef de province ou un grand prêtre.

Il faut imaginer un harem comme une petite agglomération, avec des services administratifs et de nombreux ateliers ; l'institution disposait de revenus fonciers, des provisions lui étaient fournies par ses propres domaines. Mer-Our, le grand harem du Fayoum, disposait d'une réserve de chasse et de pêche.

Appartenir à l'administration d'un harem était fort prisé et ouvrait le chemin de brillantes carrières au service de l'État. Des personnages d'une grande stature, tels que le grand prêtre d'Amon, Hapouseneb, ou les vizirs Rekhmirê et Ramosé, y firent leurs gammes.

Au Nouvel Empire, la direction des harems fut parfois confiée à des femmes, épouses de grands prêtres d' Amon. Les dames du harem semblent d'ailleurs avoir exercé une influence non négligeable, lors de la nomination des hauts dignitaires du clergé thébain.

Au premier rang des activités artisanales du harem figurait le tissage, qui avait pour but de fournir au temple les vêtements indispensables au culte et d'illustrer le processus de la création, en rapport avec la déesse Neith. Cette dernière n'avait-elle pas tissé le monde, à la fois par la main et par le Verbe ? Les femmes fabriquaient aussi des objets de toilette, comme des coffrets ou des pots à fards.

Qui était admis au harem ? De hauts fonctionnaires, des administrateurs, des artisans, des serviteurs, bref toute une population d'hommes et de femmes formant une micro-société. Les reines et les épouses « secondaires » y faisaient volontiers élever leurs enfants, qui y recevaient une éducation de qualité. Moïse, fils d'une dame de la cour, aurait découvert la sagesse des Égyptiens dans le pensionnat d'un harem. De futures prêtresses bénéficiaient du savoir des professeurs. L'endroit était si paisible que de hautes personnalités venaient y passer leurs vieux jours ; il est probable que la grande reine Tiyi mourut au harem de Gourob, un paradis sur terre, où elle s'était retirée.

Hôtes privilégiés des harems, les étrangères venues habiter en Égypte au titre d'« épouses diplomatiques » de Pharaon. Garantes de la paix et de l'amitié entre l'Égypte et leur pays d'origine, elles avaient droit à un traitement de faveur : belle demeure, domesticité nombreuse, existence dorée pour faire oublier l'exil.

Les dames du harem apprenaient à jouer de plusieurs instruments de musique, luth, harpe, flûte, lyre, etc., sans omettre de s'initier au chant et à la danse. Ces arts avaient une fonction magique ; par l'harmonie, ils écartaient les forces négatives et rassemblaient les puissances positives. Par la musique, l'âme s'élève jusqu'au divin, l'être entier est sublimé. Bien que l'on n'ait pas encore réussi à identifier la notation musicale en Égypte ancienne, à supposer qu'elle ait existé, on ne soulignera jamais assez l'omniprésence de la musique dans les rites et dans le quotidien.

Une inscription de la tombe de Mérérouka, à Saqqara, datant de l'Ancien Empire, dévoile « le secret des femmes du harem » : il s'agit d'une danse rituelle à laquelle participent sept femmes, divisées en deux groupes, le premier de trois danseuses, le second de quatre. Elles incarnent sur terre la danse de l'univers, à laquelle prend part Pharaon lui-même, lorsqu'il évolue devant Hathor, la patronne des initiées du harem.

Un harem à Louxor ?

Certains auteurs parlent du temple de Louxor comme du « harem du Sud » ; l'expression est si ambiguë que l'on a imaginé que ce château divin abritait de superbes jeunes filles prêtes à séduire Pharaon. Au risque de décevoir les amateurs de scènes émoustillantes, le temple de Louxor n'ouvrit ses portes qu'à d'austères ritualistes, chargés de capter l'énergie divine et de la faire vivre sur terre.

La confusion vient d'une mauvaise traduction du terme égyptien *ipet*, qui ne signifie pas « harem », mais « le lieu du nombre ». À Louxor, temple du *ka* royal, était dévoilé le mystère de la création, qui se compose d'un ensemble de

« nombres », de caractéristiques propres à chaque être créé. Ipet est aussi le nom d'une déesse qui s'incarne dans l'hippopotame femelle ; c'est dans son sanctuaire de Karnak qu'Osiris était remembré et ressuscité. À Dendéra, « la demeure d'Ipet » était un temple d'Isis où se célébraient également les grands mystères de la résurrection d'Osiris.

Le complot du harem

L'un des épisodes les plus sombres de l'histoire égyptienne est connu sous le nom de « complot du harem », lequel visait à assassiner le pharaon Ramsès III (1184-1153), le bâtisseur de Medinet Habou et le sauveur de l'Égypte, puisqu'il avait repoussé de redoutables envahisseurs, « les peuples de la mer ».

Pourquoi ce drame ? Le harem royal avait accueilli beaucoup de princesses étrangères, dont certaines passaient le plus clair de leur temps à ourdir des intrigues. La plupart demeurèrent inoffensives. Mais l'une d'elles prit une telle ampleur qu'elle fut enregistrée dans les archives royales et nous est parvenue, avec quelques détails, grâce au *papyrus juridique de Turin.*

Dans ce document, Ramsès III s'adresse à son successeur Ramsès IV pour lui expliquer les modalités du complot qui avait troublé les dernières années de son règne et le mettre en garde pour l'avenir. L'instigatrice de la fronde était une concubine royale, Tiy, qui désirait faire monter sur le trône son fils, le prince Pentaour, que Ramsès III avait décidé d'écarter du trône. Déçue et haineuse, Tiy avait pris la pire des décisions : supprimer le pharaon régnant en utilisant la magie noire. Prenant comme principal acolyte un homme dont le nom était « l'aveugle » (sobriquet qui lui fut donné comme châtiment, au cours du procès, après suppression de son véritable nom), elle lui demanda de réunir le maximum de conjurés. Parmi eux, un général, deux scribes, un magicien, un grand prêtre de Sekhmet, un administrateur du Trésor, un intendant royal, plusieurs hauts fonctionnaires du harem, et six femmes servant d'agents de liaison.

Malgré l'étendue des ramifications, la manœuvre échoua. Les conjurés furent identifiés et arrêtés, et comparurent devant des juges. Le procès commença de manière lamentable, car deux magistrats furent convaincus de collusion avec les accusés ! En revanche, le second procès permit à des juges intègres de rendre enfin la justice. Bien que l'horrible machination eût échoué, ils estimèrent que l'intention de supprimer Pharaon et la pratique de la magie noire étaient des crimes d'une gravité exceptionnelle. Le prince Pentaour, dont la complicité avec sa mère avait été prouvée, fut reconnu coupable ; « ils le laissèrent à l'endroit où il se trouvait, et il supprima lui-même sa propre vie ». Quant à Tiy, l'âme du complot, on ignore le sort qui lui fut réservé.

50
FEMMES D'AFFAIRES

Hémet-Râ, chef d'entreprise

Dans l'immense aire archéologique de Guizeh, les demeures d'éternité fourmillent d'informations passionnantes et révèlent nombre de personnalités féminines de premier plan. Ainsi, la dame Hémet-Râ, « la servante de la lumière divine », était un véritable chef d'entreprise.

À son service, un intendant et plusieurs scribes *... Mais pas d'employées ! Les scènes de sa tombe, destinées à perpétuer son existence dans l'autre monde, célèbrent l'autorité de cette princesse qui distribuait ses directives à plusieurs fonctionnaires masculins et gérait probablement tout un secteur de l'administration.

Tchat, spécialiste des finances

La dame Tchat, « la jeune femme », vivait au Moyen Empire, pendant la XIIe dynastie, dans la magnifique région de Béni Hassan, en Moyenne-Égypte. À cette époque, les chefs de province étaient de riches propriétaires terriens et occupaient une position importante dans le royaume. Or, la dame Tchat travaillait comme fonctionnaire ** dans la maisonnée du puissant Khnoum-hotep,

* Voir H. G. Fischer, *Egyptian Women*, p. 9.

** Voir W. A. Ward, The Case of Mrs. Tchat and her sons at Beni Hassan, *GM* 71, 1984, pp. 51-9. Sur les femmes trésorières, voir aussi E. Thompson, The *Bulletin of the Australian Centre for Egyptology* 3, 1992, pp. 77-83.

gouverneur local. Très estimée et fort influente, elle portait les titres de « trésorière et gardienne des biens de son maître » ; autrement dit, Tchat était ministre des finances d'un gouvernement local.

Représentée aux côtés de Khéty, la maîtresse de maison, la dame Tchat était la confidente de son patron ; elle fut peut-être davantage, s'il est vrai qu'elle l'épousât après la mort de sa femme et lui donnât deux fils.

Tchat est, certes, l'une des glorieuses ancêtres des femmes vouées à la gestion des finances publiques et capable d'assurer la prospérité d'une région.

Nénuphar, propriétaire terrienne

À l'Ancien Empire, ce sont des femmes, merveilleusement belles, qui symbolisent les domaines agricoles ; sur les murs des temples et des tombes, on les voit, en procession, apporter leurs richesses aux dieux ou au *ka* du défunt. Dès la IIIe dynastie, et sans doute auparavant, une femme était reconnue juridiquement apte à posséder une grande surface de terres, et cette disposition légale ne varia pas sous le régime pharaonique. Malgré son titre modeste de « danseuse », la dame Nénuphar *, qui vivait au Nouvel Empire, fut une femme d'affaires très active. À la tête d'une importante exploitation agricole, elle était aussi la patronne d'une équipe de représentants de commerce, chargés de vendre le produit de ses exploitations.

Toute femme, même célibataire ou veuve, pouvait prendre en charge un domaine familial, et l'on ne constate aucune différence de traitement social ou juridique par rapport à un propriétaire masculin. Une femme, telle la dame Sebtitis, peut vendre, acheter, et disposer de ses biens comme elle l'entend ; et, comme la dame Ipip, vers 775 av. J. -C., elle était en droit d'utiliser un agent commercial pour effectuer des transactions **.

Il existe plusieurs exemples de femmes maîtres de domaines ; ainsi, la dame Hétépet qui, alors qu'elle se fait

* Voir *LdÄ* II, 290.
** *Papyrus Grenfell* I, XXVII et XXXII.

servir à boire, assiste à la récolte du lin *, ou bien la dame Ify, seule à bord d'une barque, assise sur un siège cubique à dossier bas, et respirant une fleur de lotus, pendant qu'elle parcourt ses domaines.

Hénout-taouy, intérimaire

En l'an 12 de Ramsès XI, la dame Hénout-taouy remplissait la fonction de chanteuse d'Amon, à Thèbes, mais avait aussi des occupations profanes et administratives au harem du dieu **. Son mari, Nes-Aménipet, scribe de la nécropole, dut partir en voyage officiel, alors qu'il comptait superviser l'arrivée de chargements de grains destinés à la confrérie de Deir el-Médineh. Tâche particulièrement importante : les bâtisseurs et décorateurs des demeures d'éternité de la Vallée des Rois ne supportaient pas le moindre retard dans les livraisons des denrées qui leur étaient dues.

Ne pouvant se soustraire aux ordres et renoncer à son voyage, le scribe fit confiance à son épouse pour le remplacer. Hénout-taouy n'était pas une novice ; elle siégeait au tribunal local et s'occupait de l'organisation des fêtes.

Lorsque les bateaux accostèrent, elle vérifia elle-même la quantité de grains annoncée et constata qu'il y avait une erreur. Avec détermination, elle mena aussitôt une enquête afin d'identifier les responsables et assura la livraison de rations alimentaires aux artisans de Deir el-Médineh. Nantie des mêmes pouvoirs que son mari, la dame Hénout-taouy assura l'intérim avec une remarquable efficacité.

Le bétail de Takarê

A l'époque ramesside, la dame Takarê, qui portait dans son nom la puissance (*ka*) de la lumière (*Râ*), gérait un cheptel pour le compte d'un propriétaire ***. Pour des

* Mastaba de Leyde = Vandier, *Manuel* VI, p. 66.
** Voir J. Janssen, A Notable Lady, *Wepwawet* 2, 1986, pp. 30-31.
*** Selon le *papyrus Anastasi V*.

raisons que nous ignorons, ce dernier fut mécontent du travail de Takarê et fit appel à une autre femme pour s'occuper de son bétail.

On imagine aisément le mécontentement de la dame Takarê, qui eut pourtant un beau motif de satisfaction : sa rivale l'embaucha ! Ayant sans doute estimé que Takarê avait été licenciée de manière abusive, elle s'allia même avec elle pour porter plainte contre le propriétaire. Et cette plainte alla jusqu'à la plus haute instance juridique, le tribunal du vizir !

La solidarité féminine n'était donc pas un vain mot. Mais une grande dame pouvait aussi intervenir en faveur d'un exploitant agricole ; alors qu'un propriétaire avait résilié le bail d'un de ses fermiers, sa femme désapprouva cette décision et convainquit son mari de changer d'avis. Aussi fut-il obligé d'écrire au fermier : *Je t'avais annoncé que je ne te permettrai plus d'exploiter ma terre. Mais mon épouse, la maîtresse de maison, m'a dit : ne lui retire pas ce champ et permets-lui de continuer à l'exploiter.*

Ournero, administratrice de biens

Vers 1550 av. J.-C., le pharaon Ahmosis avait donné à Neshi, capitaine de navire de guerre, un terrain près de Memphis, au titre de bien inaliénable et indivisible *. Pourtant, les héritiers remirent en cause cette disposition et, sous le règne d'Horemheb, un tribunal leur donna raison. Mais la bataille juridique continua. La situation devint si confuse que, sous Ramsès II, trois siècles après le don d'Ahmosis, la dame Ournero **, administratrice de ce bien, connut de sérieux ennuis.

Descendante du capitaine Neshi, Ournero avait reçu du tribunal le droit de cultiver la terre, au nom de ses cinq frères et sœurs ; mais l'une des sœurs manifesta son désaccord, et exigea que le terrain fût divisé entre les six héritiers. Ournero et son fils firent appel, mais elle fut expulsée. Sa plainte n'aboutit pas.

---

* Voir A. H. Gardiner, *The Inscription of Mes*, Leipzig, 1905.

** La signification de ce nom, *our. en r*, est obscure ; il fait peut-être allusion à la grandeur de la parole.

Révolté par cette injustice, son fils, Mès, ne se découragea pas et fit examiner les actes de donation. Quelle surprise, quand il constata que certaines pièces avaient été falsifiées ! Mès dut apporter la preuve qu'il était le descendant du capitaine Neshi, que son père avait cultivé cette terre et payé les taxes. Bien que la fin du texte soit détruite, il est certain que le courageux Mès gagna son procès et donna une grande joie à Ournero qui, en tant qu'administratrice, était restée dans le droit chemin.

La dernière femme d'affaires indépendante

D'origine grecque, Apollonia vivait à Pathyris, à une trentaine de kilomètres au sud de Thèbes, au IIe siècle av. J.-C. * Fille d'un soldat, elle portait aussi un nom égyptien, Sen-Montou « la sœur de Montou (dieu faucon et guerrier de Thèbes) ». Ses grands-parents, ses parents et d'autres membres de sa famille portaient également des noms grecs et égyptiens ; venus de Cyrène, ils s'étaient installés en Égypte et avaient adopté le mode de vie local.

À l'âge de vingt ans, Apollonia épousa Dryton, un quadragénaire veuf, officier de cavalerie, et père d'un fils ; elle lui donnera cinq filles. Au moment de son mariage, Dryton désigna comme légataires son fils, son épouse et les enfants qu'elle mettrait au monde.

Bien que des souverains grecs, les Ptolémées, régnassent sur l'Égypte, les Égyptiennes jouissaient encore des droits reconnus et appliqués sous les pharaons indigènes. Mais l'air du temps devint menaçant ; les Grecs, en effet, étaient tout à fait opposés aux libertés que le droit égyptien ancien accordait aux femmes. Que ces dernières possèdent une autonomie juridique et la capacité d'être propriétaires de leurs terres leur apparaissait comme une abomination ! Néanmoins, aucun roi grec n'avait encore osé modifier la législation en vigueur depuis tant de siècles.

Vingt-quatre ans après son mariage, Dryton voulut déshériter sa femme. Acte facile à réaliser en Grèce, mais

* Voir S.B. Pomeroy, *Apollonia (also called Senmonthis), wife of Dryton : woman of two cultures : paper delivered at the colloquium on « Social History and the Papyri »*, Columbia University, 9 April 1983.

impossible en Égypte. Tout ce qu'avait acquis Apollonia pendant le mariage restait sa propriété. La jeune femme conservait également les terres héritées de son père, avec ses sœurs ; mais elles durent subir l'assaut de leur grand-oncle et d'un sinistre personnage, nommé Ariston, qui ne reconnaissait pas à des femmes le droit de posséder et de gérer un domaine, même modeste. S'appuyant sur le droit égyptien, Apollonia tint bon, loua des terres, prêta de l'argent et des grains à un vétéran, et continua à subsister en faisant des affaires.

Mais, sous le règne de Ptolémée IV Philopator (221-205 av. J.-C.), avait été entamée la réforme tant désirée par les Grecs : désormais, la femme, considérée comme un être infantile et irresponsable, devrait avoir un tuteur, gardien légal de l'épouse, qui contresignerait tout acte juridique.

Comme Apollonia dut être abattue ! Pour rendre valable ses actes de prêt et de location, elle fut contrainte de faire appel à Dryton, mari détesté. En cette fin du IIe siècle av. J.-C., les Égyptiennes avaient perdu indépendance et autonomie.

51

FEMMES AUX CHAMPS

Dans une civilisation agricole comme l'Égypte pharaonique, quelle place occupait la femme dans les travaux des champs ?

Parfois, la première, comme la dame Âshait *, « celle qui possède l'abondance », prêtresse d'Hathor et « unique ornement royal ». Riche et considérée, elle assistait au défilé du bétail, assise sur un siège à pattes de lion, tout en respirant une fleur de lotus. Tendant la main droite devant elle, Âshait dominait la scène et la situation ; de grande taille par rapport aux autres personnages représentés sur les parois de sa tombe, elle était le maître du domaine agricole. Tous lui devaient obéissance, à tous elle devait le bien-être.

Derrière elle, une servante la rafraîchissait avec un éventail en forme d'aile d'oiseau ; un serviteur lui présentait un canard qu'il tenait par le cou et par les ailes, et prononçait la formule rituelle : « pour ton *ka* ». Bien entendu, une équipe de scribes scrupuleux et pointilleux prenait note du nombre de têtes de bétail et de la quantité de grains entreposés dans les silos.

Si une femme pouvait posséder, diriger et gérer un domaine agricole, elle était dispensée des travaux pénibles qui exigeaient une grande force physique.

Nettoyer le grain et le vanner, en revanche, sont des

* Son sarcophage fut découvert sur le site de Deir el-Bahari ; il est conservé au musée du Caire (JE 47267).

tâches souvent dévolues aux femmes qui manient des vans, sortes de pelles ovales. Se penchant un peu en avant, les vanneuses lèvent haut leur outil, de manière à faire tomber les grains assez loin d'elles. Dès qu'un tas est formé, interviennent les tamiseuses qui éliminent les impuretés. Des balayeuses sont chargées de nettoyer l'aire et de la débarrasser de la paille. Plusieurs vannages sont nécessaires pour mener le travail à terme. Même s'il existait des corporations plus ou moins informelles de vanneuses, de tamiseuses et de balayeuses, ce type de travail ne leur était pas strictement réservé, et pouvait être confié à des hommes.

Les femmes participaient de manière modeste, mais active, aux vendanges ; on les voit cueillir des raisins, seules, ou avec l'aide de paysans * ; et nous savons, grâce aux scènes de banquets, que les dames appréciaient les bons vins.

Il existait une fonction de « gardienne du jardin », qui impliquait une surveillance plutôt qu'une activité de terrain ; jardiner, en effet, était considéré comme une tâche pénible, notamment en raison d'une nécessaire irrigation quotidienne et répétitive. Les jardiniers se plaignaient d'avoir le cou rompu, à force de porter des palanches à l'extrémité desquelles étaient accrochées de lourdes jarres d'eau.

Une femme, représentée dans le mastaba d'Ipi-ankh, à Saqqara **, est devenue célèbre. Pourtant, il ne s'agit que d'une pauvre paysanne, une glaneuse qui suit les moissonneurs maniant la faucille. Voûtée, courbée, âgée, elle tient de la main gauche un couffin à anses, dans lequel elle enfourne les épis qu'elle a le droit de ramasser. Cette glaneuse a son caractère et le fait savoir ; à la suite d'une réprimande, dont nous ignorons la teneur, elle proteste avec véhémence : « Suis-je une paresseuse, moi ? Chaque jour, c'est pourtant bien moi la première au travail ! » À bon entendeur, salut, avec les compliments d'une glaneuse qui n'avait rien à se reprocher.

Information inquiétante, en apparence : dans l'autre monde, les travaux agricoles se poursuivent. Certes, il y a

---

* Par exemple, dans la tombe de Pahéri à El-Kab et dans la tombe thébaine 165.

** Voir J. Vandier, *Manuel* VI, p. 117.

les *ouchebtis*, « les répondants », figurines magiques qui s'activent à la place de ceux qui connaissent les formules pour les animer. Dans certains cas, les ressuscités continuent pourtant à manier la charrue, à labourer et à moissonner ; mais ils sont souriants et sereins, vêtus de robes blanches immaculées, car peine et fatigue ont disparu, pour laisser place à la seule beauté de l'acte accompli.

Ainsi, dans la petite mais superbe tombe de Sénnedjem, à Deir el-Médineh, nous voyons le mari couper des épis de blé, tandis que son épouse les ramasse et les pose dans un panier. Ii-nefer, « La belle vient », est une glaneuse heureuse ; pour elle, les champs de l'éternité ont un goût de paradis.

52

L'ARTISANAT AU FÉMININ

Des femmes « chefs de travaux »

En raison des efforts exigés, la plupart des activités artisanales étaient exercées par des hommes. On ne connaît pas de femme tailleur de pierre, charpentier, foreur de vase, maçon, etc. Il existe pourtant un cas énigmatique, datant de l'Ancien Empire *.

Le grand prêtre du dieu Ptah de Memphis était considéré comme le chef des artisans du royaume ; le mot « Ptah » signifie d'ailleurs « façonner, créer ». Or, deux femmes, ses « sœurs », portèrent le titre de « directrice des travaux (*kherpet kat*) », pour le moins surprenant ; mais de quels travaux s'agissait-il ? L'inscription ne le précise pas, et notre curiosité demeure insatisfaite.

Inénou, coiffeuse

Un bas-relief de la XIe dynastie, conservé au Brooklyn Museum, nous révèle l'existence d'une coiffeuse, la dame Inénou, « Celle qui amène de l'énergie » ; on la voit arranger une boucle de cheveux et préparer une perruque. Cette activité artisanale n'est pas seulement professionnelle, mais est aussi en rapport avec le culte d'Ha-

* Voir H. G. Fischer, *Varia*, p. 62.

thor qui exige, de la part de ses fidèles, une chevelure et une perruque soignées *.

L'art capillaire et les soins du corps n'étaient pas réservés aux femmes ; des hommes exercèrent ce type de profession, à la cour, dans les villes et dans les campagnes, où passait un barbier. Son salon d'attente se déplaçait avec lui et se situait sous les ombrages d'un arbre.

Dans la tombe de Psammétique, datant de la XXVIe dynastie, apparaissent de gracieuses jeunes femmes qui récoltent des lys et les recueillent dans les paniers. Elles sont probablement des parfumeuses, chargées de préparer à la fois des onguents médicinaux et des produits de beauté. Chaque temple abritait un atelier de création de parfums, lesquels étaient utilisés dans le culte quotidien.

L'art du tissage

L'art du tissage faisait partie des enseignements principaux dispensés par un harem. Il était à la fois une discipline spéculative, éclairant l'esprit des initiées sur les mystères de la création, et une discipline opérative, leur apprenant à concrétiser par la main ce qu'elles avaient perçu dans l'abstrait. Tisser et créer, en effet, étaient conçus comme un seul et même acte.

À l'origine de la création, la déesse Neith, qui utilise l'art du tissage pour organiser l'univers. Asexuée, elle met le soleil au monde. Isis et Nephtys étaient elles-mêmes des artisans, chargées de façonner les vêtements des divinités. Isis tissait l'habit nommé « solide et cohérent », Nephtys filait « le pur ». Les deux déesses tissaient ensemble les paroles magiques, efficaces contre les poisons et les maladies.

Les initiées aux mystères du tissage confectionnaient les vêtements blancs destinés à envelopper le cadavre d'Osiris, lors de la célébration de ses mystères. C'est dans l'atelier de tissage nommé *nayt* que deux prêtresses, jouant les rôles d'Isis et de Nephtys, créaient les linges funéraires. Quant à

* Pour l'existence des coiffeuses (*irit-sheni*), Voir H. G. Fischer, *Egyptian Studies* I, p. 72, n. 23 et p. 47, fig. 14 et pl. 15.

la tisserande « Chentayt la vénérable », elle fabriquait des bandelettes dans la Maison de Vie et filait les nœuds qui servaient à assembler les barreaux de l'échelle que le roi dressait pour monter au ciel.

Il semble qu'à l'Ancien Empire, l'art du tissage ait été presque exclusivement confié à des femmes ; les « supérieures des tisserandes » dirigeaient des ateliers de spécialistes dont le travail était tenu en haute estime. Au Nouvel Empire, des hommes furent engagés dans ces ateliers ; certains les dirigèrent.

Assise sur le sol, la tisserande utilisait une tige courbe comme navette et travaillait sur un métier de conception simple, composé de deux piquets servant d'ensouples et de deux autre fixant le pas. Au Nouvel Empire apparaissent de nouvelles techniques, tel un peigne pour le serrage. Pas de quenouilles pour les fileuses, mais une habileté extraordinaire dans le maniement du fuseau que révèlent, notamment, les scènes figurées dans les tombeaux de Béni Hassan.

La production des ateliers était considérable : bandelettes, linceuls, robes, pagnes, draps, pansements, toiles, etc. La longueur des pièces de tissu pouvait aller jusqu'à 22 m ! Le temple avait besoin de nombreux vêtements rituels, les uns pour habiller les statues divines, les autres pour les prêtres et prêtresses. Un relief du temple de Louxor montre le roi et une grande prêtresse marchant derrière une procession de prêtres qui portent des coffres. À l'intérieur, les vêtements dont les statues de culte seront vêtues. Utilisant un sceptre, le roi les consacre à quatre reprises. La grande prêtresse récite un hymne ; le verbe, composé de paroles tissées et filées, rend efficient l'acte de sacralisation.

Une femme pilote de bateau

Non seulement le Nil offrait à l'Égypte le limon fertile, dont elle est aujourd'hui cruellement privée à cause du haut barrage d'Assouan, mais encore lui servait-il d'autoroute fluviale. Bien que la roue ait été connue dès l'Ancien Empire, les transports terrestres furent peu développés ; il était plus aisé de construire des bateaux, dont certains avaient à supporter de très lourdes charges.

On doit donc imaginer une intense circulation de bateaux de tailles diverses, circulation qui exigeait une grande compétence de la part des pilotes. Or, dans une tombe de Saqqara, datant de la Ve dynastie, est représentée une femme qui manie le gouvernail d'un bateau de transport * !

Un marin lui offre un morceau de pain, mais la capitaine lui répond de manière plutôt bourrue : « Ne me bouche pas la vue, alors que je suis en train d'accoster. » De toute évidence, une femme de caractère.

* Voir H. G. Fischer, *Egyptian Women*, p. 20.

53
SERVANTES OU ESCLAVES ?

Même dans des ouvrages réputés sérieux, on lit encore que l'Égypte pharaonique a connu l'esclavage. Dans ce domaine, l'influence exercée par certains films, comme *Les Dix commandements*, n'est pas négligeable ; beaucoup croient encore que des milliers d'esclaves, frappés à coups de fouet par des contremaîtres sadiques, ont bâti les pyramides au prix de leur souffrance et de leur sang.

Effacer cette image absurde et inexacte n'est pas facile. En Grèce et à Rome, un certain nombre de travaux étaient accomplis par des esclaves, que l'on pouvait acheter et vendre ; en Égypte, rien de tel. Aucun être humain n'y fut considéré comme un objet sans âme. Pourquoi, cependant, certains égyptologues continuent-ils à utiliser cette terminologie ? À cause d'une erreur de traduction, devenue l'une de ces « habitudes scientifiques », contre lesquelles il est si difficile de lutter.

C'est le terme égyptien *hem* que l'on traduit le plus souvent par « esclave », sens qu'il n'a jamais eu. *Hem* signifie « serviteur » et s'applique d'abord au pharaon, en tant que serviteur des divinités. Du point de vue égyptien, servir est un acte noble, et non servile. C'est pourquoi, dans les demeures d'éternité, étaient déposées des statuettes de serviteurs et de servantes, également représentés sur les parois de la tombe ; ils étaient ainsi associés à la résurrection du maître. Songeons à ces merveilleuses porteuses d'offrandes, immortalisées dans une attitude de dignité, de grâce et de gravité souriante ; l'acte qu'elles accomplissent est essentiel : offrir, c'est contribuer à maintenir ici-bas la présence divine.

Les grandes dames régnaient sur une maisonnée plus ou moins nombreuse ; dans leur domaine travaillaient des servantes, dont certaines étaient très jeunes. Parmi elles, surtout à partir du Nouvel Empire, des Nubiennes et des Asiatiques. Les servantes égyptiennes étaient des personnes responsables, qui manifestaient volontiers leur indépendance à l'égard de leur patronne. Des femmes de condition modeste pouvaient également faire appel, en cas de besoin, à des professionnelles du ménage ou de l'entretien qui louaient leurs compétences pour une période donnée. Toute servante pouvait posséder des biens et des terres, et les léguer librement à ses enfants.

L'aventure de la dame Iri-néféret mérite d'être mentionnée. Cette maîtresse de maison, appartenant à la classe moyenne, avait besoin d'une servante, et non d'une esclave, comme on l'indique généralement. Pour en trouver une, elle s'adressa à un commerçant qui lui proposa les services d'une Syrienne. Elle les négociait à un prix élevé : six plats de bronze, plusieurs vêtements de lin, une couverture, un pot de miel... Iri-néféret fut obligée de faire un emprunt à sa voisine. Un emprunt qu'elle ne parvint pas à rembourser à temps, et qui lui valut un procès.

Le « travail loué » était une pratique courante en Égypte et ne saurait être assimilé à l'esclavage. La « corvée », forme de réquisition de travailleurs sur les grands chantiers ou sur les vastes exploitations agricoles, à certaines périodes, pas davantage. Il s'agissait d'une sorte d'impôt à acquitter, sous la forme d'heures de labeur. Et les personnes qui travaillaient comme domestiques savaient faire payer leurs compétences ; les tarifs étaient libres, parfois prohibitifs : un bœuf pour quatre jours de travail !

Seul cas de travail obligatoire et non libre : la position de domestique infligée aux prisonniers et prisonnières de guerre. Mais nous avons vu que les étrangères pouvaient épouser des Égyptiens et les étrangers des Égyptiennes. La libération acquise, nombre d'ex-prisonniers s'intégraient dans la société égyptienne.

Les érudits qui persistent à utiliser le terme d'« esclaves » sont obligés d'admettre que ces derniers possédaient des biens propres, épousaient la personne de leur choix, léguaient leur avoir à leurs enfants, quittaient leur patron ou leur patronne quand ils le souhaitaient et... avaient même des domestiques ! Cet « esclavage »-là mérite-t-il vraiment son nom ?

Jusqu'au terme de la civilisation pharaonique, il exista une forme particulière de « servitude » volontaire : l'attachement au culte d'une divinité et l'appartenance à une communauté sacrée. Ainsi, en l'an 33 de Ptolémée Evergète III, une femme formula le désir de vivre dans le temple du dieu Sobek, à Tebtounis, dans le Fayoum *. Refusant toute indépendance profane, elle se plaça sous la protection de cette divinité, qui lui donnait équilibre et santé. En échange de son acceptation, elle offrit au temple des biens matériels.

L'Égypte pharaonique ne fut pas une civilisation de l'esclavage et de la servitude, mais éprouva un profond respect pour l'acte de servir, comme en témoigne la première maxime de l'enseignement du sage Ptah-hotep : *Une parole parfaite est plus cachée que la pierre verte ; on la trouve pourtant auprès des servantes qui travaillent sur la meule.*

---

* Voir H. Thompson, *JEA* 26, 1940, p. 68 sq.

54

RÉCOMPENSES ET CHÂTIMENTS

De l'or pour le travail bien fait

Toute femme, nous l'avons vu, pouvait travailler hors de chez elle, et ni son père, ni son mari, ni aucun homme n'avaient la possibilité de la confiner dans sa demeure. L'historien grec Hérodote fut stupéfait de constater que les Égyptiennes allaient et venaient à leur guise, fréquentaient les marchés et avaient des activités commerciales. Lorsqu'elles touchaient un salaire, il n'était pas inférieur à celui d'un homme, pour le même travail.

Tisserandes et fileuses exerçaient une profession si importante, aux yeux des autorités, que leurs chefs-d'œuvre étaient récompensés d'une manière tout à fait remarquable. Un bas-relief de Basse Époque * met en scène cinq femmes appartenant à une communauté artisanale. Elles sont en présence d'un grand personnage, « le scribe des livres divins », assisté d'un scribe accroupi et d'un intendant. Ce dernier appelle l'une des femmes et lui remet un collier et des bijoux, en récompense du travail bien fait. Trois fois répété, un texte précise que ces tisserandes sont honorées par « le don de l'or ». Ces richesses provenaient d'une chambre du trésor que le scribe des livres divins avait accepté d'ouvrir ; ce qui en sortait était soigneusement noté par un « scribe de l'or ».

---

* Relief néo-memphite de Nefersekhem-Psammétique, musée du Caire, JE 10978.

Le drame d'une paysanne

Téti était une jeune paysanne, vivant au Moyen Empire. Placée sous les ordres d'un scribe des champs, elle refusa de travailler et prit la fuite. Une faute très grave, qui provoqua une enquête de police. Des membres de la famille de Téti, soupçonnés de complicité, furent arrêtés et incarcérés dans « la grande prison », terme utilisé pour désigner un centre administratif où l'on établissait un casier judiciaire et où l'on répartissait les travaux d'utilité publique, en fonction des peines infligées aux condamnés. Entretien des digues, nettoyage des canaux, tâches agricoles... L'éventail était vaste.

Téti fut informée des conséquences catastrophiques de sa fuite, et son comportement fut remarquable. Ne supportant pas que des innocents fussent condamnés à sa place, elle se présenta à la grande prison.

La mention « présente », accolée à son nom, prouve qu'elle accomplit le travail qui lui avait été demandé ; sans doute fut-elle obligée de faire des heures supplémentaires dans les champs pour obtenir un pardon définitif.

Femmes et hommes étaient égaux devant la loi, donc devant le châtiment. Deux détails à noter : une mère condamnée à des travaux d'utilité publique n'était pas séparée de son enfant. Et la femme ne pouvait être rendue responsable des fautes de son mari, et subir à sa place les peines qui le frappaient.

Les crimes de la dame Héria

En l'an 6 du règne de Séthi II, un ouvrier du village de Deir el-Médineh se présenta devant le tribunal local. Il accusa la dame Héria de lui avoir volé un outil de valeur qu'il avait caché dans sa maison.

« Avez-vous dérobé l'outil ? », demanda à Héria le président du tribunal. « Non », répondit-elle. Le président insista : « Pouvez-vous prêter serment sur le dieu Amon et affirmer que vous dites bien la vérité ? » Héria s'exécuta. En dépit de ses déclarations et d'un serment plus ou moins balbutié, le juge eut des doutes. L'enquête se poursuivit et aboutit à la constatation de faits graves : non seulement on découvrit chez Héria l'outil volé, mais aussi des objets rituels dérobés dans le sanctuaire local !

L'affaire était d'importance : vol, sacrilège et serment mensonger. Le tribunal du village n'était pas habilité à fixer une lourde peine et à la faire appliquer ; il renvoya l'affaire devant la juridiction du vizir. Nous ignorons la suite qui fut donnée à cette affaire, mais les jurés de Deir el-Médineh prirent soin d'indiquer par écrit que, dans un cas précédent qui avait vu la condamnation pour vol d'une femme de fonctionnaire, l'indulgence n'avait pas été de mise. Aucun privilège ne devait entraver le cours de la justice.

55
LÉGATAIRES ET HÉRITIÈRES

La femme lègue

L'Égyptienne conserve une autonomie juridique tout au long de son existence, autonomie que même un remariage ne remet pas en cause. Personne ne peut lui ôter ses biens, dont elle dispose à sa guise.

À la IIIe dynastie, la dame Nebsénit, mère du haut fonctionnaire Méthen, possédait un important patrimoine. Sans avoir besoin de recourir à l'autorité de son mari, Nebsénit rédigea un testament en faveur de ses enfants et précisa la répartition de sa fortune.

Une autre dame de l'Ancien Empire, Ibeb, insista sur le fait qu'elle avait légué elle-même ses biens à son fils, lequel vivait pourtant chez son père ; l'enfant le reconnut : « J'ai acquis des richesses dans la demeure de mon père Iti, mais ce fut ma mère Ibeb qui me les légua. » * Une autre dame, Khénet, avait agi de la même façon.

Inutile de multiplier les exemples ; l'important était l'indépendance de l'Égyptienne et sa capacité, extraordinaire par rapport aux cultures anciennes et même modernes, de disposer de son avoir comme elle l'entendait.

---

* Voir H.G. Fischer, *Egyptian Women*, pp. 4-5.

Soit comme fille, soit comme épouse, l'Égyptienne pouvait recevoir un héritage, en totalité ou en partie. Biens meubles et maisons reviennent à des femmes comme à des hommes, le sexe masculin ne jouissant pas d'un privilège particulier. En cas de litige successoral, une femme peut faire valoir ses droits sur une propriété foncière et obtenir gain de cause.

Idou, prêtre de l'âme des pharaons Pépi Ier, Mérenrê et Pépi II, indique qu'il a fait don d'une terre à Dysnek, « Puisse-t-elle te donner », son épouse qu'il aime, et que cette terre est désormais sa vraie propriété. Il a agi ainsi parce que Dysnek fut une épouse exemplaire. Et l'héritière de déclarer : *Je fus quelqu'un digne d'être aimé, je fus aimée de ma ville entière. Quiconque tenterait de me dérober cette terre, je porterai plainte contre lui, avec l'appui du grand dieu.*

Un prêtre de Médinet Habou, sur la rive ouest de Thèbes, s'était remarié après son veuvage et avait légué des biens à sa seconde femme. Il lui avait fallu résoudre des problèmes juridiques pour légaliser l'acte ; fut écrite cette phrase étonnante : *Même si son héritière n'était pas son épouse, même si elle était une étrangère, une Syrienne, une Nubienne aimée de lui, à laquelle il aurait décidé de céder l'un de ses biens, qui pourrait jamais annuler ce qu'il a fait* * *?*

Une femme, que l'on tente de spolier, ne reste pas inactive. Prenons le cas de la dame Téhénout **. Son père s'était remarié avec la dame Sénebtisy et avait établi un contrat de legs pour elle et pour ses enfants ; or, Téhénout porta plainte contre lui, non à cause de cette union à laquelle elle ne pouvait s'opposer, mais parce que son père avait disposé de biens qui appartenaient à sa fille. Elle en dressa la liste et exigea qu'ils lui soient restitués. Puisqu'ils lui avaient été légués, ils lui appartenaient ; à elle, et à personne d'autre.

---

* *Papyrus Turin* 3, 11-4, 1.
** *Papyrus Brooklyn* 35. 1446.

Le testament de la dame Naunakhté

En l'an 3 du règne de Ramsès V, la dame Naunakhté, « La cité est puissante », habitait le village de Deir el-Médineh *.

Âgée, disposant de quelques richesses, elle songea à rédiger son testament, puisque, selon ses propres termes, elle était « une femme libre du pays de Pharaon ».

Se penchant sur son passé, elle constata qu'elle avait élevé huit personnes, enfants et serviteurs ; à ces êtres chers, elle avait donné le moyen de fonder un foyer et de l'équiper, en leur octroyant les biens nécessaires. Difficile d'être plus généreuse... Mais quelle ingratitude de la part de ceux qu'elle avait comblés de ses bienfaits ! La plupart l'avaient délaissée, parce qu'elle était vieille.

Naunakhté prit une décision spectaculaire. Elle légua ce qu'elle possédait à qui « mettrait la main sur la sienne », c'est-à-dire à qui prêterait assistance à une vieille dame, sans rien attendre en retour. « À celui qui aura pris soin de moi, déclara-t-elle devant témoin, je léguerai une partie de mes biens ; à celui qui ne l'aura pas fait, je ne donnerai rien. »

C'est pourquoi quatre enfants furent déshérités ; ils auraient pu obtenir la part d'héritage de leur père, un scribe, mais il est probable que ce dernier se rangea à l'avis de sa femme et déshérita, lui aussi, ces enfants ingrats.

Naunakhté fit bénéficier de ses largesses trois artisans, dont l'un reçut une aiguière en métal valant dix sacs de blés, et deux femmes. Et la sentence du tribunal fut dépourvue d'ambiguïté : « Quant aux écrits qu'a rédigés la dame Naunakhté au sujet de ses biens, ils demeureront tels quels, très exactement. »

---

* Voir J. Černy, The Will of Naunakhte, *JEA* 31, 1945, p. 29 sq.

QUATRIÈME PARTIE

INITIÉES ET PRÊTRESSES

56

L'ÉGYPTE, ROYAUME DE LA SPIRITUALITÉ FÉMININE

Si, sur la terre d'Égypte, il n'existait pas d'inégalité entre homme et femme, il n'en existait pas non plus au ciel, dans les paradis de l'autre monde et dans le domaine de l'esprit. Sur ce terrain-là, l'humanité a beaucoup régressé.

Au temps des pharaons, une femme pouvait occuper les plus hautes fonctions sacrées. La reine d'Égypte était souveraine de tous les cultes, célébrait des rituels, déléguait ses pouvoirs spirituels et liturgiques à de grandes prêtresses qui officiaient dans les principales villes du pays.

À ce magnifique déploiement de la spiritualité féminine, que l'on n'a plus connu nulle part depuis l'extinction de la civilisation pharaonique, s'ajoute une autre dimension, non moins admirable : l'absence de rivalité spirituelle et intellectuelle entre hommes et femmes. Ils travaillèrent ensemble dans les temples et formèrent des communautés dirigées tantôt par un homme, tantôt par une femme, bien qu'il existât des chemins initiatiques spécifiquement masculins ou féminins ; mais ils se rejoignaient dans l'essentiel, et c'était bien un couple, formé du roi et de la grande épouse royale, qui célébrait les grands mystères. Ce mariage spirituel était d'ailleurs proclamé d'éclatante façon lors de la fête qui voyait l'union d'Horus d'Edfou, le principe masculin, et d'Hathor de Dendéra, le principe féminin.

L'Égyptienne qui désirait s'engager dans une voie spirituelle avait accès à l'enseignement des temples et n'avait nul besoin d'un intermédiaire masculin entre elle et la connaissance. Nékankh, noble de l'Ancien Empire et grand prêtre d'Hathor, eut à répartir sa charge sacerdotale entre ses enfants. L'un d'eux était une fille. Nékankh ne fit aucune différence entre elle et les garçons : elle reçut une fonction aussi importante que celle de ses frères et, selon la règle de la rotation du service à accomplir dans le temple, l'exerça à la période qui lui fut fixée.

De plus, dans le domaine de la quête spirituelle, la condition sociale et le degré de fortune ne jouaient pas ; entraient au temple et participaient aux rites des dames riches, des femmes et des filles modestes, des femmes mariées, veuves ou célibataires. Face à l'univers divin, seule comptait la qualité du *ib*, le cœur-conscience.

Les grandes prêtresses * portaient des titres divers, par exemple « l'épouse (*hebeset*, à savoir Hathor, l'épouse d'Horus) », à Hiérakonpolis, capitale de la XIIe province de Haute-Égypte, « la protectrice (*khouyt*) », à Athribis, « le trône », à Edfou, ou bien encore « la mère du dieu » ou « celle qui allaite ».

La reine Hétep-hérès était prêtresse d'Hathor, de Neith et de l'âme du pharaon Khéops. Meresânkh était au service de Thot, Néfret, « prêtresse pure » du dieu Oupouaout, l'ouvreur des chemins qui guidait les processions. D'après une stèle conservée au British Museum, la dame Sement, mère d'un scribe, était prêtresse pure du dieu Khonsou, qui traversait le ciel comme la lune. D'après une inscription du mastaba de Chepsi à Saqqara (V[e] dynastie), Ni-kaou-Hathor, « Celle qui est reliée à la puissance d'Hathor », était prêtresse de Neith ; vêtue d'une longue robe blanche moulante, elle protégeait magiquement son époux en passant son bras droit derrière lui et en posant la main sur son épaule. On connaît des « veilleuses du dieu Min » et une « épouse de Min » ; la princesse Inti, qui vécut à la VIe dynastie, fut « compagne d'Horus ». Fille du roi, elle bénéficiait d'un tombeau proche de la pyramide du pharaon Téti. Quant à la dame Rahémet, elle était grande prêtresse de la pyramide du pharaon Ounas et reconnue

---

* Voir H. G. Fischer, *LdÄ* IV, 1100-1105.

« juste de voix » par le grand dieu, la déesse Hathor maîtresse des sycomores, Anubis, Neith et Oupouaout.

À partir de la VIe dynastie, on joignit aux noms et aux titres de la mère du roi, de son épouse et de ses filles le nom de la pyramide du souverain régnant. Elles devenaient donc « épouse de la pyramide », « mère de la pyramide », exerçant ainsi leur protection magique sur le monument essentiel entre tous.

Pendant l'Ancien Empire, les femmes sont en majorité liées aux cultes et aux rituels de Hathor et de Neith, deux grandes déesses créatrices ; mais elles sont aussi prêtresses de Thot, le dieu de la connaissance, de Ptah, de Min, de Sobek et d'autres puissances divines.

Une prêtresse occupant un rang élevé dans la hiérarchie n'avait plus à se soucier de ses conditions matérielles d'existence, dans la mesure où elle se consacrait au temple ; en échange, elle recevait environ un hectare et demi de terre cultivable et une part des donations faites à la communauté qu'elle dirigeait. Sa charge de travail était lourde, puisqu'elle devait assurer le bon déroulement des rites quotidiens, des nombreuses fêtes, gouverner un personnel comprenant des permanents et des temporaires. Les femmes, comme les hommes, étaient réparties en quatre équipes ; à tour de rôle, elles remplissaient leurs fonctions pendant un mois *.

Au Nouvel Empire, de nombreuses dames faisaient partie du clergé d'Amon, au titre de musiciennes et de chanteuses. Lors des fêtes, elles accompagnaient la barque divine qui sortait du temple.

Qu'exprimaient ces prêtresses, sinon la joie d'une spiritualité vécue, épanouissante, large comme le ciel et généreuse comme la terre, une spiritualité à la fois fondée sur le désir de connaissance et la pratique quotidienne du rite ?

---

* On désigne souvent ces équipes par le terme grec de phyles. Dans la hiérarchie féminine, on distingue les grades suivants : « les purifiées (*ouâbout*) », « celles qui veillent (*oureshout*) », « celles qui aiment ou sont aimées (*merout*) » et, au sommet, « celles qui servent la puissance divine (*hemout-neter*) ».

57

LES INITIÉES AUX MYSTÈRES D'HATHOR

Qui est Hathor ?

Le nom de la déesse se compose de deux mots, *Hout-Hor*, et se traduit par « le temple d'Horus ». Hathor est l'espace sacré, la matrice céleste qui contient Horus, le protecteur de l'institution pharaonique. Hathor est le ciel, elle est aussi celle qui répand dans les étendues célestes l'émeraude, la malachite et la turquoise pour en faire des étoiles. On l'appelle souvent « la dorée », car elle est l'or des divinités, la matière alchimique qui forme leur corps.

« Unique et sans pareille dans le ciel », Hathor s'incarnait dans une vache immense, aux dimensions du cosmos, offrant généreusement son lait pour que vivent les étoiles.

La déesse jouit d'une grande popularité dans toute l'Égypte ; sa résidence préférée se trouvait en Haute-Égypte, à Dendéra, où survit un temple ptolémaïque d'une grande beauté et d'un charme prenant. Contempler la campagne du toit de ce sanctuaire, au soleil couchant, lorsque le paysage se teinte de l'or céleste, est un moment inoubliable. Mère des mères, Hathor enfantait le soleil et répandait la joie de vivre dans les cœurs. C'est elle qui accordait la beauté, la jeunesse et le feu de l'amour sous toutes ses formes, du désir physique à l'amour du divin. Elle favorisait les mariages et les rendait harmonieux, si l'homme et la femme entendaient sa voix.

À ses adeptes, Hathor enseigne la danse et offre le sens de la fête ; protectrice des vins, elle convie ses fidèles à la table du banquet divin.

Sur sa statue, un prêtre d'Hathor qui officiait au temple de Deir el-Bahari a fait graver des textes qui recommandent aux femmes, riches ou pauvres, d'adresser leurs prières à Hathor ; la déesse entendra leurs invocations et leur fera connaître les moments de bonheur auxquels elles aspirent. C'est pourquoi les Égyptiennes portent volontiers des noms qui font référence à Hathor ; elles s'appellent « étoile des hommes », « la déesse d'or est venue », « elle est venue », « la perfection accomplie », « celle qui apparut au ciel », etc.

Hathor réside souvent dans un sycomore, en tant que protectrice et nourricière de l'âme des justes ; avec le bois de cet arbre, on fabriquait les sarcophages, dont le nom égyptien est « ceux qui possèdent la vie ». Cette déesse lumineuse n'était pas seulement une mère pour les vivants, mais aussi pour les ressuscités. Au cœur de l'amour d'Hathor, se dévoile le mystère de la mort et de la renaissance. « Souveraine du Bel Occident », Hathor accueille ceux et celles qui entreprennent le grand voyage vers l'autre monde. Souriante, énigmatique, elle se tient à la lisière du désert, tenant en main le signe hiéroglyphique de la vie et la tige de papyrus qui symbolise la croissance éternelle de l'âme des justes.

Pour franchir les épreuves de l'au-delà, un homme doit devenir un Osiris ; il en est de même pour une femme qui possède l'avantage d'être à la fois un Osiris et une Hathor. Nourrie par le lait de la vache céleste, la ressuscitée parcourt à jamais le chemin des étoiles, danse avec elles, entend la musique céleste et goûte à l'essence subtile de toutes choses.

La confrérie des sept Hathor

À l'époque ptolémaïque, les mystères d'Hathor étaient célébrés dans les mammisis par une communauté de femmes portant les titres de « parfaites, belles et bouclées ». En réalité, ces rites remontaient à la haute antiquité mais, comme souvent, c'est l'Égypte du crépuscule qui les dévoila.

Les Hathor faisaient de la musique, chantaient et dansaient, après une promenade rituelle dans les marais où elles avaient fait bruisser les papyrus en l'honneur de la déesse, réactualisant ainsi la création du monde. La cérémonie s'achevait par l'offrande du vin, liquide ensoleillé qui ouvrait la voie à l'intuition du divin. Les Hathor étaient au nombre de sept, nombre sacré plus particulièrement lié à la spiritualité féminine.

Ces sept Hathor sont également nommées « les vénérables * » ; leur rôle consistait à repousser le mal, à maintenir l'harmonie et à favoriser tout phénomène de naissance. Le cœur en fête, elles jouent du tambourin et frappent dans leurs mains. Apaisées et recueillies, elles forment une chaîne ** en se tenant par la main. À leur front, un uraeus ; leur coiffe est surmontée des cornes de la vache céleste encadrant le globe du soleil.

La supérieure des sept Hathor tenait un sceptre dont l'extrémité avait la forme d'une ombelle de papyrus. Ses sœurs étaient vêtues, comme elle, de longues robes, et parées de bandelettes de fil rouge avec lesquelles elles formaient sept nœuds où le mal était emprisonné. Ces sept filles de la lumière divine, Râ, étaient responsables de la durée de vie des humains et de leur destinée. Aussi étaient-elles symboliquement présentes à chaque naissance et venaient-elles visiter la femme qui accouchait.

Les serpents uraeus qu'elles portent au front jettent des flammes tantôt purificatrices, tantôt destructrices ; tout dépend de l'authenticité de l'être qui les affronte. Savoir reconnaître la présence des sept Hathor et susciter leur bienveillance est un art difficile. Elles peuvent accorder longévité, stabilité, santé et descendance, mais fixent aussi les épreuves et le terme d'une destinée. Les fées de l'Europe païenne furent leurs héritières.

À Dendera et à Edfou, les sept Hathor jouent du tambourin et du sistre en l'honneur de la déesse et du pharaon qui vient de naître. La supérieure de la confrérie prononce des paroles qui montent au sommet du ciel : *Nous faisons de la musique pour Hathor, nous dansons pour elle, maîtresse des sceptres, du collier et du sistre, nous la célébrons chaque jour, depuis le soir jusqu'à l'aube, nous jouons du tambourin et*

* Voir, par exemple, Y. Koenig, *le papyrus Boulaq* 6, Le Caire, 1981, pp. 105-107 ; K.A. Kitchen, *Ramesside Inscriptions*, II, 264. 5-11.

** Stèle de La Haye ; voir *Zeitschrift für ägyptische Sprache* 61, p. 83 sq., et le godet à onguent du musée du Louvre, n° E 25298.

chantons en cadence pour la maîtresse de la joie, de la danse, de la musique, la dame des incantations, souveraine de la demeure des livres. Comme elle est belle et rayonnante, la Dorée ! Pour elle, ciel et étoiles donnent un concert, soleil et lune chantent des louanges.

Les initiées aux mystères d'Hathor maniaient dix objets sacrés, qui pouvaient être réalisés en miniature et dans des matériaux précieux : le collier de résurrection, dont les sons recréent le monde ; la clepsydre, horloge à eau en rapport avec Thot, le maître du temps sacré ; les deux sistres, qui écartent la violence et procurent l'apaisement ; le symbole hathorique royal, composé de deux ailes protégeant l'Égypte et le cosmos ; le mammisi, lieu du repos et temple où s'accomplit le mystère de la naissance ; un pot de lait, doux pour le *ka*, nourriture céleste qui illumine et rajeunit ; une cruche, qui contient la boisson donnant l'ivresse sacrée et dévoilant ce qui était caché ; une couronne pour le front d'Hathor, fondue par Ptah qui avait choisi l'or, la chair des dieux ; une porte monumentale fondée pour le soleil féminin, qui pourvoit le pays en offrandes et donne accès au temple. Ces objets étaient d'ailleurs représentés sur les murs du temple de la déesse et sont ainsi demeurés vivants *.

* Voir F. Daumas, Les objets sacrés de la déesse Hathor à Dendéra, *RdE* 22, 1970, pp. 63-78. Sur la déesse Hathor, voir S. Allam, *Beiträge zum Hathorkult*, Munich, 1963 ; C.J. Bleeker, *Hathor und Thot*, Leiden, 1973.

58

CHANTEUSES, MUSICIENNES ET DANSEUSES

La reine musicienne

À la tête des communautés féminines, la reine est la première musicienne du royaume. Chanteuse, elle sait psalmodier les textes sacrés ; au palais ou au harem, elle a appris à jouer de plusieurs instruments de musique. Lors de certaines grandes fêtes d'État, elle esquisse les pas de danse imposés par le rituel.

Certes, musique, chant et danse ne sont pas l'exclusivité des femmes ; néanmoins, toutes les prêtresses sont initiées à ces disciplines, étapes obligées de leur cheminement vers la connaissance. La musique était conçue comme un éveil de l'esprit et une approche des forces cachées de la nature ; grâce à elle, comme l'affirmera Mozart dans *La Flûte enchantée*, il était possible de franchir l'obstacle de la mort.

Longtemps avant Bach était pratiqué le rite de *l'offrande musicale*, car la subtilité des sons faisait partie des « nourritures » agréables à la divinité ; par la musique, il était possible de s'unir au divin et de favoriser une nouvelle naissance en esprit.

Chanteuses sacrées

Lors de la fête de la victoire d'Horus sur les ténèbres, célébrée à Edfou, intervenait une initiée portant le titre de *shemâyt*, « la chanteuse ». Elle occupait le premier rôle dans le rituel, et c'était souvent la reine elle-même qui remplissait cet office, assistée d'autres chanteuses, « les femmes de Bousiris et de Bouto », villes saintes du Delta. Puissante magicienne, cette *shemâyt* enchantait la barque d'Horus de manière à la rendre invulnérable. Elle faisait appel à des harponneurs, afin qu'ils assistent Horus dans son combat contre l'hippopotame rouge, incarnation de la force de destruction, et offrait au jeune dieu l'énergie du Verbe. À la fin du rituel, l'hippopotame était sacrifié sous la forme d'un gâteau découpé et consommé pendant un banquet.

De nombreuses femmes furent chanteuses de telle ou telle divinité, et certaines furent de grandes personnalités. Ainsi Méryt, « l'aimée », épouse de Sénnefer, maire de Thèbes, dont la célèbre « tombe des vignes » est ornée de superbes peintures. Méryt était chanteuse d'Amon, louée de la déesse Mout, mais aussi maîtresse de maison. Son rôle, dans le processus de résurrection de son mari, était essentiel ; elle lui offrait un collier comportant le scarabée, symbole des métamorphoses perpétuelles dans l'au-delà, des onguents parfumés, un lotus. Elle faisait aussi de la musique pour son âme, sans oublier de le magnétiser avec tendresse.

Sur un papyrus datant de la XXIe dynastie, la chanteuse d'Amon Hérouben bénéficie d'un rite extraordinaire : Horus et Thot la purifient, alors qu'elle est agenouillée sur un socle. Des vases que tiennent les dieux sortent les signes hiéroglyphiques symbolisant la vie et l'épanouissement. Or, ce rite était réservé au pharaon ; c'est dire qu'une simple chanteuse pouvait avoir accès à des liturgies appartenant aux grands mystères.

La dame Irti-Erou, chanteuse d'Anubis, le guide des âmes dans l'autre monde, recommandait de vénérer Hathor, maîtresse du sycomore du sud, souveraine des hommes et des femmes, déesse qui écoute les prières. N'était-ce pas grâce à Hathor que la chanteuse avait rencontré un sage, au caractère parfait ?

L'un des chants les plus anciens, jouissant d'une faveur particulière, était la chanson des quatre vents, connue à la fois par le chapitre 162 des *Textes des Sarcophages* et par les représentations des tombes de Béni Hassan. Cinq femmes, une maîtresse de chœur et quatre exécutantes, vêtues d'un simple pagne, interprétaient cette œuvre. Leurs cheveux étaient tirés en arrière et noués de manière à imiter une touffe végétale. Elles intervenaient dans un rituel, au cours duquel s'ouvraient les portes du ciel pour l'être ressuscité. Les quatre danseuses incarnaient les vents du ciel. Le vent du nord amenait la vie et la douceur, après avoir atteint les extrémités du monde ; le vent d'est ouvrait les lucarnes du ciel, offrait les souffles de l'Orient, créait un bon chemin pour Râ qui prenait la main de l'initiée et l'emmenait au paradis ; le vent d'ouest provenait du ventre du dieu, il existait avant que l'Égypte ne fût séparée en deux terres ; le vent du sud procurait l'eau qui faisait germer la vie. L'ensemble des vents permettait à celles qui connaissaient le secret du chant de voguer en bateau vers un escalier de feu où s'opéraient purification et résurrection.

Comment ne pas ressentir une émotion intense, en lisant le texte inscrit sur le socle de la statue d'une « grande chanteuse », provenant de la ville de Mendès : *Vous qui me voyez, debout, parée de mon collier, et portant mon miroir, priez pour moi et offrez-moi des fleurs ; souvenez-vous de mon beau nom* *.

Musiciennes du divin

Sous le nom des « deux femmes qui sont aimées », deux musiciennes, portant une robe fourreau à bretelles et coiffées d'une manière très particulière, à savoir de longues chevelures tressées évoquant les fourrés et les plantes de Haute et de Basse-Égypte, célébraient le pouvoir de l'amour qui retient sur terre les forces divines. En s'adressant aux quatre points cardinaux, elles dialoguaient magiquement avec la totalité du cosmos. Ces deux Méret **, chanteuses et musiciennes, psalmodiaient des textes rituels, battaient la mesure et jouaient de la harpe. Liées à Hathor, souveraine de l'amour, elles intervenaient pendant la fête-*sed*, au cours de laquelle Pharaon était régénéré. Elles participaient aussi à la transformation de l'être juste en Osiris et aidaient à la renaissance du soleil. Debout à la

---

* Voir S. Schott, *Les Chants d'amour de l'Égypte ancienne*, p. 99.

** Voir W. Guglielmi, *Die Göttin Mr. t. Entstehung und Verehrung einer Personifikation*, Leiden, 1991.

proue des barques du jour et de la nuit, elles s'identifiaient à Maât, l'harmonie céleste respirée par les divinités.

Ces musiciennes écartaient toute influence nocive de la statue de culte, afin que rien n'entrave son rayonnement ; de plus, elles étaient les gardiennes du sanctuaire et empêchaient les profanes d'y pénétrer. En revanche, quand Pharaon approchait du temple, elles l'accueillaient par des chants de bienvenue et jouaient de la musique pour son *ka*.

Deux instruments, le sistre et la *menat*, étaient plus particulièrement utilisés dans les mystères d'Hathor. Le sistre, encore présent dans les confréries isiaques aux premiers siècles de notre ère, avait plusieurs formes, dont deux principales : un manche prolongé d'un cadre ovale, percé de trous dans lesquels passent des tiges mobiles qui, une fois secouées, produisaient un bruit métallique ; un manche cylindrique se terminant par une tête d'Hathor ou par un naos, ou bien par une porte monumentale. Les matériaux employés sont l'or, l'argent, le bronze, la terre émaillée, le bois. Du plus simple au plus complexe, les sistres sont joués par les musiciennes d'Hathor, parce que les sons qu'ils produisent écartent les ténèbres et le mal.

Le matin de la fête du Nouvel An, au temple de Dendéra, le roi et la reine conduisaient la procession qui, après avoir emprunté les escaliers, débouchait sur le toit du temple. La reine agitait deux sistres : le premier se nommait « celui qui bruisse » (*seshesh*), le second « celui qui exerce la puissance » (*sekhem*). Elle déclarait que leur maniement écartait ce qui serait hostile à la maîtresse des cieux. C'était le rythme divin d'Hathor qui s'imprimait dans le sistre que les musiciennes faisaient vibrer en cadence.

Le collier *menat*, composé de nombreuses petites perles, est pourvu d'un contrepoids souvent décoré d'une représentation de la déesse Hathor. Soit la musicienne porte ce collier, le contrepoids pendant dans son cou, soit elle le tient en main, pour le présenter à la personne à qui elle désire offrir de bonnes vibrations. La musicienne faisait s'entrechoquer les perles et donnait le rythme aux danses. Le son de ce collier transmettait vie et puissance aux jeunes femmes, attirait l'amour vers elles et les rendait fécondes ; mais il était aussi symbole de la renaissance de l'être dans l'au-delà. À Karnak, par exemple, c'est Hathor elle-même qui, donnant le sein à Pharaon pour le nourrir du lait céleste, lui présente le collier *menat* ; ainsi est-il régénéré. Ce collier, en effet, favorise la renaissance en esprit, confirme le couronnement royal et prolonge le pouvoir du pharaon pour des milliers d'années *.

Les prêtresses jouaient de nombreux instruments : harpe, flûte, hautbois, luth, lyre, cithare, tambourin, percussions, castagnettes, crécelles. Les grandes harpes, dont la caisse de résonance a une forme conique, étaient superbes ; les musiciennes tenaient sur l'épaule les élégantes harpes portatives à quatre cordes. Le luth, formé d'une caisse de résonance oblongue et d'un manche allongé, se jouait debout ; *la déesse au beau visage s'en est venue*, chantent les joueuses de luth lors d'un banquet, *pour déposer des mets et préparer un breuvage dans une coupe d'or*. La musique de luth était joyeuse ; les instrumentistes esquissaient des pas de danse, se tournant les unes vers les autres, ou rejetant la tête en arrière dans un mouvement d'extase. Crécelles et castagnettes, décorées d'une tête d'Hathor, servaient à marquer le rythme lors de rituels de naissance ou de renaissance pendant lesquels le rôle de la déesse était prépondérant. Les tambourins, de forme ronde ou rectangulaire, étaient composés d'un cadre de bois sur lequel étaient clouées deux peaux. Le tambourin rectangulaire servait plutôt lors des banquets, le rond semblait réservé à des cérémonies funéraires ou à des rites de régénération. Parmi ceux-ci, mentionnons le moment capital de l'érection du pilier *djed* (dont le nom signifie « stabilité »), qui correspond à la résurrection du dieu assassiné ; les scènes de la tombe de Khérouef, datant de la XVIIIe dynastie, montrent d'élégantes princesses jouant du tambourin rond lors d'une procession dansée.

À l'Ancien Empire, les orchestres sont, la plupart du temps, composés d'hommes. Le Nouvel Empire, en revanche, nous offre le spectacle d'orchestres féminins ; les instrumentistes battent la mesure en frappant dans leurs mains et jouent des divers instruments que nous avons évoqués, tantôt debout, tantôt assises.

---

* Voir J. Leclant, *Mélanges Mariette*, 1961, p. 251 sq. ; P. Barguet, L'origine et la signification du contrepoids de collier-*menat*, *BIFAO* LII, 1953, pp. 103-515.

Aucune festivité sans la présence de musiciennes sacrées, à commencer par la fête d'Hathor elle-même, le premier jour du quatrième mois de l'hiver. Cette dernière est décrite dans la tombe d'Amenemhat, datant de la XIIe dynastie. Les femmes y occupent la première place. Elles se déplacent en procession dans les rues des villes et des villages, et vont de maison en maison pour répandre des bénédictions sur les habitants. Certaines chantent et dansent, d'autres touchent les gens avec les objets sacrés de la déesse, le sistre et le collier.

Le rite d'« agiter les papyrus »

Un rite musical avait lieu dans les immenses étendues de fourrés de papyrus qui existaient dans le Delta, mais aussi dans la région thébaine. Il s'agissait de secouer et de cueillir des tiges de papyrus en l'honneur d'Hathor. Le verbe employé pour désigner ce rite, *seshesh*, correspond à l'un des noms du sistre. Ce rapprochement signifie qu'il y a identité de nature entre « jouer du sistre » et « cueillir le papyrus ». Dans les deux cas se produisent des vibrations et un bruissement qui enchantaient les oreilles de la divinité, laquelle, en retour, mettait la terre en joie. Ce culte rendu à Hathor, cachée dans le secret de la végétation, faisait éclore une vivifiante jeunesse et favorisait la venue d'une vie nouvelle, accordée par la déesse aux âmes qui sonnaient juste *.

Sans doute doit-on relier à la parfaite exécution du rite l'admirable figure d'Ahmès Mérit-Amon, l'épouse du pharaon Amenhotep Ier ; son sarcophage en cèdre, découvert dans sa tombe de Deir el-Bahari, est un chef-d'œuvre d'une taille impressionnante, décoré de plumes peintes et recouvert de feuilles d'or. Le visage de cette femme-oiseau est d'une beauté et d'une jeunesse stupéfiantes ; la reine tient deux sceptres en forme de papyrus, symboles de l'éternelle verdeur de l'âme.

* Voir, par exemple, Y.M. Harpur, *GM* 38, 1980, pp. 53-61.

Danses sacrées

Des femmes séduisantes au corps parfait, aux seins fermes, aux cheveux parfumés, parfois presque nues, portant des colliers et des bracelets... Les danseuses d'Égypte, dont il ne faut jamais oublier le rôle rituel, étaient fort belles et avaient la possibilité d'exprimer leurs talents en maintes occasions, qu'il s'agisse des temps forts de la vie agricole, comme la rentrée des moissons ou les vendanges, des fêtes en l'honneur des divinités ou des funérailles *.

La danse est une activité sacrée, créée par Hathor. Dans la tombe du vizir Kagemni, à Saqqara, datant de la VIe dynastie, cinq jeunes femmes composent un ballet dont les figures audacieuses défient les lois de l'équilibre ; elles célèbrent ainsi, sur un rythme allègre qui traduit une joie intense, l'apparition d'Hathor à l'Orient, saluée par les dieux et notamment par Râ et par Horus. Dans la tombe du scribe Idou, de la même époque, quatre jeunes femmes dansent sur un hymne déclamé par trois chanteuses qui adressent une salutation à Hathor, celle qui aime la beauté et permet au *ka*, la puissance vitale, d'atteindre la plénitude.

Viens, déesse d'or, est-il demandé à Hathor, *toi qui te nourris de chants, toi dont le cœur se rassasie de danses, toi que les jubilations font rayonner à l'heure du repos, et que les danses réjouissent pendant la nuit*. Le secret des femmes du harem, nous l'avons évoqué, n'est autre qu'une danse qui fait s'ouvrir les portes du ciel. Lors de la « danse aux miroirs », notamment représentée dans le mastaba de Mérérouka, les initiées chassent les mauvais esprits, communient avec le soleil et la lune, et atteignent l'ivresse divine.

À l'occasion de la fête du soleil féminin, à Médamoud, dans la région thébaine, la déesse de l'or rassasiait de ballets le cœur de ses fidèles servantes. La nuit durant, elles communiaient avec l'esprit d'Hathor dans la place de l'ivresse.

D'après les figurations de la tombe d'Antefoker, vizir et maire de Thèbes à la XIIe dynastie, les danseuses célé-

* Voir H. Wild, *Sources Orientales* VI, 1963, pp. 37-117.

braient l'union d'Hathor avec la lumière divine. Cet éblouissement répandait le bonheur et la fertilité sur la terre entière.

Drame redoutable aux yeux des Égyptiens : le moment où Hathor quittait l'Égypte pour gagner le Grand Sud et prenait la forme d'une lionne, décidée à exterminer l'humanité. Grâce à l'intervention de Thot le savant, et de Chou, à la fois Verbe et air lumineux, la déesse lointaine acceptait de revenir sur la terre des pharaons. À Philae, de grandes festivités étaient organisées pour apaiser la colère de la déesse et réveiller son désir de réjouir les cœurs. Les initiées aux mystères d'Hathor, chanteuses, musiciennes et danseuses, remplissaient alors leur mission majeure : transformer la puissance dangereuse en énergie créatrice.

59

LES DIVINES ADORATRICES : DES PRÊTRESSES RÈGNENT SUR THÈBES

Les « épouses du dieu »

Pendant un demi-siècle environ, de 1000 av. J.-C. jusqu'à l'invasion perse de 525, une dynastie de femmes, « les Divines Adoratrices », gouverne la grande cité de Thèbes. Elles n'étaient pas des profanes, mais des prêtresses initiées aux mystères d'Amon. Pharaon leur accorda un pouvoir spirituel et temporel sur la principale ville sainte de Haute-Égypte.

Pour comprendre l'événement, il faut remonter à l'institution de « l'épouse du dieu ». Chaque reine remplissait cette fonction ; mais ce fut une particulière, Iiméret-nébes, « Celle que son maître aime », qui, la première, porta officiellement le titre d'« épouse du dieu ». Une statuette, datant du Moyen Empire et conservée au musée de Leyden, nous la montre vêtue d'une robe moulante et transparente, chaussée de sandales dorées, les bras bien tendus le long du corps, les doigts fins et longs, les yeux maquillés, la poitrine haute, les seins ronds, la taille très fine. Coiffée d'une perruque amovible, elle sourit. Le maître qui la désire est le dieu cherchant à exprimer sa puissance de création, qu'elle doit apaiser pour la rendre bénéfique.

C'est la reine Iâhmosé-Néfertari, nous l'avons vu, qui créa le domaine temporel de l'épouse du dieu, lequel fut ainsi doté de terres et d'un personnel comprenant un intendant, des scribes, un chef de greniers, des artisans, des paysans. Parmi les plus célèbres « épouses du dieu », qui n'appartenaient pas forcément à la famille royale, figurèrent Hatchepsout et Taousert, futurs femmes Pharaons.

Musiciennes, elles savaient manipuler les énergies vibratoires, mettre la divinité en joie et la rendre propice. Remplissant le sanctuaire des merveilleuses senteurs par leur parfum, elles chantaient avec une voix apaisante, réservée aux seules oreilles de la divinité.

Un bloc de la « chapelle rouge » d'Hatchepsout révèle un rite étrange. Un prêtre, portant le titre de « père divin », tend une torche à l'épouse du dieu. Elle l'utilise pour allumer un brasier. Puis le même prêtre lui présente une sorte de broche sur laquelle est piqué un éventail où figure une image représentant l'Ennemi, le désordre, le mal. L'épouse du dieu plonge cette image dans le brasier.

Purifiée dans un bassin avant d'entrer dans le temple, l'épouse du dieu l'appelait à se manifester, veillait sur l'apport des étoffes sacrées et participait au maintien de l'harmonie entre le ciel et la terre.

Pendant la seconde moitié du XIe siècle av. J.-C., une nouvelle institution, celle des « Divines Adoratrices », assuma l'ensemble de ces tâches sous un angle particulier.

Le célibat sacré des Divines Adoratrices

Une silhouette gracieuse, élégante, une grande coiffe enserrée par une étoffe imitant une dépouille de vautour, le serpent uraeus au front, une longue robe moulante, un collier large, des bracelets : telles apparaissaient les Divines Adoratrices, qui avaient la capacité de « nouer toutes les amulettes », donc de mettre en œuvre la magie d'État dont elles connaissaient les secrets.

Épouses d'Amon, les Divines Adoratrices ne prononçaient pas de vœu de chasteté, mais ne prenaient pas de mari humain et n'avaient pas d'enfant, afin de se consacrer exclusivement au service de la divinité. Sans être recluses, elles passaient le plus clair de leur existence à l'intérieur du temple d'Amon de Karnak, où elles éveillaient quotidiennement la puissance du dieu et maintenaient sa présence sur terre.

On voit la Divine Adoratrice donner l'accolade à Amon,

le bras gauche se posant sur son épaule. Dans la main droite, elle tient le collier de résurrection et le signe hiéroglyphique de la vie. Dans une attitude de plus grande intimité encore, la Divine Adoratrice passe ses bras autour du cou d'Amon pour l'étreindre. Tandis que son divin époux, dans d'autres scènes, lui donne la vie à respirer, la prêtresse touche la couronne d'Amon, participant ainsi de son origine céleste. Un petit groupe en terre cuite * montre même une Divine Adoratrice sur les genoux d'Amon ; ainsi est exprimée l'union mystique du dieu et de sa grande prêtresse. « Mon cœur, dit-il, est grandement satisfait. »

C'est Amon qui couronne la Divine Adoratrice. Elle s'agenouille, lui tournant le dos ; Amon lui impose les mains, la magnétise et lui communique sa puissance. La prêtresse accomplit l'acte *doua*, « adorer, vénérer », qui caractérise les prières saluant la lumière de l'aube, signe de la création renouvelée.

« Celle qui s'unit au dieu » est aussi « la main du dieu ». Ce titre se rapporte à la masturbation accomplie par le créateur qui, dans la solitude de l'origine, avait pris sa propre main pour épouse. La Divine Adoratrice était identifiée à cette main agissante du dieu, tirant de lui-même sa propre substance pour façonner le monde, sans dissocier esprit et matière.

Les Divines Adoratrices, reines de Thèbes

L'installation d'une Divine Adoratrice était un véritable couronnement. Y assistaient de nombreux prêtres et des courtisans de haut rang. La Divine Adoratrice entrait dans le temple, guidée par un ritualiste. Le scribe du livre divin et neuf prêtres purs la revêtaient des ornements, des bijoux et des amulettes en rapport avec sa fonction. Elle était proclamée souveraine de la totalité du circuit céleste que parcourait le disque solaire. Enfin, était annoncée la titulature de celle dont on disait qu'elle « présidait à la subsistance de tous les êtres vivants ».

Il faut bien parler de titulature, puisque les noms des

---

* Musée du Caire, CG 42199.

Divines Adoratrices, comme ceux des pharaons, étaient inscrits dans des cartouches. Elle formaient une dynastie et jouissaient de privilèges régaliens, tout en portant les titres traditionnels des reines, comme « dotée d'un grand charme », « douce d'amour », etc. Leur nom de couronnement est souvent l'occasion de rendre hommage à Mout.

La Divine Adoratrice était initiée aux mystères de sa fonction par le rite de la « montée royale » vers le temple, et conduite par son époux divin, Amon. Dans le secret des salles intérieures de Karnak, elle recevait les enseignements concernant le rôle cosmique du pharaon. C'est pourquoi, comme le maître des Deux Terres, la Divine Adoratrice avait la capacité de consacrer des monuments, de diriger des rites de fondation, de planter les piquets délimitant l'aire sacrée, de procéder aux sacrifices d'animaux, de consacrer les offrandes et d'offrir Maât, la Règle éternelle, à elle-même.

Recevant « la royauté du double pays », la Divine Adoratrice pouvait être représentée en sphinx, autre privilège pharaonique. De plus, elle était appelée à agir dans le rituel de régénération de la fête-*sed*. Cette dernière, visant à revivifier la puissance magique du roi, épuisée après un certain nombre d'années de règne, était strictement réservée au pharaon. Pourtant, des scènes montrent les Divines Adoratrices présidant au rituel de la fête-*sed*, caractérisé par la présence d'un double pavillon symbolisant la Haute et la Basse-Égypte. On voit aussi ces grandes prêtresses accomplir des rites royaux : faire quatre fois le tour d'un espace sacré, tirer à l'arc sur des cibles disposées aux quatre points cardinaux, nouer les nœuds de l'énergie créatrice en rapport avec quatre divinités correspondant aux directions de l'espace.

Les Divines Adoratrices peuvent-elles être considérées comme des pharaons ? Non, car leurs années de règne s'inscrivent à l'intérieur de celle du pharaon régnant ; de plus, elles ne pratiquent pas l'ensemble des rites royaux, par exemple la grande offrande au Nil, destinée à déclencher une bonne crue. De plus, elles n'édifient pas de grands temples, mais des chapelles de petite taille, et seulement à Thèbes. Les grandes constructions de l'époque dite « éthiopienne », la XXVe dynastie, qui voit l'apogée du pouvoir des Divines Adoratrices, sont le fait des seuls pharaons.

Il convient donc de parler d'une royauté plus spirituelle que temporelle, dont le rayonnement se limitait à la région thébaine. Néanmoins, les Divines Adoratrices participèrent à l'éternité stellaire et solaire des pharaons, et leurs monuments funéraires, quoique peu étudiés, sont d'un grand intérêt.

Citons leurs chapelles de Médinet Habou, sur les parois desquelles se déroule un rituel révélé par des textes qui n'ont encore fait l'objet d'aucune recherche approfondie, ainsi que les chapelles de Karnak, dédiées à « Osiris, maître de la vie », à « Osiris au cœur du perséa » et à « Osiris, régent de l'éternité ». Cette dernière chapelle est un édifice exceptionnel, qui se situe près de la grande porte d'Orient. C'est l'un des lieux les plus poignants de Karnak. Le nom complet du monument est « la grande porte de l'épouse du dieu, la Divine Adoratrice Aménirdis que vénèrent ceux qui ont atteint la connaissance dans la demeure de son père Osiris, régent de l'éternité ». La Divine Adoratrice y célèbre sa propre fête de régénération, qui lui ouvre les portes de l'au-delà. Elle consacre l'édifice à Osiris, joue du sistre devant Amon-Râ, reçoit d'Isis le collier de résurrection, est couronnée et fait l'offrande de Maât.

Au-delà de la porte d'Orient, au-delà de l'ultime temple des Divines Adoratrices, il n'y a plus rien. Plus rien d'autre que le soleil d'un autre monde.

Un dispositif temporel

Les Divines Adoratrices disposaient de services administratifs, dirigés par un grand intendant, « véritable connu du roi, un homme qu'il apprécie », autrement dit un proche conseiller de Pharaon. Ce grand intendant avait à gérer une quantité considérable de biens, consistant en métaux précieux, en vêtements, en denrées alimentaires, sans compter champs et troupeaux.

Des particuliers pouvaient consacrer leurs statues à une Divine Adoratrice et demander sa protection. On connaît même des statues sur les épaules desquelles le propriétaire a fait graver le nom du pharaon et de la Divine Adoratrice, manifestant ainsi un attachement à cette double expression de la royauté. Au moins un texte juridique prouve qu'on pouvait invoquer la personne de la Divine Adoratrice comme témoin sacré d'un acte légal.

Une Divine Adoratrice assurait sa succession par adoption. Le choix était opéré après une concertation avec le pharaon régnant, qui proposait volontiers une princesse appartenant à sa famille. La titulaire se nommait « mère », et celle appelée à lui succéder, « fille ». La mère éduquait la fille, et lui révélait les secrets de la haute fonction qu'elle devrait assumer. Les deux femmes régnaient ensemble jusqu'à l'effacement volontaire de la « mère » ou sa disparition.

À l'époque ptolémaïque, bien des siècles après la mort de la dernière Divine Adoratrice, ce titre désignait encore la grande prêtresse de Thèbes, ultime souvenir de la dynastie féminine qui avait régné sur la grande cité.

La déesse Tefnout et les Divines Adoratrices

Atoum, qui est à la fois l'être et le non-être, créa le premier couple, Chou et Tefnout. Chou est la vie, l'air lumineux et le souffle ; Tefnout est Maât, la Règle universelle. Polarité masculine et polarité féminine sont indissociables et ont une interaction. La vie engendre la Règle, la Règle engendre la vie.

Or, la Divine Adoratrice fut, comme la reine, assimilée à Tefnout * ; tous les rites dont elle avait la charge étaient accomplis « comme envers Tefnout, la première fois ». Apparaissant sur le siège de Tefnout, la Divine Adoratrice incarnait aussi Maât ; elle consolidait le tour de potier qui crée les êtres.

---

* Voir J. Leclant, Tefnout et les Divines Adoratrices thébaines, *MDIAK* XV, pp. 166-171.

60

LA DYNASTIE DES DIVINES ADORATRICES

Maât-ka-Rê

Fille du pharaon Psousénnes Ier (1040-993 av. J.-C.), Maât-ka-Rê, « la puissance créatrice de la lumière divine est la Règle », fut la première Divine Adoratrice. Elle inaugura une sorte de dynastie qui comprit douze femmes *.

Sa prise de fonction marque un net changement par rapport aux « épouses du dieu » qui la précédèrent, puisque le nom de Maât-ka-Rê est inscrit dans un cartouche. Son sarcophage en bois ** fut retrouvé, en 1875, dans la fameuse cachette de Deir el-Bahari. Le visage de la première Divine Adoratrice, gravé à la feuille d'or, est d'une beauté souveraine. Coiffée d'une perruque à longues mèches enserrée par un diadème d'uraeus, le corps couvert de symboles et de divinités protectrices, elle a un regard à la fois vif et profond.

L'égyptologue français Daressy avait vu juste en affirmant que cette fille du roi et de la grande épouse royale avait observé un célibat sacré, se mariant au seul dieu Amon. Il fut contredit par son confrère Maspero qui, dans le cercueil de Maât-ka-Rê, avait constaté la présence de la momie d'un bébé, semblant prouver que cette grande dame était morte en couches. Pourtant, on disposait bien d'informations certifiant l'existence d'un grand intendant

* Pour la liste des épouses du dieu et des Divines Adoratrices, voir *LdÄ* II, 792 sq.

** Musée du Caire, CG 61028.

de cette Divine Adoratrice, d'une administration et d'une institution exigeant que cette grande prêtresse n'épousât point un mortel et n'eût pas d'enfant. Le bébé de Maât-ka-Rê remettait en cause ce que l'on croyait savoir de sa fonction.

La radiographie vint au secours de l'égyptologie pour rétablir la vérité. Des universitaires américains prouvèrent que cette momie gênante était celle... d'un singe ! Pour l'ultime voyage, la Divine Adoratrice ne s'était pas séparée de son animal préféré.

Karomama

Sur la deuxième Divine Adoratrice, Hénout-taoui, « la souveraine des Deux Terres », qui fut en fonction pendant la première moitié du Xe siècle av. J.-C., et sur la troisième, Méhyt-ousekhet, « la puissante déesse Méhyt », aimée de Mout, qui officia pendant la seconde moitié du même siècle, nous ne savons presque rien.

En revanche, Karomama *, « aimée de Mout, Mout est la primordiale », qui fut Divine Adoratrice pendant la première moitié du IXe siècle, a acquis une certaine célébrité, due à une statuette de bronze qui l'immortalise. Dans une lettre écrite le 27 décembre 1829, Jean-François Champollion la décrit en ces termes : *J'apporte au Louvre le plus beau bronze qui ait jamais été découvert en Égypte. C'est une statuette... entièrement incrustée en or de la tête aux pieds. C'est un petit chef-d'œuvre sous le rapport de l'art et une merveille sous celui du travail d'exécution. Je suis sûr que vous embrasserez la princesse sur les deux joues malgré l'oxyde qui les masque tant soit peu et qui s'est fait jour en forme de bosse entre les deux épaules. C'est une pièce capitale.*

Portant un grand collier et de délicats bijoux, Karomama est vêtue d'une robe plissée ; de grandes ailes enveloppent le bas du corps, faisant de la Divine Adoratrice une femme-oiseau. La statuette est incrustée d'or, de cuivre et d'argent. Des feuilles d'or recouvraient les bras, les mains, les pieds et les plis du vêtement. L'or étant la

* Le sens du nom *ka-ro-mâmâ* est inconnu.

chair des dieux, « l'épouse du dieu aux mains pures, la souveraine des Deux Terres, la Divine Adoratrice d'Amon, la dame des couronnes, Karomama aimée de Mout, l'aimée d'Amon-Rê », était ainsi immortalisée dans son aspect divin.

Une inscription nous apprit que c'était le directeur du Trésor et des chambellans qui avait placé la statue de sa souveraine, Karomama, à l'intérieur du temple de Karnak, pour que lui soient adressés de pieux hommages. La jeune femme tend d'ailleurs les bras devant elle ; elle accomplissait le rite consistant à faire bruire deux sistres en or, lesquels ont disparu. Ce type de statuette, montrant la Divine Adoratrice attirant vers la terre l'influence bienveillante des divinités, était portée en procession.

Karomama, « à la belle démarche dans la maison d'Amon », jouit d'une si grande réputation que fut construite pour elle une chapelle funéraire dans l'enceinte du Ramesseum, le temple des millions d'années de Ramsès II *.

Chépénoupet Ier

À la cinquième Divine Adoratrice, Kédémérout, dont le dossier historique est quasiment vide, succéda Chépénoupet Ier, « le don d'Oupet », cette déesse Oupet étant peut-être l'incarnation de la fécondité spirituelle.

Fille du pharaon libyen Osorkon III, Chépénoupet vivait encore en l'an 700 av. J.-C. ; elle fut représentée dans la chapelle d'Osiris, régent de l'éternité, à Karnak. Sa chapelle de Médinet Habou fut malheureusement détruite.

Pendant son règne, Piânkhy vint du lointain Soudan pour rétablir l'ordre en Égypte et mettre fin à la division entre le Nord et le Sud. Très attaché aux anciennes traditions, Piânkhy veilla au rétablissement des cultes, dans leur rigueur et leur magnificence, et préserva l'institution sacrée des Divines Adoratrices.

Avec l'accord du nouveau pharaon, Chépénoupet adopta

* Sur Karomama, voir J. Yoyotte, *BSFE* 64, 1972, p. 31 sq.

comme fille spirituelle Aménirdis, « C'est Amon qui l'a donnée ».

Aménirdis l'ancienne

Fille du roi éthiopien Kachta, Aménirdis, dont le nom était suivi de l'épithète « la perfection de Mout est rayonnante », eut un long règne. C'est à Karnak, en 1858, que Mariette découvrit une statuette la représentant sur les genoux du dieu Amon, dans un état d'abandon amoureux qui illustrait l'union métaphysique avec le principe créateur.

Cette Divine Adoratrice laissa des traces de son activité architecturale sur le site de Karnak et à Médinet Habou, où sa très belle chapelle est pourvue d'une remarquable voûte de pierre. De nombreuses scènes rituelles ornent les murs. La chapelle avait reçu un abondant matériel funéraire, notamment une table d'offrandes et des statues d'Osiris au nom d'Aménirdis.

Elle participa à des rites de fondation et dirigea une cour placée sous la responsabilité d'un grand intendant nommé Harwa. C'est d'ailleurs ce dernier qui, en tant que prêtre d'Anubis, organisa les funérailles d'Aménirdis l'ancienne et son culte funéraire.

Grâce à Mariette, librettiste d'opéra pour un temps, la mémoire de cette Divine Adoratrice survécut, quoique déformée, dans *Aïda*, l'opéra de Verdi.

Chépénoupet II

À partir de 700 av. J.-C., et pour une cinquantaine d'années, c'est la fille du conquérant Piânkhy, Chépénoupet II, qui fut la huitième Divine Adoratrice, traversant trois règnes de pharaons.

Certains de ses portraits la dépeignent comme une Africaine aux pommettes proéminentes, aux hanches et aux cuisses prononcées. Son règne marque une véritable emprise sur la région thébaine ; maître d'œuvre de plusieurs chapelles funéraires, à Karnak et à Médamoud, elle apparaît souvent seule, hors de la présence de Pharaon, qui lui faisait pleinement confiance pour administrer la région.

Dirigeant le culte, célébrant une fête de régénération, Chépénoupet II fut qualifiée de « souveraine du Double Pays ». À Médinet Habou, elle fit construire et décorer la chapelle funéraire de sa « mère » Aménirdis. Comme « fille », elle adopta sa nièce Aménirdis II, dite « la jeune », qui était la fille du pharaon éthiopien Taharqa.

Chépénoupet II assista au départ des Éthiopiens et vécut les débuts de la XXVIe dynastie, dont le premier pharaon fut Psammétique Ier.

« Aimée de Tefnout », Aménirdis la jeune vécut dans l'ombre de sa puissante « mère ». Lui succéda la fille du roi Psammétique Ier (664-610), Nitokris I, dite « la grande ».

Nitokris la grande

La dixième Divine Adoratrice inaugure la période dite « saïte », pendant laquelle des pharaons originaires de la ville de Saïs, dans le Delta, prirent modèle sur l'Ancien Empire et revinrent aux valeurs de l'âge d'or, s'inspirant notamment des *Textes des Pyramides*. Est-ce la raison pour laquelle cette forte personnalité prit le nom de Nitokris, celui d'une reine Pharaon de ces hautes époques ?

La « stèle d'adoption » de Nitokris, érigée à Karnak, nous permet de connaître les circonstances de l'événement. En l'an 9 du règne de Psammétique Ier, en 655 av. J.-C., Nitokris quitta la résidence royale de Saïs, la cité de la déesse Neith. À bord d'un bateau officiel, accompagné d'une nombreuse flottille, elle prit la direction de Thèbes qu'elle atteignit seize jours plus tard.

Du débarcadère au temple, Nitokris fut transportée dans une chaise à porteurs neuve, plaquée d'or et d'argent. Chépénoupet II accueillit celle qui devait lui succéder, en présence de nombreux dignitaires et ritualistes. Auparavant, il avait fallu convaincre Montouemhat, le riche et influent gouverneur de Thèbes ; ce dernier se plia aux exigences de Pharaon et participa aux cérémonies d'investiture.

Quand Chépénoupet donna rituellement à Nitokris tout ce qu'elle possédait, Thèbes reconnut l'autorité du roi saïte. En entrant en fonction, la nouvelle Divine Adoratrice incarnait l'union du Nord et du Sud, de la Basse et de la Haute-Égypte. Son intronisation était donc un acte politique majeur, destiné à recréer un royaume cohérent et fort, après une période perturbée.

Nitokris restaura le palais des Divines Adoratrices ; les autels, le pavement de pierre et la cuisine furent refaits à neuf. Neuf cents hectares, prélevés sur sept provinces de Haute-Égypte et quatre de Basse-Égypte, formèrent son domaine. Chaque jour, le clergé d'Amon offrirait au personnel de la Divine Adoratrice 190 kilos de pain, 6 litres de vin, du lait, des légumes, des gâteaux, des grains, des herbes. Chaque mois, trois bœufs, cinq oies, vingt jarres de bière et autres nourritures. Quant au grand intendant, il était comparé au *ka* du roi ; autrement dit, il devait apporter à la Divine Adoratrice l'énergie indispensable pour accomplir sa tâche.

Une admirable statue en schiste vert, haute de 96 cm, représente la déesse Thouéris, hippopotame femelle debout, pourvue de bras et s'appuyant sur le signe hiéroglyphique de la protection magique * ; l'œuvre se trouvait à l'intérieur d'un naos en calcaire, percé d'une ouverture par laquelle la déesse regardait vers l'extérieur. Sur ce naos est figuré Nitokris, qui fait l'offrande du sistre à la déesse, en compagnie de la confrérie des sept Hathor, jouant du tambourin. Thouéris, « la grande mère », et la Divine Adoratrice devenaient ainsi indissociables.

En 594 av. J.-C., après un long règne, la « mère » Nitokris la grande adopta la « fille » Ankhnes-néferibrê. Elle lui révéla les secrets de la fonction, lui apprit à gouverner et mourut en l'an 4 du pharaon Apriès, en 585, au terme de neuf années de règne commun avec la onzième Divine Adoratrice.

Ankhnes-neferibrê

Fille du roi Psammétique II, Ankhnes-néferibrê avait été accueillie à Thèbes par Nitokris. Cette dernière lui avait ouvert les portes de la demeure d'Amon et l'avait

* Musée du Caire, CG 39194.

mise en présence du dieu caché. Comme Pharaon, Ankhnes-néferibrê avait accompli le rite de la « montée vers le temple ».

Dans le secret du sanctuaire, elle avait été couronnée, revêtue de ses vêtements et de ses ornements rituels. Sa titulature faisait d'elle « la grande chanteuse, celle qui porte des fleurs, celle qui est à la tête de la lignée d'Amon » et aussi « le premier prophète d'Amon ».

Autrement dit, Ankhnes-néferibrê était placée à la tête de la hiérarchie thébaine et devenait la supérieure de tous les prêtres de Karnak. Le scribe du livre divin enregistra les détails de la cérémonie, constatant que la Divine Adoratrice, digne de toutes les louanges, douce d'amour, régnait sur le circuit du disque solaire. Pour manifester sa joie, elle joua des sistres et psalmodia, de sa belle voix, un chant sacré.

Le nom de la onzième Divine Adoratrice signifie « Que Pharaon vive pour elle, parfait est le cœur de la lumière divine ». Aimée de Mout, régente de la perfection, Ankhnes-néferibrê entra pleinement en fonction douze jours après la mort de Nitokris la grande.

Elle fit bâtir une porte jubilaire à Karnak-Nord, deux petites chapelles sur l'allée conduisant au temple de Ptah, une chapelle d'Osiris, et eut un long règne d'environ soixante-dix ans. Lorsqu'elle sentit ses forces décliner, elle choisit comme « fille » Nitokris II, fille du pharaon Amasis, et lui transmit sa charge de premier prophète d'Amon.

Nitokris II

La douzième Divine Adoratice devait être la dernière représentante de cette extraordinaire lignée de grandes prêtresses.

En 525, en effet, les Perses envahirent l'Égypte et dévastèrent Thèbes. Leur chef, Cambyse, aurait même violé la tombe d'Ankhnes-néferibrê, à Deir el-Médineh, et brûlé sa momie. Le sarcophage de cette grande dame, par bonheur, échappa à la destruction ; l'expédition française de 1832 le retrouva, mais les pouvoirs publics ne le jugèrent pas assez intéressant pour l'acheter. Plus perspicaces, les Anglais s'emparèrent de ce chef-d'œuvre, aujourd'hui exposé au British Museum. Il est couvert de textes d'une importance capitale qui retracent la destinée spirituelle de la Divine Adoratrice.

Quel sort les barbares perses réservèrent-ils à la dernière Divine Adoratrice ? Nous l'ignorons.

L'appel des Divines Adoratrices

Parmi les richesses architecturales du grand temple de Médinet Habou, sur la rive ouest de Thèbes, il y a les chapelles des Divines Adoratrices. Sur l'un des linteaux, on peut lire cet « appel aux vivants » :

Vivants qui êtes sur terre et qui passez par cette demeure de l'énergie créatrice (ka) que Chépénoupet II construisit pour son père, le dieu Anubis, lequel préside au pavillon divin, et qu'elle construisit aussi pour la Divine Adoratrice, Aménirdis, à la voix juste ; de même que vous aimez vos enfants et voudriez leur voir conserver vos fonctions, vos demeures, vos bassins et vos canaux, conformément à ce qui vous fut souhaité quand vous les construisiez et les creusiez vous-mêmes, de même que vous respirez le doux souffle parfumé de la grande allée et suivez le dieu vénérable, à la grande puissance, lors de chacune de ses magnifiques processions ; de même que vous célébrez les fêtes du grand dieu qui est à Médinet Habou et que vos épouses accomplissent les rites pour Hathor, souveraine de l'Occident, elle qui leur permet de porter mâles et femelles sans maladie et sans souffrance, je vous en prie : prononcez la formule « Offrande que donne Pharaon ».

61
LES PLEUREUSES

Une confrérie sacrée

La mort a frappé. La momie a été préparée et introduite dans un sarcophage, placé sur un traîneau que tirent des bovidés. Le convoi funéraire s'organise. Apparaissent des « pleureuses * », vêtues d'une robe blanche et ne portant aucun ornement. Les seins nus, elles se frappent la poitrine et se couvrent la tête de poussière.

Éplorées, elles se lamentent, poussent des cris de douleur, évoquent le bon berger parti vers le pays d'éternité, autrement dit le défunt ou la défunte assimilés au dieu ressuscité qui sait conduire le troupeau des hommes jusqu'aux paradis de l'au-delà.

Toi dont la maisonnée était nombreuse, récitent les pleureuses, *tu es à présent dans une contrée solitaire. Celui qui aimait remuer ses jambes pour marcher est aujourd'hui immobile, enfermé dans des bandelettes.*

Les pleureuses disposent, en effet, d'un répertoire de textes et de chants funèbres qui ne laissent aucune place à l'improvisation. « Qu'on offre de l'eau à celui qui désire boire », implorent-elles en évoquant le mort qui doit traverser de difficiles épreuves avant de connaître la régénération.

Chanteuses de la déesse Hathor, ces pleureuses, qui interviennent lors des rituels funéraires, sont également

* Voir M. Werbrouck, *Les Pleureuses dans l'ancienne Égypte*, 1938.

chargées, comme on le voit dans la tombe de Ramosé, de faire le geste du *ka*, afin d'entretenir l'énergie créatrice qui survivra au néant.

Isis et Nephtys, les deux milans femelles

Les deux pleureuses principales s'appelaient *djeryt* *, c'est-à-dire de « milans femelles », rapaces qui se posaient à la tête et au pied du sarcophage, et le protégaient. On les voit aussi sur le bateau qui transporte le cercueil vers le paradis des justes.

Ces deux oiseaux sont Isis et Nephtys, « à la voix juste » ; lors des rites, des femmes, comme la dame Ny-ânkh-Hathor, « Celle qui appartient à la vie, Hathor », qui vécut à la VIe dynastie, sont chargées d'incarner les déesses. Ces initiées étaient vêtues d'une longue robe à bretelles, laissant les seins nus ; un bandeau enserrait leur perruque courte. Elles portaient des coffres en bois qui contenaient étoffes et vêtements de résurrection.

Isis est « la grande pleureuse », Nephtys « la petite pleureuse » ; parfois, elles touchaient le sarcophage pour lui transmettre l'énergie dont elles étaient dépositaires. Lorsqu'elles jouaient le rôle d'Isis et de Nephtys, les initiées devaient être purifiées quatre fois, de sept jours en sept jours, avant de se présenter à la porte de la salle large où des ritualistes les fumigeaient. À la première heure de la nuit, elles prononçaient la formule : « Je suis pure, claire et encensée. »

Étaient récitées les lamentations d'Isis et de Nephtys ** dont le bénéficiaire était Osiris, à savoir tout être reconnu juste par le tribunal de l'autre monde.

Lors de la fête des pleureuses, on purifiait les locaux où elles officiaient. Épilées, coiffées de perruques bouclées, Isis et Nephtys avaient leur nom inscrit sur leur bras. À quatre reprises, elles vénéraient Osiris, et un ritualiste leur répondait : « Le ciel est réconcilié avec la terre. »

---

* Voir H. G. Fischer, *Varia*, pp. 39-50.

** Voir H. Junker, *Die Stundenwachen in den Osirismysterien*, Wien, 1910 ; R.O. Faulkner, The Lamentations of Isis and Nephtys, *Mélanges Maspero* I, 1934, p. 337 sq. et The Songs of Isis and Nephtys, *JEA* 22, 1936, p. 121 sq.

Pour avoir la bouche pure, les pleureuses mâchaient du natron ; puis elles étaient encensées. L'œil d'Horus, synonyme d'offrande, répandait sur elles son parfum. Chants et musiques s'élevaient, annonçant la transformation d'Osiris mort en Osiris vivant. Ciel et terre se réjouissaient et connaissaient le bonheur, puisqu'il n'y avait plus de crainte à propos de la destinée d'Osiris. Le Maître était bien présent dans sa demeure de résurrection, il n'était ni perdu ni égaré.

Viens vers moi, implorait Isis, *tu n'as plus d'ennemi. Viens vers moi pour me contempler. Je suis ton épouse, celle qui t'aime. Ne t'éloigne pas de moi. Je te désire. Combien il serait merveilleux de te voir ! Viens vers celle qui t'aime, ton épouse, la maîtresse de ta maison. Je suis ta sœur aimée. Dieux et hommes se sont tournés vers toi, ils te contemplent, ils voient ma peine. Je t'appelle, et mes lamentations vont jusqu'au haut du ciel. N'entends-tu pas ma voix ? Je suis ton épouse aimée sur la terre, et tu n'aimes aucune autre femme. Ici, pour moi, il fait sombre, bien que le soleil brille dans le ciel. Ciel et terre sont un, et l'obscurité a envahi la terre. Les cités vivent dans la peine, les chemins ne mènent plus nulle part. Mon cœur souffre, car le malheur t'a emporté. Ton amour me manque. Ne demeure pas isolé, ne reste pas éloigné !*

L'intervention de la pleureuse, l'intensité de son amour aboutissent à un heureux résultat. L'époux d'Isis revient dans ses bras. Elle ressent d'abord sa présence, grâce à son parfum, celui du merveilleux pays de Pount, puis elle le voit. En ressuscitant, Osiris répand la vie autour de lui. Les pleureuses ont contribué à ce miracle.

62

CELLES QUI SERVENT LE *KA*

Le *ka* est l'énergie créatrice qui anime toute forme de vie. Il se dépose dans l'être humain, dont la survie dépend des rapports qu'il entretient avec son *ka* ; aussi est-il essentiel que des ritualistes, après la mort d'un individu, accomplissent les gestes indispensables à l'entretien de cette puissance invisible et immatérielle.

Or, s'il existe des « serviteurs du *ka* », il y a aussi, dès les hautes époques, des femmes qui remplissent cette fonction et sont nommées « celles qui servent le *ka* ». Elles officient dans les chapelles des tombes, brûlent encens et parfums, présentent les offrandes liquides et solides, les rendent efficaces en les faisant « sortir à la voix », c'est-à-dire en les énonçant. Ainsi la matière est-elle transformée en esprit.

« Servante du *ka* » était une profession ; en échange des services rendus, la ritualiste recevait un salaire en nature. Elle avait la capacité de consacrer le monument funéraire d'un homme, qu'il s'agisse de son mari, d'un parent ou d'un ami.

Face à l'au-delà, homme et femme sont identiques. Comme l'homme, la femme peut atteindre le plus haut état spirituel, l'*akh*, terme qui signifie « être utile, être lumineux ». La femme initiée est un « être vénéré (*imakh*) », « la vénérée auprès du grand dieu ». Ainsi la dame Khouensou, dont le nom signifie « Je l'ai protégé », est-elle *prêtresse d'Hathor maîtresse du sycomore, la prêtresse de celle qui ouvre les chemins, Neith du nord du mur, la prêtresse de la maîtresse de Dendéra, dans toutes ses places, la vénérée* *auprès du grand dieu, celle qui est connue du roi, l'ornement du roi* *.

De même que l'homme, la femme souhaite avoir une bonne sépulture dans l'Occident, monter vers le grand dieu, recevoir des offrandes. La princesse Ni-sedjer-kai, qui vécut à la Ve dynastie, fut inhumée dans un grand mastaba de Guizeh ; fille du roi, prêtresse d'Hathor et de l'âme de Khéops, elle mourut à un âge avancé. Pharaon et Anubis lui accordèrent le repos dans l'Occident et des offrandes lors de chaque fête ; aussi voyagea-t-elle en paix sur les beaux chemins de l'éternité, sur lesquels cheminent les justes.

Puisse-t-elle voyager et traverser le ciel, est-il souhaité à la prêtresse d'Hathor Hédoui, enterrée dans la nécropole de Naga ed-Deir ; *que sa main soit prise par le grand dieu, maître du ciel, pour la conduire vers le lieu pur.*

La dame Néféret-iabet, « La belle orientale », était une personnalité d'exception. Sur sa stèle ** trouvée à Guizeh, et datant du règne de Khéops, elle est assise sur un tabouret à pieds de taureau ; coiffée d'une longue perruque striée, vêtue d'une peau de panthère, la main gauche sur la poitrine, elle tend la droite vers une table d'offrandes. Par ce geste, elle consacre mille pains, mille cruches de bière, mille têtes de bétail, mille pièces de gibier, mille vases d'albâtre, mille pièces d'étoffe, l'encens, l'huile, le fard vert, le fard noir, les fruits, le vin et toutes autres bonnes choses pures qui figureront aux fêtes et dans les banquets de l'au-delà. Devant le visage de Néféret-iabet, agissant comme animatrice du *ka*, un hiéroglyphe dont la signification est « eau fraîche, eau de régénération ». En consacrant aliments et produits rituels, elle les rendait vivants à jamais.

Le bas-relief de la dame Kétisen et de son mari Houti *** est révélateur de l'importance accordée à la femme comme servante du *ka*, donc capable de sacraliser la matière. Les deux époux se font face. Devant chacun, une table d'offrandes sur laquelle sont disposés des pains. Les deux personnages sont de même taille. Houti est sévère et digne, son

---

* Stèle fausse porte de Kanéfer, musée du Louvre E. 11. 286.

** Stèle Louvre E 15591.

*** Musée du Caire CG 1392 (provenant du mastaba n° 88 de Saqqara.)

épouse Kétisen est d'une extraordinaire beauté. Détail capital, tous les hiéroglyphes se dirigent vers la femme et non vers son mari. Le verbe et la magie qu'ils véhiculent sont destinés à Kétisen, reconnue comme l'animatrice de cette scène et comme la « propriétaire » de l'offrande qui est gravée dans la pierre pour l'éternité. Les divers produits énumérés lui reviennent, et elle en dispose à sa guise. Le mari, Houti, est dans une posture de vénération par rapport à son épouse, qui marque d'ailleurs sa prééminence en étendant les deux mains vers la table d'offrandes. Houti est l'invité de la dame Kétisen, à qui il adresse un discours, lui promettant une quantité innombrable d'offrandes, afin qu'elle ne manque de rien dans l'autre monde.

63
LES RECLUSES

Les « recluses » (*kheneroüt*) formaient une catégorie d'initiées qui pouvaient séjourner pendant une longue période, ou de manière définitive, à l'intérieur d'un temple. La reine d'Égypte était la supérieure des recluses, lesquelles se plaçaient sous la protection de Pharaon, d'Amon, de Min, de Khonsou, de Sobek, d'Osiris, de Khnoum, d'Oupouaout, d'Isis, de Mout, de Bastet, de Nephtys, bref de la plupart des dieux et des déesses.

Ni virginité ni célibat n'étaient exigés, mais plusieurs purifications étaient pratiquées avant l'entrée dans le temple et la participation aux rites. Les initiées étaient lavées dans un bassin, épilées, fumigées avec de l'encens.

Robe longue serrée s'arrêtant aux chevilles, pagne court ou mi-long parfois retenu par des bandes croisées sur la poitrine et dans le dos, ceinture à deux longues bandes sur le devant, bijoux, bracelets de poignet et de cheville, tels étaient les principaux vêtements et ornements des recluses, dont la fonction consistait à attirer sur terre l'énergie divine et à la concentrer dans le sanctuaire.

Outre des activités musicales, les recluses veillaient sur les objets sacrés et prononçaient des paroles de puissance, contenues dans les hymnes. Elles apaisaient les forces cosmiques dont l'intensité pouvait être destructrice.

C'est à cette catégorie d'initiées, habituée à vivre les mystères du temple, qu'était confiée la tâche d'incarner les déesses lors de la représentation secrète des mythes. Les pleureuses, que nous avons évoquées, étaient liées à une communauté de recluses, « celles de la demeure de l'acacia * ». Elles étaient dirigées par une « supérieure de la demeure de l'acacia », capable d'utiliser la formidable puissance de la lionne Sekhmet et de permettre à ses sœurs de vaincre la mort.

La reine Tiaa, épouse du pharaon Amenhotep II, fut « directrice des bouchers de la maison de l'acacia » ** ; à côté du sanctuaire où officiaient ces initiées se trouvait, en effet, un secteur économique chargé d'assurer leur bien-être matériel.

Un bas-relief du mastaba de Mérérouka montre trois recluses de la demeure de l'acacia, vêtues d'un pagne court, bras arqués au-dessus de la tête, dansant sur un rythme lent. Deux sœurs les accompagnent. L'essentiel de leur chant rituel réside dans ces mots : « Que son corps reste intact », autrement dit qu'Osiris soit préservé de la mort. Les recluses de la demeure de l'acacia participaient aux mystères de la résurrection d'Osiris et se plaçaient sous la protection d'Hathor, « dame de l'acacia ».

Touy et Houy

La dame Touy, qui vécut pendant le règne d'Amenhotep III, est connue grâce à une statuette de bois, haute de 33,4 cm ***. Elle est représentée âgée, le visage sévère, l'allure austère, un collier de résurrection, le *menat*, dans la main gauche. Maîtresse de maison, elle était aussi « grande chanteuse » et « grande recluse de Min », titres qui indiquent une position élevée dans la hiérarchie sacrée.

De même que l'illustre Touya, grande épouse royale de Séthi Ier et mère de Ramsès II, la dame Houy avait été « supérieure des recluses d'Amon », à l'époque de Thoutmosis III. Une statue **** la représente assise sur un trône et précise ses autres titres : « supérieure des recluses dans la demeure de Râ, adoratrice du dieu, adoratrice dans le temple d'Atoum ». Un personnage de premier plan, par

---

* Voir E. Edel, *Das Akazienhaus*, Munich, 1970.
** Voir *Mélanges Mokhtar*, Le Caire, 1985, p. 389 sq.
*** Musée du Louvre E 10655.
**** British Museum 1280 ; voir M. Gitton, *Les Divines Épouses de la XVIIIe dynastie*, p. 79 sq.

conséquent, qui tenait sur ses avant-bras un enfant nu, la grande épouse royale dont elle était la mère.

D'après les inscriptions, le *ka* d'Houy recevait des offrandes, pain, bière, viande, volaille, vin, lait, à l'occasion de toutes les fêtes du ciel et de la terre. Le dieu Amon et la déesse Mout agirent en sorte qu'elle connût la joie et qu'elle se déplaçât librement dans le temple, chaque jour, ayant accès à tous les lieux secrets, et qu'elle demeurât en bonne santé.

64

LA FEMME CONNAISSANTE ET MAGICIENNE

Comme le révèlent, notamment, les archives du village de Deir el-Médineh, il existait, dans toutes les communautés grandes ou petites, une « femme sage, connaissante » à laquelle on faisait appel pour résoudre mille et un problèmes. Voyante, capable de donner à un enfant le nom dans lequel serait contenu son destin, guérisseuse, elle prédisait l'avenir, soulageait les maux psychiques et physiques, savait retrouver des objets perdus et discerner la vérité du mensonge. Gardienne des traditions, elle transmettait, de manière orale, les mythes, les légendes et les contes. À qui venait vers cette femme connaissante, elle était capable de dire s'il était habité par des forces positives ou négatives * et, dans ce dernier cas, comment s'en délivrer.

Ces « connaissantes » exercèrent une influence considérable dans la vie quotidienne des anciens Égyptiens ; la dame Horsedjem, dite « Osiris, à qui l'on adresse des louanges », titre rare, était sans doute l'une d'elles. On la voit agenouillée devant Thot qui écoute, sous la forme d'un ibis, elle qui avait été admise dans la demeure du dieu **. Instruite des secrets que détenait le dieu de la connaissance, elle pouvait affirmer : « Je suis la femme qui éclaire les ténèbres ***. »

La magie, en tant que science donnant accès aux lois

* Voir KMT 4/2, 1993, p. 35.
** Stèle 22120 d'Akhmim.
*** *Livre des morts*, chapitre 30

universelles, est partout présente dans l'univers égyptien où la frontière entre la vie et la mort n'est qu'apparente. Les divinités ont élu domicile sur terre et imprègnent de leur puissance la moindre activité quotidienne, réclamant au paysan, à l'artisan, à la maîtresse de maison une conscience du sacré. Aussi utilisent-ils des « media » chargés de magie, tels que scarabées ou amulettes.

La connaissante est aussi une magicienne. L'expression « grande, riche en magie » désigne à la fois la couronne royale, le serpent uraeus dressé au front de Pharaon et plusieurs déesses, dont Isis. Lorsqu'elle partit sur les chemins et apparut aux humains sous l'apparence d'une femme, Isis fut accompagnée de sept scorpions qui lui obéissaient au doigt et à l'œil, et la protégeaient contre tout agresseur. Parvenue à un village situé à la limite des terres et à la lisière des marais du Delta, Isis émit le désir d'entrer dans la demeure d'une femme qui la repoussa en fermant sa porte. Isis insista, se fit ouvrir, mais l'un de ses scorpions piqua le fils de la maîtresse de maison. Le cœur d'Isis prit pitié; elle sauva le malheureux en lui imposant les mains et en ordonnant au venin de sortir du corps pour s'écouler dans le sol.

La magicienne n'ignore rien des maléfices et des vertus d'êtres dangereux, tels que scorpions et serpents. Elle sait déclencher la venue du cobra Rénénoutet à tête de femme, qui protège les moissons et les rend abondantes , le visage couvert d'un masque à oreilles de lion, elle saisit un serpent dans chaque main * et prononce les formules de conjuration qui l'empêcheront de nuire.

Identifiée aux quatre vents, la magicienne ouvre les portes du ciel, étend son regard jusqu'aux limites de la terre, parcourt le chemin de la lumière et celui de l'eau, et vit dans l'unité qui existait avant la naissance de la multiplicité.

La dame Nestayerrê, qui vivait à Thèbes au Nouvel Empire, redoutait, comme tout un chacun, les calamités qui risquaient de s'abattre sur elle, depuis un mauvais rhume jusqu'à la chute d'un mur. Les malheurs, petits ou grands, étaient envoyés par les divinités, lorsqu'elles

* Voir *Sources orientales* 6, p. 81

n'étaient pas correctement honorées. Il existait un bon moyen de se mettre à l'abri : porter sur soi un papyrus dont le texte affirmait qu'il préservait le ou la propriétaire des catastrophes. Les grands dieux de Thèbes promirent à la dame Nestayerrê qu'ils la maintiendraient en bonne santé et qu'ils lui accorderaient de beaux rêves *. *Je la sauvegarderai du crocodile, du serpent, des scorpions, de la maladie, de la médisance, de l'injustice et des démons*, affirme le dieu Khonsou. *Je ferai prospérer ses terres, son personnel, son bétail, ses chèvres, tous ses biens dans le pays, de sorte qu'aucune divinité du Sud ou du Nord n'intervienne contre elle. Je la sauvegarderai dans tous ses voyages, qu'elle prenne un bateau ou circule en chariot. Je lui éviterai la migraine, les souffrances à la langue et à l'œil. Je garderai en bonne santé son cœur, ses poumons, son foie, ses reins et son ventre.* Une conclusion précise que les maux qui auraient été oubliés seraient quand même conjurés et que les bons événements non mentionnés se produiraient.

À la dame Moutouatès, ce fut une belle carrière de prêtresse que les divinités accordèrent ; elles firent en sorte qu'elle atteigne un grand âge et vive ses derniers jours dans la paix du temple. Un texte, contenu dans un petit cylindre qu'elle porte au cou, lui garantit d'être accueillie dans l'audelà par Amon, qui lui réserve une grande fête.

---

* Voir Edwards, *Amuletic Decrees of the Late New Kingdom*, 1960, pp. 81-84 et C. Ziegler, *Naissance de l'écriture* (catalogue), p. 301.

65

FIGURES D'INITIÉES

Taniy, initiée aux mystères d'Abydos

En 1880, Auguste Mariette découvrit à Abydos une stèle du Moyen Empire, au nom de la dame Taniy ; il manquait la partie supérieure, récemment identifiée comme telle, de sorte que l'on dispose à présent du monument complet *. Il est difficile de savoir sous quel règne exact elle a vécu, peut-être celui d'Amenemhat II, mais l'essentiel est le texte extraordinaire de cette stèle.

Extraordinaire, parce qu'il évoque la participation d'une femme aux mystères d'Osiris, à propos desquels les informations sont rares.

Taniy était vénérée (*imakhet*) auprès d'Osiris, elle possédait l'état de vénérable (*imakh*) et avait été reconnue « juste de voix » ; elle pouvait comparaître devant Osiris, le grand dieu, seigneur d'Abydos, son épouse Isis et son fils Horus. Vêtue d'une robe longue à bretelles nouées sous ses seins nus, coiffée d'une perruque courte, parée d'un collier large, elle tenait une fleur de lotus dans la main gauche et versait une libation sur une table d'offrandes. Pour l'éternité, elle disposerait de milliers de pains, de cruches de bière, de bœufs, de volailles, de parfums et d'encens. La dame Tanyi lançait un appel aux prêtres purs et aux servi-

---

* Voir H. de Meulenaere, Retrouvaille de la dame Taniy, in *Pyramid Studies*, 1988, pp. 68-72. Le nom « Taniy » est d'interprétation difficile ; peut-être signifie-t-il « la libérée du mal ».

teurs du dieu qui avaient accès au temple d'Osiris : qu'ils fassent offrande chaque jour et lors de chaque fête.

Puis Taniy révèle ce qu'elle a vécu :

*Je suis pourvue de caractère, à la tête de ceux qui connaissent, une vénérable, louée par mon maître, parfaite en raison de ce qui sort de sa bouche, distinguée par le roi en raison de son équité. Il m'a récompensée, avec des présents quotidiens ; je suis entrée sous les louanges et je suis sortie comme une aimée ; je suis quelqu'un dont la formulation révèle les qualités, qui formule les rites que l'on accomplit pour elle *, une vénérable auprès de la grande épouse royale, qui s'unit à la couronne blanche.*

Taniy était donc une familière de la cour royale ou, du moins, suffisamment connue d'elle pour que ses qualités fussent appréciées. Elle poursuit, révélant quelques épisodes des mystères d'Abydos :

La connue du roi, Taniy, est allée en Abydos, en ce jour où l'on ne parle pas ; après être entrée dans la tente divine, elle a vu les rites secrets.

Cette tente était une sorte de chapelle, à l'intérieur de laquelle se trouvait un symbole d'Osiris, sans doute une statuette le représentant sous la forme d'une momie, servant de support aux rites de résurrection.

Après être montée dans la barque (neshemet), continue Taniy en parlant d'elle-même, *elle a traversé le fleuve dans la barque divine. La connue du roi, Taniy, est sortie dans la plaine de Râ avec des plantes, nommées « la vie qui est en toi », à ses yeux, à son nez et à ses oreilles, et le produit nommé « les frères du ciel » sur ses membres. Elle fut habillée par Tayt* (la déesse du tissage), *et ses vêtements lui furent donnés par Horus l'aîné, en ce jour où il prit la grande couronne.*

Et le texte conclut :

*Que ton nez ** t'appartienne, en même temps que tes yeux voient, ô véritable connue du roi, Taniy, juste de voix, dame vénérée.*

---

* L'expression utilisée ici est, d'ordinaire, réservée aux reines.

** À savoir sa capacité de respirer pour l'éternité.

Hénout-oudjébou, aimée du ciel

Hénout-oudjébou, « la maîtresse des largesses (ou des étoffes) », fut inhumée dans un magnifique cercueil en bois doré et peint, déposé dans la tombe de Hatiay, à Thèbes *. Maîtresse de maison et chanteuse d'Amon, la dame Hénout-oudjébou était devenue un Osiris. Son visage, en or stuqué, est lumineux et serein ; le verre noir, utilisé pour sa pupille, et le verre blanc, pour sa cornée, ont préservé un regard vivant. Son collier de perles se terminait par des boutons de fleurs de lotus dorés.

Le texte du couvercle du sarcophage mérite attention :

Paroles dites par l'Osiris Hénout-oudjébou, juste de voix : "O ma mère Nout (le ciel), *étends-toi sur moi, pour que je sois placée parmi les étoiles impérissables qui sont en toi, sans mourir.* "

Aimée de la déesse du ciel, Hénout-oudjébou s'unissait à elle pour vivre l'immortalité stellaire, telle que la connaissaient les pharaons de l'Ancien Empire.

La dame Taouaou s'identifie aux dieux

Taouaou, joueuse de sistre d'Amon-Rê, vécut à l'époque ptolémaïque ; un papyrus, heureusement conservé **, révèle les étapes de son initiation et les conséquences remarquables qui en découlèrent.

Après avoir été reconnue juste par le tribunal divin, Taouaou obtint la maîtrise du Verbe et de son cœur ; aussi réalisa-t-elle trois vœux : « rafraîchir » son cœur, c'est-à-dire le régénérer sans cesse, obtenir une puissance identique à celle de Sekhmet et avoir une vieillesse heureuse dans l'au-delà, comme Osiris ressuscité. Étant un être de lumière, la dame Taouaou devint Atoum, le créateur ; Ptah, le façonneur ; Thot, le connaissant ; Amon, le roi des dieux ; Osiris, le maître de l'autre monde ; Hathor, l'or du ciel. Elle s'identifia à toutes les divinités, devint le père et le maître de toutes les forces divines.

---

* Cercueil conservé à la Washington Gallery of Art, St Louis ; voir *Aménophis III, le Pharaon-Soleil*, Paris, 1993, p. 270.

** Voir J.-C. Goyon, *Le Papyrus du Louvre n° 3279*, Le Caire, 1966. Le nom Taouaou signifie peut-être « la lointaine ».

C'est pourquoi elle ne mourut pas une seconde fois et obtint une totale liberté de déplacement dans les espaces de l'au-delà.

La statue de la dame Takoushit, datant de la XXVe dynastie, exprime une symbolique comparable ; sur son corps de pierre sont évoquées les divinités d'Héliopolis, de Memphis, de Mendès et d'autres sites sacrés. C'est le panthéon entier qui la fait revivre pour l'éternité, car son être ressuscité est formé de l'ensemble des puissances de création.

Dans la collection archéologique de l'université de Liverpool, se trouve une modeste sculpture, fort abîmée ; manquent les têtes et les pieds *. Il est clair, néanmoins qu'il s'agit de deux femmes. En statuaire, ce thème est exceptionnel ; n'évoque-t-il pas deux initiées, deux sœurs appartenant à une communauté de recluses, partageant le même mystère et souhaitant demeurer côte à côte pour toujours ?

---

* Voir S. Snape, *GM* 39, 1986, pp. 61-64.

CONCLUSION

C'est Ptolémée Philopator (221-205 av. J.-C.) qui réduisit l'Égyptienne au rang de la femme grecque, en lui imposant un tuteur pour tout acte juridique ou commercial. L'égalité entre homme et femme, l'une des valeurs essentielles de la civilisation pharaonique, disparaissait.

Un pas supplémentaire fut franchi par le christianisme Alors que Clément d'Alexandrie, l'un des premiers Pères de l'Église, pensait encore, vers 180 ap. J.-C., qu'« il n'y avait ni mâle ni femelle dans le Christ », son contemporain Tertullien prit une position radicalement hostile à la femme, à laquelle « il n'est pas permis de parler dans l'église, d'enseigner, de baptiser, de faire offrande, ni de réclamer pour elle une part d'une fonction masculine, ni de réciter aucun office de la prêtrise ». Christianisme, judaïsme et islam abonderont dans ce sens, enfermant les femmes dans une infériorité spirituelle.

Il n'en était pas ainsi au temps des pharaons, et il fut justement remarqué que l'étendue des droits des Égyptiennes ne fut nulle part égalée jusqu'à la Première Guerre mondiale. Encore faut-il restreindre cette reconquête moderne à quelques pays et au seul domaine social et économique.

Dans le domaine spirituel, en effet, les sommets atteints par les Égyptiennes ne l'ont plus été depuis l'extinction de la civilisation pharaonique ; ses valeurs étaient trop amples, trop libres, trop créatrices pour être emprisonnées dans des religions dogmatiques.

L'une des dernières grandes figures féminines de l'histoire égyptienne, l'épouse du sage Pétosiris, fut conforme au modèle de la femme accomplie, selon l'antique sagesse. Dans les années 350-330, la vieille cité sainte d'Hermopolis la grande, où se trouvaient la première butte émergée lors de la création et l'œuf du monde, n'était plus qu'une petite ville pauvre. En 333, Alexandre le Grand avait libéré l'Égypte du joug des Perses pour lui imposer celui des Grecs ; jamais plus le pays ne serait gouverné par un pharaon originaire des Deux Terres. Mais, à Hermopolis, le grand prêtre Pétosiris voulut oublier la fatalité de l'Histoire *. Chef des prêtres de Sekhmet, grand prêtre de Thot, il voyait le dieu dans son naos, et recommandait aux humains de respecter la règle de Maât en marchant dans la voie de Dieu. Pétosiris restaura le temple de Thot, rétablit les horaires de travail, remplit les greniers d'orge et de froment, veilla à l'entretien des jardins et des arbres fruitiers.

Quand il réédifia la chapelle des Épouses divines et celle de Hathor, il exauca le vœu de son épouse, décrite en ces termes :

*Sa femme, son aimée, souveraine de grâce, douce d'amour, à la parole habile, agréable en ses discours, de conseil utile dans ses écrits ; tout ce qui passe sur ses lèvres est à la ressemblance de Maât ; femme parfaite, grande de faveur dans sa ville, tendant la main à tous, disant ce qui est bien, répétant ce que l'on aime, faisant plaisir à chacun ; en l'écoutant, on n'apprend pas le mal, elle qui est très aimée de tous, elle qui se nomme Renpet-Néféret, « L'année parfaite ** ».*

Pétosiris et son épouse, « l'année parfaite », furent inhumés ensemble dans un magnifique tombeau ; selon les paroles du sage, comme on a agi, on sera traité, et c'est bâtir un monument que de laisser derrière soi une bonne parole. Pour trouver le bonheur et atteindre le Bel Occident, il faut être en rectitude et pratiquer l'équité.

Les Égyptiennes connurent un monde où la femme n'était ni l'adversaire, ni la rivale de l'homme. Un monde qui leur permettait de s'épanouir comme épouse, comme mère, comme femme au travail, comme initiée aux mystères du temple, sans perdre leur identité au profit du

---

* Voir G. Lefebvre, *ASAE* XX, XXI et XXII pour les textes du tombeau de Pétosiris.

** Inscriptions du tombeau de Pétosiris 58, 8-11.a

mâle. Un monde où le domaine du sacré, dans sa totalité, leur était accessible.

C'est une femme immense, la déesse Nout, qui avale le soleil au couchant et le met au monde au levant. En elle, chaque nuit, se reproduit l'alchimie de la création ; et chaque matin, elle fait naître une nouvelle lumière. Avec elle, apparaissent tous les êtres vivants, en elle ils s'accomplissent.

Cette perception du rôle de la femme céleste, des déesses, de la polarité féminine dans la création, fut à l'origine du respect que la civilisation pharaonique manifesta envers les femmes et du rôle qu'elle leur attribua dans la société, de la grande épouse royale à la maîtresse de maison, de la Divine Adoratrice à la servante.

Il aurait fallu évoquer bien d'autres Égyptiennes, tracer beaucoup d'autres portraits ; le hasard de la conservation des documents nous prive de quantité d'éléments d'informations, et il faut souvent mener de longues enquêtes pour obtenir des indications fiables. Malgré ses imperfections, cet ouvrage est un hommage aux Égyptiennes, rayonnantes et immortelles

« Que celui qui me verra parée de mon collier prie pour moi et m'offre des fleurs, demandait une belle dame, originaire de la cité de Mendès ; que l'on se souvienne de mon beau nom. » Oui, l'historien a le devoir de faire revivre les « beaux noms » des Égyptiennes, leur aventure, leur exemple.

Lorsqu'on a contemplé Isis magnétisant « le pourvoyeur de vie » (si mal nommé sarcophage), Néfertiti contemplant le soleil, une invitée à un banquet thébain, une porteuse d'offrandes de l'Ancien Empire, la sérénité lumineuse de Néfertari, le sourire de Maât, comment pourrait-on oublier un seul instant les Égyptiennes ?

BIBLIOGRAPHIE

ALLAM S., *Beiträge zum Hathorkult (bis zum Ende des Mittleren Reiches)*, Munich, 1963.

—, Ehe, *LdÄ* I, 1162-1181.

—, Familie, *LdÄ* II, 101-113.

—, Geschwisterehe, *LdÄ* II, 568-570.

—, Quelques aspects du mariage dans l'Égypte ancienne, *JEA* 67, 1981, pp. 116-135.

—, Die Stellung der Frau im alten Ägypten, *Bibliotheca Orientalis* 26, 1969, pp. 155-159.

ALTENMÜLLER H., Bemerkungen zu den neu gefundenen Daten im Grab der Königin Twosre (KV 14) im Tal der Könige von Theben, in : *After Tutankhamun*, London-New York, 1992.

—, Das Grab der Königin Tausret im Tal der Könige von Theben, *SAK* 10, 1983, pp. 1-24 et *GM* 84, 1985, pp. 7-17.

—, Tausret und Sethnacht, *JEA* 68, 1982, pp.107-115.

ASSAAD F., À propos de Hatchepsout. Mythe et Histoire. *VI Congresso Internazionale di Egittologia*, Atti I, 1992, Turin, pp. 23-27.

ASSMANN J., Maât. Gerechttigkeit und Unsterblichkeit im Alten Ägypten, Munich, 1990.

—, Muttergattin, *LdÄ* IV, 264-6.

—, Muttergottheit, *LdÄ* IV, 266-271.

BLACKMANN A.M., On the Position of Women in the Ancient Egyptian Hierarchy, *JEA* 7, 1921, p. 8 sq.

BRINGMANN L., *Die Frau im ptolemaisch-kaiserlichen Ägypten*, 1939.

BRUNNER-TRAUT E., Liebe, *LdÄ* III, 1034-1048.

—, Die Stellung der Frau im Alten Ägypten, *Saeculum* 38, 1987, pp. 312-335.

—, *Der Tanz im Alten Ägypten nach bildlichen und inschriftlichen Zeugnissen*, Glückstadt, 1992

—, Die Wochenlaube, *Mitteilungen des Instituts für Orientforschung* III, 1955, p. 11 sq.

BRYAN B.M., Evidence for Female Literacy from Theban Tombs of the New Kingdom, *BES* 6, 1984, pp. 17-32.

BUTTLES J.R., *The Queens of Egypt*, 1908.

COLE D., The Role of Women in the Medical Practice of Ancient Egypt, *DE* 9, 1987, pp. 25-9.

DESROCHES-NOBLECOURT, *La Femme au temps des pharaons*, Paris, 1986.

DRIOTON E., La Femme dans l'Égypte antique, in *La Femme nouvelle*, Le Caire, 1950, pp. 8-38.

DUNHAM D., SIMPSON W., *The Mastaba of Queen Mersyankh III G 7530-7540, Giza Mastabas* I, Boston, 1974.

La Femme au temps des pharaons, Musées Royaux d'Art et d'Histoire de Bruxelles, Mayence, 1985.

FEUCHT E., Kind, *LdÄ* III, 424-437.

—, Mütter, *LdÄ* IV, 253-263.

FISCHER H.G., Administrative Titles of Women in the Old and Middle Kingdom, in *Varia (Egyptian Studies I)*, The Metropolitan Museum of Art, New York, 1976, pp. 69-79

—, *Egyptian Women of the Old Kingdom and of the Heracleopolitan Period*, The Metropolitan Museum of Art, New York, 1989.

GALVIN M., *The Priestesses of Hathor in the Old Kingdom and the 1st Intermediate Period.* Brandeis University Ph. D. 1981 = University Microfilms International Order n° 8126877.

GAUTHIER-LAURENT M., Les Scènes de coiffure féminine dans l'ancienne Égypte, *Mélanges Maspero* II, 1935-38, p. 673 sq.

GITTON M., *L'Épouse du dieu Ahmes Néfertary,* 1975.

—, *Les Divines Épouses de la 18e dynastie*, Besançon, 1984.

—, Le Rôle des femmes dans le clergé d'Amon à la 18e dynastie, *BSFE* 75, 1976, pp. 31-46.

GITTON M., LECLANT J., Gottesgemahlin, *LdÄ* II, 792-812.

GOYON J.-C., Isis-Scorpion et Isis au Scorpion, BIFAO 78, 1978, pp. 439-458.

GRAEFE E., *Untersuchungen zur Verwaltung und Geschichte der Institution der Gottesgemahlin des Amun von Beginn des Neuen Reiches bis zur Spätzeit*, Wiesbaden, 1981.

HABACHI L., La Reine Touy, femme de Séthi Ier, et ses proches parents inconnus, *RdE* 21, 1969, pp. 27-47.

HARARI I., La Capacité juridique de la femme au Nouvel Empire, *Revue Internationale des Droits de l'Antiquité*, Bruxelles, 30 (1983), pp. 41-54.

Hatchepsout, Femme Pharaon. Les Dossiers d'Archéologie, Dijon, 1993.

HELCK W., Beischläferin, *LdÄ* I, 684-6

—, Scheidung, *LdÄ* V, 559-560.

HOPKINS K., Brother-Sister Marriage in *Roman Egypt, Comparatives Studies in Society and History,* Cambridge 22, 1980, pp. 303-354.

JÁNOSI P., The Queens of the Old Kingdom and their Tombs, *BACE* 3, 1992, pp. 51-57.

JÉQUIER G., Les Femmes de Pépi II, in : *Studies presented to F. LL. Griffith,* 1932, pp. 9-12.

JUNGE F., Isis und die ägyptischen Mysterien, in : *Aspekte der spätägyptischen Religion,* 1979, pp. 93-115.

KANAWATI N., Polygamy in the Old Kingdom of Egypt, *SAK* 4, 1976, pp 149-160.

KMT, volume 5/4, 1994-1995, *Goddesses and Women.*

KUCHMAN L, The Titles of Queenship, *Newsletter SSEA* 7, n° 3, 1977, pp. 9-12 ; 9, 1978-9, pp. 21-25.

LECLANT J., Gottesgemahlin, *LdÄ* II, 792-815.

—, Tefnout et les divines adoratrices thébaines, *MDIAK* XV, 1966, pp. 166-171.

LE CORSU F., Isis, mythe et mystères, Paris, 1977.

LESKO B., *The Remarkable Women of Ancient Egypt,* Providence, 1987.

LESKO B., ed., *Women's Earliest Records from Ancient Egypt and Western Asia,* Atlanta, 1989.

LÜDDECKENS E., Eheurkunde, *LdÄ* I, 1181-3.

MACRAMALLAH B., *Le Mastaba d'Idout,* Le Caire, 1935.

MALAISE M., La Position des femmes sur les stèles du Moyen Empire, *SAK* 5, 1977, pp. 183-198.

MANNICHE L., *Sexual Life in Ancient Egypt,* London, 1987.

MARUÉJOL F., La Nourrice : un thème iconographique, *ASAE* 49, 1983, pp. 311-319.

MONTET P., Reines et pyramides, *Kêmi* XIV, 1957, pp. 92-101.

MORENZ S., *Die Stellung der Frau im Alten Ägypten,* 1967.

MÜLLER D., Gottesharim, *LdÄ* II, 815.

MÜNSTER M., *Untersuchungen zur Göttin Isis vom Alten Reich bis zum Ende des Neuen Reiches,* Munich, 1968.

MYŚLIWIEC K., La Mère, la femme, la fille et la variante féminine du dieu Atoum, *Études et Travaux* 13, Varsovie, 1983, pp. 297-304.

NAGUIB S.-A., *Le Clergé féminin d'Amon thébain,* Louvain, 1990.

—, « Fille du dieu », « épouse du dieu », « mère du dieu » ou la métaphore féminine, in : *The Intellectual Heritage of Egypt. Studies Kákosy,* Budapest, 1992, pp. 437-447.

Nofret — Die Schöne. Die Frau im Alten Ägypten, Hildesheim, 1985.

PESTMAN P., *Marriage and Matrimonial Property in Ancient Egypt*, Leiden, 1961.

PIRENNE J., Le Statut de la femme dans l'ancienne Égypte, in : *Recueils de la Société Jean Bodin, XI : La femme*, Bruxelles, 1959, pp. 63-77.

POMEROY S.B., *Women in Hellenistic Egypt from Alexander to Cleopatra*, New York, 1984.

QUAEGEBEUR J., Reines ptolémaïques et traditions égyptiennes, in : *Das ptolemaische Ägypten*, 1978, pp. 245-262.

RATIE S., *La Reine Hatchepsout. Sources et problèmes*, Leiden, 1979.

REISER E., *Der königliche Harim im alten Ägypten und seine Verwaltung*, Vienne, 1972.

REISNER G.A., *A History of the Giza Necropolis*, vol. II, completed and revised by W. Stevenson Smith. *The Tomb of Hetep-Heres, the Mother of Cheops*, Cambridge (Massachussets), 1955.

REVILLOUT E., *La Femme dans l'Antiquité égyptienne (l'ancienne Égypte d'après les papyrus et les monuments*, tome second), 1909.

SAMSON J., *Nefertiti and Cleopatra. Queen-Monarchs of Ancient Egypt*, London, 1985.

SANDER-HANSEN C.E., *Das Gottesweib des Amun*, Copenhague, 1940.

SCHMIDT H.C., WILLEITNER J., *Nefertari, Gemahlin Ramses II*, Mainz, 1994.

SCHOTT S., *Les Chants d'amour de l'Égypte ancienne*, Paris, 1955.

SCHULMAN A.R., Diplomatic Marriage in the Egyptian New Kingdom, *Journal of Near Eastern Studies* 38, 1979, pp. 177-193

SCHULZE P.H., *Frauen im Alten Ägypten. Selbständigkeit und Gleichberechtigung im häuslichen und öffentlichen Leben*, Bergisch Galdbach, 1987.

SEIPEL W., Harim, Harimsdäme, *LdÄ* II, 982-987.

—, Hatschepsut I, *LdÄ* II, 1045-1051.

—, Königin, *LdÄ* III, 464-468.

—, Königsmutter, *LdÄ* III, 538-540.

—, *Untersuchungen zu den ägyptischen Königinnen der Frühzeit und des Alten Reiches*, Hamburg, 1980.

SIMPSON W.K., Polygamy in Egypt in the Middle Kingdom ? *JEA* 60, 1974, pp. 100-105.

STROUHAL E., CALLENDER G., A Profile of Queen Mutnodjmet, *The Bulletin of the Australian Centre for Egyptology* 3, 1992, pp. 67-75.

TANNER R., Untersuchungen zur Rechstellung der Frau in pharaonischen Ägypten, *Klio* 45, 1966 et 46, 1967.

—, Untersuchungen zur Ehe- und erbrechtlichen Stellung der Frau in pharaonischen Ägypten, *Klio* 49, 1967, pp. 5-37.

TEFNIN R., *La Statuaire d'Hatshepsout, portrait royal et politique sous la 18e dynastie*, Bruxelles, 1979.

THAUSING G., GOEDICKE H., *Nofretari. A Documentation of the Tomb and its Decoration*, Graz, 1971.

THEODORIDES A., Frau, *LdÄ* II, 280-295.

TROY L., *Patterns of Queenship in Ancient Egyptian Myth and History*, Uppsala, 1986.

TYLDESLEY J., *Daughters of Isis, Women of Ancient Egypt*, Harmondsworth, 1994.

VANDERSLEYEN C., Les Deux Ahhotep, *SAK* 8, 1980, pp. 237-241.

VERCOUTTER J., La Femme en Égypte ancienne, in : *Histoire mondiale de la femme* I, 1965, pp. 61-152.

VERNER M., Die Königsmutter Chentkaus von Abusir und einige Bemerkungen zur Geschichte der 5. Dynastie, *SAK* 8 (1980), pp. 243-268.

WARD W.A., *Essays on Feminine Titles of the Middle Kingdom and related Subjects*, Beyrouth, 1986.

WATTERSON B., *Women in Ancient Egypt*, New York, 1991.

WENIG S., *La Femme dans l'ancienne Égypte*, Paris-Genève, 1967.

WERBROUCK M., *Les Pleureuses dans l'ancienne Égypte*, 1938.

WILDUNG D., Nouveaux aspects de la femme en Égypte pharaonique, *BSFE* 102, 1985, pp. 9-25.

YOYOTTE J., Les Vierges consacrées d'Amon thébain, *Compte rendu de l'Académie des inscriptions et belles lettres*, 1961, pp. 43-52.

—, Les Adoratrices de la Troisième Période intermédiaire, *BSFE* 64, 1972, pp. 31-52.

ŽABKAR L.V., *Hymns to Isis in Her Temple at Philae*, Hanover-London, 1988.

ZIEGLER C., Notes sur la reine Tyi, in : *Hommages à Jean Leclant* I, 1994, pp. 531-548.

ZIVIE C.M., Nitokris, *LdÄ* IV, 513-4.

REPÈRES CHRONOLOGIQUES *

ÉPOQUE PRÉDYNASTIQUE : vers 3300 à 3150

ÉPOQUE ARCHAÏQUE (Dynasties I-II) : vers 3150-2690

ANCIEN EMPIRE (Dynasties III-VI) : vers 2690-2181

Dynastie III (2690-2613)
Nebka-Sanakht (2690-2670)
Djeser (2670-2650)
Sekhemkhet (2650-2643)
Sedjes (Khâba ?) (2643-2637)
Néferkarê
Houni (2637-2613)

Dynastie IV (2613-2498)
Snéfrou (2613-2589)
Khéops (2589-2566)
Djédefrê (2566-2558)
Khéphren (2558-2532)
Baka (?)
Mykérinos (2532-2504)
Chepseskaf (2504-2500)

Dynastie V (2500-2345)
Ouserkaf (2500-2491)
Sahourê (2491-2477)

* Les dates sont approximatives. La chronologie de l'Égypte ancienne continue à faire l'objet de débats complexes. Voir C. Jacq, *Initiation à l'égyptologie*, pp. 32-33.

Néferirkarê (2477-2467)
Chepseskarê (?)
Néferefrê (2460-2453)
Niouserrê (2453-2422)
Menkaouhor (2422-2414)
Djedkarê-Isési (2414-2375)
Ounas (2375-2345)

Dynastie VI (2345-2181)
Téti (2345-2333)
Ouserkarê (?)
Pépi I (2332-2283)
Mérenrê I (2283-2278)
Pépi II (2278-2184)
Mérenrê II (?)
Nitocris (2184-2181)

PREMIÈRE PÉRIODE INTERMÉDIAIRE : De la VIIe dynastie à la première partie de la XIe dynastie

Dynasties VII-X
Nombre de pharaons inconnus.

Dynastie XI
Montouhotep I (2133- ?)
Antef I
Antef II (2188-2069)
Antef III (2069-2060)

MOYEN EMPIRE (Dynasties XI-XII) : vers 2060-1785

Dynastie XI (suite)
Montouhotep II (2060-2010)
Montouhotep III (2009-1997)
Montouhotep IV (1997-1991)
(et d'autres pharaons non encore classables)

Dynastie XII (1991-1785)
Amenemhat I (1991-1962)
Sésostris I (1962-1928)
Amenemhat II (1928-1895)
Sésostris II (1895-1878)
Sésostris III (1878-1842)
Amenemhat III (1842-1797)
Amenemhat IV (1797-1790)

Sobek-néférou (1790-1785)

DEUXIÈME PÉRIODE INTERMÉDIAIRE (Dynasties XIII-XVII) : 1785-1570 (occupation hyksôs)

NOUVEL EMPIRE (Dynasties XVIII-XX) : 1570-1069

Dynastie XVIII (1570-1293 *)
Ahmosis (1570-1546)
Amenhotep I (1551-1524)
Thoutmosis I (1524-1518)
Thoutmosis II (1518-1504)
Hatchepsout (1498-1483)
Thoutmosis III (1504-1450)
Amenhotep II (1453-1419)
Thoutmosis IV (1419-1386)
Amenhotep III (1386-1349)
Amenhotep IV / Akhénaton (1350-1334)
Semenkhkarê (1336-1334)
Toutankhamon (1334-1325)
Ay (1325-1321)
Horemheb (1321-1293)

Dynastie XIX (1293-1188)
Ramsès I (1293-1291)
Séthi I (1291-1278)
Ramsès II (1279-1212)
Mérenptah (1212-1202)
Séthi II (1202-1196)
Amenmosé (1202-1199)
Siptah (1196-1188)
Taousert (1196-1188)

Dynastie XX (1188-1069)
Sethnakht (1188-1186)
Ramsès III (1186-1154)
Ramsès IV (1154-1148)
Ramsès V (1148-1144)
Ramsès VI (1144-1136)
Ramsès VII (1136-1128)
Ramsès VIII (1128-1125)
Ramsès IX (1125-1107)

---

* Pour des dates et des longueurs de règne différentes, voir C. Vandersleyen, *L'Égypte et la vallée du Nil*, tome 2, p. 663.

Ramsès X (1107-1098)
Ramsès XI (1098-1069)

TROISIÈME PÉRIODE INTERMÉDIAIRE (Dynasties XXI-XXV) 1069-672

Dynastie XXI (1069-945)
Dynasties XXII-XXIII (945-715), dites « libyennes »
Dynastie XXIV (730-715), dans le Delta.
Dynastie XXV (750-656), dite « éthiopienne ».

BASSE ÉPOQUE (Dynastie XXVI à la conquête d'Alexandre (672-333)

Dynastie XXVI, dite « saïte » (672-525)
Nékao I (672-664)
Psammétique I (664-610)
Nékao II (610-595)
Psammétique II (595-589)
Apriès (589-570)
Amasis (570-526)
Psammétique III (526-525)

Dynastie XXVII : Première occupation perse: 525-405

Dynastie XXVIII
Amyrtée (405-399)

Dynastie XXIX (399-380)
Néphéritès I (399-393)
Psammouthis (393)
Achôris (393-380)
Néphéritès II (380)

Dynastie XXX (380-342)
Nectanébo I (380-362)
Téos (362-360)
Nectanébo II (360-342)

342-333 : SECONDE OCCUPATION PERSE (parfois appelée XXXIe dynastie)
333-30: règnes des Ptolémées
30 av. J.-C.-395 ap. J.-C. . L'Égypte, province romaine
395-639: Égypte byzantine et copte
639 : invasion arabe.

TABLE

DEUXIÈME PARTIE

AMOUREUSES, ÉPOUSES ET MÈRES

QUATRIÈME PARTIE

INITIÉES ET PRÊTRESSES

ÉGALEMENT CHEZ POCKET
LITTÉRATURE GÉNÉRALE

Alberoni Francesco
Le choc amoureux
L'érotisme
L'amitié
Le vol nuptial
Les envieux
La morale
Je t'aime

Arnaud Georges
Le salaire de la peur

Barjavel René
Les chemins de Katmandou
Les dames à la licorne
Le grand secret
La nuit des temps
Une rose au paradis

Berberova Nina
Histoire de la baronne Boudberg
Tchaïkovski

Bernanos Georges
Journal d'un curé de campagne
Nouvelle histoire de Mouchette
Un crime

Besson Patrick
Le dîner de filles

Blanc Henri-Frédéric
Combats de fauves au crépuscule
Jeu de massacre

Boulgakov Mikhaïl
Le maître et Marguerite
La garde blanche

Boulle Pierre
La baleine des Malouines
L'épreuve des hommes blancs
La planète des singes
Le pont de la rivière Kwaï
William Conrad

Boyle T. C.
Water Music

Bragance Anne
Anibal
Le voyageur de noces
Le chagrin des Resslingen

Brontë Charlotte
Jane Eyre

Burgess Anthony
L'orange mécanique
Le testament de l'orange

Buzzati Dino
Le désert des Tartares
Le K
Nouvelles (Bilingue)
Un amour

Carrière Jean
L'épervier de Maheux
Achigan

Carrière Jean-Claude
La controverse de Valladolid
Le Mahabharata
La paix des braves
Simon le mage

Cesbron Gilbert
Il est minuit, docteur Schweitzer

Chandernagor Françoise
L'allée du roi

Chang Jung
Les cygnes sauvages

Chateaureynaud G.-O.
Le congrès de fantomologie
Le château de verre
La faculté des songes

Cholodenko Marc
Le roi des fées

Clavel Bernard
Le carcajou
Les colonnes du ciel
1. La saison des loups
2. La lumière du lac
3. La femme de guerre
4. Marie Bon Pain
5. Compagnons du Nouveau Monde

La grande patience
1. La maison des autres
2. Celui qui voulait voir la mer
3. Le cœur des vivants
4. Les fruits de l'hiver

Jésus, le fils du charpentier

Courrière Yves
Joseph Kessel

David-Néel Alexandra
Au pays des brigands gentilshommes
Le bouddhisme du Bouddha
Immortalité et réincarnation
L'Inde où j'ai vécu
Journal (2 tomes)
Le Lama aux cinq sagesses
Magie d'amour et magie noire
Mystiques et magiciens du Tibet
La puissance du néant
Le sortilège du mystère
Sous une nuée d'orages
Voyage d'une Parisienne à Lhassa
La lampe de sagesse
La vie surhumaine de Guésar de Ling

Deniau Jean-François
La Désirade
L'empire nocturne
Le secret du roi des serpents
Un héros très discret
Mémoires de 7 vies

Fernandez Dominique
Le promeneur amoureux

Fitzgerald Scott
Un diamant gros comme le Ritz

Forester Cecil Scott
Aspirant de marine
Lieutenant de marine
Seul maître à bord
Trésor de guerre
Retour à bon port
Le vaisseau de ligne
Pavillon haut
Le seigneur de la mer
Lord Hornblower
Mission aux Antilles

France Anatole
Crainquebille
L'île des pingouins

Franck Dan/Vautrin Jean
La dame de Berlin
Le temps des cerises
Les noces de Guernica
Mademoiselle Chat

Genevoix Maurice
Beau François
Bestiaire enchanté
Bestiaire sans oubli
La forêt perdue
Le jardin dans l'île
La Loire, Agnès et les garçons
Le roman de Renard
Tendre bestiaire

Giroud Françoise
Alma Mahler
Jenny Marx
Cœur de tigre
Cosima la sublime

Grèce Michel de
Le dernier sultan
L'envers du soleil – Louis XIV
La femme sacrée
Le palais des larmes
La Bouboulina

Hermary-Vieille Catherine
Un amour fou
Lola

Inoué Yasushi
Le geste des Sanada

Jacq Christian
L'affaire Toutankhamon
Champollion l'Egyptien
Maître Hiram et le roi Salomon
Pour l'amour de Philae
Le Juge d'Egypte
1. La pyramide assassinée
2. La loi du désert
3. La justice du Vizir
La reine soleil
Barrage sur le Nil
Le moine et le vénérable
Sagesse égyptienne
Ramsès
1. Le fils de la lumière
2. Le temple des millions d'années
3. La bataille de Kadesh
4. La dame d'Abou Simbel
5. Sous l'acacia d'Occident
Les Egyptiennes

Joyce James
Les gens de Dublin

Kafka Franz
Le château
Le procès

Kazantzaki Nikos
Alexis Zorba
Le Christ recrucifié
La dernière tentation du Christ
Lettre au Greco
Le pauvre d'Assise

Kessel Joseph
Les amants du Tage
L'armée des ombres
Le coup de grâce
Fortune carrée
Pour l'honneur

Lainé Pascal
Elena

Lapierre Alexandra
L'absent
La lionne du boulevard
Fanny Stevenson

Lapierre Dominique
La cité de la joie

Lapierre Dominique et Collins Larry
Cette nuit la liberté
Le cinquième cavalier
O Jérusalem
... ou tu porteras mon deuil
Paris brûle-t-il ?

Lawrence D.H.
L'amant de Lady Chatterley

Léautaud Paul
Le petit ouvrage inachevé

Levi Primo
Si c'est un homme

Lewis Roy
Le dernier roi socialiste
Pourquoi j'ai mangé mon père

Loti Pierre
Pêcheur d'Islande

Lucas Barbara
Infirmière aux portes de la mort

Mallet-Joris Françoise
La maison dont le chien est fou
Le rempart des Béguines

Mauriac François
Le romancier et ses personnages
Le sagouin

Messina Anna
La maison dans l'impasse

Michener James A.
Alaska
1. La citadelle de glace
2. La ceinture de feu
Caraïbes (2 tomes)
Hawaii (2 tomes)
Mexique
Docteur Zorn

Milovanoff Jean-Pierre
La splendeur d'Antonia
Le maître des paons

Mimouni Rachid
De la barbarie en général et de l'intégrisme en particulier
Le fleuve détourné
Une peine à vivre
Tombéza
La malédiction
Le printemps n'en sera que plus beau
Chroniques de Tanger

Miquel Pierre
Le chemin des Dames

Mitterand Frédéric
Les aigles foudroyés

Monteilhet Hubert
Néropolis

Montupet Janine
La dentellière d'Alençon
La jeune amante
Un goût de miel et de bonheur sauvage

Morgièvre Richard
Fausto
Andrée
Cueille le jour

Nakagami Kenji
La mer aux arbres morts
Mille ans de plaisir

Nasr Eddin Hodja
Sublimes paroles et idioties

Nin Anaïs
Henry et June (Carnets secrets)

Perec Georges
Les choses

Purves Libby
Comment ne pas élever des enfants parfaits
Comment ne pas être une mère parfaite
Comment ne pas être une famille parfaite

Queffelec Yann
La femme sous l'horizon
Le maître des chimères
Prends garde au loup
La menace

Radiguet Raymond
Le diable au corps

Ramuz C.F.
La pensée remonte les fleuves

Rey Françoise
La femme de papier
La rencontre
Nuits d'encre
Marcel facteur

Rouanet Marie
Nous les filles
La marche lente des glaciers

Sagan Françoise
Aimez-vous Brahms..
… et toute ma sympathie
Bonjour tristesse
La chamade
Le chien couchant
Dans un mois, dans un an
Les faux-fuyants
Le garde du cœur
La laisse
Les merveilleux nuages
Musiques de scènes
Répliques
Sarah Bernhardt
Un certain sourire
Un orage immobile
Un piano dans l'herbe
Un profil perdu
Un chagrin de passage
Les violons parfois
Le lit défait
Un peu de soleil dans l'eau froide
Des bleus à l'âme
Le miroir égaré

Salinger Jerome-David
L'attrape-cœur
Nouvelles

Sarraute Claude
Des hommes en général et des femmes en particulier

Stocker Bram
Dracula

Tartt Donna
Le maître des illusions

Troyat Henri
Faux jour
La fosse commune
Grandeur nature
Le mort saisit le vif
Les semailles et les moissons
1. Les semailles et les moissons
2. Amélie
3. La Grive
4. Tendre et violente Elisabeth
5. La rencontre

La tête sur les épaules

Vialatte Alexandre
Antiquité du grand chosier
Badonce et les créatures
Les bananes de Königsberg
Les champignons du détroit de Behring
Chronique des grands micmacs
Dernières nouvelles de l'homme
L'éléphant est irréfutable
L'éloge du homard et autres insectes utiles
Et c'est ainsi qu'Allah est grand
La porte de Bath Rahbim

Wallace Lewis
Ben-Hur

Waltari Mika
Les amants de Byzance
Jean le Pérégrin

Achevé d'imprimer en janvier 1999
sur les presses de l'Imprimerie Bussière
à Saint-Amand (Cher)

POCKET - 12, avenue d'Italie - 75627 Paris Cedex 13
Tél. : 01-44-16-05-00

— N° d'imp. 2875. —
Dépôt légal : septembre 1998.

Imprimé en France

POCKET - 12, avenue d'Italie - 75627 Paris Cedex 13
Tél. : 01-44-16-05-00

— N° d'imp. 2875. —
Dépôt légal : septembre 1998.

Imprimé en France